中國古典文學基本叢書

白居易詩集校注

第四册

〔唐〕白居易 著

謝思煒 校注

中華書局

白居易詩集校注卷第十九

律詩

五言　七言　自二韻至四十韻①　凡一百首

吟元郎中白鬚詩兼飲雪水茶因題壁上

冷詠霜毛句②，閑嘗雪水茶。城中展眉處，只是有元家。（1201）

【校】

①〔二韻〕紹興本、那波本訛作「二篇」。

②〔冷詠〕馬本、《唐音統籤》、汪本作「吟詠」。

【注】

汪《譜》、朱《箋》：作於元和十五年（八二〇），長安。

〔元郎中〕朱《箋》：「元宗簡。」見卷十《答元郎中楊員外喜烏見寄》（0521）注。

〔雪水茶〕張又新《煎茶水記》：「代宗朝李季卿刺湖州，至維揚，遇陸處士鴻漸。……李因問陸：『既如是，所經歷處之水優劣精可判矣。』陸曰：『楚水第一，晉水最下。』李因命筆口授而次第之：廬山康王谷水簾水第一，……雪水第二十。」

吳七郎中山人待制班中偶贈絶句

金馬東門隻日開，漢庭待詔重仙才。第三松樹非華表，那得遼東鶴下來。（1202）

【注】

朱《箋》：作於元和十五年（八二〇），長安。

〔吳七郎中〕朱《箋》：「吳丹。」見卷五《贈吳丹》（0194）及卷六《酬吳七見寄》（0264）注。

〔金馬東門隻日開，漢庭待詔重仙才〕金馬門，見卷十《別李十一後重寄》（0486）注。隻日，見卷八《郡中即事》（0358）注。

〔第三松樹非華表，那得遼東鶴下來〕《藝文類聚》卷七八引《搜神記》：「遼東城門有華表柱，忽有一白鶴集柱頭。時有少年，舉弓欲射之，鶴乃飛，徘徊空中而言曰：有鳥有鳥丁令威，去家千歲今來歸。城郭如故人民非，何不學仙冢壘壘。」

和張十八秘書謝裴相公寄馬

齒齊臕足毛頭膩，秘閣張郎叱撥駒①。洗了頷花翻假錦，走時蹄汗踏真珠②。青衫乍見

曾驚否，紅粟難賒得飽無？丞相寄來應有意，遣君騎去上雲衢。（1203）

【校】

①〔張郎〕《文苑英華》作「張家」。

②〔走時〕汪本作「走將」。

【注】

朱《箋》：作於元和十五年（八二〇），長安。《文苑英華》卷三三〇有張籍《謝裴司空寄馬》、裴度《酬張秘書因寄馬贈詩》、劉禹錫《裴相公大學士見示答張秘書謝馬詩並群公屬和因命追作》。

〔張十八秘書〕朱《箋》：「張籍。」見卷一《讀張籍古樂府》（0002）注。朱《箋》：「白氏元和十年所作《張十八》（本書卷十五0814）云：『獨有詠詩張太祝，十年不改舊官職。』元和十年冬所作《與元九書》云：『張籍五十，未離一太祝。』則籍遷秘書郎應在元和十一年以後。」

〔裴相公〕朱《箋》：「裴度。」元和十二年拜中書侍郎、同平章事，十三年以平淮蔡功加封晉國公。新舊《唐書》有傳。

〔齒齊膘足毛頭膩，秘閣張郎叱撥駒〕叱撥，汗血馬。岑參《玉門關蓋將軍歌》：「櫪上昂昂皆駿駒，桃花叱撥價最殊。」元稹《望雲騅馬歌》：「登山縱似望雲騅，平地須饒紅叱撥。」《類説》卷一二引《紀異錄》：「天寶中，大宛獻汗血馬六匹，一曰紅叱撥，二曰紫叱撥，三曰青叱撥，四曰黄叱撥，五曰丁香叱撥，六曰桃花叱撥。」《宋史·兵志十二》馬政：「毛物之種九十有二，叱撥之別八，青之別二，白之別一，烏之別五，赤之別五，紫之別六……。」

蔡鴻生《唐代汗血馬叱撥考》（收入《唐代九姓胡與突厥文化》）以爲「叱撥」與唐太宗《六馬圖贊》中的「什伐」爲同源之異譯，源於粟特語之「馬」。

答山侶

頷下髭鬚半是絲，光陰向後幾多時？非無解掛簪纓意，未有支持伏臘資。冒熱衝寒徒自取，隨行逐隊欲何爲？更慚山侶頻傳語，五十歸來道未遲。（1204）

【注】

朱《箋》：作於元和十五年（八二〇），長安。

〔非無解掛簪纓意，未有支持伏臘資〕伏臘資，見卷九《思歸》（0424）注。

〔冒熱衝寒徒自取，隨行逐隊欲何爲〕衝寒，冒寒。見卷十五《獨樹浦雨夜寄李六郎中》（0896）住。

早朝思退居

霜嚴月苦欲明天，忽憶閑居思浩然。自問寒燈夜半起，何如暖被日高眠？唯慚老病披朝服，莫慮飢寒計俸錢。隨有隨無且歸去，擬求豐足是何年？（1205）

【注】
朱《箋》：作於元和十五年（八二〇），長安。

曲江亭晚望

曲江岸北凭欄干，水面陰生日脚殘。塵路行多綠袍故，風亭立久白鬚寒。詩成闇著閑心記，山好遥偷病眼看。不被馬前提省印，何人信道是郎官？（1206）

【注】
朱《箋》：作於元和十五年（八二〇），長安。
〔曲江亭〕《唐摭言》卷三：「曲江亭子，安史未亂前，諸司皆列於岸滸。幸蜀之後，皆燼於兵火矣。所存者唯尚書省亭子而已。進士關宴，常寄其間。既徹饌，則移樂泛舟，率爲常例。」
〔曲江岸北凭欄干，水面陰生日脚殘〕日脚，見卷十《早秋晚望兼呈韋侍御》（0516）注。

初除主客郎中知制誥與王十一李七元九三舍人中書同宿話舊感懷①

閑宵静話喜還悲②，聚散窮通不自知。已分雲泥行異路，忽驚雞鶴宿同枝。紫垣曹署榮華地，白鬢郎官老醜時③。莫怪不如君氣味④，此中來校十年遲。（1207）

【校】

①〔題〕「元九」《文苑英華》作「元八」，注：「一作九。」

②〔靜話〕馬本、《唐音統籤》作「靜語」。

③〔白鬢〕馬本、《唐音統籤》、汪本作「白髮」。

④〔不如〕《文苑英華》刊本作「不知」。

【注】

朱《箋》：作於元和十五年（八二〇），長安。

〔王十一〕朱《箋》：「王起。」見卷五《常樂里閑居偶題十六韻兼寄劉十五公輿王十一起吕二炅吕四熲崔十八玄亮元九稹劉三十二敦質張十五仲方時爲校書郎》（0173）注。穆宗即位，起拜中書舍人。見《舊唐書》本傳。

〔李七〕朱《箋》：「李宗閔。」見卷十《夢與李七庾三十三同訪元九》（0519）注。元和十五年九月，拜中書舍人。見《舊唐書・穆宗紀》。

〔元九〕朱《箋》：「元稹。」元和十五年五月，稹爲祠部郎中、知制誥。次年二月，充翰林學士承旨，授中書舍人。見白居易《元稹除中書舍人翰林學士賜紫金魚袋制》（《白氏文集》卷五十）及《重修承旨學士壁記》。朱《箋》：「唐人知制誥亦得稱爲舍人。」

〔已分雲泥行異路，忽驚雞鶴宿同枝〕雲泥，見卷二《傷友》（0078）注。雞鶴，見卷十三《寄陸補闕》（0622）注。

〔紫垣曹署榮華地，白鬢郎官老醜時〕紫垣，紫微垣，中書省。《初學記》卷十一引謝承《後漢書》：「魏朗，字仲英，入爲尚書，再升紫微。」《唐會要》卷五四中書省：「開元元年，改爲紫微省。」劉禹錫《武陵書懷五十韻》：「獨立當瑶闕，傳呵步紫垣。」曹署，百司官署及州縣諸曹。《唐會要》卷九一内外官料錢：「（貞元）三年六月，中書侍郎、同平章事李泌奏加百官俸料，各據品秩，以定月俸，隨曹署閑劇，加置手力、資課、雜給等。」蔡詞立《虔州孔目院食堂記》：「京百司至於天下郡府，有曹署者，則有公厨。」

西省對花憶忠州東坡新花樹因寄題東樓

每看闕下丹青樹，不忘天邊錦繡林。西掖垣中今日眼，南賓樓上去年心。花含春意無分别，物感人情有淺深。最憶東坡紅爛熳，野桃山杏水林檎。（1208）

【注】

朱《箋》：作於長慶元年（八二一），長安。

〔西省〕中書省。見卷八《思竹窗》（0313）注。

〔東坡〕見卷十一《東坡種花二首》（0545）注。

〔東樓〕見卷十一《初到忠州登東樓寄萬州楊八使君》（0525）注。

〔每看闕下丹青樹，不忘天邊錦繡林〕《西京雜記》卷一：「終南山多離合草，葉似江蘺，而紅緑相雜，莖皆紫色，氣如蘿勒。有樹直上，百丈無枝，上結藂條如車蓋，葉一青一赤，望之斑駁如錦繡，長安謂之丹青樹，亦云華蓋樹。亦生熊耳山。」

〔西掖垣中今日眼，南賓樓上去年心〕西掖垣，中書省。見卷十一《西掖早秋直夜書意》（0564）注。

寄題忠州小樓桃花

再遊巫峽知何日，總是秦人説向誰？長憶小樓風月夜，紅欄干上兩三枝①。（1209）

【校】

〔欄干上〕馬本、《唐音統籤》作「欄干外」。

【注】

朱《箋》：作於長慶元年（八二一），長安。

中書連直寒食不歸因懷元九①

去歲清明日，南巴古郡樓。今日寒食夜，西省鳳池頭。併上新人直，難隨舊伴遊。誠知視草貴，未免對花愁。鬢髮莖莖白，光陰寸寸流。經春不同宿，何異在忠州。（1210）

【校】

①〔題〕「懷」馬本、《唐音統籤》、汪本作「憶」。

【注】

汪《譜》、朱《箋》： 作於長慶元年（八二一），長安。

〔今日寒食夜，西省鳳池頭〕鳳池，見卷八《宿藍橋對月》（0336）注。

春憶二林寺舊遊因寄朗滿晦三上人①

一別東林三度春，每春常似憶情親②。頭陀會裏爲逋客，供奉班中作老臣。清淨久辭香火伴，塵勞難索幻泡身。最慚僧社題橋處③，十八人名空去一人④。（1211）

【校】

①〔題〕「朗」馬本、《唐音統籤》、汪本作「郎」。

②〔常似〕《文苑英華》作「長似」。〔情親〕馬本、《唐音統籤》作「親情」。

③〔題橋〕《文苑英華》、汪本作「題牆」，注：「一作名。」

④〔人名〕「名」《文苑英華》、汪本注：「一作中。」

【注】

汪《譜》、朱《箋》： 作於長慶元年（八二一），長安。

〔二林寺〕東林寺、西林寺。見卷七《春遊二林寺》（0289）注。

〔朗滿晦三上人〕朗上人見卷十《因沐感髮寄朗上人二首》(0512)。又《草堂記》(《白氏文集》卷四三):「四月九日,與河南元集虛、范陽張允中、南陽張深之、東西二林長老湊、朗、滿、晦、堅等凡二十有二人,具齋施茶果以落之,因爲草堂記。」

〔頭陀會裏爲逋客,供奉班中作老臣〕逋客,見卷十五《讀李杜詩集因題卷後》(0894)注。《舊唐書・職官志二》吏部尚書:「供奉官,兩省自侍中、中書令已下,盡名供奉官。」

〔清淨久辭香火伴,塵勞難索幻泡身〕香火伴,參見卷十七《興果上人殁時題此決别兼簡二林僧社》(1032)注。同志結盟,亦稱香火。《舊唐書・高適傳》:「監軍李大宜與將士約爲香火。」《維摩經・方便品》:「是身如泡,不得久立。是身如焰,從渴愛生。是身如芭蕉,中無有堅。是身如幻,從顛倒起。」

〔最慚僧社題橋處,十八人名空一人〕參見卷七《春遊二林寺》(0289)注。又白居易《遊大林寺序》(《白氏文集》卷四三):「余與河南元集虛、范陽張允中、南陽張深之、廣平宋郁、安定梁必復、范陽張特、東林寺沙門法演、智滿、士堅、利辯、道深、道建、神照、云皐、息慈、寂然凡十七人,自遺愛草堂,歷東西二林,抵化城,憩峰頂,登香爐峰,宿大林寺。」

和元少尹新授官

官穩身應泰,春風信馬行。縱忙無苦事,雖病有心情。厚祿兒孫飽,前驅道路榮。花時八十直①,無暇賀元兄。(1212)

【校】

①〔八十〕馬本、《唐音統籤》作「八入」。

【注】

朱《箋》：作於長慶元年（八二一），長安。

〔元少尹〕朱《箋》：「元宗簡。」見卷十《答元郎中楊員外喜烏見寄》(0521)注。元稹《元宗簡授京兆少尹制》：「宗簡可知京兆少尹，散官勳賜如故。」朱《箋》：「則宗簡遷京兆少尹當在長慶元年，證之白詩，時間相合。」

朝迴和元少尹絶句

朝客朝迴迴望好，盡紆朱紫佩金銀。此時獨與君爲伴，馬上青袍唯兩人。(1213)

【注】

朱《箋》：作於長慶元年（八二一），長安。

〔朝客朝迴迴望好，盡紆朱紫佩金銀〕朱紫，見卷二《歌舞》(0083)注。佩金銀，見卷十七《初除官蒙裴常侍贈鶻銜瑞草緋袍魚袋因謝惠貺兼抒離情》(1084)注。

重和元少尹

鳳閣舍人京亞尹，白頭俱未著緋衫。南宮起請無消息，朝散何時得入銜？(1214)

【注】

朱《箋》：作於長慶元年（八二一），長安。

〔鳳閣舍人京亞尹，白頭俱未著緋衫〕鳳閣舍人，中書舍人。《唐會要》卷五五中書舍人：「光宅元年，改爲鳳閣舍人。」

〔南宮起請無消息，朝散何時得入銜〕南宮，尚書省。見卷八《思竹窗》（0343）注。朝散，朝散大夫。王楙《野客叢書》卷二七唐階官之品：「唐制服色不視職事官，而視階官之品。至朝散大夫方換五品服色，衣銀緋，封贈蔭子。未至朝散，雖職事官高，未許易服色。……僕觀白樂天爲中書舍人、知制誥，元宗簡爲京兆尹，官皆六品，尚猶著綠。其詩所謂：『鳳閣舍人京亞尹，白頭猶未脱青衫。南宮啓請無多日，朝散何時復入銜？』」此二句謂向尚書省吏部申請入朝散大夫之銜。《舊唐書·職官志二》吏部尚書：「郎中一人掌考天下文吏之班秩階品。」

中書夜直夢忠州

閣下燈前夢，巴南城底遊①。覓花來渡口，尋寺到山頭②。江色分明綠，猿聲依舊愁。禁鐘驚睡覺，唯不上東樓。（1215）

【校】

①〔城底〕馬本、《唐音統籤》、汪本作「城裏」。

②〔到山頭〕馬本、《唐音統籤》作「下山頭」。

【注】

朱《箋》：作於長慶元年（八二一），長安。

醉後

酒後高歌且放狂，門前閑事莫思量。猶嫌小户長先醒，不得多時住醉鄉。（1216）

【注】

朱《箋》：作於長慶元年（八二一），長安。

〔猶嫌小户長先醒，不得多時住醉鄉〕酒户，酒量。《因話録》卷六：「問崔公：『飲酒多少？』崔公曰：『户雖至小，亦可引滿。』」《鑒戒録》卷二：「吾與爾開其酒户，匪唯飲酒，兼益壽齡。」張籍《贈别王侍御赴任陜州司馬》：「更和詩篇名最出，時傾杯酒户長齊。」元稹《答姨兄胡靈之見寄五十韻》：「米碗諸賢讓，蠡杯大户傾。」《和樂天仇家酒》：「病嗟酒户年年減，老覺塵機漸漸深。」

待漏入閣書事奉贈元九學士閣老①

衙排宣政仗，門啓紫宸關。彩筆停書命②，花甎趁立班。稀星點銀礫，殘月墮金環③。闇漏猶傳水，明河漸下山。從東分地色，向北仰天顔④。碧鏤爐煙直⑤，紅垂旆尾閑⑥。綸闈慚並入⑦，翰苑忝先攀。笑我青袍故，饒君茜綬殷⑧。詩仙歸洞裏，酒病滯人間。好去鵷鸞侶，沖天便不還。（1217）

【校】

①〔題〕「閣」那波本、馬本、《唐音統籤》、汪本作「閤」。

②〔書命〕《文苑英華》作「書几」。

③〔金環〕《文苑英華》、汪本作「金鐶」。

④〔向北〕《文苑英華》作「政北」。

⑤〔碧鏤〕《文苑英華》作「碧湧」，馬本、《唐音統籤》、汪本作「碧縷」。

⑥〔旆尾〕紹興本、那波本等作「珮尾」，據《文苑英華》改。

⑦〔綸闈〕「闈」《文苑英華》作「幃」，校：「集作闈。」

⑧〔茜綬〕《文苑英華》作「紫綬」。

【注】

朱《箋》：作於長慶元年（八二一），長安。

〔元九學士閣老〕朱《箋》：「元稹。」《重修承旨學士壁記》：「元稹，長慶元年二月十六日自祠部郎中、知制誥充，仍賜紫，十七日，拜中書舍人。」《唐國史補》卷下：「兩省相呼爲閣老。」

〔衙排宣政仗，門啓紫宸關〕《唐兩京城坊考》卷一大明宫：「含元殿後曰宣政殿，天子常朝所也。殿門曰宣政門。……宣政殿後爲紫宸殿，殿門曰紫宸門，天子便殿也。不御宣政而御便殿，曰入閤。」見卷十五《渭村退居寄禮部崔侍郎翰林錢舍人詩一百韻》（0803）注。

〔彩筆停書命，花甎趁立班〕紫宸殿内有花磚，有五花磚、八花磚之説。《唐國史補》卷下：「御史故事，大朝會則監察押班，常參則殿中知班，入閣則侍御史監奏。蓋含元殿最遠，用八品。宣政其次，用七品。紫宸最近，用六品。殿中得立五花磚，緑衣，用紫案褥之類，號爲七貴。」元稹《陰山道》：「綽立花磚鵷鳳行，雨露恩波幾時報。」韓偓《感事三十四韻》：「紫殿承恩後，金鑾入直年。人歸三島路，日過八花磚。」黄滔《投翰長趙侍郎》：「五色筆驅神出没，八花磚接帝從容。」後用爲典實。《清異録》卷下：「晉朝賤者，承人乏供，八磚之職，猥蒙天眷。」

〔綸闈慚並入，翰苑忝先攀〕綸闈，中書省。見卷十一《曲江感秋二首》（0569）注。

〔笑我青袍故，饒君茜綬殷〕據元稹《白居易授尚書主客郎中知制誥》，居易此時散階爲朝議郎，正六品上，不得服緋。茜綬，茜袍紫綬。梁文矩《請詳議任瑶封事奏》：「或已被茜袍，或已紆紫綬。」

〔好去鵷鸞侣，沖天便不還〕鵷鸞，見卷十三《代書詩一百韻寄微之》（0604）注。

晚春重到集賢院

官曹清切非人境，風日鮮明似洞天①。滿砌荊花鋪紫毯，隔牆榆莢撒青錢。前時謫去三千里，此地辭來十四年。虚薄至今慚舊職，殿名擡舉號爲賢②。（1218）

【校】

①〔似洞天〕《唐音統籤》作「是洞天」。

②〔殿名〕馬本、《唐音統籤》、汪本作「院名」。

【注】

朱《箋》：作於長慶元年（八二一），長安。

〔集賢院〕《唐會要》卷六四集賢院：「西京在光順門大街之西，命婦院北，本命婦院之地。開元十一年分置，北院全取命婦院舊屋。」白居易《香山居士寫真詩序》（本書卷三六2688）：「元和五年，予爲左拾遺、翰林學士，奉詔寫真於集賢殿御書院，時年三十七。」

紫薇花

絲綸閣下文書靜①，鐘鼓樓中刻漏長。獨坐黃昏誰是伴，紫薇花對紫微郎②。（1219）

【校】

①〔文書〕《唐音統籤》作「文章」。

②〔紫微郎〕馬本、《唐音統籤》、汪本作「紫薇郎」。

【注】

朱《箋》：作於長慶元年（八二一），長安。

〔獨坐黄昏誰是伴，紫薇花對紫微郎〕紫微郎，中書舍人。《唐會要》卷五五中書舍人：「開元元年十二月一日，改爲紫微舍人。五年，復爲中書舍人。」葛立方《韻語陽秋》卷十六：「白樂天作中書舍人，入直西省，對紫薇花而有詠曰：『絲綸閣下文章静，鐘鼓樓中刻漏長。獨坐黄昏誰是伴，紫薇花對紫薇郎。』後又云：『紫薇花對紫薇翁，名目雖同貌不同。』則此花之珍艷可知矣。爪其本則枝葉俱動，俗謂之不耐癢花。自五月開，至九月尚爛熳，俗又謂之百日紅。唐人賦詠，未有及此二事者。」然其所據本作「紫薇郎」。吴景旭《歷代詩話》卷五十：「《天文志》：紫微，大帝之座，天子之常居也。與花何涉？唐中書省植紫薇花，後世舍人院紫微閣前輒植此花，雖循唐故事，要亦何義？後余見《海録碎事》云：開元元年，改中書省爲紫微省，改中書令爲紫微令。則樂天入直西省，所謂紫薇郎指此耳。薇當作微。」證之宋本，白詩原作「紫微郎」，無「紫薇郎」之説。

後宫詞

雨露由來一點恩，爭能遍布及千門？三千宫女臙脂面，幾箇春來無淚痕？（1220）

【注】

朱《箋》：作於長慶元年（八二一），長安。

卜居

遊宦京都二十春，貧中無處可安貧①。長羨蝸牛猶有舍，不如碩鼠解藏身。且求容立錐頭地，免似漂流木偶人。但道吾廬心便足，敢辭湫隘與囂塵。（1221）

【校】

①〔遊宦〕二句　何校據黄校謂各本二句誤倒。

【注】

朱《箋》：作於長慶元年（八二一），長安。

〔長羨蝸牛猶有舍，不如碩鼠解藏身〕蝸牛舍，見卷五《效陶潛體詩十六首》「南巷有貴人」首（0224）注。《史記·李斯列傳》：「年少時，爲郡小吏，見吏舍厠中鼠食不絜，近人犬，數驚恐之。斯入倉，觀倉中鼠，食積粟，居大廡之下，不見人犬之扰。於是李斯乃歎曰：『人之賢不肖譬如鼠矣，在所自處耳。』」

〔且求容立錐頭地，免似漂流木偶人〕《莊子·盜跖》：「堯舜有天下，子孫無置錐之地。」《戰國策·齊策三》：「今者臣來，過於淄上，有土偶人與木偶人相與語，木偶人謂土偶人曰：『子，西岸之土也，埏子以爲人，至歲八月，降雨下，淄水至，則子殘矣。』土偶人曰：『不然。吾，西岸之土也，吾殘，則復西岸耳。今子，東國之桃梗也，刻削以爲人，降雨下，淄水至，流子而去，則子漂漂然將何所之也？』」

〔但道吾廬心便足，敢辭湫隘與囂塵〕陶淵明《讀山海經》：「衆鳥欣有託，吾亦愛吾廬。」《左傳》昭公三年：「景公欲更晏子之宅，曰：『子之宅近市，湫隘囂塵，不可以居，請更諸爽塏者。』」

題新居寄元八

青龍岡北近西邊，移入新居便泰然。冷巷閉門無客到，暖簷移榻向陽眠。階庭寬窄纔容足①，牆壁高低粗及肩。莫羡昇平元八宅，自思買用幾多錢。（1222）

【校】

①〔階庭〕馬本、《唐音統籤》、汪本作「階墀」。

【注】

朱《箋》：作於長慶元年（八二一），長安。

〔元八〕朱《箋》：「元宗簡。」見卷十《答元郎中楊員外喜烏見寄》（0521）注。

〔青龍岡北近西邊，移入新居便泰然〕白氏新昌坊新居，見卷二《和答詩十首》（0100）序注。新昌坊青龍寺北枕高原。《唐兩京城坊考》卷三新昌坊：「（青龍寺）北枕高原，南望爽塏，爲登眺之美。」

〔莫羡昇平元八宅，自思買用幾多錢〕元宗簡昇平坊宅，見卷十五《和元八侍御升平新居四絶句》（0828）。

登龍尾道南望憶廬山舊隱

龍尾道邊來一望，香爐峰下去無因。青山舉眼三千里，白髮平頭五十人。自笑形骸紆組綬，將何言語掌絲綸？君恩壯健猶難報，况被年年老逼身。（1223）

【注】

朱《箋》：作於長慶元年（八二一），長安。

〔龍尾道〕見卷十一《早祭風伯因懷李十一舍人》（0539）注。

〔青山舉眼三千里，白髮平頭五十人〕本書卷二八《除夜》（2064）：「火銷燈盡天明後，便是平頭六十人。」翟灝《通俗編》卷三二：「白居易：『青山舉眼三千里，白髮平頭五十人。』又：『火銷燈盡天明後，便是平頭六十人。』按，計數逢十，今俗謂之齊頭數。平與齊同。」

馮閣老處見與嚴郎中酬和詩因戲贈絶句

乍來天上宜清淨，不用迴頭望故山。縱有舊遊君莫憶，塵心起即墮人間。（1224）

【注】

朱《箋》：作於長慶元年（八二一），長安。

〔馮閣老〕朱《箋》：「馮宿。」《舊唐書·馮宿傳》：「長慶元年，以本官知制誥。二年，轉兵部郎中，依前充職。」

〔嚴郎中〕朱《箋》：「嚴休復。」見卷八《嚴十八郎中在郡日改制東南樓因名清輝未立標牓徵歸郎署予既到郡性愛樓居宴遊其間頗有幽致聊成十韻兼戲寄嚴》（0365）注。元稹《永福寺石壁法華經記》：「其輸錢之貴者，若杭州刺史、吏部郎中嚴休復。」

見于給事暇日上直寄南省諸郎官詩因以戲贈

倚作天仙弄地仙，誇張一日抵千年。黄麻敕勝長生籙，白紵辭嫌内景篇。雲彩誤居青瑣地①，風流合在紫微天。東曹漸去西垣近，鶴駕無妨更著鞭。（1225）

【校】

①〔雲彩誤〕《文苑英華》作「雪貌莫」。

【注】

朱《箋》：作於長慶元年（八二一），長安。

〔于給事〕朱《箋》：「于敖。」《舊唐書·于敖傳》：「長慶四年，入爲吏部郎中。其年，遷給事中。」朱《箋》：「據白氏此詩，則敖長慶初已爲給事中，疑《舊傳》所記有誤。」

〔南省〕尚書省。《通典》卷二一中書省：「時謂尚書省爲南省，門下、中書爲北省，亦謂門下省爲左省，中書爲右省，或通謂之兩省。」

〔暇日上直〕盧校：「案，暇日上直頗難解，觀詩語，似于乃道流，故齋醮之暇乃至官曹也。」朱《箋》：「盧校非。暇日即假日。……假日上直蓋今之假日加班或值班也。」

〔倚作天仙弄地仙，誇張一日抵千年〕地仙，尚書省郎官稱仙郎，地仙蓋指此。參見卷十四《八月十五夜聞崔大員外翰林獨直對酒玩月因懷禁中清景偶題是詩》(0733)注。《北齊書·恩幸傳·和士開》：「至説世祖云：『自古帝王，盡爲灰燼，堯、舜、桀、紂，竟復何異？陛下宜及少壯，恣意作樂，縱横行之，即是一日快活敵千年。』」

〔黄麻敕勝長生籙，白紵辭嫌内景篇〕《唐會要》卷五七翰林院：「故事，中書以黄白二麻爲綸命重輕之辨。近者所由，猶得用黄麻。其白麻皆在此院。自非國之重事拜授，于德音赦宥者，則不得由于斯矣。」《雲笈七籤》卷三《左乙混洞東蒙録》：「左乙東蒙之録，又名三天不死之章。……次有中品，名長生之籙，又名黄籙白簡，又名玉牒金篇。」《宋書·樂志》：「又有《白紵舞》，按舞巾有巾袍之言，紵本吴地所出，宜是吴舞也。」《舊唐書·音樂志二》：「《白紵》，沈約云：紵本吴地所出，疑是吴舞也。梁帝又令約改其辭，其《四時白紵》之歌，約集所載是也。今中原有《白紵曲》，辭旨與此全殊。」《雲笈七籤》卷十一《上清黄庭内景經·釋題》：「黄者，中央之色也。庭者，四方之中也。外指事，即天中、人中、地中。内指事，即腦中、心中、脾中。故曰黄庭内者，心也。景者，象也。外象之諭，即日月、星辰、雲霞之象。内象之諭，即血肉、筋骨、藏府之象也。心居身内，存觀一體之象色，故曰内景也。」

〔雲彩誤居青瑣地，風流合在紫微天〕青瑣，見卷十五《渭村退居寄禮部崔侍郎翰林錢舍人詩一百韻》(0803)注。

紫微天，指中書省。參見本卷《紫薇花》（1219）注。

〔東曹漸去西垣近，鶴駕無妨更著鞭〕東曹，指給事中。參見卷八《林下閑步寄皇甫庶子》（0382）注。西垣，中書省。見本卷《西省對花憶忠州東坡新花樹因寄題東樓》（1208）注。

題新昌所居

宅小人煩悶①，泥深馬鈍頑。街東閑處住，日午熱時還。院窄難栽竹，牆高不見山。唯應方寸内，此地覓寬閑②。（1226）

【校】

①〔煩悶〕馬本、《唐音統籤》作「煩惱」。

②〔覓寬閑〕馬本、《唐音統籤》作「覺寬閑」。

【注】

朱《箋》：作於長慶元年（八二一），長安。

〔新昌居〕見本卷《題新居寄元八》（1222）注。

西省北院新構小亭種竹開窗東通騎省與李常侍隔窗小飲各題四韻①

結託白鬚伴，因依青竹叢。題詩新壁上，過酒小窗中。深院晚無日，虛簷涼有風。金貂

醉看好，迴面紫垣東②。（1227）

【校】

①〔題〕「通」馬本、《唐音統籤》作「過」。

②〔迴面〕《全唐詩》作「迴首」。

【注】

朱《箋》：作於長慶元年（八二一），長安。

〔騎省〕左右散騎省。《通典》卷二一門下省散騎常侍：「晉太始中，令員外散騎常侍二人與散騎常侍通員直，因曰通直散騎常侍，……雖隸門下，而別爲一省。……（唐）貞觀十七年，復置爲職事官。始以劉洎爲之。其後定制，置四員，屬門下，掌侍從規諫。顯慶二年，遷二員隸中書，遂分爲左右。」《東坡題跋》卷三：「元祐元年，予爲中書舍人，時執政患本省事多漏洩，欲以舍人廳後作露籬，禁同省往來。予白執政，應須簡要清通，何必樹籬插棘。諸公笑而止。明年，竟作之。暇日，偶讀樂天集，有云：『西省北院，新構小亭，種竹開窗，東通騎省，與李常侍隔窗小飲作詩。』乃知唐時得西掖作窗以通東省，而今日本省不得往來，可歎也。」程大昌《雍錄》卷八：「予案樂天《西掖》詩云：『結託白鬚伴，因依青竹叢。題詩新壁上，過酒小窗中。』其謂開窗過酒者，是從本省之地開窗以通本省右常侍之直而過酒對飲，非能自西掖開窗以與東省之左常侍對飲也。按《六典》：宣政殿前有兩廡，兩廡各自有門，其東曰日華，日華之東，則門下省也。以其地居殿廡之左，故又曰左省也。凡兩省官繫銜以左者，如左散騎、左諫議、給事中，皆其屬也。西廊有門曰月華，月華之西，即中書省也。凡繫銜爲右者，如右諫議、右常侍、中書舍人，則其屬也。故東西兩省皆有騎省，爲其各分左右，而常侍亦分左右也。樂天之爲舍人也，雖嘗自西掖北院開窗以通騎省，而其所通者本省散騎之直，非東省常侍之直也。東騎省自在日華門之東，而西騎省亦在月華門之西，日華、月華門内有宣政殿據間其中，而兩省又遂分處日華、月華之外，無由止隔一窗而可度酒對飲也。其曰開窗東通騎省者，當是右騎省，直舍在舍人院東，其南面有户，而北面無之，故樂天遂於省北創亭而鑿右騎省牖以過酒食也。凡此所引，皆宣政殿下東西兩省位置也。別有中書、門下外省者，又在承天門外，兩省官亦分左右，各爲廨舍，而承天門前有朱雀街，東省則處街左，西省則處街右，中間正隔通衢，愈無鑿壁過酒之理也。老杜詩曰：『退朝花底散，歸院柳邊迷。』其曰散者，分班而出東西，各歸其廨也。然則東坡所謂西掖可通東騎省者，恐別有所見也。」

〔李常侍〕名不詳。

〔金貂醉看好，迴面紫垣東〕《晉書·阮孚傳》：「遷黄門侍郎、散騎常侍，嘗以金貂換酒，復爲所司彈劾，帝宥之。」《通典》卷二一門下省散騎常侍：「散騎常侍掌規諫，不典事，貂璫插右，騎而散從」；「左散騎與侍中左貂，右散騎與中書令右貂，謂之八貂。」紫垣，中書省。見本卷《初除主客郎中知制誥與王十一李七元九三舍人中書同宿話舊感懷》（1207）注。

酬元郎中同制加朝散大夫書懷見贈

命服雖同黄紙上，官班不共紫垣前。青衫脱早差三日，白髮生遲校九年。曩者定交非勢利，老來同病是詩篇。終身擬作卧雲伴，逐月須收燒藥錢。五品足爲婚嫁主，緋袍著了

好歸田。(1228)

【注】

朱《箋》：作於長慶元年（八二一），長安。

〔元郎中〕朱《箋》：「元宗簡。」見卷十《答元郎中楊員外喜烏見寄》(0521)注。

〔五品足爲婚嫁主，緋袍著了好歸田〕《舊唐書·職官志一》從第五品下階：「朝散大夫，文散官。」《舊唐書·白居易傳》：「其年冬，召還京師，拜司門員外郎。明年，轉主客郎中、知制誥，加朝散大夫，始著緋。」參見本卷《重和元少尹》(1214)注。

初著緋戲贈元九

晚遇緣才拙，先衰被病牽。那知垂白日，始是著緋年。身外名徒爾，人間事偶然。我朱君紫綬，猶未得差肩。(1229)

【注】

朱《箋》：作於長慶元年（八二一），長安。

〔我朱君紫綬，猶未得差肩〕白居易《河南元公墓誌銘》(《白氏文集》卷七十)：「長慶初，穆宗嗣位。舊聞公名，以膳部員外郎徵用。既至，轉祠部郎中，賜緋魚袋，知制誥。……擢授中書舍人，賜紫金魚袋，翰林學士承旨。」《重修承旨學士壁記》：「元稹，長慶元年二月十六日自祠部郎中、知制誥充，仍賜紫。十七日，拜中書舍人。十月，遷工部侍郎出院。」知元稹此時已賜紫。

和韓侍郎苦雨

潤氣凝柱礎，繁聲注瓦溝。闇留窗不曉，涼引簟先秋。葉濕蠶應病，泥稀燕亦愁。仍聞放朝夜，誤出到街頭。（1230）

【注】

朱《箋》：作於長慶元年（八二一），長安。

〔韓侍郎〕朱《箋》「韓愈。」《舊唐書·穆宗紀》：「（長慶元年秋七月）以國子祭酒韓愈爲兵部侍郎。」

〔潤氣凝柱礎，繁聲注瓦溝〕《淮南子·說林訓》：「山雲蒸，柱礎潤。」

〔葉濕蠶應病，泥稀燕亦愁〕蠶病，見卷五《效陶潛體詩十六首》「東家采桑婦」首（0213）注。

連雨

風雨闇蕭蕭，雞鳴暮復朝。碎聲籠苦竹，冷翠落芭蕉。水鳥投簷宿，泥蛙入户跳。仍聞

蕃客見，明日欲追朝。（1231）

【注】

朱《箋》：作於長慶元年（八二一），長安。

〔仍聞蕃客見，明日欲追朝〕追朝，據文意，當是追加之朝班。《南部新書》丁：「大中十二年七月十四日，三更三點追朝，唯宰臣夏侯孜獨到衙，以大夫李景讓爲西川節度使。時中元假，通事舍人無在館者。」盧文紀《請振敕辭謝朝班告假事例奏》：「又准故事，常參官每日趨朝，不合無故請假。……若遇起居入閣、參假追朝、御樓謝賀、行香城外，班並合到，不到書罰。」

初加朝散大夫又轉上柱國

紫微今日煙霄地，赤嶺前年泥土身。得水魚還動鱗鬣，乘軒鶴亦長精神。且慚身忝官階貴，未敢家嫌活計貧。柱國勳成私自問，有何功德及生人？（1232）

【注】

朱《箋》：作於長慶元年（八二一），長安。

〔轉上柱國〕參見卷八《馬上作》（0344）注。

〔紫微今日煙霄地，赤嶺前年泥土身〕紫微，中書省。參見本卷《紫薇花》（1219）注。赤嶺，見卷十六《酬元員外三月三十日慈恩寺相憶見寄》（0984）注。

行簡初授拾遺同早朝入閤因示十二韻

夜色尚蒼蒼，槐陰夾路長。聽鐘出長樂，傳鼓到新昌。宿雨沙堤潤，秋風樺燭香。馬驕欺地軟，人健得天涼。待漏排閶闔，停珂擁建章。爾隨黄閣老，吾次紫微郎。並入連稱籍，齊趨對折方。鬭班花接萼，綽立雁分行。近職誠爲美，微才豈合當。綸言難下筆，諫紙易盈箱。老去何僥倖，時來不料量。唯求殺身地①，相誓答恩光。（1233）

【校】

①〔殺身〕《文苑英華》、汪本作「致身」。

【注】

朱《箋》：作於長慶元年（八二一），長安。

〔行簡〕《舊唐書·白行簡傳》：「十五年，居易入朝爲尚書郎，行簡亦授左拾遺，累遷司門員外郎、主客郎中。」證之詩，其授左拾遺在本年。

〔入閤〕見卷十五《渭村退居寄禮部崔侍郎翰林錢舍人詩一百韻》（0803）注。

〔聽鐘出長樂，傳鼓到新昌〕長樂，漢長樂宮。《史記·淮陰侯列傳》：「呂后使武士縛信，斬之長樂鐘室。」正義：「長樂宮懸鐘之室。」新昌，新昌坊。見本卷《題新居寄元八》(1222)注。

〔宿雨沙堤潤，秋風樺燭香〕沙堤，見卷二《傷友》(0078)注。樺燭，以樺爲火炬。本書卷二五《早朝》(1786)：「月堤槐露氣，風燭樺煙香。」元稹《友封體》：「樺燭焰高黄耳吠，柳堤風靜紫騮聲。」鄭谷《寄同年禮部趙郎中》：「樺飄紅燼趨朝路，蘭縱清香宿省時。」《太平廣記》卷一百六《段文昌》(出《酉陽雜俎》)：「吏僕皆睡，俾燭樺四索，初無所見。」

〔待漏排閶闔，停珂擁建章〕停珂，參見卷二《續古詩十首》之六(0071)「鳴玉珂」注。建章，漢建章宮。《漢書·郊祀志下》：「上還，以柏梁災故，受計甘泉。……勇之乃曰：『粵俗有火災，復起屋，必以大，用勝服之。』於是乃作建章宮，度爲千門萬户。」

〔爾隨黄閣老，吾次紫微郎〕黄閣，門下省。張説《讓起復黄門侍郎第三表》：「臣今拜職黄閣，侍奉丹墀。」李華《含元殿賦》：「左黄閣而右紫微，命伊臯以爲長。」紫微郎，中書舍人。見本卷《紫薇花》(1219)注。

〔並入連稱籍，齊趨對折方〕籍，門籍。參見卷十六《東南行一百韻寄通州元九侍御澧州李十一舍人果州崔二十二使君開州韋大員外庾三十二補闕杜十四拾遺李二十助教員外竇七校書》(0902)注。折方，方折之倒文。邊韶《塞賦》：「趨隅方折，禮之容也。」《詩·小雅·賓之初筵》孔穎達疏：「以賓與主人爲禮，隨其左右之宜，其行或方折，或迴旋，相揖而辭讓也。」

〔鬬班花接萼，綽立雁分行〕鬬班，兩省朝班分左右，稱鬬班。元稹《酬東川李相公十六韻》：「鬬班香案上，奏語玉晨尊。」《酬翰林白學士代書一百韻》：「鬬班雲洶湧，開扇雉參差。」《全唐文》卷九六七闕名《定宰相兩省官拜賀朝儀奏》：「臣等請御殿日昧爽，宰相兩省官鬬班於香案前，俟扇開，通事贊兩省官再拜。」丘遲《與陳伯之書》：「今功臣名將，雁行有序。」《文選》李善注：「應劭《漢官儀》：典職楊喬糾羊柔曰：『柔知丞郎雁行，威儀有序。』」

立秋日登樂遊園

獨行獨語曲江頭，迴馬遲遲上樂遊。蕭颯涼風與衰鬢，誰教計會一時秋①？（1234）

【校】

①〔計會〕馬本作「同會」。

【注】

朱《箋》：作於長慶元年（八二一），長安。

〔樂遊園〕見卷一《登樂遊園望》（0026）注。

〔蕭颯涼風與衰鬢，誰教計會一時秋〕計會，計算、謀劃。《清調曲·西門行》：「自非仙人王子喬，計會壽命難與期。」《太平廣記》卷二八一《李進士》（出《廣異記》）：「王限十五日，計會不了，當更追對。」

新秋早起有懷元少尹

秋來轉覺此身衰，晨起臨階盥漱時。漆匣鏡明頭盡白，銅瓶水冷齒先知。光陰縱惜留難

住，官職雖榮得已遲①。老去相逢無別計，强開笑口展愁眉。（1235）

【校】

①〔雖榮〕馬本、《唐音統籤》作「雖多」。

【注】

朱《箋》：作於長慶元年（八二一），長安。

〔元少尹〕朱《箋》：「元宗簡。」見本卷《和元少尹新授官》（1212）注。

夜箏

紫袖紅絃明月中，自彈自感闇低容。絃凝指咽聲停處，別有深情一萬重。（1236）

【注】

朱《箋》：作於長慶元年（八二一），長安。

妻初授邑號告身

弘農舊縣受新封，鈿軸金泥告一通①。我轉官階常自愧，君加邑號有何功？花牋印了

排窠濕，錦幖裝來耀手紅②。倚得身名便慵墮，日高猶睡緑窗中。（1237）

【校】

①〔告一通〕《唐音統籤》作「誥一通」。

②〔錦幖〕馬本、《唐音統籤》作「錦褾」。

【注】

朱《箋》：作於長慶元年（八二一），長安。

〔妻初授邑號〕《舊唐書·職官志二》司封郎中：「三品以上母妻，爲郡夫人。四品母妻，爲郡君。五品若勳官三品有封，母妻爲縣君。散官並同職事。」白居易《繡西方幀讚并序》（《白氏文集》卷七十）：「有女弟子弘農郡君姓楊，號蓮花性。」其後封爲郡君，初封當爲縣君。

〔花牋印了排窠濕，錦幖裝來耀手紅〕窠，印窠。李賀《沙路曲》：「獨垂重印押千官，金窠篆字紅屈盤。」《太平廣記》卷一四〇《汪鳳》（出《集異記》）：「石匱……每面各有朱記七窠，文若謬篆。……有鉦釜……仍以紫印九窠，迴旋印之。」

送客南遷

我説南中事，君應不願聽。曾經身困苦，不覺語丁寧。燒去處愁雲夢，波時憶洞庭。春畬煙勃勃，秋瘴露冥冥。蚊蚋經冬活，魚龍欲雨腥。水蟲能射影，山鬼解藏形。穴掉巴蛇尾，林飄鴆鳥翎。颶風千里黑，藙草四時青。客似驚弦雁，舟如委浪萍。誰人勸言笑，何計慰漂零？慎勿琴離膝，長須酒滿瓶。大都從此去，宜醉不宜醒。（1238）

【注】

朱《箋》：作於長慶元年（八二一），長安。

〔燒處愁雲夢，波時憶洞庭〕燒，放火燒荒。《管子·輕重甲》：「齊之北澤燒火，光照堂下。」注：「獵而行火曰燒。式照反。」雲夢，見卷一《雜興三首》（0018）注。

〔春畬煙勃勃，秋瘴露冥冥〕畬田，見卷二《贈友五首》之二（0086）注。

〔水蟲能射影，山鬼解藏形〕水蟲，見卷二《讀史五首》之四（0098）注。

〔穴掉巴蛇尾，林飄鴆鳥翎〕《山海經·海内南經》：「巴蛇食象，三歲而出其骨。」《太平廣記》卷四四一《蔣武》（出《傳奇》）：「猩猩曰：『象有難，知我能言，故負吾而相投耳。……此山南二百餘里，有鑿空之大巖穴，中有巴蛇，長數百尺，電光而閃其目，劍刃而利其牙，象之經過，咸被吞噬。』」《晉書·石崇傳》：「崇在南中，得鴆鳥雛，以與後軍將軍王愷。時制，鴆鳥不得過江，爲司隸校尉傅祗所糾，詔原之，燒鴆於都街。」

〔颶風千里黑，藙草四時青〕《太平御覽》卷九引《南越志》：「熙安間多颶風，颶者，具四方之風也。一曰懼風，言怖懼也。」杜甫《除草》詩注：「去藙草也。」張邦基《墨莊漫錄》卷七：「川峽間有一種惡草，羅生於野，雖人家庭砌亦有之，土人呼爲藙麻。其枝葉拂人肌肉，即成瘡疱，浸淫潰爛，久不能愈。杜子美《除草》詩所謂：『草有害於人，曾何生阻修。其毒甚蜂蠆，其多彌道週。』蓋謂此也。」

暮歸

不覺百年半，何曾一日閑？朝隨燭影出，暮趁鼓聲還。甕裏非無酒，牆頭亦有山。歸來長困卧①，早晚得開顏？（1239）

【校】

①〔長困卧〕馬本、《唐音統籤》作「常困卧」。

【注】

朱《箋》：作於長慶元年（八二一），長安。

〔歸來長困卧，早晚得開顏〕早晚，何時。《太平廣記》卷三九《劉晏》（出《逸史》）：「劉公曰：『早晚當至？』曰：『明日合來。』」

寄遠

欲忘忘未得，欲去去無由。兩腋不生翅，二毛空滿頭。坐看新落葉，行上最高樓。瞑色無邊際，茫茫盡眼愁。（1240）

【注】

朱《箋》：作於長慶元年（八二一），長安。

舊房

遠壁秋聲蟲絡絲，入簷新影月低眉。牀帷半故簾旌斷，仍是初寒欲夜時。（1241）

【注】

朱《箋》：作於長慶元年（八二一），長安。

〔遠壁秋聲蟲絡絲，入簷新影月低眉〕本書卷二四《秋寄微之十二韻》（1630）：「飢啼春穀鳥，寒怨絡絲蟲。」見該詩注。

〔牀帷半故簾旌斷，仍是初寒欲夜時〕簾旌，簾帷。李商隱《正月崇讓宅》：「蝙拂簾旌終展轉，鼠翻窗網小驚猜。」吳融《箇人三十韻》：「匣鏡金螭怒，簾旌繡獸獰。」

錢侍郎使君以題廬山草堂詩見寄因酬之①

殷勤江郡守，悵望掖垣郎。慚見新瓊什，思歸舊草堂。事隨心未得，名與道相妨。若不休官去，人間到老忙。（1242）

【校】

①〔題〕「寄」《文苑英華》作「示」，「因酬」作「以戲」。

【注】

朱《箋》：作於長慶元年（八二一），長安。

〔錢侍郎〕朱《箋》：「錢徽。」見卷十一《登龍昌上寺望江南山懷錢舍人》（0556）注。《舊唐書·穆宗紀》：「（長慶元年四月）貶禮部侍郎錢徽爲江州刺史。」徽因進士榜覆試之事被貶，見《舊唐書·錢徽傳》。

寄山僧　時年五十。

眼看過半百，早晚掃巖扉。白首誰留住①，青山自不歸。百千萬劫障，四十九年非。會擬抽身去，當風抖擻衣②。（1243）

【校】

①〔留住〕《文苑英華》刊本作「能住」。

②〔當風〕《文苑英華》刊本作「東風」。

【注】

朱《箋》：作於長慶元年（八二一），長安。

〔白首誰留住，青山自不歸〕參見卷七《昔與微之在朝日同蓄休退之心迨今十年淪落老大追尋前約且結後期》（0313）注。

〔百千萬劫障，四十九年非〕四十九年非，見卷八《自詠》（0381）注。

〔會擬抽身去，當風抖擻衣〕抖擻，見卷六《遊悟真寺詩一百三十韻》（0261）注。

慈恩寺有感

時杓直初逝，居敬方病。

自問有何惆悵事，寺門臨入却遲迴。李家哭泣元家病，柿葉紅時獨自來。（1244）

【注】

朱《箋》：作於長慶元年（八二一），長安。

〔慈恩寺〕見卷十三《代書詩一百韻寄微之》（0604）注。

〔杓直〕李建。見卷八《感舊紗帽》（0342）注。

〔居敬〕元宗簡字居敬。見卷五《答元八宗簡同遊曲江後明日見贈》（0174）。

酬嚴十八郎中見示

口厭含香握厭蘭，紫微青瑣舉頭看。忽驚鬢後蒼浪髮，未得心中本分官。夜酌滿容花色

煖，秋吟切骨玉聲寒。承明長短君應入，莫憶家江七里灘。（1245）

【注】

朱《箋》：作於長慶元年（八二十一），長安。

〔嚴十八郎中〕朱《箋》：「嚴休復。」見本卷《馮閣老處見與嚴郎中酬和詩因戲贈絶句》（1224）注。

〔口厭含香握厭蘭，紫微青瑣舉頭看〕含香，見卷十五《渭村退居寄禮部崔侍郎翰林錢舍人詩一百韻》（0803）注。握蘭，見卷十四《和錢員外早冬玩禁中新菊》（0745）注。

〔忽驚鬢後蒼浪髮，未得心中本分官〕《舊唐書・孝友傳・李日知》：「書生至此，已過本分，人情無厭，若恣其心，是無止足之日。」《北夢瑣言》卷四：「唐薛尚書能，以文章自負，……鎮許昌日，幕吏咸集，令其子具櫜鞬，參諸幕客。幕客怪驚，八座曰：『俾渠消災。』蓋不得本分官，矯此以見志，非輕薄乎。」

〔承明長短君應入，莫憶家江七里灘〕承明廬，見卷七《聞早鶯》（0292）注。《後漢書・逸民傳・嚴光》：「乃耕於富春山，後人名其釣處爲嚴陵瀨焉。」李賢注引顧野王《輿地志》：「七里瀨在東陽江下，與嚴陵瀨相接，有嚴山。」

寄王秘書

霜菊花萎日，風梧葉碎時。怪來秋思苦，緣詠秘書詩。（1246）

【注】

朱《箋》：作於長慶元年（八二一），長安。

〔王秘書〕朱《箋》：「王建。」事迹略見范攄《雲溪友議》及《唐才子傳》。張籍有《酬秘書王丞見寄》。韓愈有《玩月喜張十八員外以王六秘書至》。證以此詩，建官秘書丞在長慶元年。

中書寓直①

繚繞宮牆圍禁林②，半開閶闔曉沈沈。天晴更覺南山近，月出方知西掖深。病對詞頭慚彩筆，老看鏡面愧華簪。自嫌野物將何用，土木形骸麋鹿心。（1247）

【校】

①〔題〕《文苑英華》作「中書直堂」。

②〔禁林〕《文苑英華》作「禁苑」。

【注】

朱《箋》：作於長慶元年（八二一），長安。

〔天晴更覺南山近，月出方知西掖深〕南山，終南山。見卷一《送王處士》（0045）注。西掖，中書省。見卷十一《西掖早秋直夜書意》（0564）注。

〔病對詞頭慚彩筆，老看鏡面愧華簪〕詞頭，制詞。白居易《論左降獨孤朗等狀》（《白氏文集》卷六十）：「其獨孤朗等四人出官詞頭，臣已封訖。」

〔自嫌野物將何用，土木形骸麋鹿心〕《世説新語·容止》：「劉伶身長六尺，貌甚醜悴，而悠悠忽忽，土木形骸。」麋鹿心，見卷六《自題寫真》(0226)注。

自問

黑花滿眼絲滿頭，早衰因病病因愁。宦途氣味已諳盡，五十不休何日休？(1248)

【注】

朱《箋》：作於長慶元年(八二一)，長安。

曲江獨行招張十八

曲江新歲後，冰與水相和。南岸猶殘雪，東風未有波。偶遊身獨自①，相憶意如何？莫待春深去，花時鞍馬多。(1249)

【校】

①〔獨自〕要文抄本作「猶自」。

【注】

朱《箋》：作於長慶元年（八二一），長安。

〔張十八〕朱《箋》：「張籍。」見卷一《讀張籍古樂府》（0002）注。

〔莫待春深去，花時鞍馬多〕王昆吾《唐代酒令藝術》謂此「鞍馬」指鞍馬令。見卷十六《東南行一百韻》（0902）注。

新居早春二首

静巷無來客，深居不出門。鋪沙蓋苔面，掃雪擁松根。漸暖宜閑步，初晴愛小園。覓花都未有，唯覺樹枝繁。（1250）

【注】

朱《箋》：作於長慶元年（八二一），長安。

地潤東風暖，閑行踏草牙。呼童遣移竹，留客伴嘗茶。霤滴簷冰盡，塵浮隙日斜。新居未曾到，鄰里是誰家？（1251）

新昌新居書事四十韻因寄元郎中張博士

冒寵已三遷，歸朝始二年。囊中貯餘俸，園外買閑田①。狐兔同三逕，蒿萊共一廛。新園聊剗穢，舊屋且扶顛。簷漏移傾瓦，梁欹換蠹椽。平治遶臺路，整頓近階甎。巷狹開容駕，牆低壘過肩。門閭堪駐蓋，堂室可鋪筵。丹鳳樓當後，青龍寺在前。市街塵不到，宮樹影相連。省吏嫌坊遠，豪家笑地偏。敢勞賓客訪，或望子孫傳。不覓他人愛，唯將自性便。等閑栽樹木，隨分占風煙。逸致因心得，幽期遇境牽。松聲疑澗底，草色勝河邊。虛潤冰銷地，晴和日出天。苔行滑如簟，莎坐軟於緜。簾每當山卷，帷多待月褰。籬東花掩映，窗北竹嬋娟。迹慕青門隱，名慚紫禁仙。假歸思晚沐，朝去戀春眠。拙薄才無取，疏慵職不專。題牆書命筆，沽酒率分錢。柏杵舂靈藥，銅瓶漱暖泉。爐香穿蓋散，籠燭隔紗然。陳室何曾掃，陶琴不要絃。屏除俗事盡，養活道情全。尚有妻孥累，猶爲組綬纏。終須抛爵祿，漸擬斷腥羶。大底宗莊叟②，私心事竺乾。浮榮水劃字，真諦火生蓮。梵部經十二，玄書字五千。是非都付夢，語默不妨禪。博士官猶冷，郎中病已痊。多同僻處住，久結靜中緣。緩步攜筇杖，徐吟展蜀牋。老宜閑語話，悶憶好詩篇。蠻榼來方瀉，蒙茶到始煎。無辭數相見，鬢髮各蒼然。（1252）

【校】

①〔園外〕那波本作「圍外」，汪本作「郭外」。

②〔大底〕馬本、《唐音統籤》作「大抵」。

【注】

陳《譜》、朱《箋》：作於長慶元年（八二一），長安。

〔元郎中〕朱《箋》：「元宗簡。」見卷十《答元郎中楊員外喜烏見寄》（0521）注。

〔張博士〕朱《箋》：「張籍。……韓愈元和十五年冬自袁州召還，至長慶元年薦籍爲博士，其長慶元年作《雨中寄張博士籍侯主簿喜》詩及白氏《喜張十八博士除水部員外郎》詩（本卷1268），均可證。」

〔冒寵已三遷，歸朝始二年〕陳《譜》：「三遷謂司門、主客、中書也。」《舊唐書·穆宗紀》：「（長慶元年冬十月）壬午，以尚書主客郎中、知制誥白居易爲中書舍人。」

〔狐兔同三逕，蒿萊共一廛〕三逕，見卷十五《渭村退居寄禮部崔侍郎翰林錢舍人詩一百韻》（0803）注。《孟子·滕文公》：「遠方之人，聞君行仁政，願受一廛而爲氓。」

〔平治遶臺路，整頓近階甎〕平治，整治。見卷十八《郡齋暇日憶廬山草堂兼寄二林僧社三十韻多叙貶官已來出處之意》（1104）注。

〔門閭堪駐蓋，堂室可鋪筵〕駐蓋，見卷五《效陶潛體詩十六首》「南巷有貴人」首（0224）注。

〔丹鳳樓當後，青龍寺在前〕丹鳳樓，即大明宮丹鳳門。《唐會要》卷四四雜災變：「（貞元）四年正月，上御丹鳳樓宣赦。」青龍寺，見卷九《青龍寺早夏》（0411）注。按，青龍寺在新昌坊南門之東，居易宅在坊北，坐北向南，故青龍寺在其前，而丹鳳樓遠在其後。

〔等閑栽樹木，隨分占風煙〕隨分，見卷二《續古詩十首》之七（0071）注。

〔迹慕青門隱，名慚紫禁仙〕青門，見卷一《寄隱者》（0058）注。

〔陳室何曾掃，陶琴不要絃〕《後漢書·陳蕃傳》：「蕃年十五，嘗閑處一室，而庭宇蕪穢，父友同郡薛勤來候之，謂蕃曰：『孺子何不洒掃以待賓客？』蕃曰：『大丈夫處世，當掃除天下，安事一室乎！』」《晉書·陶潛傳》：「性不解音，而畜素琴一張，絃徽不具，每朋酒之會，則撫而和之，曰：『但識琴中趣，何勞絃上聲。』」

〔屏除俗事盡，養活道情全〕道情，見卷十五《歲暮道情二首》（0892）注。

〔大底宗莊叟，私心事竺乾〕莊叟，莊子。竺乾，印度古稱。《弘明集》卷一《正誣論》：「故其經云：『聞道竺乾有古先生，善入泥洹，不始不終，永存綿綿。』竺乾者，天竺也。」

〔浮榮水劃字，真諦火生蓮〕桓譚《新論·啓寤》：「畫水鏤冰，與時消釋。」《大般涅槃經》卷一：「是身無常，念念不住，猶如電光、暴水、巧炎。亦如畫水，隨畫隨合。」《維摩經·佛道品》：「火中生蓮華，是可謂希有。在欲而行禪，希有亦如是。」

〔梵部經十二，玄書字五千〕十二部經，亦稱十二分教。《圓覺經》：「善男子，是經百千萬億恒河沙諸佛所説，三世如來之所守護，十方菩薩之所歸依，十二部經，清淨眼目。」字五千，指《老子》。

〔是非都付夢，語默不妨禪〕《大般若波羅蜜多經》卷四八九：「寤寐語默，入出諸定，皆念正知，是爲菩薩摩訶薩行深般若波羅蜜多時。」

〔緩步攜筇杖，徐吟展蜀牋〕筇杖，見卷六《秋遊原上》（0244）注。《唐國史補》卷下：「紙則有越之剡藤苔牋，蜀之麻面、屑末、滑石、金花、長麻、魚子、十色牋，揚之六合牋，韶之竹牋，蒲之白薄、重抄，臨川之滑薄。」《唐摭言》卷十三：「目御前有蜀牋數十幅，因命授之。」

〔蠻榼來方瀉，蒙茶到始煎〕本書卷二六《夜招晦叔》(1908)：「高調秦箏一兩弄，小花蠻榼二三升。」薛逢《元日田家》：「蠻榼出門兒婦去，烏龍迎路女郎來。」《唐國史補》卷下：「風俗貴茶，茶之名品益衆。劍南有蒙頂石花，或小方，或散牙，號爲第一。」范鎮《東齋記事》卷四：「蜀之産茶凡八處：雅州之蒙頂、蜀州之味江、邛州之火井、嘉州之中峰、彭州之堋口、漢州之楊村、綿州之獸目、利州之羅村。然蒙頂爲最佳也。其生最晚，常在春夏之交。其芽長二寸許，其色白，味甘美，而其性温暖，非他茶之比。蒙頂者，《書》所謂『蔡、蒙旅平』者也。」

喜敏中及第偶示所懷

自知羣從爲儒少，豈料詞場中第頻。桂折一枝先許我，楊穿三葉盡驚人。始予進士及第，行簡次之，敏中又次之。轉於文墨須留意，貴向煙霄早致身。莫學爾兄年五十，蹉跎始得掌絲綸。(1253)

【注】

朱《箋》：作於長慶二年(八二二)，長安。陳《譜》、汪《譜》繫於長慶元年，非是。

〔敏中〕白敏中，居易從弟。白居易《唐故溧水縣令太原白府君墓誌銘》(《白氏文集》卷七十)：「公諱季康，……後夫人高陽敬氏，……子曰敏中，進士出身，前試大理評事，歷河東、鄭滑、邠寧三府掌書記。」新舊《唐書》有傳。

長慶二年登進士第。《唐摭言》卷八：「王相起，長慶中再主文柄，志欲以白敏中爲狀元，病其人與賀拔惎爲交友，惎有文而落拓。因密令親知申意，俾敏中與惎絶。前人復約敏中，爲具以待之。敏中欣然曰：『皆如所教。』既而惎果造門，左右紿以敏中他適，惎遲留不言而去。俄頃，敏中躍出，連呼左右召惎，於是悉以實告。乃曰：『一第何門不至，乃輕負至交。』相與歡醉，負陽而寢。前人覩之，大怒而去。懇告於起，且云不可必矣。起曰：『我比只得白敏中，今當更取賀拔惎矣。』」

〔桂折一枝先許我，楊穿三葉盡驚人〕桂折，見卷十二《醉後走筆酬劉五主簿長句之贈兼簡張大賈二十四先輩昆季》（0581）注。穿楊，見卷十三《叙德書情四十韻上宣歙崔中丞》（0608）注。

久不見韓侍郎戲題四韻以寄之

近來韓閣老，疏我我心知。戶大嫌甜酒，才高笑小詩。静吟乖月夜①，閑醉曠花時。還有愁同處，春風滿鬢絲。（1254）

【校】

①〔乖月〕馬本、《唐音統籤》作「乘月」。

【注】

朱《箋》：作於長慶二年（八二二），長安。「據《舊唐書·穆宗紀》，韓愈自國子祭酒遷兵部侍郎在長慶元年七月，此詩云『春風滿鬢絲』，必爲二年春間所作無疑。花房英樹據汪《譜》繫於長慶元年，非是。」

〔韓侍郎〕朱《箋》：「韓愈。」又：「長慶初之政局，人事極爲紛紜，韓爲裴度之舊僚，元白則交誼深厚，裴度與元稹齟齬，必各樹黨援。故稹於長慶二年六月罷相，居易即於七月出守杭州，此間之關係至爲微妙也。是以白詩中於韓愈每有微詞。如此詩云：『近來韓閣老，疏我我心知。』則暗寓調侃之意。」

〔户大嫌甜酒，才高笑小詩〕户大，見本卷《醉後》（1216）注。又參見卷十七《薔薇正開春酒初熟因招劉十九張大崔二十四同飲》（1048）注。

寄白頭陀

近見頭陀伴，云師老更慵。性靈閑似鶴，顏壯古於松。山裏猶難覓，人間豈易逢。仍聞移住處，太白最高峰。（1255）

【注】

朱《箋》：作於長慶元年（八二一），長安。

〔白頭陀〕朱《箋》：「白氏《沃州山禪院記》（《白氏文集》卷六八）中之『頭陀僧白寂然』，與此疑非一人。」

〔仍聞移住處，太白最高峰〕太白山，見卷五《病假中南亭閑望》（0182）注。

和韓侍郎題楊舍人林池見寄

渠水闇流春凍解，風吹日炙不成凝。鳳池冷暖君諳在，二月因何更有冰？（1256）

【注】

朱《箋》：作於長慶二年（八二二），長安。

〔韓侍郎〕朱《箋》：「韓愈。」韓愈有《早春與張十八博士籍遊楊尚書林亭寄第三閣老兼呈白馮二閣老》詩。

〔楊舍人〕朱《箋》：「楊嗣復。」見卷十八《京使迴累得南省諸公書因以長句詩寄謝蕭五劉二元八吳十一韋大陸郎中崔二十二牛二李七庾三十三李六李十楊三樊大楊十二員外》（1107）注。

〔鳳池冷暖君諳在，二月因何更有冰〕鳳池，見卷八《宿藍橋對月》（0336）注。在，助詞，表示動作之持續。《朝野僉載》卷三：「已取得來，見於後園中放在。」

勤政樓西老柳

半朽臨風樹，多情立馬人。開元一株柳，長慶二年春。（1257）

【注】

朱《箋》：作於長慶二年（八二二），長安。

〔勤政樓〕在興慶宮。《唐會要》卷三十興慶宮：「後於西南置樓，西面題曰花萼相輝之樓，南面題曰勤政務本之樓。」「元和十四年三月，詔左右軍各以官健二千人修勤政樓。」

何焯云：「此刺穆宗荒怠厥政，不得見開元之盛也。公元和時語多發露，此更蘊藏，抑所謂『匡諫者微，哀歎而已』者耶？」鑿實論之，反失其意味。

《唐宋詩醇》卷二四：「不著一字，盡得風流。」

偶題閣下廳

靜愛青苔院，深宜白鬢翁①。貌將松共瘦，心與竹俱空。暖有低簷日，春多颺幕風。平生閑境思②，盡在五言中。（1258）

【校】

①〔白鬢〕馬本、《唐音統籤》、汪本作「白髮」。

②〔境思〕馬本、《唐音統籤》作「境界」。

【注】

朱《箋》：作於長慶二年（八二二），長安。

予與故刑部李侍郎早結道友以藥術爲事與故京兆元尹晚爲詩侶有林泉之期周歲之間二君長逝李住曲江北元居昇平西追感舊遊因貽同志

從哭李來傷道氣，自亡元後減詩情。金丹同學都無益，水竹鄰居竟不成。月夜若爲遊曲水，花時那忍到昇平？如年七十身猶在，但恐傷心無處行。（1259）

【注】

朱《箋》：作於長慶二年（八二二），長安。

〔李侍郎〕朱《箋》：「李建。」卒於長慶元年二月。見卷五《寄李十一建》（0199）注。

〔京兆元尹〕朱《箋》：「元宗簡。」見卷五《答元八宗簡同遊曲江後明日見贈》（0174）注。朱《箋》：「白氏長慶二年所作《晚歸有感》（本書卷十一0568）自注云：『元八少尹今春櫻桃花長逝。』……櫻桃開花在春夏之交，則知宗簡之歿當在長慶二年三、四月間。白氏《故京兆少尹文集序》謂『長慶三年冬遘疾彌留』，當係長慶二年春之誤。」

〔李住曲江北〕參見卷七《秋日懷杓直》(0317)。

〔元居昇平西〕見卷十五《和元八侍御升平新居四絶句》(0828)。

送馮舍人閣老往襄陽①

紫微閣底送君迴，第二廳簾下不開。莫戀漢南風景好，峴山花盡早歸來。(1260)

【校】

①〔題〕「馮」馬本作「馬」。

【注】

朱《箋》：作於長慶二年(八二二)，長安。

〔馮舍人〕朱《箋》：「馮宿。」見本卷《馮閣老處見與嚴郎中酬和詩因戲贈絶句》(1224)注。《舊唐書·馮宿傳》：「長慶元年，以本官知制誥。二年，轉兵部郎中，依前充職。牛元翼以深州不從王庭湊，詔授襄州節度使。元翼未出，深州爲庭湊所圍。二年，以宿檢校右庶子、兼御史中丞，賜紫金魚袋，往總留務。監軍使周進榮不遵詔命，宿以狀聞。元翼既至，宿歸朝，拜中書舍人。」

〔莫戀漢南風景好，峴山花盡早歸來〕《元和郡縣志》卷二一襄陽：「峴山在縣東南九里。山東臨漢水，古今大路。羊祜鎮襄陽，與鄒潤甫共登此山，後人立碑，謂之墮淚碑。」

莫走柳條詞送别

南陌傷心别，東風滿把春。莫欺楊柳弱，勸酒勝於人。（1261）

【注】

朱《箋》：作於長慶二年（八二二），長安。

酬韓侍郎張博士雨後遊曲江見寄

小園新種紅櫻樹，閑遶花行便當遊①。何必更隨鞍馬隊，衝泥蹋雨曲江頭。（1262）

【校】

①〔花行〕馬本、《唐音統籤》作「花枝」。

【注】

朱《箋》：作於長慶二年（八二二），長安。

〔韓侍郎〕朱《箋》：「韓愈。」見本卷《和韓侍郎苦雨》（1230）注。韓愈有《同水部張員外曲江春遊寄白二十二舍人》詩。

〔張博士〕朱《箋》：「張籍。」見本卷《新昌新居書事四十韻因寄元郎中張博士》（1252）注。

元家花

今日元家宅，櫻桃發幾枝？稀稠與顏色，一似去年時。失却東園主，春風可得知？（1263）

【注】

朱《箋》：作於長慶二年（八二二），長安。

〔元家〕朱《箋》：「長安昇平坊元宗簡宅。」參見卷十五《和元八侍御升平新居四絶句》（0828）。

〔失却東園主，春風可得知〕見本卷《予與故刑部李侍郎早結道友以藥術爲事與故京兆元尹晚爲詩侶有林泉之期周歲之間二君長逝李住曲江北元居昇平西追感舊遊因貽同志》（1259）注。

代人贈王員外

好在王員外，平生記得不？共賒黄叟酒，同上莫愁樓。静接殷勤語，狂隨爛熳遊。那知今日眼，相見冷於秋。（1264）

【注】

朱《箋》：作於長慶二年（八二二），長安。

〔王員外〕未詳。

〔好在王員外，平生記得不〕好在，見卷十一《哭諸故人因寄元八》（0548）注。

〔共賒黃叟酒，同上莫愁樓〕黃叟酒，黃公酒。見卷六《晚春沽酒》（0236）注。《舊唐書·音樂志二》：「《莫愁樂》，出於《石城樂》。石城有女子名莫愁，善歌謡，《石城樂》和聲中復有『莫愁』聲，故歌云：莫愁在何處？莫愁石城西。艇子打兩槳，催送莫愁來。」《樂府詩集》卷四八引《樂府解題》：「古歌亦有莫愁，洛陽女，與此不同。」

惜小園花

曉來紅萼凋零盡，但見空枝四五株。前日狂風昨夜雨，殘芳更合得存無？（1265）

【注】

朱《箋》：作於長慶二年（八二二），長安。

蕭相公宅遇自遠禪師有感而贈

宦途堪笑不勝悲①，昨日榮華今日衰。轉似秋蓬無定處，長於春夢幾多時？半頭白髮

慚蕭相，滿面紅塵問遠師。應是世間緣未盡，欲抛官去尚遲疑。（1266）

【校】

①〔不勝〕《文苑英華》作「不勞」。

【注】

朱《箋》：作於長慶二年（八二二），長安。

〔蕭相公〕朱《箋》：「蕭俛。」穆宗即位，拜中書侍郎、同中書門下平章事。見新舊《唐書》本傳。

〔自遠禪師〕朱《箋》謂與《遠師》（本書卷二三1576）、《問遠師》（1577）、《對小潭寄遠上人》（卷二八2023）諸詩之廬山僧人非一人。

草詞畢遇芍藥初開因詠小謝紅藥當堦翻詩以爲一句未盡其狀偶成十六韻①

罷草紫泥詔，起吟紅藥詩。詞頭封送後，花口坼開時。坐對鉤簾久，行觀步履遲。兩三叢爛熳，十二葉參差。背日房微斂，當堦朵旋欹。釵葶抽碧股，粉蘂撲黄絲。動蕩情無限，低斜力不支。周迴看未足，比諭語難爲②。勾漏丹砂裹，僬僥火焰旗。彤雲賸根蔕，絳幘欠纓緌。況有晴風度，仍兼宿露垂。疑香薰罨畫，似淚著燕脂。有意留連我，無言

怨思誰？應愁明日落，如恨隔年期。菡萏泥連萼，玫瑰刺繞枝。等量無勝者，唯眼與心知。（1267）

【校】

①〔題〕「小謝」馬本作「小詩」。

②〔比諭〕那波本作「化諭」。

【注】

朱《箋》：作於長慶二年（八二二），長安。

〔小謝紅藥當堦翻詩〕謝朓《直中書省》：「紅藥當階翻，蒼苔依砌上。」

〔詞頭封送後，花口坼開時〕詞頭，制詞。見本卷《中書寓直》（1247）注。

〔勾漏丹砂裹，僬僥火焰旗〕《晉書·葛洪傳》：「聞交趾出丹，求爲句漏令。帝以洪資高，不許。洪曰：『非欲爲榮，以有丹耳。』」《國語·魯語下》：「仲尼曰：僬僥氏長三尺，短之至也。長者不過十之，數之極也。」

〔疑香薰罨畫，似淚著燕脂〕罨畫，彩畫。元稹《劉阮妻二首》：「芙蓉脂肉綠雲鬟，罨畫樓臺青黛山。」《唐會要》卷三一內外官章服雜錄：「（大和）六年六月敕：……其女人不得服黃紫爲裙，及銀泥罨畫錦繡等。」

〔等量無勝者，唯眼與心知〕等量，類比，比較。《大寶積經》卷十七：「若我成佛，周遍無數不可思議，無有等量。」《大般若波羅蜜多經》卷九八：「以色蘊等量不可得，故說無量。」曹松《水精念珠》：「等量紅縷貫晶熒，盡道勻圓別未勝。」

喜張十八博士除水部員外郎

老何殁後吟聲絶，雖有郎官不愛詩。無復篇章傳道路，空留風月在曹司。長嗟博士官猶屈，亦恐騷人道漸衰。今日聞君除水部，喜於身得省郎時。（1268）

【注】

朱《箋》：作於長慶二年（八二二），長安。

〔張十八博士〕朱《箋》：「張籍。」白居易有《張籍可水部員外郎制》（《白氏文集》卷四九）。朱《箋》據白此詩編次，謂張籍除水部員外郎必在長慶二年三月左右。

〔老何殁後吟聲絶，雖有郎官不愛詩〕老何，何遜。見卷十五《聽水部吴員外新詩因贈絶句》（0838）注。《苕溪漁隱叢話》前集卷二一引《蔡寬夫詩話》：「官各有因人而重遂爲故事者。何遜爲水部員外郎，以詩稱。至張籍自博士復拜此官，樂天詩賀之云：『老何殁後吟詩絶……』，籍答詩亦云：『幸有紫微郎見愛，獨稱官與古人同。』自是遂爲詩人故事。」

與沈楊二舍人閣老同食敕賜櫻桃玩物感恩因成十四韻

清曉趨丹禁，紅櫻降紫宸。驅禽養得熟，和葉摘來新。圓轉盤傾玉，鮮明籠透銀。内園題兩字①，西掖賜三臣。熒惑晶華赤，醍醐氣味真。如珠未穿孔，似火不燒人。杏俗難爲對，桃頑詎可倫。肉嫌盧橘厚，皮笑荔枝皴。瓊液酸甜足，金丸大小勻。偷須防曼倩，惜莫擲安仁。手擘纔離核，匙抄半是津。甘爲舌上露，煖作腹中春。已懼長尸祿，仍驚數食珍②。最慚恩未報，飽餵不才身。（1269）

【校】

①〔兩字〕紹興本、那波本作「兩宇」，據馬本、《唐音統籤》、汪本改。

②〔仍驚〕馬本作「仍爲」。

【注】

朱《箋》：作於長慶二年（八二二），長安。

〔沈舍人〕朱《箋》：「沈傳師。」新舊《唐書》有傳。《重修承旨學士壁記》：「沈傳師，……長慶元年二月二十四日遷中書舍人。二月十九日出守本官，判史館事。」岑仲勉《注補》謂「二月十九日」上奪「二年」二字。

〔楊舍人〕岑《箋》：「楊嗣復。」見本卷《和韓侍郎題楊舍人林池見寄》（1256）注。

〔熒惑晶華赤，醍醐氣味真〕《太平御覽》卷五引《尚書考靈曜》：「歲星木精，熒惑火精。」醍醐，見卷十四《和夢遊春詩一百韻》（0800）注。

〔偷須防曼倩，惜莫擲安仁〕東方朔字曼倩。《漢武帝内傳》：「王母曰：『女不識此人耶？是女侍郎東方朔，是我鄰家小兒也。性多滑稽，曾三來偷此桃。』」潘岳字安仁。見卷十八《題郡中荔枝詩十八韻兼寄萬州楊八使君》(1123)注。

〔手擘纔離核，匙抄半是津〕匙抄，以匙取食。《太平廣記》卷二八五《鼎師》(出《朝野僉載》)：「即令以銀甕盛醬一斗，鼎師以匙抄之，須臾即竭。」

送嚴大夫赴桂州

地壓坤方重，官兼憲府雄。桂林無瘴氣，柏署有清風。山水衙門外，旌旗艛艓中。大夫應絶席，詩酒與誰同？（1270）

【注】

朱《箋》：作於長慶二年(八二二)，長安。

〔嚴大夫〕朱《箋》：「嚴謩。」白居易《嚴謨可桂管觀察使制》(《白氏文集》卷五一)：「朝議大夫、前守秘書監、驍騎尉、賜紫金魚袋嚴謨。」《唐會要》卷七九：「故桂州觀察使嚴謨謚曰簡。」謨同謩。《舊唐書·穆宗紀》：「(長慶二年四月)丁亥，以秘書監嚴譽爲桂管觀察使。」「譽」蓋「謩」之訛。參見卷十八《酬嚴中丞晚眺黔江見寄》(1144)注。

〔桂州〕《舊唐書·地理志四》嶺南道：「桂州下都督府，隋始安郡。……臨桂，州所治。……江源多桂，不生雜木，故秦時立爲桂林郡也。」

〔地壓坤方重，官兼憲府雄〕坤方，西南。《易·坤·卦》孔穎達疏：「西南坤位，是陰也。」符載《爲劉尚書祭王員外文》：「昔在太師，作鎮坤方。」憲府，御史臺。見卷一《孔戡》（0003）注。唐人出守多帶御史銜。
〔桂林無瘴氣，柏署有清風〕杜甫《寄楊五桂州譚》：「五嶺皆炎熱，宜人獨桂林。」柏署，御史府。《漢書·朱博傳》：「（御史）府中列柏樹，常有野烏數千棲宿其上。」《藝文類聚》卷八八：「柏臺，御史臺也。」皎然《酬崔侍御見贈》：「五湖遊不厭，柏署迹如遺。」
〔大夫應絶席，詩酒與誰同〕絶席，獨席，位尊於衆人。《漢書·來歙傳》：「班坐絶席，在諸將之右。」

春夜宿直

三月十四夜，西垣東北廊。碧梧葉重疊，紅蘂樹低昂。月砌漏幽影，風簾飄闇香。禁中無宿客，誰伴紫微郎①？（1271）

【校】

①〔紫微郎〕馬本、《唐音統籤》作「紫薇郎」。

【注】

朱《箋》：作於長慶二年（八二二），長安。

夏夜宿直

人少庭宇曠，夜涼風露清。槐花滿院氣，松子落階聲。寂默挑燈坐①，沈吟蹋月行。年衰自無趣，不是厭承明。（1272）

【校】

①〔寂默〕馬本、《唐音統籤》、汪本作「寂寞」。

【注】

朱《箋》：作於長慶二年（八二二），長安。

七言十二句贈駕部吴郎中七兄

時早夏朝歸，閑齋獨處①，偶題此什。

四月天氣和且清，綠槐陰合沙隄平。獨騎善馬銜鐙穩，初著單衣支體輕。退朝下直少徒侶，歸舍閉門無送迎。風生竹夜窗間卧，月照松時臺上行。春酒冷嘗三數盞，曉琴閑弄十餘聲。幽懷靜境何人別，唯有南宫老駕兄。（1273）

【校】

①〔題〕題下注「閑」那波本、馬本、《唐音統籤》、汪本作「閉」。

【注】

朱《箋》：作於長慶二年（八二二），長安。

〔吴郎中〕朱《箋》：「吴丹。」見卷五《贈吴丹》（0194）注。

〔幽懷靜境何人別，唯有南宫老駕兄〕南宫，尚書省。見卷八《思竹窗》（0343）注。

玉真張觀主下小女冠阿容

綽約小天仙，生來十六年。姑山半峰雪，瑶水一枝蓮。晚院花留立，春窗月伴眠。迴眸雖欲語，阿母在傍邊。（1274）

【注】

朱《箋》：作於長慶二年（八二二），長安。

〔玉真觀〕《長安志》卷十輔興坊：「西南隅玉真女冠觀，本工部尚書畢國公竇洩宅。武太后時以其地爲崇先府，景雲二年爲玉真公主作觀。」

〔姑山半峰雪，瑶水一枝蓮〕《莊子·逍遥遊》：「藐姑射之山，有神人居焉，肌膚若冰雪，綽約如處子。」《穆天子傳》卷三：「天子觴西王母於瑤池之上。」

龍花寺主家小尼

郭代公愛姬薛氏幼嘗爲尼，小名仙人子。

頭青眉眼細，十四女沙彌。夜靜雙林怕，春深一食飢。步慵行道困，起晚誦經遲。應似仙人子，花宮未嫁時。（1275）

【注】

朱《箋》：作於長慶二年（八二二），長安。

〔龍花寺〕《分門集注杜工部詩》卷三《哀江頭》注引《兩京新記》：「昇道坊龍華尼寺南有流水屈曲，謂之曲江。」《長安志》卷九昇道坊：「西北隅龍華尼寺，……寺南曲江。」《唐兩京城坊考》卷三曲江：「龍華尼寺，在曲江之北。高宗立，尋廢。景龍二年復置。」

〔郭代公愛姬〕郭代公，郭元振。《雲仙雜記》卷三引《品物類聚記》：「郭代公愛姬薛氏，貯食物以散風奩，收妝具以染花奩。」

〔夜靜雙林怕，春深一食飢〕雙林，佛寺。見卷七《贖雞》（0316）注。一食，見卷十四《同錢員外題絶糧僧巨川》（0707）注。

訪陳二

曉垂朱綬帶，晚著白綸巾。出去爲朝客，歸來是野人。兩餐聊過日，一榻足容身。此外皆閑事，時時訪老陳。（1276）

【注】

朱《箋》：作於長慶二年（八二二），長安。

〔曉垂朱綬帶，晚著白綸巾〕白綸巾，見卷六《題玉泉寺》（0269）注。

晚庭逐凉

送客出門後，移牀下砌初。趁凉行繞竹，引睡臥看書。老更爲官拙，慵多向事疏。松窗倚藤杖，人道似僧居。（1277）

【注】

朱《箋》：作於長慶二年（八二二），長安。

曲江憶李十一

李君歿後共誰遊，柳岸荷亭兩度秋。獨遶曲江行一匝，依前還立水邊愁。（1278）

【注】

朱《箋》：作於長慶二年（八二二），長安。

〔李十一〕朱《箋》：「李建。」見卷五《寄李十一建》（0199）注。

江亭玩春

江亭乘曉閱衆芳，春妍景麗草樹光。日消石桂綠嵐氣，風墜木蘭紅露漿。水蒲漸展書帶葉，山榴半含琴軫房。何物春風吹不變，愁人依舊鬢蒼蒼。（1279）

【注】

朱《箋》：作於長慶二年（八二二），長安。

〔水蒲漸展書帶葉，山榴半含琴軫房〕《太平廣記》卷四〇八《書帶草》（出《三齊記》）：「鄭司農常居不其城南山中教授，黄巾亂，乃避，遣生徒崔琰、王經於此，揮涕而散。所居山下草如薤，葉長尺餘許，堅韌異常，時人名作康成書帶。」蕭繹《玄覽賦》：「書帶新抽，屏風牙發。」

聞夜砧

誰家思婦秋擣帛，月苦風淒砧杵悲。八月九月正長夜，千聲萬聲無了時。應到天明頭盡白，一聲添得一莖絲。（1280）

【注】

朱《箋》：約作於長慶二年（八二二）以前。

板橋路

梁苑城西二十里，一渠春水柳千條。若爲此路今重過，十五年前舊板橋。曾共玉顔橋上別，不知消息到今朝。（1281）

【注】

朱《箋》：作於長慶二年（八二二）以前。

〔板橋〕在汴州西。《太平廣記》卷二八二《張生》（出《纂異記》）：「自河朔還汴州，晚出鄭州門，到板橋，已昏黑矣。」卷二八六《板橋三娘子》（出《河東記》）：「唐汴州西有板橋店，店娃三娘子者，不知何從來。」《嘉慶重修一統志》開封府：「板橋，在祥符縣北七里。唐大曆十一年馬燧討平汴州叛將李靈曜，引軍西屯板橋。」

青門柳

青青一樹傷心色，曾入幾人離恨中？爲近都門多送別，長條折盡減春風。（1282）

【注】

朱《箋》：約作於長慶二年（八二二）以前，長安。

〔青門〕見卷一《寄隱者》（0058）注。

梨園弟子

白頭垂淚話梨園①，五十年前雨露恩。莫問華清今日事，滿山紅葉鎖宮門。（1283）

【校】

①〔話梨園〕馬本、《唐音統籤》作「語梨園」。

【注】

朱《箋》：約作於長慶二年（八二二）以前。

〔梨園弟子〕見卷三《胡旋女》（0130）注。

〔莫問華清今日事，滿山紅葉鎖宮門〕華清宮，見卷四《驪宮高》（0143）注。

暮江吟

一道殘陽鋪水中，半江瑟瑟半江紅。可憐九月初三夜，露似真珠月似弓。（1284）

【注】

朱《箋》：約作於元和十一年（八一六）至元和十三年（八一八），江州。

〔一道殘陽鋪水中，半江瑟瑟半江紅〕瑟瑟，寶珠，色碧。此指江水碧色。《太平廣記》卷二三七《同昌公主》（出《杜陽編》）：「更有瑟瑟幕、紋布巾、火蠶綿、九玉釵。其幕色如瑟瑟，闊三尺，長一百尺。」卷三四〇《盧頊》（出《通幽錄》）：「常有一婦人不知何來，年可四十餘，著瑟瑟裙。」

思婦眉

春風摇蕩自東來，折盡櫻桃綻盡梅。唯餘思婦愁眉結，無限春風吹不開。（1285）

【注】

朱《箋》：約作於元和十一年（八一六）至長慶二年（八二二）。

怨詞

奪寵心那慣，尋思倚殿門。不知移舊愛，何處作新恩？（1286）

【注】

朱《箋》：約作於元和十一年（八一六）至長慶二年（八二二）。

〔奪寵心那慣，尋思倚殿門〕尋思，思考。《後漢書·循吏傳·劉矩》：「民有爭訟，矩常引之於前，提耳訓告，以爲忿恚可忍，縣官不可入，使歸更尋思。」庾信《擬詠懷》：「尋思萬户侯，中夜忽然愁。」

寒閨怨①

寒月沈沈洞房靜，真珠簾外梧桐影。秋霜欲下手先知，燈底裁縫翦刀冷。（1287）

【校】

①〔題〕馬本、《唐音統籤》作「空閨怨」。

【注】

朱《箋》：約作於元和十一年（八一六）至長慶二年（八二二）。

秋房夜

雲露青天月漏光，中庭立久却歸房。水窗席冷未能卧，挑盡殘燈秋夜長。（1288）

【注】

朱《箋》：約作於元和十一年（八一六）至長慶二年（八二二）。

採蓮曲

菱葉縈波荷颭風，荷花深處小船通。逢郎欲語低頭笑，碧玉搔頭落水中。（1289）

【注】

朱《箋》：約作於元和十一年（八一六）至長慶二年（八二二）。

〔逢郎欲語低頭笑，碧玉搔頭落水中〕搔頭，見卷十二《長恨歌》（0593）注。

鄰女

娉婷十五勝天仙，白日姮娥旱地蓮。何處閑教鸚鵡語，碧紗窗下繡牀前。（1290）

【注】

朱《箋》：約作於元和十一年（八一六）至長慶二年（八二二）。

〔娉婷十五勝天仙，白日姮娥旱地蓮〕庾信《和回文詩》：「旱蓮生竭鑊，嫩菊養秋鄰。」《遊仙窟》：「眉上冬天出柳，頰中旱地生蓮。」或以指牡丹。舒元輿《牡丹賦》：「未及行雨，先驚旱蓮。」

閨婦

斜凭繡牀愁不動，紅銷帶緩綠鬟低①。遼陽春盡無消息，夜合花前日又西。（1291）

【校】

①〔紅銷〕《唐音統籤》、汪本作「紅綃」。

【注】

朱《箋》：約作於元和十一年（八一六）至長慶二年（八二二）。

〔遼陽春盡無消息，夜合花前日又西〕沈佺期《古意》：「九月寒砧催木葉，十年征戍憶遼陽。」皎然《隴頭水》：「旅魂聲攪亂，無夢到遼陽。」

移牡丹栽

金錢買得牡丹栽，何處辭叢別主來？紅芳堪惜還堪恨，百處移將百處開。（1292）

【注】

朱《箋》：約作於元和十年（八一五）至長慶二年（八二二）。

聽夜箏有感

江州去日聽箏夜，白髮新生不願聞。如今格是頭成雪①，彈到天明亦任君。（1293）

【校】

①〔格是〕馬本、《唐音統籤》作「况是」。

【注】

朱《箋》：約作於元和十四年（八一九）至長慶二年（八二二）。

〔如今格是頭成雪，彈到天明亦任君〕洪邁《容齋隨筆》卷二隔是：「樂天詩云：『江州去日聽箏夜，白髮新生不願聞。如今格是頭成雪，彈到天明亦任君。』元微之詩云：『隔是身如夢，頻來不爲名。憐君近南住，時得到山行。』格與隔二字義同，格是猶言已是也。」

代謝好答崔員外

青娥小謝娘，白髮老崔郎。謾愛胸前雪，其如頭上霜。別後曹家碑背上，思量好字斷君腸。（1294）

【注】

朱《箋》：約作於元和十年（八一五）至長慶二年（八二二）。

〔謝好〕本書卷二一《霓裳羽衣歌》（1406）：「玲瓏箜篌謝好箏，陳寵觱篥沈平笙。」自注：「自玲瓏以下，皆杭之妓名。」

〔崔員外〕朱《箋》：「據《霓裳羽衣歌》，白氏似刺杭州後始識謝好，則此詩當作於長慶三年。惟此時崔韶已逝，崔員外似是另一人。」崔韶，見卷十六《東南行一百韻寄通州元九侍御澧州李十一舍人果州崔二十二使君開州韋大員外庾三十二補闕杜十四拾遺李二十助教員外竇七校書》（0902）注。

〔別後曹家碑背上，思量好字斷君腸〕《世説新語·捷悟》：「魏武嘗過曹娥碑下，楊修從。碑背上見題作『黄絹幼婦，外孫齏臼』八字，魏武謂修曰：『解不？』答曰：『解。』魏武曰：『卿未可言，待我思之。』行三十里，魏武乃曰：『吾已得。』令修別記所知。修曰：『黄絹，色絲也，於字爲絶。幼婦，少女也，於字爲妙。外孫，女子也，於字爲好。虀臼，受辛也，於字爲辭，所謂絶妙好辭也。』」

琵琶

絃清撥利語錚錚①，背却殘燈就月明。賴是心無惆悵事，不然爭奈子絃聲。（1295）

【校】

①〔撥利〕《唐音統籤》、汪本作「撥刺」，顧校從改，非是。此謂撥之利。

【注】

朱《箋》：約作於元和十年（八一五）至長慶二年（八二二）。

〔賴是心無惆悵事，不然爭奈子絃聲〕子絃，細絃。張祜《王家琵琶》：「金屑檀槽玉腕明，子絃輕撚爲多情。」

和殷協律琴思

秋水蓮冠春草裙，依稀風調似文君。煩君玉指分明語①，知是琴心佯不聞。（1296）

【校】

①〔玉指〕馬本、《唐音統籤》作「五指」。

【注】

朱《箋》：作於長慶二年（八二二），杭州。

〔殷協律〕朱《箋》：「殷堯藩。」見卷九《贈别楊穎士盧克柔殷堯藩》（0430）注。《舊唐書·職官志三》太常寺：「協律郎二人，正八品上。……協律郎掌和六呂六律，辨四時之氣，八風五音之節。凡太樂，則監試之，爲之課限。」

〔煩君玉指分明語，知是琴心佯不聞〕《史記·司馬相如列傳》：「是時卓王孫有女文君新寡，好音，故相如繆與令相重，而以琴心挑之。」

寄李蘇州兼示楊瓊

真娘墓頭春草碧，心奴鬢上秋霜白。爲問蘇臺酒席中，使君歌笑與誰同？就中猶有楊瓊在，堪上東山伴謝公。（1297）

【注】

朱《箋》：或作於開成二年（八三七）。按，此詩編入《前集》，不當作於開成間。朱《箋》：「後白氏李姓刺蘇者，據《姑蘇志》卷二《古今守令表上》所載，惟李道樞、李疑二人。李道樞刺蘇在開成二年。可能爲此詩所指。」以此詩必作於白氏刺蘇以後，無據。卞孝萱《元稹年譜》謂長慶間李諒爲蘇州刺史，楊瓊侍其左右，「李蘇州」爲李諒，近是。

〔李蘇州〕李諒。見卷十三《華陽觀桃花時招李六拾遺飲》（0619）、卷十五《獨樹浦雨夜寄李六郎中》（0896）注。李諒《蘇州元日郡齋感懷寄越州元相公杭州白舍人》注：「長慶四年也。」《姑蘇志》卷二《古今守令表上》：「李乂，長慶二年八月以御史中丞任。按元稹《法華記》云：四年四月。」「李諒，長慶四年自泗州刺史以御史中丞徙任。」按，據李諒《蘇州元日》詩，其任蘇州必在長慶四年前。元稹《永福寺石壁法華經記》：「御史中丞蘇州刺史李諒。」文作於長慶四年四月十一日。疑《姑蘇志》所載之「御史中丞李乂」有誤，李諒蓋自長慶二年即任蘇州。

〔楊瓊〕元稹《和樂天示楊瓊》：「我在江陵少年日，知有楊瓊初喚出。腰身瘦小歌圓緊，依約年應十六七。」注：「楊瓊本名播，少爲江陵酒妓。去年姑蘇過瓊叙舊。及今見樂天此篇，因走筆追書此曲。」可知楊瓊爲元稹舊識。白詩所謂「就中猶有楊瓊在」，蓋就元稹而言。

〔真娘墓頭春草碧，心奴鬢上秋霜白〕真娘，見卷十二《真娘墓》（0592）注。本書卷三四《長洲曲新詞》（2553）：「心奴已死胡容老，後輩風流是阿誰。」後於此詩又十多年。

〔爲問蘇臺酒席中，使君歌笑與誰同〕蘇臺，見卷十八《長洲苑》（1195）注。

〔就中猶有楊瓊在，堪上東山伴謝公〕東山，見卷八《馬上作》（0344）注。

聽彈湘妃怨

玉軫朱絃瑟瑟徽，吳娃徵調奏湘妃。分明曲裏愁雲雨，似道蕭蕭郎不歸。江南新詞有云：「暮雨蕭蕭郎不歸。」（1298）

【注】

朱《箋》：作於長慶二年（八二二），杭州。

〔湘妃怨〕《新唐書·儀衛志下》：「大横吹部有節鼓二十四曲：……二十三《湘妃怨》。」《樂府詩集》卷五七《湘妃》：「按《琴操》有《湘妃怨》，又有《湘夫人》曲。」

〔玉軫朱絃瑟瑟徽，吳娃徵調奏湘妃〕《魏書·西域傳》：「波斯國……多大真珠、頗梨、瑠璃、水精、瑟瑟。」《舊唐書·德宗紀》：「（貞元二年四月）辛巳，陝州觀察使李泌奏盧氏山冶出瑟瑟，請禁以充貢奉。上曰：『瑟瑟不産中土，有則與民共之，任人採取。』」元稹《五絃彈》：「趙璧五絃彈徵調，徵聲巉絶何清峭。」張祜《五絃》：「徵調侵絃乙，商聲過指攏。」《唐國史補》卷下：「宋沆爲太樂令，知音，近代無比，太常久亡徵調，沆考鐘律得之。」《太平廣記》卷二百五《王氏女》（出《北夢瑣言》）：「王蜀黔南節度使王保義，有女適荆南高從誨之子保節。未行前，蹔寄羽服，性聰敏，善彈琵琶，因夢異人，頻授樂曲。……所傳曲……凡二百以上曲。所異者，徵調中有《湘妃怨》、《哭顔回》。常時胡琴不彈徵調也。」邱瓊蓀《燕樂探微·徵角二調來自清樂》：「徵調曲疑是清商五調之遺，外來的極少。其樂曲很少，多用五絃彈奏，而唐代盛行的琵琶多是四絃的龜兹琵琶，徵調曲因此不易流行。」

〔分明曲裏愁雲雨，似道蕭蕭郎不歸〕本書卷二五《寄殷協律》(1767)：「吳娘暮雨蕭蕭曲，自别江南更不聞。」注：「江南吳二娘曲詞云：暮雨蕭蕭郎不歸。」

閑坐

煖擁紅爐火，閑搔白髮頭。百年慵裏過，萬事醉中休。有室同摩詰，無兒比鄧攸。莫論身在日，身後亦無憂。(1299)

【注】

朱《箋》：作於長慶二年(八二二)，杭州。

〔有室司摩詰，無兒比鄧攸〕《維摩經·問疾品》：「爾時長者維摩詰心念，今文殊師利與大衆俱來，即以神力空其室内，除去所有及諸侍者，唯置一床，以疾而卧。」鄧攸，見卷十六《酬贈李煉師見招》(0991)注。

不睡

焰短寒釭盡，聲長曉漏遲。年衰自無睡，不是守三尸。(1300)

【注】

朱《箋》：作於長慶二年（八二二），杭州。

〔年衰自無睡，不是守三尸〕《抱朴子内篇·微旨》：「又言身中有三尸，三尸之爲物，雖無形而實魂靈鬼神之屬也。」《雲笈七籤》卷二八神仙守庚申法：「常以庚申日徹夕不眠，下尸交對，斬死不還。復庚申日徹夕不眠，中尸交對，斬死不還。復庚申日徹夕不眠，上尸交對，斬死不還。三尸皆盡，司命削去死籍，著長生錄上，與天人遊。」

白居易詩集校注卷第二十

律詩

五言　七言　凡一百首①

初罷中書舍人

自慚拙宦叨清貫②，還有癡心怕素餐。或望君臣相獻替，可圖妻子免飢寒？性疏豈合承恩久，命薄元知濟事難。分寸寵光酬未得，不休更擬覓何官？（1301）

【校】

①〔凡一百首〕紹興本等實有九十七首。據陽明文庫校本，舊抄本《醉題候仙亭》後有《閑坐》、《不睡》（見本書卷十九1299、1300）二首，《西湖晚歸迴望孤山寺贈諸客》後有《陳家紫藤下贈周判官》一首。

②〔清貫〕那波本、馬本、《唐音統籤》作「清貴」。何校：「黄校本云：此卷用廬山集本校。」

【注】

汪《譜》、朱《箋》：作於長慶二年（八二二），長安。

〔初罷中書舍人〕居易長慶二年七月十四日自中書舍人除授杭州刺史，時汴路未通，取道襄、漢路赴任。見卷八《長慶二年七月自中書舍人出守杭州路次藍溪作》（0332）注。

〔自慚拙宦叨清貫〕《南齊書·張欣泰傳》：「卿不樂爲武職驅使，當處卿以清貫。」

〔還有癡心怕素餐〕

〔或望君臣相獻替，可圖妻子免飢寒〕《國語·晉語九》：「夫事君者，諫過而賞善，薦可而替否，獻能而進賢。」《後漢書·左周黄列傳》論：「王暢、李膺彌縫衮闕，朱穆、劉陶獻替匡時。」

〔分寸寵光酬未得，不休更擬覓何官〕寵光，見卷十八《郡齋暇日憶廬山草堂兼寄二林僧社三十韻多叙貶官已來出處之意》（1104）注。

宿陽城驛對月

自此後詩赴杭州路中作。

親故尋迴駕，妻孥未出關。鳳皇池上月，送我過商山①。（1302）

【校】

①〔商山〕《文苑英華》刊本作「南山」。

【注】

汪《譜》、朱《箋》：作於長慶二年（八二二），長安至杭州途中。

〔陽城驛〕見卷二《和陽城驛》（0101）注。

〔鳳皇池上月，送我過商山〕鳳皇池，見卷八《宿藍橋對月》（0336）注。商山，見卷八《登商山最高頂》（0346）注。

商山路有感 并序

前年夏，予自忠州刺史除書歸闕①。時刑部李十一侍郎、户部崔二十員外亦自澧、果二郡守徵還，相次入關，皆同此路。今年，予自中書舍人授杭州刺史，又由此途出。二君已逝，予獨南行。追歎興懷，慨然成詠。後來有與予、杓直、虞平游者，見此短什，能無惻惻乎？儻未忘情，請爲繼和。長慶二年七月三十日，題於内鄉縣南亭云爾。

憶昨徵還日②，三人歸路同。此生都是夢，前事旋成空。杓直泉埋玉，虞平燭過風。唯殘樂天在，頭白向江東。（1303）

【校】

①〔除書歸闕〕天海校本作「除尚書郎歸闕」。

②〔憶昨〕「昨」紹興本訛「作」，據他本改。

【注】

汪《譜》、朱《箋》：作於長慶二年（八二二），長安至杭州途中。

〔李十一侍郎〕朱《箋》：「李建。」見卷十六《東南行一百韻寄通州元九侍御澧州李十一舍人果州崔二十二使君開州韋大員外庾三十二補闕杜十四拾遺李二十助教員外竇七校書》（0902）注。

〔崔二十員外〕朱《箋》：「崔韶。」見卷十六《東南行一百韻寄通州元九侍御澧州李十一舍人果州崔二十二使君開州韋大員外庾三十二補闕杜十四拾遺李二十助教員外竇七校書》（0902）注。

〔杓直泉埋玉，虞平燭過風〕李建字杓直。崔韶字虞平。江淹《青苔賦》：「頓死艷氣於一旦，埋玉玦於窮泉。」《佛本行經》卷二：「行善莫待時，命如燭遇風。」蕭統《錦帶書十二月啓・蕤賓五月》：「驗風燭之不停，如水泡之易滅。」

重感

停驂歇路隅，重感一長吁。擾擾生還死，紛紛榮又枯。困支青竹杖，閑捋白髭鬚。莫歎身衰老，交遊半已無。（1304）

【注】

朱《箋》：作於長慶二年（八二二），長安至杭州途中。

逢張十八員外籍

旅思正茫茫，相逢此道傍①。晚嵐林葉闇②，秋露草花香。白髮江城守，青衫水部郎。客

亭同宿處③，忽似夜歸鄉。（1305）

【校】

①〔道傍〕《文苑英華》作「路旁」。

②〔曉嵐〕《文苑英華》作「晚嵐」。

③〔同宿〕「同」《文苑英華》作「問」，校：「集作同。」

【注】

朱《箋》：作於長慶二年（八二二），長安至杭州途中。

〔張籍〕見卷十九《喜張十八博士除水部員外郎》（1268）注。朱《箋》：「籍必歸長安途中與白氏相遇。」

赴杭州重宿棣華驛見楊八舊詩感題一絶

往悵今愁應不殊，題詩梁下又踟躕。羡君猶夢見兄弟，我到天明睡亦無。（1306）

【注】

朱《箋》：作於長慶二年（八二二），長安至杭州途中。

〔棣華驛〕參見卷十八《棣華驛見楊八題夢兄弟詩》（1173）注。

〔楊八〕朱《箋》：「楊虞卿。」見卷十八《棣華驛見楊八題夢兄弟詩》（1173）注。

寓言題僧①

劫風火起燒荒宅，苦海波生蕩破船。力小無因救焚溺，清涼山下且安禪。（1307）

【校】

①〔題〕「題」何校從黃校作「贈」。

【注】

朱《箋》：作於長慶二年（八二二），長安至杭州途中。

〔劫風火起燒荒宅，苦海波生蕩破船〕《佛本行集經》卷十四：「猶如劫火起，炎熾燒世間。無常火亦然，燒盡一切世。」另參見卷十四《和夢遊春詩一百韻》（0800）「火宅」注。《達摩多羅禪經》卷上：「乘諸波羅蜜船，度無量苦海。」

〔力小無因救焚溺，清涼山下且安禪〕五臺山一稱清涼山。《華嚴經》卷二九：「東北方有菩薩住處，名清涼山，過去諸菩薩長於中住。」《續高僧傳》卷二十唐蔚州五臺寺曇韻傳：「又聞五臺山者即《華嚴經》清涼山也。世傳文殊師利常所住處。」

内鄉村路作①

日下風高野路凉，緩驅疲馬闇思鄉。渭村秋物應如此，棗赤梨紅稻穗黄。（1308）

【校】

①〔題〕「内鄉」馬本、《唐音統籤》、汪本作「内鄉縣」。

【注】

朱《箋》：作於長慶二年（八二二），長安至杭州途中。

〔内鄉〕《舊唐書·地理志二》山南東道鄧州：「内鄉，漢淅縣地。」

路上寄銀匙與阿龜

謫宦心都慣，辭鄉去不難。緣留龜子住，涕淚一闌干。小子須嬌養，鄒婆爲好看。銀匙封寄汝，憶我即加餐。（1309）

【注】

朱《箋》：作於長慶二年（八二二），長安至杭州途中。

〔阿龜〕即龜兒，行簡子。參見卷七《弄龜羅》（0309）、卷十七《聞龜兒詠詩》（1027）。
〔緣留龜子住，涕淚一闌干〕闌干，見卷十二《長恨歌》（0593）注。

山泉煎茶有懷①

坐酌泠泠水，看煎瑟瑟塵。無由持一盌，寄與愛茶人。（1310）

【校】

①〔題〕「有懷」下何校據黄校補「縣尹」二字。

【注】

朱《箋》：作於長慶二年（八二二），長安至杭州途中。
〔坐酌泠泠水，看煎瑟瑟塵〕宋玉《風賦》：「清清泠泠，愈病析酲。」《文選》李善注：「清清泠泠，清凉之貌。」此言水。瑟瑟，喻茶色之碧。參見卷十九《暮江吟》（1284）注。

郢州贈别王八使君①

昔是詩狂客，今爲酒病夫。强吟翻悵望，縱醉不歡娱。鬢髪三分白，交親一半無。郢城君莫厭，猶校近京都。（1311）

【校】

①〔題〕「王八」《文苑英華》作「王七」。

【注】

朱《箋》：作於長慶二年（八二二），長安至杭州途中。

〔郢州〕《舊唐書·地理志二》山南東道：「郢州，……武德四年，置郢州於長壽縣。……天寶元年，改爲富水郡。乾元元年，復爲郢州。」

〔王八使君〕朱《箋》：「郢州刺史王鎰。白氏長慶元年十二月十一日所作《論左降獨孤朗等狀》（《白氏文集》卷六十）云：『刑部員外郎王鎰可郢州刺史。』與此詩時間正合，當即詩中之『王八使君』。」

吉祥寺見錢侍郎題名

雲雨三年別，風波萬里行。秋心正蕭索①，况見故人名②。（1312）

【校】

①〔秋心〕馬本、《唐音統籤》作「愁來」。

②〔故人〕馬本作「古人」。

【注】

朱《箋》：作於長慶二年（八二二），長安至杭州途中。

〔吉祥寺〕《嘉慶重修一統志》安陸府：「吉祥寺，在鍾祥縣東三里，即唐靈濟菴。」

〔錢侍郎〕朱《箋》：「錢徽。」見卷十九《錢侍郎使君以題廬山草堂詩見寄因酬之》（1242）注。

重到江州感舊遊題郡樓十一韻

掌綸知是忝，剖竹信爲榮。才薄官仍重，恩深責尚輕。昔徵從典午，今出自承明。鳳詔休揮翰，漁歌欲濯纓。還乘小艛艓①，却到古湓城。醉客臨江待，禪僧出郭迎。青山滿眼在，白髮半頭生。又校三年老，何曾一事成？重過蕭寺宿，再上庾樓行。雲水新秋思，閭閻舊日情。郡民猶認得，司馬詠詩聲。（1313）

【校】

①〔艛艓〕《文苑英華》作「艛艇」，校：「集作艛艓。」

【注】

汪《譜》、朱《箋》：作於長慶二年（八二二），長安至杭州途中。

〔掌綸知是忝，剖竹信爲榮〕剖竹，見卷十七《自江州司馬授忠州刺史仰荷聖澤聊書鄙誠》（1082）注。

〔昔徵從典午，今出自承明〕典午，見卷十七《江州赴忠州至江陵已來舟中示舍弟五十韻》（1097）注。承明，見卷七《聞早鶯》（0292）注。

〔鳳詔休揮翰，漁歌欲濯纓〕鳳詔，見卷八《長慶二年七月自中書舍人出守杭州路次藍溪作》（0332）注。濯纓，見卷五《答元八宗簡同遊曲江後明日見贈》（0174）注。

〔還乘小艘艓，却到古湓城〕艘艓，見卷十七《江州赴忠州至江陵已來舟中示舍弟五十韻》（1097）注。湓城，江州。見卷一《放魚》（0059）注。

〔重過蕭寺宿，再上庾樓行〕《梁書·任孝恭傳》：「孝恭少從蕭寺雲法師讀經論，明佛理。」《太平廣記》卷二四六《徐孝嗣》（出《談藪》）：「齊僕射東海徐孝嗣修輯高座寺，多在彼宴息。法雲師亦蕭寺日夕各遊。二寺鄰接，而不相往來。孝嗣嘗謂法雲曰：『法師嘗在高座，而不遊高座寺。』答曰：『檀越既事蕭門，何不至蕭寺？』」後泛指佛寺。楊炯《送楊處士反初卜居曲江》：「蕭寺休爲客，曹溪便寄家。」庾樓，見卷十五《初到江州》（0899）注。

贈江州李十使君員外十二韻①

我亦江湖上，悠悠任運身。朝隨賣藥客②，暮伴釣魚人③。迹爲燒丹隱，家緣嗜酒貧。經過剡谿雪，尋覓武陵人。豈有疏狂性，堪爲侍從臣。仰頭驚鳳闕，下口觸龍鱗。劍珮辭天上，風波向海濱。非賢虛偶聖，無屈敢求伸④。昔去曾同日，今來即後塵。元和末，余與李員外同日黜官，今又相次出爲刺史。中年俱白鬢⑤，左宦各朱輪⑥。長短才雖異，榮枯事略均。

殷勤李員外，不合不相親。（1314）

【校】

①〔題〕「十二韻」紹興本、那波本、馬本、《唐音統籤》作「十四韻」，據汪本改。

②〔賣藥〕《文苑英華》作「採樵」，校：「集作賣藥。」

③〔釣魚〕「釣」《文苑英華》作「打」，校：「集作釣。」

④〔敢求〕《文苑英華》作「可求」。

⑤〔白鬢〕《文苑英華》作「白髮」，校：「集作鬢。」

⑥〔左宦〕馬本、《唐音統籤》作「仕宦」。

【注】

朱《箋》：作於長慶二年（八二二），長安至杭州途中。

〔李十使君〕朱《箋》：「李渤。」見卷十八《京使迴累得南省諸公書因以長句詩寄謝蕭五劉二元八吳十一韋大陸郎中崔二十二牛二李七庾三十三李六李十楊三樊大楊十二員外》（1107）注。李翺《江州南湖隄銘》：「長慶二年十二月，江州刺史李君濬之截南陂。」《嘉泰吳興志》卷十四載，錢徽長慶元年十二月自江州刺史遷湖州刺史。朱《箋》：「據此，渤當爲錢徽之後任。」

〔經過剡谿雪，尋覓武陵人〕《世説新語·任誕》：「王子猷居山陰，夜大雪，眠覺，開室命酌酒，四望皎然，因起彷徨，詠左思《招隱詩》，忽憶戴安道。時戴在剡，即便夜乘小船就之。經宿方至，造門不前而返。人問其故，王曰：『吾本乘興而行，興盡而返，何必見戴。』」陶淵明《桃花源記》：「晉太元中，武陵人捕魚爲業，緣溪行，忘路之遠近，忽逢桃花林。夾岸數百步，中無雜樹，芳草鮮美，落英繽紛。漁人甚異之，復前行，欲窮其林。林盡水源，便得一山。山有小口，髣髴若有光。便舍船，從口入。初極狹，才通人，復行數十步，豁然開朗，土地平曠，屋舍儼然。」

〔仰頭鸞鳳闕，下口觸龍鱗〕龍鱗，見卷十六《酬贈李煉師見招》(0991)注。

〔非賢虛偶聖，無屈敢求伸〕偶聖，見卷十一《西掖早秋直夜書意》(0564)注。屈伸，見卷一《哭劉敦質》(0016)注。

〔中年俱白鬢，左宦各朱輪〕《文選》潘岳《爲賈謐作贈陸機》李善注：「《漢書》曰：武有衡山、淮南之謀，作左宦之律。應劭曰：人道尚右，今舍天子而仕諸侯，故謂之左宦。」今《漢書·諸侯王表》及注作「左官」。《北史·權會傳》：「不慕榮勢，耻於左宦。」朱輪，見卷二《不致仕》(0079)注。

題別遺愛草堂兼呈李十使君

李亦廬山人，常隱白鹿洞①。

曾住爐峰下，書堂對藥臺。斬新蘿徑合，依舊竹窗開。砌水親開決②，池荷手自栽。五年方暫至，一宿又須迴。縱未長歸得，猶勝不到來。君家白鹿洞，聞道亦生苔。(1315)

【校】

①〔題〕題下注紹興本脱「人」字，《文苑英華》作「李十亦嘗隱廬山白鹿洞」。

②〔開決〕《文苑英華》作「開看」。

【注】

朱《箋》：作於長慶二年（八二二），長安至杭州途中。

〔遺愛草堂〕見卷七《香爐峰下新置草堂即事詠懷題於石上》（0300）注。

〔李十使君〕朱《箋》：「李渤。」見前詩注。

〔白鹿洞〕《太平寰宇記》卷一一一江州：「白鹿洞在廬山東南，本李渤書堂，今爲官學。」《方輿勝覽》卷十七南康軍：「白鹿書堂，唐李渤與兄涉俱隱於此山，嘗養一白鹿，因名之。」

〔斬新蘿徑合，依舊竹窗開〕斬新，見卷十八《喜山石榴花開》（1157）注。

重題

泉石尚依依，林疏僧亦稀。何年辭水閣，今夜宿雲扉。謾獻長楊賦，虛抛薜荔衣。不能成一事，贏得白頭歸。（1316）

【注】

朱《箋》：作於長慶二年（八二二），長安至杭州途中。

〔謾獻長楊賦，虛抛薜荔衣〕《漢書·揚雄傳》：「雄從至射熊館，還，上《長楊賦》，聊因筆墨之成文章，故借翰林以爲主人，子墨爲客卿以風。」

夜泊旅望

少睡多愁客，中宵起望鄉。沙明連浦月，帆白滿船霜。近海江彌闊，迎秋夜更長。煙波三十宿，猶未到錢塘。（1317）

【注】

朱《箋》：作於長慶二年（八二二），長安至杭州途中。

九江北岸遇風雨

黄梅縣邊黄梅雨，白頭浪裏白頭翁。九江闊處不見岸，五月盡時多惡風①。人間穩路應無限，何事抛身在此中②？（1318）

【校】

①〔盡時〕《文苑英華》作「將盡」。

②〔在此〕《文苑英華》作「來此」。

【注】

朱《箋》：作於長慶二年（八二二），長安至杭州途中。按，詩云「五月盡時多惡風」，與居易本年七月離京赴杭州不合。疑「五月」當爲「八月」。

〔黄梅縣邊黄梅雨，白頭浪裏白頭翁〕《舊唐書·地理志三》淮南道蘄州：「黄梅，漢蘄春縣地。」《初學記》卷二引蕭繹《纂要》：「梅熟而雨曰梅雨。」

舟中晚起

日高猶掩水窗眠，枕簟清涼八月天。泊處或依沽酒店，宿時多伴釣魚船。退身江海應無用，憂國朝廷自有賢。且向錢塘湖上去，冷吟閑醉二三年。（1319）

【注】

朱《箋》：作於長慶二年（八二二），長安至杭州途中。

〔且向錢塘湖上去，冷吟閑醉二三年〕錢塘湖，杭州西湖。白居易《錢唐湖石記》（《白氏文集》卷六八）：「錢唐湖，一名上湖。周迴三十里。」《咸淳臨安志》卷三二：「西湖在郡西，舊名錢塘湖，源出武林泉，周迴三十里。」

秋寒

雪鬢年顔老，霜庭景氣秋。病看妻撿藥，寒遣婢梳頭。身外名何有，人間事且休。澹然

方寸内，唯擬學虚舟。（1320）

【注】

朱《箋》：作於長慶二年（八二二），長安至杭州途中。

〔雪鬢年顔老，霜庭景氣秋〕殷仲文《南州桓公九井作》：「景氣多明遠，風物自淒緊。」

〔澹然方寸内，唯擬學虚舟〕虚舟，見卷五《贈吴丹》（0194）注。

初到郡齋寄錢湖州李蘇州

聊取二郡一哂，故有落句之戲。

俱來滄海郡，半作白頭翁。謾道風煙接，何曾笑語同？吏稀秋税畢，客散晚庭空①。霽後當樓月，潮來滿座風。霅溪殊冷僻，茂苑太繁雄。唯此錢塘郡②，閑忙恰得中。（1321）

【校】

①〔晚庭〕馬本、《唐音統籤》、汪本作「晚亭」。

②〔唯此〕《文苑英華》作「唯有」。

【注】

汪《譜》、朱《箋》：作於長慶二年（八二二），杭州。

〔錢湖州〕朱《箋》：「錢徽。」《嘉泰吳興志》卷十四：「錢徽，長慶元年十二月十五日自江州拜，遷尚書工部郎中。」《舊唐書·地理志三》江南道：「湖州上，隋吳郡之烏程縣。……天寶元年，改爲吳興郡。乾元元年，復爲湖州。」

〔李蘇州〕朱《箋》：「李諒。」見卷十九《寄李蘇州兼示楊瓊》（1297）注。朱《箋》：「據此詩及白氏《李諒授壽州刺史制》（《白氏文集》卷五十），諒長慶二年秋已自壽州移任蘇州。」

〔霅溪殊冷僻，茂苑太繁雄〕霅溪，在湖州。《元和郡縣志》卷二五湖州：「霅溪水，一名大溪水，一名苕溪水。西南自長城、安吉兩縣東北流至州南，與餘不溪水、苧溪水合。又流入於太湖。在州北三十五里。」茂苑，即長洲苑，在蘇州。見卷十八《長洲苑》（1195）注。

〔唯此錢塘郡，閑忙恰得中〕錢塘郡，即杭州。《舊唐書·地理志三》江南道杭州：「錢塘，漢縣，屬會稽郡。隋於餘杭縣置杭州，又自餘杭移州理錢塘。又移州於柳浦西，今州城是。」

對酒自勉

五十江城守，停杯一自思。頭仍未盡白，官亦不全卑。榮寵尋過分，歡娛已校遲。肺傷雖怕酒，心健尚誇詩。夜舞吳娘袖，春歌蠻子詞。猶堪三五歲，相伴醉花時。（1322）

【注】

朱《箋》：作於長慶二年（八二二），杭州。

郡樓夜宴留客

北客勞相訪，東樓爲一開。褰簾待月出①，把火看潮來。艷聽竹枝曲②，香傳蓮子杯。寒天殊未曉，歸騎且遲迴。（1323）

【校】

①〔褰簾〕馬本、《唐音統籤》作「卷簾」。

②〔艷聽〕《文苑英華》作「艷唱」。

【注】

朱《箋》：作於長慶二年（八二二），杭州。

〔艷聽竹枝曲，香傳蓮子杯〕竹枝曲，見卷八《題小橋前新竹招客》（0362）注。蓮子杯，參見卷十八《房家夜宴喜雪戲贈主人》（1165）。

醉題候仙亭

蹇步垂朱綬，華纓映白鬚。何因駐衰老，只有且歡娛。酒興還應在，詩情可便無？登山與臨水，猶未要人扶。（1324）

【注】

朱《箋》：作於長慶二年（八二二），杭州。

〔候仙亭〕白居易《冷泉亭記》（《白氏文集》卷四三）：「先是領郡者有相里君造作虛白亭，有韓僕射皐作候仙亭。」《咸淳臨安志》卷二三：「候仙亭，守韓僕射皐建，久廢。」查慎行《白香山詩評》：「候仙亭在靈隱寺前。」

東院

松下軒廊竹下房，暖簷晴日滿繩牀。淨名居士經三卷，榮啓先生琴一張。老去齒衰嫌橘醋，病來肺渴覺茶香。有時閑酌無人伴，獨自騰騰入醉鄉。（1325）

【注】

朱《箋》：作於長慶二年（八二二），杭州。

〔松下軒廊竹下房，暖簷晴日滿繩牀〕《中阿含經》卷四三：「在露地禪室蔭中，於繩床上敷尼師檀，結跏趺坐。」《太平廣記》卷二八《郗鑒》（出《記聞》）：「但於室内端坐繩床，正心禪觀。」

〔淨名居士經三卷，榮啓先生琴一張〕淨名居士經，《維摩經》。維摩詰，意譯淨名。隋吉藏有《淨名玄論》。榮啓期，見卷一《丘中有一士》之二（0054）注。

虚白堂

虚白堂前衙退後，更無一事到中心。移牀就日簷間卧①，卧詠閑詩側枕琴。（1326）

【校】

①〔就日〕馬本、《唐音統籤》作「就月」。

【注】

朱《箋》：作於長慶二年（八二二），杭州。

〔虚白堂〕《咸淳臨安志》卷五二府治：「虚白堂，唐長慶中，刺史白文公有詩刻石堂上。」杭州刺史治所在鳳凰山。

閑夜詠懷因招周協律劉薛二秀才

世名檢束爲朝士，心性疏慵是野夫。高置寒燈如客店，深藏夜火似僧爐。香濃酒熟能嘗否，冷澹詩成肯和無？若厭雅吟須俗飲，妓筵勉力爲君鋪。（1327）

【注】

朱《箋》：作於長慶二年（八二二），杭州。

〔周協律〕朱《箋》：「周元範。居易爲蘇杭二州刺史時，元範均爲從事。」本卷有《予以長慶二年冬十月到杭州明年秋九月始與范陽盧賈汝南周元範蘭陵蕭悅清河崔求東萊劉方輿同遊恩德寺之泉洞竹石籍甚久矣及茲目擊果愜心期因自嗟云到郡周歲方來入寺半日復去俯視朱綬仰睇白雲有愧於心遂留絶句》（1378）。又本書卷二二《和酬鄭侍御東陽春悶放懷追越遊見寄》（1469）：「白首舊寮知我者，憑君一詠向周師。」注：「周判官師範，蘇杭舊判官。去範字叶韻。」其又名「師範」。

〔劉秀才〕朱《箋》：「劉方輿。」見本卷《予以長慶二年冬十月到杭州明年秋九月始與范陽盧賈汝南周元範蘭陵蕭悅清河崔求東萊劉方輿同遊恩德寺之泉洞竹石籍甚久矣及茲目擊果愜心期因自嗟云到郡周歲方來入寺半日復去俯視朱綬仰睇白雲有愧於心遂留絶句》（1378）。秀才，唐人通以稱未第舉子。《太平廣記》卷四二《權同休》（出《酉陽雜俎》）：「秀才權同休，元和中落第。」卷四六《白幽求》（出《博異志》）：「唐貞元十一年，秀才白幽求頻年下第。」

〔薛秀才〕朱《箋》：「薛景文。」本卷《與諸客攜酒尋去年梅花有感》（1381）：「樽前百事皆依舊，點檢唯無薛秀才。」注：「去年與薛景文同賞，今年長逝。」

〔若厭雅吟須俗飲，妓筵勉力爲君鋪〕韓愈《醉贈張秘書》：「長安衆富兒，盤饌羅羶葷。不解文字飲，惟能醉紅裙。」俗飲蓋同此，即不行文字雅令之飲。筵，舞筵。本卷《和薛秀才尋梅花同飲見贈》（1339）：「白馬走迎詩客去，紅筵鋪待舞人來。」本書卷二三《柘枝妓》（1551）：「平鋪一合錦筵開，連擊三聲畫鼓催。」

晚興

極浦收殘雨，高城駐落暉。山明虹半出，松闇鶴雙歸。將吏隨衙散，文書入務稀。閑吟

倚新竹，筠粉汙朱衣。（1328）

【注】

朱《箋》：作於長慶二年（八二二），杭州。

〔將吏隨衙散，文書入務稀〕入務，謂應當處理之事務。《舊五代史·周世宗紀四》：「凡有訴競，故作逗遛，至時而不與盡辭，入務而即便停罷。」《刑法志》：「在州及所屬刑獄見繫罪人，卿可躬親錄問，省略區分。於入務不行者，令俟務開繫；有理須伸者，速期疏決。」

衰病

老與病相仍①，華簪髮不勝。行多朝散藥，睡少夜停燈。祿食分供鶴，朝衣減施僧。性多移不得，郡政謾如繩。（1329）

【校】

①〔相仍〕汪本作「相侵」。

【注】

朱《箋》：作於長慶二年（八二二），杭州。

〔行多朝散藥，睡少夜停燈〕行藥，晉人稱行散，亦作行藥。《世説新語・文學》：「王孝伯在京，行散至其弟王睹户前。」王羲之帖：「因行藥欲數處更過，還復共集散耳，不見奴。」《文選》鮑照《行藥至城東橋》五臣劉良注：「照因疾服藥，行而宣導之。」停燈，朱《箋》：「即點燈之意。」徐陵《和王舍人送客未還閨中有望》：「綺燈停不滅，高扉掩朱關。」朱慶餘《近試上張籍水部》：「洞房昨夜停紅燭，待曉堂前拜舅姑。」王建《織錦曲》：「合衣卧時參没後，停燈起在雞鳴前。」

〔性多移不得，郡政謾如繩〕如繩，此喻繁亂。《南史・何敬容傳》：「嘗有侍臣衣帶卷摺，帝怒曰：『卿衣帶如繩，欲何所縛？』」

病中對病鶴

同病病夫憐病鶴①，精神不損翅翎傷。未堪再舉摩霄漢，只合相隨覓稻粱。但作悲吟和嘹唳，難將俗貌對昂藏。唯應一事宜爲伴，我髮君毛俱似霜。（1330）

【校】

①〔同病〕馬本、《唐音統籤》作「困病」。

【注】

朱《箋》：　作於長慶二年（八二二），杭州。

〔但作悲吟和嘹唳，難將俗貌對昂藏〕嘹唳，響亮。陶弘景《寒夜怨》：「夜雲生，夜鴻驚，淒切嘹唳傷夜情。」昂藏，偉岸貌。《北史·高昂傳》：「昂不遵師訓，專事馳騁，每言：『男兒當橫行天下，自取富貴，誰能端坐讀書，作老博士也？』其父曰：『此兒不滅吾族，當大吾門。』以其昂藏敖曹，故以名字之。」

夜歸

半醉閑行湖岸東，馬鞭敲鐙轡瓏璁。萬株松樹青山上，十里沙隄明月中。樓角漸移當路影，潮頭欲過滿江風。歸來未放笙歌散，畫戟門開蠟燭紅。（1331）

【注】

朱《箋》：作於長慶二年（八二二），杭州。

〔半醉閑行湖岸東，馬鞭敲鐙轡瓏璁〕瓏璁，鮮明貌。劉禹錫《搗衣曲》：「長裾委襞積，輕珮垂璁瓏。」李賀《河南府試十二月樂詞·九月》：「雞人罷唱曉瓏璁，鴉啼金井下疏桐。」

〔萬株松樹青山上，十里沙隄明月中〕《咸淳臨安志》卷二八：「萬松嶺在和寧門外西嶺上，舊夾道栽松。樂天《夜歸》詩云：『萬株松樹青山上，十里沙堤明月中。』東坡《臘梅詩》亦有『萬松嶺下黃千葉』之句。今第宅民居，高高下下，鱗次櫛比。」沙隄，見本卷《錢塘湖春行》（1342）注。

臘後歲前遇景詠意

海梅半白柳微黄，凍水初融日欲長。度臘都無苦霜霰，迎春先有好風光。郡中起晚聽衙鼓，城上行慵倚女牆。公事漸閑身且健，使君殊未厭餘杭。（1332）

【注】

朱《箋》：作於長慶二年（八二二），杭州。

〔臘後歲前〕《説文》：「臘，冬至後三戌，臘祭百神也。」《太平御覽》卷三三引《風俗通》：「夏曰清祀，殷曰嘉平，周曰大蜡，漢曰臘。臘者，獵也，因獵取獸以祭先祖。或曰：臘，接也。新故交接，故有臘，大祭以報功也。漢火行，衰於戌，故以戌爲臘也。」引《晉宋舊事》：「魏帝遜位，祖以酉日，臘以丑日。《魏名臣奏》曰：大司農董遇議曰：土行之君，故宜以未祖，以丑臘，爲得盛終之節，不可以戌祖辰臘。」

白髮

雲髮隨梳落①，霜毛繞鬢垂。加添老氣味，改變舊容儀。不肯長如漆，無過總作絲。最憎明鏡裏，黑白半頭時。（1333）

【校】

①〔雲髮〕馬本、《唐音統籤》、汪本作「雪髮」。

【注】

朱《箋》：作於長慶二年（八二二），杭州。

〔不肯長如漆，無過總作絲〕無過，不如、最好。見卷十六《南浦歲暮對酒送王十五歸京》（0951）注。

錢湖州以箬下酒李蘇州以五酘酒相次寄到無因同飲聊詠所懷

勞將箬下忘憂物，寄與江城愛酒翁①。鐺脚三州何處會，甕頭一盞幾時同？傾如竹葉盈樽綠，飲作桃花上面紅。莫怪殷勤醉相憶，曾陪西省與南宮。（1334）

【校】

①〔愛酒〕馬本作「賣酒」，《唐音統籤》作「嗜酒」。

【注】

朱《箋》：作於長慶二年（八二二），杭州。

〔錢湖州〕朱《箋》：「錢徽。」見本卷《初到郡齋寄錢湖州李蘇州》（1321）注。

〔李蘇州〕朱《箋》：「李諒。」同上注。

〔箬下酒〕《元和郡縣志》卷二五湖州：「箬溪水釀酒甚濃，俗稱箬下酒。」《太平寰宇記》卷九四湖州引顧野王《輿地志》：「夾溪悉生箭箬，南岸曰上箬，北岸曰下箬，二箬皆村名，村人取下箬水釀酒，醇美勝於雲陽，俗稱箬下酒。」

〔五酘酒〕《吴郡志》卷二九：「五酘酒，白居易守洛時，有《謝李蘇州寄五酘酒》詩。今里人釀酒，麴米與漿水已入甕，翌日，又以米投之。有至一再投者，謂之酘。其酒則清洌異常。今謂之五酘，是米五投之耶？」其謂居易守洛時作此詩，則誤。

〔鐺脚三州何處會，甕頭一盞幾時同〕《舊唐書·薛大鼎傳》：「時與瀛洲刺史賈敦頤、曹州刺史鄭德本，俱有美政，河北稱爲鐺脚刺史。」甕頭，見卷十七《薔薇正開春酒初熟因招劉十九張大崔二十四同飲》（1048）注。

〔莫怪殷勤醉相憶，曾陪西省與南宫〕西省，中書省。南宫，尚書省。見卷八《思竹窗》（0343）注。

花樓望雪命宴賦詩

連天際海白皚皚，好上高樓望一迴。何處更能分道路，此時兼不認池臺。萬重雲樹山頭翠，百尺花樓江畔開。素壁聯題分韻句，紅爐巡飲暖寒杯。冰鋪湖水銀爲面，風卷汀沙玉作堆。絆惹舞人春艷曳，勾留醉客夜徘徊。偷將虛白堂前鶴，失却樟亭驛後梅。別有故情偏憶得，曾經窮苦照書來。（1335）

【注】

朱《箋》：作於長慶二年（八二二），杭州。

〔絆惹舞人春艷曳，勾留醉客夜徘徊〕艷曳，輕盈搖曳。楊巨源《楊花落》：「此時可憐楊柳花，縈盈艷曳滿人家。」《敦煌變文集·秋吟》：「綺羅香引輕盈，霧縠花紅艷曳。」

〔偷將虛白堂前鶴，失却樟亭驛後梅〕虛白堂，見本卷《虛白堂》（1326）注。樟亭驛，見卷十三《宿樟亭驛》（0695）注。

〔別有故情偏憶得，曾經窮苦照書來〕任昉《爲蕭揚州薦士表》：「至乃集螢映雪，編蒲緝柳。」《文選》李善注：「孫康家貧，常映雪讀書。」

晚歲

壯歲忽已去，浮榮何足論。身爲百口長，官是一州尊。不覺白雙鬢，徒言朱兩轓。病難施郡政，老未答君恩。歲暮別兄弟，年衰無子孫。惹愁諳世網，治苦賴空門。攣帶知腰瘦，看燈覺眼昏。不緣衣食繫，尋合返丘園。（1336）

【注】

朱《箋》：作於長慶二年（八二二），杭州。

〔不覺白雙鬢，徒言朱兩轓〕《漢書·景帝紀》：「令長吏二千石車朱兩轓，千石至六百石朱左轓。」
〔惹愁諳世網，治苦賴空門〕《雜阿含經》卷十五：「如來應等正覺爲大醫王，於生根本知對治如實知，於老、病、死、憂、悲、惱苦根本對治如實知。」

宿竹閣

晚坐松簷下，宵眠竹閣間。清虚當服藥，幽獨抵歸山。巧未能勝拙，忙應不及閑。無勞别修道，即此是玄關①。（1337）

【校】

①〔玄關〕馬本作「玄門」。

【注】

朱《箋》：作於長慶二年（八二二），杭州。

〔無勞别修道，即此是玄關〕《雲笈七籤》卷六十《中山玉櫃服氣經》：「道以真一爲玄關，以專精爲要路。」

歲暮枉衢州張使君書并詩因以長句報之

兩州彼此意何如①，官職蹉跎歲欲除。浮石潭邊停五馬，望濤樓上得雙魚。萬言舊手才

難敵，五字新題思有餘②。貧薄詩家無好物，反投桃李報瓊琚。張曾應萬言登科。（1338）

【校】

①〔兩州〕紹興本等作「西州」，據《文苑英華》改。

②〔新題〕「題」《文苑英華》校：「一作成。」

【注】

朱《箋》：作於長慶二年（八二二），杭州。

〔張使君〕朱《箋》：「衢州刺史張聿。貞元二十年九月自秘書省正字充翰林學士，元和二年出守本官。歷湖州長史及都水使者等職。長慶初，自工部員外郎出爲衢州刺史。」見白居易《張聿可衢州刺史制》（《白氏文集》卷四八）、《張聿都水使者制》（卷五五）、《重修承旨學士壁記》。

〔浮石潭邊停五馬，望濤樓上得雙魚〕《方輿勝覽》卷七衢州：「浮石潭在西安東北五里，溪中有石高丈餘，水泛亦不没。」《演繁露》卷九：「衢州之六十里許深潭中有石兀立水面，土人名爲浮石。《白樂天集》三卷有《謝衢州張使君》詩曰：『浮石潭邊停五馬』，則此水之有浮石，其來久矣。」五馬，見卷八《馬上作》（0344）注。雙魚，見卷八《郡齋暇日辱常州陳郎中使君早春晚坐水西館書事詩十六韻見寄亦以十六韻酬之》（0359）注。

〔萬言舊手才難敵，五字新題思有餘〕《登科記考》卷十九長慶三年日試萬言科張某，以張聿當之。朱《箋》：「張聿長慶二年已爲衢州刺史，不應三年始應萬言登科。徐氏所考蓋誤。」

和薛秀才尋梅花同飲見贈

忽驚林下發寒梅，便試花前飲冷杯。白馬走迎詩客去，紅筵鋪待舞人來。歌聲怨處微微落，酒氣熏時旋旋開。若到歲寒無雨雪①，猶應醉得兩三迴。（1339）

【校】

①〔歲寒〕《文苑英華》作「歲來」。

【注】

朱《箋》：作於長慶二年（八二二），杭州。

〔薛秀才〕見本卷《閑夜詠懷因招周協律劉薛二秀才》（1327）注。

與諸客空腹飲

隔宿書招客，平明飲暖寒。麴神寅日合，酒聖卯時歡。促膝纔飛白，酡顏已渥丹。碧籌攢米椀①，紅袖拂骰盤。醉後歌尤異，狂來舞可難②？拋杯語同坐，莫作老人看。（1340）

【校】

①〔米椀〕那波本作「采椀」。

②〔可難〕《文苑英華》刊本作「何難」，《唐音統籤》作「不難」。

【注】

朱《箋》：作於長慶二年（八二二），杭州。

〔麴神寅日合，酒聖卯時歡〕卯時歡，見卷十七《薔薇正開春酒初熟因招劉十九張大崔二十四同飲》（1048）注。

〔促膝纔飛白，酡顔已渥丹〕飛白，見卷十三《代書詩一百韻寄微之》（0604）注。

〔碧籌攢米椀，紅袖拂骰盤〕酒籌、骰盤，見卷十三《代書詩一百韻寄微之》（0604）注。元稹《答姨兄胡靈之見寄五十韻》：「米碗諸賢讓，蠡杯大户傾。」米椀亦當是一種酒杯。

小歲日對酒吟錢湖州所寄詩

獨酌無多興，閑吟有所思。一杯新歲酒，兩句故人詩。楊柳初黄日，髭鬚半白時。蹉跎春氣味，彼此老心知。（1341）

【注】

朱《箋》：作於長慶三年（八二三），杭州。

〔小歲日〕《太平御覽》卷三三引崔寔《四民月令》：「臘明日謂小歲，進酒尊長，修刺賀君師。」

〔錢湖州〕朱《箋》：「錢徽。」見本卷《初到郡齋寄錢湖州李蘇州》（1321）注。

錢塘湖春行

孤山寺北賈亭西①，水面初平雲脚低。幾處早鶯爭暖樹，誰家新燕啄春泥？亂花漸欲迷人眼，淺草纔能没馬蹄。最愛湖東行不足，緑楊陰裏白沙隄。（1342）

【校】

①〔賈亭〕那波本作「古亭」。

【注】

汪《譜》、朱《箋》：作於長慶三年（八二三），杭州。

〔孤山寺北賈亭西，水面初平雲脚低〕孤山寺，永福寺。元稹《永福寺石壁法華經記》：「永福寺一名孤山寺，在杭州錢塘湖心孤山上。」《咸淳臨安志》卷二三：「孤山在西湖中稍西，一岫聳立，旁無聯附，爲湖山勝絶處。舊有智果觀音院、瑪瑙寶勝院、報恩院、廣化寺。中興詔它徙，而即其地建延祥觀。」又卷七九：「廣化院在北山。舊在孤山。天嘉元年建，名永福。大中祥符改今額。」賈亭，賈公亭。《唐語林》卷六：「貞元中，賈全爲杭州，于西湖造亭，未五十年廢。」

〔最愛湖東行不足，綠楊陰裏白沙隄〕汪立名云：「按西湖蘇、白堤，相傳二公始築。《新書》亦云：『居易爲杭州刺史，始築堤捍錢塘湖。』此公初到杭州詩已有『十里沙堤』句。又《錢塘湖石函記》但云：『修築河堤，加高數尺。』《別杭民》詩注云：『增築湖堤。』築不自公始明矣。或以公詩有『綠楊陰裏白沙堤』，爲白堤所自來。然公詩如『護江堤白蹋晴沙』，亦用白沙，不獨湖堤也。況公所修湖堤在湖之東北，接連下湖。《舊志》：『近昭慶有石函橋、溜水橋。』是其故址。即李泌設閘洩水引灌六井處。今杭人率指蘇堤之西爲白堤，益不相涉。又有指石徑塘爲白堤者，不知張祜已有『斷橋荒蘚合』之句矣。白詩：『誰開湖寺西南路，草綠裙腰一道斜。』自注云：『孤山寺在湖洲中，草綠時望如裙腰。』正指今石徑塘也。」毛奇齡《西河文集·詩話》卷三：「杭州錢塘湖中，有一堤穿于湖心，作志者初稱白堤，後稱白公堤，謂白樂天爲刺史時所築。及讀樂天《杭州春望》詩有云：『誰開湖寺西南路，草綠裙腰一道斜。』則並非白築，未有己所開堤而反曰誰開者。且詩下自注云：『孤山寺路，在湖洲中，草綠時望如裙腰。』是必前有此堤，而故注以證己詩，其非初開可知也。是以張祜詩云：『樓臺映碧草，一徑入湖心。』其詩不知何時作，但樂天出刺杭州在長慶末，而陸魯望每推祜爲元和詩人，則此堤非長慶後始築斷可知者。嘗考此堤名白沙堤，樂天《錢塘湖春行》有云：『最愛湖東行不足，綠楊陰裏白沙堤。』則意此堤本名白沙，或有時去沙字，單稱白堤，而不幸白字恰與樂天姓合，遂誤稱白公。觀有時去白字，單稱沙堤，如樂天又有詩云：『十里沙堤明月中』，是一沙一白，遂多誤稱。而不知白堤不得稱白公堤，猶沙堤不得稱宰相堤也。」

題靈隱寺紅辛夷花戲酬光上人

紫粉筆含尖火焰，紅燕脂染小蓮花。芳情香思知多少①，惱得山僧悔出家。（1343）

【校】

①〔香思〕馬本、《唐音統籤》作「鄉思」。

【注】

朱《箋》：作於長慶三年（八二三），杭州。

〔靈隱寺〕《咸淳臨安志》卷八十：「景德靈隱寺在武林山東，晉咸和元年梵僧慧理建。舊名靈隱，景德四年改景德靈隱禪寺。」

〔紅辛夷花〕《咸淳臨安志》卷五八：「唐時靈隱寺有此花，鮮紅可愛，白公有詩。」

重向火

火銷灰復死，疏棄已經旬。豈是人情薄，其如天氣春。風寒忽再起，手冷重相親。却就紅爐坐，心如逢故人。（1344）

【注】

朱《箋》：作於長慶三年（八二三），杭州。

候仙亭同諸客醉坐

謝安山下空攜妓，柳惲洲邊只賦詩。爭及湖亭今日會①，嘲花詠水贈蛾眉。（1345）

【校】

①〔爭及〕「爭」汪本校：「一作不。」〔今日會〕「會」汪本校：「一作醉。」

【注】

朱《箋》：作於長慶三年（八二三），杭州。

〔候仙亭〕見本卷《醉題候仙亭》（1324）注。

〔謝安山下空攜妓，柳惲洲邊只賦詩〕《世説新語·識鑒》：「謝公在東山畜妓，簡文曰：『安石必出，既與人同樂，亦不得不與人同憂。』」劉孝標注引《文章志》：「安縱心事外，疏略常節，每畜女妓，攜持游肆也。」柳惲，見卷十三《叙德書情四十韻上宣歙崔中丞》（0608）注。

城上

城上鼕鼕鼓，朝衙復晚衙。爲君慵不出，落盡遶城花。（1346）

【注】

朱《箋》：作於長慶三年（八二三），杭州。

早行林下

披衣未冠櫛，晨起入前林。宿露殘花氣，朝光新葉陰。傍松人迹少，隔竹鳥聲深。閑倚

小橋立，傾頭時一吟。（1347）

【注】

朱《箋》：作於長慶三年（八二三），杭州。

送李校書趁寒食歸義興山居

大見騰騰詩酒客，不憂生計似君稀。到舍將何作寒食，滿船唯載樹栽歸①。（1348）

【校】

①〔樹栽〕那波本作「樹陰」。

【注】

朱《箋》：作於長慶三年（八二三），杭州。

〔李校書〕名不詳。

〔義興〕《舊唐書·地理志三》江南東道常州：「義興，漢陽羡縣，……（武德八年）義興復隸常州。」

題孤山寺山石榴花示諸僧衆

山榴花似結紅巾，容艶新妍占斷春①。色相故關行道地②，香塵擬觸坐禪人。瞿曇弟子

君知否，恐是天魔女化身。（1349）

【校】

①〔新妍〕《文苑英華》作「鮮妍」。

②〔故關〕《文苑英華》作「故開」。

【注】

朱《箋》：作於長慶三年（八二三），杭州。

〔孤山寺〕見本卷《錢塘湖春行》（1342）注。

〔山石榴花〕見卷十二《山石榴寄元九》（0590）注。《咸淳臨安志》卷五八：「唐時孤山有山石榴花，白公有詩云。」

〔色相故關行道地，香塵擬觸坐禪人〕《楞嚴經》卷三：「當知虛空，生出色相。」《華嚴經》卷十五：「於鼻根中入正定，於香塵中從定出」；「於香塵中入正定，於鼻起定心不亂。」

〔瞿曇弟子君知否，恐是天魔女化身〕瞿曇弟子，佛弟子。《中阿含經》卷五七：「沙門瞿曇弟子，從沙門瞿曇學梵行也。」《雜阿含經》卷三九：「三魔女自相謂言：士夫有種種隨形愛欲，今當各各變化，作百種童女色，作百種初嫁色，作百種未産色，作百種已産色，作百種中年色，作百種宿年色，作此種種形類，詣沙門瞿曇所。」

獨行

闇誦黃庭經在口，閑攜青竹杖隨身。晚花新笋堪爲伴，獨入林行不要人。（1350）

【注】

朱《箋》：作於長慶三年（八二三），杭州。

〔閒誦黄庭經在口，閑擕青竹杖隨身〕黄庭經，參見卷十九《見于給事暇日上直寄南省諸郎官詩因以戲贈》（1225）注。

二月五日花下作

二月五日花如雪，五十二人頭似霜。聞有酒時須笑樂，不關身事莫思量。羲和趁日沉西海，鬼伯驅人葬北邙。只有且來花下醉，從人笑道老顛狂。（1351）

【注】

陳《譜》、汪《譜》、朱《箋》：作於長慶三年（八二三），杭州。

〔羲和趁日沉西海，鬼伯驅人葬北邙〕羲和，見卷七《題舊寫真圖》（0322）注。北邙，見卷一《孔戡》（0003）注。《相和歌辭·蒿里》古辭：「蒿里誰家地，聚斂魂魄無賢愚。鬼伯一何相催促，人命不得少踟躕。」

戲題木蘭花

紫房日照燕脂拆，素艷風吹膩粉開。怪得獨饒脂粉態，木蘭曾作女郎來。（1352）

【注】

朱《箋》：作於長慶三年（八二三），杭州。

〔怪得獨饒脂粉態，木蘭曾作女郎來〕《樂府詩集》卷二五《木蘭詩二首》古辭：「《古今樂録》曰：木蘭不知名。浙江西道觀察使兼御史中丞韋元甫續附入。」《古今樂録》爲陳釋智匠作。又《宋本杜工部集》《兵車行》題注：「古樂府云：不聞耶孃哭子聲，但聞黄河流水鳴濺濺。」爲杜甫自注。稱《木蘭詩》爲「古樂府」，是此前已流行之證。

清明日觀妓舞聽客詩

看舞顔如玉，聽詩韻似金。綺羅從許笑，絃管不妨吟。可惜春風老，無嫌酒盞深。辭花送寒食，併在此時心。（1353）

【注】

朱《箋》：作於長慶三年（八二三），杭州。

西湖晚歸迴望孤山寺贈諸客

柳湖松島蓮花寺，晚動歸橈出道場。盧橘子低山雨重，栟櫚葉戰水風凉①。煙波澹蕩摇

空碧，樓殿參差倚夕陽。到岸請君迴首望，蓬萊宮在海中央。（1354）

【校】

①〔栟櫚〕馬本、《唐音統籤》作「椶櫚」。

【注】

朱《箋》：作於長慶三年（八二三），杭州。

〔柳湖松島蓮花寺，晚動歸橈出道場〕蓮花寺，寺院。參見卷十三《旅次景空寺宿幽上人院》（0671）「花界」注。道場，亦指寺院。

〔盧橘子低山雨重，栟櫚葉戰水風涼〕盧橘，見卷十五《江樓偶宴贈同座》（0886）注。栟櫚，椶櫚。《太平御覽》卷九五九引《廣志》：「椶，一名栟櫚。葉似車輪，乃在樹顛下。下有皮纏之，附地起。」

湖中自照

重重照影看容鬢，不見朱顔見白絲。失却少年無覓處，泥他湖水欲何爲？（1355）

【注】

朱《箋》：作於長慶三年（八二三），杭州。

〔失却少年無覓處，泥他湖水欲何爲〕泥，貪戀。見卷十二《山石榴寄元九》（0590）注。

贈蘇煉師

兩鬢蒼然心浩然，松窗深處藥爐前。攜將道士通宵語，忘却花時盡日眠①。明鏡懶開長在匣，素琴欲弄半無絃。猶嫌莊子多詞句②，只讀逍遥六七篇。（1356）

【校】

①〔花時〕馬本、《唐音統籤》作「花光」。

②〔猶嫌〕馬本、《唐音統籤》作「猶言」。

【注】

朱《箋》：作於長慶三年（八二三），杭州。

杭州春望

望海樓明照曙霞，城東樓名望海樓。護江隄白蹋晴沙。濤聲夜入伍員廟，柳色春藏蘇小家。紅袖織綾誇柿蔕，杭州出柿蔕花者尤佳也。青旗沽酒趁梨花。其俗釀酒趁梨花時熟，號爲梨花春。誰開湖寺西南路，草緑裙腰一道斜。孤山寺路在湖洲中，草緑時望如裙腰。（1357）

【注】

朱《箋》：作於長慶三年（八二三），杭州。

〔望海樓明照曙霞，護江隄白蹋晴沙〕《咸淳臨安志》卷五二府治：「東樓一名望海樓，在中和堂之北。《太平寰宇記》名望潮樓。高一十丈，唐武德七年建。」

〔濤聲夜入伍員廟，柳色春藏蘇小家〕伍員，伍子胥。《咸淳臨安志》卷七一：「忠清廟在吴山，神伍氏名員。……《史記》云：吴人憐之，爲立祠於江上，命曰胥山。唐元和十年刺史盧元輔修，並作《胥山銘》。唐景福二年封惠廣侯。」蘇小小，南齊時錢塘名妓。《錢塘蘇小小歌》：「妾乘油壁車，郎騎青驄馬。何處結同心，西陵松柏下。」《樂府詩集》卷八五引《樂府廣題》：「蘇小小，錢塘名娼也，蓋南齊時人。西陵在錢塘江之西，歌云『西陵松柏下』是也。」

〔紅袖織綾誇柿蔕，青旗沽酒趁梨花〕柿蔕，綾之花樣。吴自牧《夢粱録》卷十八物産絲之品：「綾，柿蔕、狗蔕。」

〔誰開湖寺西南路，草緑裙腰一道斜〕《咸淳臨安志》卷三二：「孤山路在孤山之下，北有斷橋，南有西林橋，其西爲裏湖。樂天詩：『誰開湖寺西南路，草緑裙腰一道斜。』……舊志云：不知所從始。」參見本卷《錢塘湖春行》（1342）。

飲散夜歸贈諸客

鞍馬夜紛紛，香街起闇塵。迴鞭招飲妓①，分火送歸人。風月應堪惜，杯觴莫厭頻。明朝三月盡，忍不送殘春②？（1358）

【校】

①〔飲妓〕「飲」《文苑英華》抄本作「醉」，校：「集作飲。」

②〔忍不〕那波本作「不忍」。

【注】

朱《箋》：作於長慶三年（八二三），杭州。

〔明朝三月盡，忍不送殘春〕忍不，爭忍不。見卷二《傷宅》（0077）注。

湖亭晚歸

盡日湖亭卧，心閑事亦稀。起因殘醉醒，坐待晚涼歸。松雨飄藤帽，江風透葛衣。柳隄行不厭，沙軟絮霏霏（1359）

【注】

朱《箋》：作於長慶三年（八二三），杭州。

東樓南望八韻

不厭東南望，江樓對海門。風濤生有信，天水合無痕。鵁帶雲帆動，鷗和雪浪翻。魚鹽聚爲市，煙火起成村。日脚金波碎，峰頭鈿點繁。送秋千里雁，報暝一聲猿。已豁煩襟悶，仍開病眼昏。郡中登眺處，無勝此東軒。（1360）

【注】

朱《箋》：作於長慶三年（八二三），杭州。

〔東樓〕即望海樓。見本卷《杭州春望》（1357）注。

〔不厭東南望，江樓對海門〕海門，海門山。《咸淳臨安志》卷三一：「海門山在仁和縣東北六十五里，有山曰赭山，與龕山對峙，潮水出其間。」

〔鷁帶雲帆動，鷗和雪浪翻〕張衡《西京賦》：「浮鷁首，翳雲芝。」《文選》薛綜注：「船頭象鷁鳥，厭水神，故天子乘之。」

醉中酬殷協律

泗水城邊一分散，浙江樓上重遊陪。揮鞭二十年前別，命駕三千里外來。醉袖放狂相向舞，愁眉和笑一時開。留君夜住非無分，且盡青娥紅燭臺。（1361）

【注】

朱《箋》：作於長慶三年（八二三），杭州。

〔殷協律〕朱《箋》：「殷堯藩。」見卷九《贈别楊潁士盧克柔殷堯藩》（0430）注。
〔泗水城邊一分散，浙江樓上重遊陪〕泗水城，指徐州。參見卷九《贈别楊潁士盧克柔殷堯藩》（0430）。

孤山寺遇雨

拂波雲色重，灑葉雨聲繁。水鷺雙飛起①，風荷一向翻。空濛連北岸，蕭颯入東軒。或擬湖中宿，留船在寺門。（1362）

【校】

①〔水鷺〕《文苑英華》作「水鳥」。

【注】

朱《箋》：作於長慶三年（八二三），杭州。
〔孤山寺〕見本卷《錢塘湖春行》（1342）注。

樟亭雙櫻樹

南館西軒兩樹櫻，春條長足夏陰成。素華朱實今雖盡，碧葉風來别有情。（1363）

【注】

朱《箋》：作於長慶三年（八二三），杭州。

〔樟亭〕樟亭驛，見卷十三《宿樟亭驛》（0695）注。

湖上夜飲

郭外迎人月，湖邊醒酒風。誰留使君飲，紅燭在舟中。（1364）

【注】

朱《箋》：作於長慶三年（八二三），杭州。

贈沙鷗

老逼教垂白，官科遣著緋。形骸雖有累，方寸却無機。遇酒多先醉，逢山愛晚歸。沙鷗不知我，猶避隼旟飛。（1365）

【注】

朱《箋》：作於長慶三年（八二三），杭州。

〔形骸雖有累，方寸却無機〕《莊子・天地》：「吾聞之吾師，有機械者必有機事，有機事者必有機心。機心存於胸中，則純白不備，純白不備，則神生不定，神生不定者，道之所不載也。」
〔沙鷗不知我，猶避隼旟飛〕《列子・黄帝》：「海上之人有好漚鳥者，每旦之海上，從漚鳥遊，漚鳥之至者百數而不止。其父曰：『吾聞漚鳥皆從汝遊，汝取來，吾玩之。』明日之海上，漚鳥舞而不下也。」《周禮・春官・司常》：「鳥隼爲旟。」

餘杭形勝

餘杭形勝四方無，州傍青山縣枕湖。遶郭荷花三十里，拂城松樹一千株。夢兒亭古傳名謝，教妓樓新道姓蘇。州西靈隱山上有夢謝亭，即是杜明浦夢謝靈運之所，因名客兒也。蘇小小，本錢塘妓人也。獨有使君年太老，風光不稱白髭鬚。（1366）

【注】

汪《譜》、朱《箋》：作於長慶三年（八二三），杭州。
〔餘杭〕杭州餘杭郡。《舊唐書・地理志三》江南道：「杭州上，隋餘杭郡。武德四年，平李子通，置杭州。……天寶元年，改爲餘杭郡。乾元元年，復爲杭州。」
〔遶郭荷花三十里，拂城松樹一千株〕《咸淳臨安志》卷五八：「白公郡齋詩云：『遶郭荷花三十里』，指西湖而言也。」「白公詩『拂城松樹一千株』，指萬松嶺言，今多不存。」〔夢兒亭古傳名謝，教妓樓新道姓蘇〕《咸淳臨安志》卷二三：「晏公《輿地志》：晉謝靈運，會稽人。其家不宜子，乃寄養於錢塘杜明師。明師夜夢東南有賢人相訪，翌旦靈運至，故號夢謝亭。陸羽《記》云：一名客兒亭。在靈隱山間。盧刺史元輔《靈隱寺》詩云：『長松晉家樹，絕頂客兒亭。』」蘇小小，見本卷《杭州春望》（1357）注。

江樓夕望招客

海天東望夕茫茫，山勢川形闊復長。燈火萬家城四畔，星河一道水中央。風吹古木晴天雨，月照平沙夏夜霜。能就江樓銷暑否，比君茅舍校清涼。（1367）

【注】

朱《箋》：作於長慶三年（八二三），杭州。

新秋病起

一葉落梧桐，年光半又空。秋多上階日，凉足入懷風。病瘦形如鶴，愁燋鬢似蓬。損心詩思裏，伐性酒狂中。華蓋何曾惜，金丹不致功。猶須自慚愧，得作白頭翁。（1368）

【注】

朱《箋》：作於長慶三年（八二三），杭州。

〔一葉落梧桐，年光半又空〕《淮南子·説山訓》：「見一葉落，而知歲之將暮。」

〔損心詩思裏，伐性酒狂中〕枚乘《七發》：「皓齒娥眉，命曰伐性之斧；甘脆肥膿，命曰腐腸之藥。」

木芙蓉花下招客飲

晚涼思飲兩三杯，召得江頭酒客來。莫怕秋無伴醉物，水蓮花盡木蓮開。（1369）

【注】

朱《箋》：作於長慶三年（八二三），杭州。

〔木芙蓉〕一名木蓮。李德裕《平泉山居草木記》：「己未歲，又得番禺之山茶、宛陵之紫丁香、會稽之百葉木芙蓉……。」《咸淳臨安志》卷五八：「東坡倅杭日，有《和陳述古中和堂木芙蓉》詩。今蘇堤及湖岸多種，秋日如霞錦雲。」屈大均《廣東新語》卷二五：「木芙蓉，本名拒霜，以其狀似芙蓉生於木，故曰木芙蓉。《楚辭》：『搴芙蓉兮木末。』楚之芙蓉有水而無木，故三閭以爲言也。木芙蓉以秋深開，水芙蓉既謝，花乃繼之，至冬深而罷。雖岸生，亦喜臨水，得水則容顔益媚。……一名木蓮。」

悲歌

白頭新洗鏡新磨，老逼身來不奈何。耳裏頻聞故人死，眼前唯覺少年多。塞鴻遇暖猶迴翅，江水因潮亦反波。獨有衰顏留不得，醉來無計但悲歌。（1370）

【注】

朱《箋》：作於長慶三年（八二三），杭州。

江樓晚眺景物鮮奇吟玩成篇寄水部張員外①

澹煙疏雨間斜陽，江色鮮明海氣涼。蜃散雲收破樓閣，虹殘水照斷橋梁。風翻白浪花千片，雁點青天字一行②。好著丹青圖寫取③，題詩寄與水曹郎。（1371）

【校】

①〔題〕「張員外」《文苑英華》作「張籍員外」。

②〔雁點〕「點」《文苑英華》作「破」，校：「集作點。」〔青天〕《文苑英華》作「晴天」。

③〔圖寫〕《文苑英華》作「圖畫」。

【注】

朱《箋》：作於長慶三年（八二三），杭州。

〔張員外〕朱《箋》：「張籍。」見卷十九《喜張十八博士除水部員外郎》（1268）注。

〔蜃散雲收破樓閣，虹殘水照斷橋梁〕《咸淳臨安志》卷二一：「斷橋，今名寶祐橋。孤山路口。」

〔好著丹青圖寫取，題詩寄與水曹郎〕朱《箋》引《敦煌變文字義通釋》，謂好著即好以。按，好著即好用、好取。

夜招周協律兼答所贈

滿眼雖多客，開眉復向誰？少年非我伴，秋夜與君期。落魄俱耽酒，殷勤共愛詩。相憐別有意，彼此老無兒。（1372）

【注】

朱《箋》：作於長慶三年（八二三），杭州。

〔周協律〕朱《箋》：「周元範。」見本卷《閑夜詠懷因招周協律劉薛二秀才》（1327）注。

重酬周判官

秋愛冷吟春愛醉，詩家眷屬酒家仙。若教早被浮名繫，可得閑遊三十年？（1373）

【注】

朱《箋》：作於長慶三年（八二三），杭州。

〔周判官〕朱《箋》：「周元範。」見前詩注。

飲後夜醒

黄昏飲散歸來卧，夜半人扶强起行。枕上酒容和睡醒，樓前海月伴潮生。將歸梁燕還重宿，欲滅窗燈復却明。直至晓來猶妄想，耳中如有管絃聲。（1374）

【注】

朱《箋》：作於長慶三年（八二三），杭州。

代賣薪女贈諸妓

亂蓬爲鬢布爲巾，曉踏寒山自負薪。一種錢塘江畔女，著紅騎馬是何人？（1375）

【注】

朱《箋》：作於長慶三年（八二三），杭州。

〔一種錢塘江畔女，著紅騎馬是何人〕一種，一樣。見卷一《白牡丹》(0031)注。汪立名云：「按《堯山堂外記》云：唐時杭妓承應宴會皆得騎馬以從。」

奉和李大夫題新詩二首各六韻

因巖亭①

箕潁人窮獨，蓬壺路阻難。何如兼吏隱，復得事躋攀。巖樹羅階下，江雲貯棟間。似移天目石，疑入武丘山。清景徒堪賞，皇恩肯放閑？遥知興未足，即被詔徵還。(1376)

【校】

①〔題〕「因巖」紹興本、馬本、《唐音統籤》校：「一作固巖。」

【注】

朱《箋》：作於長慶三年(八二三)，杭州。

〔李大夫〕朱《箋》：「李德裕。」《舊唐書·穆宗紀》：「(長慶二年)九月，御史中丞李德裕爲潤州刺史、兼御史大夫、浙江西道都團練觀察處置等使，以代竇易直。」

〔因巖亭〕《咸淳臨安志》卷五二府治：「因巖亭，見白文公詩。」

〔箕潁人窮獨，蓬壺路阻難〕謝靈運《擬魏太子鄴中集・徐幹》：「少無宦情，有箕潁之心事。」《高士傳》卷上：「堯讓天下於許由……由於是遁逃於中岳潁水之陽，箕山之下。」蓬壺，見卷五《題楊潁士西亭》(0206)注。

〔何如兼吏隱，復得事躋攀〕《晉書・孫綽傳》：「山濤吾所不解，吏非吏，隱非隱。」宋之問《藍田山莊》：「宦遊非吏隱，心事好幽偏。」杜甫《院中晚晴懷西郭茅舍》：「浣花溪裏花饒笑，肯信吾兼吏隱名。」

〔似移天目石，疑入武丘山〕《咸淳臨安志》卷二五臨安縣：「天目山，在縣西五十里，高三千九百丈，周八百里，有三十六洞，爲仙靈所居。每歲秋，率一日風雨晦冥，俗云山神與江神會。」天目山上有兩池，謂之左右目。一峰在東，號東天目，在臨安縣界。西尖峰在於潛縣北四十五里。武丘，即虎丘。見卷十二《真娘墓》(0592)注。

忘筌亭①

翠巘公門對，朱軒野逕連。只開新户牖，不改舊風煙。空室閑生白②，高情澹入玄。酒容同座勸，詩借屬城傳。自笑滄江畔，遥思絳帳前。庭臺隨事有③，爭敢比忘筌？（1377）

【校】

①〔題〕《文苑英華》作「奉和李大夫題忘筌新亭」。

②〔空室〕《文苑英華》作「空虛」。

③〔隨事〕《文苑英華》、汪本作「隨處」。

【注】

〔忘筌亭〕《咸淳臨安志》卷五二府治：「忘筌亭，見白文公詩。」

〔空室閑生白，高情澹入玄〕《莊子·人間世》：「瞻彼闋者，虛室生白，吉祥止止。」司馬彪疏：「室比喻心，心能空虛，則純白獨生也。」

〔自笑滄江畔，遥思絳帳前〕《後漢書·馬融傳》：「居宇器服，多存侈飾。常坐高堂，施絳紗帳，前授生徒，後列女樂。」

予以長慶二年冬十月到杭州明年秋九月始與范陽盧賈汝南周元範蘭陵蕭悦清河崔求東萊劉方輿同遊恩德寺之泉洞竹石籍甚久矣及兹目擊果愜心期因自嗟云到郡周歲方來入寺半日復去俯視朱綬仰睇白雲有愧於心遂留絶句

雲水埋藏恩德洞，簪裾束縛使君身。暫來不宿歸州去，應被山呼作俗人。（1378）

【注】

朱《箋》：作於長慶三年（八二三），杭州。

〔范陽盧賈〕本書卷二五《座上贈盧判官》（1779）：「莫言不是江南會，虚白亭中舊主人。」朱《箋》以爲即是其人。

〔周元範〕見本卷《閑夜詠懷因招周協律劉薛二秀才》（1327）注。

〔蕭悦〕見卷十二《畫竹歌》（0591）注。

〔崔求〕《舊唐書·崔珙傳》珙弟球：「球字叔休，寶曆二年登進士第。」朱《箋》疑爲一人。

〔劉方輿〕見本卷《閑夜詠懷因招周協律劉薛二秀才》（1327）注。

〔恩德寺〕《咸淳臨安志》卷二九：「風水洞在楊村慈嚴院，院舊名恩德。有洞極大，流水不竭。頂上又一洞，立夏清風自生，立秋則止，故名。」

〔俯視朱綬〕葛立方《韻語陽秋》卷五：「樂天以長慶二年自中書舍人爲杭州刺史，冬十月至治時，仍服緋。故《遊恩德寺詩》序云：『俯視朱紱，仰睇白雲，有愧於心。』及觀《自歎》詩云：『實事漸銷虚事在，銀魚金帶繞腰光。』《戊申詠懷》云：『紫泥丹筆皆經手，赤紱金章盡到身。』以今觀之，金帶不應用銀魚，而金章不應用赤紱，人皆以爲疑，而不知唐制與今不同也。按唐制，紫爲三品之服，緋爲四品之服，淺緋爲五品之服，各服金帶。又制，衣紫者魚袋以金飾，衣緋者魚袋以銀飾。樂天時爲五品，淺緋金帶，佩銀魚，宜矣。劉長卿有《袁郎中喜章服》詩云：『手詔來筵上，腰金向粉闈。勳名傳舊閣，舞蹈著新衣。』郎中亦是五品，故其身章與樂天同。」

早冬

十月江南天氣好，可憐冬景似春華。霜輕未殺萋萋草，日暖初乾漠漠沙。老柘葉黄如嫩樹，寒櫻枝白是狂花。此時却羡閑人醉，五馬無由入酒家。（1379）

【注】

汪《譜》、朱《箋》：作於長慶三年（八二三），杭州。

〔此時却羡閑人醉，五馬無由入酒家〕五馬，見卷八《馬上作》（0344）注。

歲假内命酒贈周判官蕭協律

共知欲老流年急，且喜新正假日頻。聞健此時相勸醉，偷閑何處共尋春？脚隨周叟行猶疾，頭比蕭翁白未勻。歲酒先拈辭不得，被君推作少年人。（1380）

【注】

朱《箋》：作於長慶三年（八二三），杭州。

〔歲假〕《唐會要》卷八二四朔望朝參：「（貞元十三年正月）比來或經冬至及歲、寒食等三節，假滿不足，本佩入日，並不横行。」卷八二休假：「至貞元六年三月九日敕，寒食清明宜准元日節，前後各給三日。」圓仁《入唐求法巡禮行記》卷一開成四年元日：「官俗三日休假。」

〔周判官〕朱《箋》：「周元範。」見本卷《閑夜詠懷因招周協律劉薛二秀才》（1327）注。

〔蕭協律〕朱《箋》：「蕭悦。」見卷十二《畫竹歌》（0591）注。

〔聞健此時相勸醉，偷閑何處共尋春〕張相《詩詞曲語辭匯釋》：「聞，猶趁也，乘也。……聞健猶云趁健也，含有乘輿之意。」《敦煌變文集·妙法蓮華經講經文》：「聞健速須求解脱，會取蓮經能不能。」《角座文匯抄》：「免於没後囑兒孫，聞健自家親祇備。」

〔歲酒先拈辭不得，被君推作少年人〕拈酒，飲酒。杜甫《宴戎州楊使君東樓》：「重碧拈春酒，輕紅擘荔枝。」元稹《酬復言長慶四年元日郡齋感懷見寄》：「羞看稚子先拈酒，悵望平生舊采薇。」元日飲酒，年少者先飲。劉禹錫《元日樂天見過因舉酒爲賀》：「與君同甲子，壽酒讓先杯。」洪邁《容齋隨筆》卷二《歲旦飲酒》：「今人元日飲屠蘇酒，自小者起，相傳已久，然固有來處。後漢党人李膺、杜密，以黨人同繫獄，值元日，於獄中飲酒，曰：『正旦從小起。』《時鏡新書》：董勛云：正旦飲酒先小者何也？勛曰：俗以小者得歲，故先酒賀之；老者失時，故後飲酒。《初學記》載《四民月令》云：正旦進酒次第，當從小起，以年少者起先。唐劉夢得、白樂天元日舉酒賦詩，劉云：『與君同甲子，壽酒讓先杯。』白云：『與君同甲子，歲酒合誰先？』白又有《歲假内命酒》一篇云：『歲酒先拈辭不得，被君推作少年人。』」

與諸客攜酒尋去年梅花有感

馬上同攜今日杯，湖邊共覓去春梅①。年年只是人空老，處處何曾花不開？詩思又牽吟詠發，酒酣閑喚管絃來。樽前百事皆依舊，點檢唯無薛秀才。去年與薛景文同賞，今年長逝。

（1381）

【校】

①〔去春〕馬本、《唐音統籤》作「去年」。

【注】

朱《箋》：作於長慶四年（八二四），杭州。又《唐摭言》卷十二「酒失」記元稹在浙東，賓府有薛書記，醉後因爭令擲注子，擊傷相公猶子，醒後作《十離詩》上獻府主，元稹思之乃作詩。所引即此詩，詞句小異。汪立名、朱《箋》均謂《唐摭言》誤引，不足據。

〔樽前百事皆依舊，點檢唯無薛秀才〕點檢，清點。杜甫《贈獻納使起居田舍人澄》：「曉漏追飛青瑣闥，晴窗點檢白雲篇。」薛秀才，見本卷《閑夜詠懷因招周協律劉薛二秀才》（1327）注。

醉送李協律赴湖南辟命因寄沈八中丞

富陽山底樟亭畔，立馬停舟飛酒盂①。曾共中丞情繾綣，暫留協律語踟躕。紫微星北承恩去，青草湖南稱意無？不羨君官羨君幕，幕中收得阮元瑜。（1382）

【校】

①〔酒盂〕馬本作「酒杯」，誤。

【注】

朱《箋》：作於長慶四年（八二四），杭州。

〔李協律〕未詳。

〔沈八中丞〕朱《箋》：「沈傳師。」見卷十九《與沈楊二舍人閣老同食敕賜櫻桃玩物感恩因成十四韻》（1269）注。《舊唐書·穆宗紀》：「（長慶三年）六月，宰相監修國史杜元穎奏史官沈傳師除鎮湖南。」

〔富陽山底樟亭畔，立馬停舟飛酒盂〕《咸淳臨安志》卷二七山川富陽縣：「小隱山，在縣之北一里三十步，爲縣之主山。」富陽山或指此。樟亭，見卷十三《宿樟亭驛》（0695）注。

〔紫微星北承恩去，青草湖南稱意無〕紫微，見卷十九《紫薇花》（1219）注。青草湖，見卷十六《東南行一百韻寄通州元九侍御澧州李十一舍人果州崔二十二使君開州韋大員外庾三十二補闕杜十四拾遺李二十助教員外竇七校書》（0902）注。

〔不羨君官羨君幕，幕中收得阮元瑜〕阮瑀字元瑜。《三國志·魏書·阮瑀傳》：「瑀少受學於蔡邕，建安中都護曹洪欲使掌書記，瑀終不爲屈。太祖並以琳、瑀爲司空軍謀祭酒，管記室，軍國書檄，多琳、瑀所作也。」

内道場永讙上人就郡見訪善説維摩經臨别請詩因以此贈

五夏登壇内殿師，水爲心地玉爲儀。正傳金粟如來偈，何用錢塘太守詩？苦海出來應有路，靈山别後可無期？他生莫忘今朝會，虚白亭中法樂時①。（1383）

【校】

①〔法樂〕馬本、《唐音統籤》作「發樂」，誤。

【注】

朱《箋》： 作於長慶四年（八二四），杭州。

〔内道場〕《舊唐書·王縉傳》：「代宗嘗問以福業報應事，載等因而啓奏，代宗由是奉之過當，嘗令僧百餘人於宫中陳設佛像，經行念誦，謂之内道場。」德宗時曾停内道場，然其後又恢復。

〔正傳金粟如來偈，何用錢塘太守詩〕金粟如來，維摩居士之前身。吉藏《維摩經義疏》卷一：「有人言文殊師利本是龍種上尊佛，淨名即是金粟如來。相傳云： 金粟如來出《思惟三昧經》，今未見本。」

〔苦海出來應有路，靈山别後可無期〕《楞嚴經》卷四：「引諸沉冥，出於苦海。」靈山，靈鷲山。見卷十八《郡齋暇日憶廬山草堂兼寄二林僧社三十韻多叙貶官已來出處之意》（1104）「鷲嶺」注。《五燈會元》卷一釋迦牟尼佛：「世尊在靈山會上，拈花示衆。是時衆皆默然，唯迦葉尊者破顔微笑。」

〔他生莫忘今朝會，虚白亭中法樂時〕虚白亭，即虚白堂。見本卷《虚白堂》（1326）注。法樂，法味之樂。《别譯雜阿含經》卷十四：「云何捨所畏，云何成法樂？」

見李蘇州示男阿武詩自感成詠

遥羡青雲裏，祥鸞正引雛。自憐滄海畔，老蚌不生珠。（1384）

【注】

朱《箋》： 作於長慶四年（八二四），杭州。

〔李蘇州〕朱《箋》：「蘇州刺史李諒。」見卷十九《寄李蘇州兼示楊瓊》（1297）注。

〔自憐滄海畔，老蚌不生珠〕《太平御覽》卷五一八引《三輔要錄》：「韋康字元將，京兆人。孔融與康父端書曰：『前見元將來，淵才亮茂，雅度弘毅，偉世之器也。昨日又見仲將來，文敏志篤，誠保家之主也。不意雙珠，出於老蚌。』」

正月十五日夜月

歲熟人心樂，朝遊復夜遊。春風來海上，明月在江頭。燈火家家市，笙歌處處樓。無妨思帝里，不合厭杭州。（1385）

【注】

朱《箋》：作於長慶四年（八二四），杭州。

題州北路傍老柳樹

皮枯緣受風霜久，條短爲經攀折頻。但見半衰當此路，不知初種是何人。雪花零碎逐年減，煙葉稀疏隨分新。莫道老株芳意少，逢春猶勝不逢春。（1386）

【注】

朱《箋》：作於長慶四年（八二四），杭州。

〔雪花零碎逐年減，煙葉稀疏隨分新〕隨分，見卷二《續古詩十首》之七（0071）注。

題清頭陀

頭陀獨宿寺西峰，百尺禪菴半夜鐘。煙月蒼蒼風瑟瑟，更無雜樹對山松。（1387）

【注】

朱《箋》：作於長慶四年（八二四），杭州。

自歎二首

形羸自覺朝餐減，睡少偏知夜漏長。實事漸消虚事在，銀魚金帶遶腰光。（1388）

【三】

朱《箋》：作於長慶四年（八二四），杭州。

〔實事漸消虚事在，銀魚金帶遶腰光〕銀魚金帶，見本卷《予以長慶二年冬十月到杭州明年秋九月始與范陽盧賈汝南周元範蘭陵蕭悦清河崔求東萊劉方輿同遊恩德寺之泉洞竹石籍甚久矣及兹目擊果愜心期因自嗟云到郡周歲方來入寺半日復去俯視朱綬仰睇白雲有愧於心遂留絶句》（1378）注。

二毛曉落梳頭懶，兩眼春昏點藥頻。唯有閑行猶得在，心情未到不如人。（1389）

【注】

〔二毛曉落梳頭懶，兩眼春昏點藥頻〕點藥，卷十四《得錢舍人書問眼疾》（0793）：「春來眼闇少心情，點盡黄連尚未平。」參見該詩注。

湖上醉中代諸妓寄嚴郎中

笙歌杯酒正歡娱，忽憶仙郎望帝都。借問連宵直南省，何如盡日醉西湖？蛾眉别久心知否，雞舌含多口厭無？還有些些惆悵事，春來山路見蘼蕪。（1390）

【注】

朱《箋》：作於長慶四年（八二四），杭州。

〔嚴郎中〕朱《箋》：「嚴休復。」見卷十九《馮閣老處見與嚴郎中酬和詩因戲贈絶句》（1224）注。

〔笙歌杯酒正歡娛，忽憶仙郎望帝都〕仙郎，見卷十四《八月十五夜聞崔大員外翰林獨直對酒玩月因懷禁中清景偶題是詩》（0733）注。

〔蛾眉别久心知否，雞舌含多口厭無〕雞舌香，見卷十五《渭村退居寄禮部崔侍郎翰林錢舍人詩一百韻》（0803）注。

〔還有些些惆悵事，春來山路見蘼蕪〕些些，少許。《王梵志詩校注》一六四首：「縱有些些理，無煩説短長。」《玉臺新詠》卷一古詩：「上山采蘼蕪，下山逢故夫。長跪問故夫，新人復何如。」此蓋戲言。

自詠

悶發每吟詩引興，興來兼著酒開顔①。欲逢假日先招客②，正對衙時亦望山。勾檢簿書多鹵莽，隄防官吏少機關。誰能頭白勞心力，人道無才也是閑。（1391）

【校】

①〔兼著〕馬本、《唐音統籤》、汪本作「兼酌」。

②〔假日〕馬本作「暇日」。

【注】

朱《箋》：作於長慶四年（八二四），杭州。

〔悶發每吟詩引興，興來兼著酒開顔〕著，用也。參見《敦煌變文字義通釋》。

〔勾檢簿書多鹵莽，隄防官吏少機關〕勾檢，審查檢核。《舊唐書·職官志二》考功郎中：「明於勘覆，稽失無隱，爲勾檢之最。」《李巽傳》：「雖在私家，亦置案牘簿書，勾檢如公署焉。」

晚興

草淺馬翩翩，新晴薄暮天。柳條春拂面，衫袖醉垂鞭。立語花隄上，行吟水寺前。等閑消一日，不覺過三年。（1392）

【注】

朱《箋》：作於長慶四年（八二四），杭州。

早興

晨光出照屋梁明，初打開門鼓一聲。犬上階眠知地濕，鳥臨窗語報天晴。半銷宿酒頭仍重，新脱冬衣體乍輕。睡覺心空思想盡，近來鄉夢不多成。（1393）

【注】

朱《箋》：作於長慶四年（八二四），杭州。

竹樓宿

小書樓下千竿竹，深火爐前一盞燈。此處與誰相伴宿，燒丹道士坐禪僧。（1394）

【注】

朱《箋》：作於長慶四年（八二四），杭州。

湖上招客送春汎舟

欲送殘春招酒伴，客中誰最有風情？兩瓶箬下新求得①，一曲霓裳初教成。時崔湖州寄新箬下酒來，樂妓按《霓裳羽衣曲》初畢。排比管絃行翠袖，指麾船舫點紅旌。慢牽好向湖心去，恰似菱花鏡上行。（1395）

【校】

①〔求得〕馬本、《唐音統籤》作「開得」。

【注】

朱《箋》：作於長慶四年（八二四），杭州。

〔兩瓶箬下新求得，一曲霓裳初教成〕箬下酒，見本卷《錢湖州以箬下酒李蘇州以五酘酒相次寄到無因同飲聊詠所懷》（1334）注。霓裳曲，見卷三《法曲歌》（0124）及卷二一《霓裳羽衣歌》（1406）注。

戲醉客

莫言魯國書生懦，莫把杭州刺史欺。醉客請君開眼望，綠楊風下有紅旗（1396）

【注】

朱《箋》：作於長慶四年（八二四），杭州。

〔莫言魯國書生懦，莫把杭州刺史欺〕《莊子·田子方》：「莊子見魯哀公，哀公曰：『魯多儒生，少爲先生方者。』莊子曰：『魯少儒。』哀公曰：『舉魯國而儒服，何謂少乎？』莊子曰：『周聞之，儒者冠圜冠者，知天時；履句屨者，知地形；緩佩玦者，事至而斷。君子有其道者，未必爲其服也；爲其服者，未必知其道也。公固以爲不然，何不號於國中曰：無此道而爲此服者，其罪死。』於是哀公號之五日，而魯國無敢儒服者，獨有一丈夫儒服而立乎公門。公即召而問以國事，千轉萬變而不窮。莊子曰：『以魯國而儒者一人耳，可謂多乎？』」

紫陽花

招賢寺有山花一樹，無人知名。色紫氣香，芳麗可愛，頗類仙物，因以紫陽花名之。

何年植向仙壇上，早晚移栽到梵家？雖在人間人不識，與君名作紫陽花。（1397）

【注】

朱《箋》：作於長慶四年（八二四），杭州。

〔紫陽花〕《南部新書》庚：「杭州靈隱山多桂，寺僧云：『此月中種也。』至今中秋望夜，往往子墜，寺僧亦嘗拾得。而巖頂崖根後産奇花，氣香而色紫，芳麗可愛，而無人知其名者。招賢寺僧取而植之。郡守白公尤愛賞，因名曰紫陽花。」葛立方《韻語陽秋》卷十六：「唐招賢寺有山花，色紫氣香，穠麗可愛，以託根招提，偶赦於樵斧，固爲幸矣。而人莫有知其名者。白樂天一日過之而標其名曰紫陽，於是天下識所謂紫陽花者，其珍如是也，豈不爲尤幸乎！」《咸淳臨安志》卷五八：「禪宗院山有花一本，色紫而香，無人知名。白公樂天名爲紫陽花，賦詩。」

〔招賢寺〕《咸淳臨安志》卷七九：「禪宗院，唐德宗朝郡人吴元卿爲六宮使，棄官，參鳥窠禪師，建菴修道，即會通禪師也。開運三年錢氏建院。元額招賢。」

〔何年植向仙壇上，早晚移栽到梵家〕早晚，何時。見卷十九《暮歸》（1239）注。

白居易詩集校注卷第二十一①

後序

前三年，元微之爲予編次文集而叙之。凡五帙，每帙十卷，訖長慶二年冬②，號《白氏長慶集》。邇來復有格詩③、律詩④、碑誌、序記、表贊⑤，以類相附，合爲卷軸⑥，又從五十一以降，卷而第之。是時大和二年秋，予春秋五十有七，目昏頭白，衰也久矣。拙音狂句，亦已多矣。由兹而後，宜其絶筆。若餘習未盡，時時一詠，亦不自知也。因附前集報微之，故復序于卷首云爾。

【校】

①〔卷第二十一〕那波本編在後集卷五十一。

②〔長慶二年〕要文抄本作「長慶三年」。

③〔格詩〕要文抄本下有「五十首」三字。

④〔律詩〕要文抄本下有「三百首」三字。
⑤〔表贊〕要文抄本下有「共十首」三字。
⑥〔卷軸〕要文抄本作「五軸」。

【注】

〔凡五帙，每帙十卷〕日本那波道圓本保存了《白氏文集》前後集本原貌，前集詩二十卷（即本書卷一至二十），文三十卷。
〔迄長慶二年冬〕據花房英樹《白氏文集の批判的研究》，「二年」應從要文抄本作「三年」。岑仲勉《論〈白氏長慶集〉源流並評東洋本白集》認爲當作「四年」，不確。元稹《白氏長慶集序》：「長慶四年，樂天自杭州刺史以右庶子詔還，予時刺會稽。因得盡徵其文，手自排纘，成五十卷，凡二千一百九十一首。前輩多以前集、中集爲名，予以陛下明年當改元，長慶訖於是，因號曰《白氏長慶集》。……長慶四年冬十二月十日微之序。」按，白氏離杭州在長慶四年五月，此時交元稹所編文集，當即三年冬所編迄，其中亦附入若干四年初所作詩，而不大可能四年冬遠在洛陽再遥寄文集于浙東。至於後集收入若干長慶三年之作，則是初編集時所遺漏者。

格詩歌行雜體　凡五十七首①

郡齋旬假命宴呈座客示郡寮②　自此後在蘇州作。

公門日兩衙，公假月三旬。衙用決簿領，旬以會親賓。公多及私少，勞逸常不均。况爲劇郡長，安得閑宴頻？下車已三月③，開筵始今晨。初黔軍厨突，一拂郡榻塵。既備獻酬禮，亦具水陸珍。萍醅箬溪醑④，水鱠松江鱗。侑食樂懸動，佐歡妓席陳。風流吴中客⑤，佳麗江南人。歌節點隨袂，舞香遺在茵。清奏凝未闋，酡顔氣已春⑥。衆賓勿遽起，郡寮且逡巡⑦。無輕一日醉，用犒九日勤。微彼九日勤，何以治吾民？微此一日醉，何以樂吾身？（1398）

【校】

①〔五十七首〕紹興本等本卷實爲五十六首。

②〔題〕《文苑英華》作「蘇州郡齋旬假始命宴呈座客示郡寮」。

③〔三月〕馬本、《唐音統籤》、汪本作「二月」。朱《箋》：「陳《譜》寶曆元年乙巳云：『五月五日到任，有謝表。』謝表謂三月二十九日發東都，則五月到任必不能稱『已三月』。」按，此謂到任以來已三月，朱《箋》誤會。

④〔箬溪〕《文苑英華》作「若溪」。

⑤〔吴中〕《文苑英華》作「吴地」。

⑥〔酡顔氣〕《文苑英華》校：「一作朱顔酡。」

⑦〔郡寮〕馬本、《唐音統籤》作「羣寮」。

【注】

朱《箋》：作於寶曆元年（八二五），蘇州。居易寶曆元年二月四日自太子左庶子分司出爲蘇州刺史。《蘇州刺史謝上表》（《白氏文集》卷六八）：「伏奉三月四日恩制，授臣使持節蘇州諸軍事、守蘇州刺史。臣以其月二十九日發東都，今月五日到州，當日上任訖。」

〔格詩〕格原爲格式、格法之意。《顔氏家訓·文章》：「詩格既無此例，又乖製作本意。」空海《文鏡秘府論》東卷論對：「余覽沈、陸、王、元等詩格、式等，出没不同。」高仲武《中興間氣集序》：「今之所收，殆革斯弊。但使體格風雅，理致清新。斯觀者易心，聽者竦耳。則朝野同載，格律兼收。」此後，則成爲詩體名稱，與律詩區别。汪立名云：「唐人詩集中，無號格詩者。即大曆以還，有齊梁格、元白格、元和格、胡蘆、進退諸格，多兼律詩體而言，不專主古體也。顧格詩之義雖亡考，而見諸公之文章者可證。《元少尹集序》：『宗簡，河南人，自舉進士，歷御史府、尚書郎，訖京兆亞尹二十年，著格詩若干首，律詩若干首，賦述銘記等若干首，合三十卷。』由是觀之，格者但别於律詩之謂。公前集既分古調、樂府、歌行，以類各次於諷諭、閑適、感傷之卷，後集不復分類别卷，遂統之曰格詩耳。時本於二十一卷之首，格詩下復繫歌行雜體字，是以格詩另爲古詩之一體矣。豈元少尹生平獨不歌行雜體乎？況公《後序》但曰『邇來復有格律詩』，《洛中集記》亦曰：『分司東都及兹十二年，其間賦格律詩凡八百首。』初未嘗及歌行雜體者，固以格字該舉文也。」按，本卷「格詩歌行雜體」及次卷「格詩雜體」均爲白集原有，汪氏疑其非白集原貌者無據。格詩固有寬狹不同之用法。陳寅恪《元白詩箋證稿》：「蓋樂天所謂格詩，實又有廣狹二義。就廣義言之，格與律對言，格詩即今所謂古體詩，律詩即今所謂近體詩，此即汪氏所論者也。就狹義言之，格者，格力骨格之謂。則格詩依樂天之意，唯其前集之古調詩始足以當之，然則《白氏長慶集》伍壹格詩下復繫歌行雜體者，即謂歌行雜體就廣義言之固可視爲格詩，若嚴格論之，尚與格詩微有別也。至於格詩諸卷中又有於題下特著齊梁格者，蓋齊梁格與古調詩同爲五言，尤須明其不同於狹義之格詩也。又格詩諸卷中凡有長短句多標明雜言，豈以雜言之體殊爲駁雜耶！」陳氏辨析甚明，質言之，狹義之格詩即古調詩，亦即五言古詩。

〔公門日兩衙，公假月三旬〕兩衙，早衙、晚衙。見卷十三《代書詩一百韻寄微之》(0604)注。《唐會要》卷八二休假：「永徽三年二月十一日，上以天下無虞，百司務簡，每至旬假，許不視事，以與百僚休沐。」

〔衙用決簿領，旬以會親賓〕簿領，文書檔案。見卷八《郡亭》(0355)注。

〔初黔軍厨突，一拂郡榻塵〕《淮南子·修務》：「孔子無黔突，墨子無暖席。」班固《答賓戲》：「孔席不暖，墨突不黔。」《後漢書·徐穉傳》：「(陳)蕃在郡不接賓客，唯穉來特設一榻，去則縣之。」

〔萍醅箬溪醑，水鱠松江鱗〕箬溪醑，即箬下酒。見卷二十《錢湖州以箬下酒李蘇州以五酘酒相次寄到無因同飲聊詠所懷》(1334)注。《吳郡志》卷十八：「松江，在郡南四十五里，《禹貢》三江之一也。……松江南與太湖接，吳江縣在江濆，垂虹跨其上，天下絶景也。」

〔侑食樂懸動，佐歡妓席陳〕《周禮·天官·膳夫》：「以樂侑食。」鄭玄注：「侑猶勸也。」樂懸，見卷三《立部伎》(0127)注。此泛指音樂。

〔清奏凝未闋，酡顔氣已春〕未闋，未息。《左傳》莊公元年：「秋，築王姬之館於外。爲外，禮也。」杜注：「因其喪制未闋，故異其禮。」孔穎達疏：「樂息爲闋，則闋訓爲息也。未闋，言其未止息也。」鮑照《玩月城門廨中詩》：「肴乾酒未闋，金壺啓夕淪。」《楚辭·招魂》：「美人既醉，朱顔酡些。」

題西亭

朝亦視簿書，暮亦視簿書。簿書視未竟，蟋蟀鳴座隅。始覺芳歲晚，復嗟塵務拘。西園景多暇，可以少躊躇。池鳥澹容與，橋柳高扶疏。烟蔓嫋青薜，水花披白蕖。何人造兹亭，華敞綽有餘。四簷軒鳥翅，複屋羅蜘蛛。直廊抵曲房，窅窱深且虚。修竹夾左右，清風來徐徐。此宜宴嘉賓①，鼓瑟吹笙竽。荒淫即不可，廢曠將何如？幸有酒與樂，及時歡且娱。忽其解郡印，他人來此居。（1399）

【校】

①〔嘉賓〕馬本、《唐音統籤》作「佳賓」。

【注】

朱《箋》：作於寶曆元年（八二五），蘇州。

〔西亭〕在蘇州刺史治所内。《吴郡志》卷六：「西亭，唐有之，今西齋是其處。」

〔西園景多暇，可以少躊躇〕《吴郡志》卷六：「西園在郡圃之西隙，地直子城甚袤。唐謂之西園，今作教場。」

〔池鳥澹容與，橋柳高扶疏〕《楚辭·離騷》：「忽吾行此流沙兮，遵赤水而容與。」王逸注：「容與，遊戲貌也。」

〔直廊抵曲房，窅窱深且虚〕張衡《西京賦》：「望窅窱以徑廷，眇不知其所返。」《文選》薛綜注：「窅窱、徑廷，過度之意也。言入其中皆迷惑不識還道也。」

〔此宜宴嘉賓，鼓瑟吹笙竽〕《詩·小雅·鹿鳴》：「我有嘉賓，鼓瑟吹笙。」

郡中西園

閑園多芳草，春夏香靡靡①。深樹足佳禽，旦暮鳴不已。院門閉松竹，庭徑穿蘭芷。愛彼池上橋，獨來聊徙倚。魚依藻長樂，鷗見人暫起。有時舟隨風，盡日蓮照水。誰知郡府内，景物閑如此。始悟諠静緣，何嘗繫遠邇。（1400）

【校】

①〔香靡靡〕《文苑英華》作「常靡靡」。

【注】

朱《箋》：作於寶曆元年（八二五），蘇州。

〔西園〕見前詩注。

北亭卧

樹緑晚陰合，池凉朝氣清。蓮開有佳色，鶴唳無凡聲。唯此閑寂境，愜我幽獨情。病假

十五日，十日卧兹亭。明朝吏呼起，還復視黎甿。（1401）

【注】

朱《箋》：作於寶曆元年（八二五），蘇州。

一葉落

煩暑鬱未退，凉飈潛已起。寒温與盛衰，遞相爲表裏。蕭蕭秋林下①，一葉忽先委。勿言微摇落②，摇落從此始。（1402）

【校】

①〔秋林〕《文苑英華》抄本作「衆林」。

②〔微摇落〕《文苑英華》、汪本作「一葉微」。

【注】

朱《箋》：作於寶曆元年（八二五），蘇州。

〔勿言微摇落，摇落從此始〕《楚辭·九辯》：「悲哉秋之爲氣也，蕭瑟兮草木摇落而變衰。」

崔湖州贈紅石琴薦煥如錦文無以答之以詩酬謝

頳錦支綠綺，韻同相感深。千年古澗石，八月秋堂琴。引出山水思，助成金玉音。人間無可比，比我與君心。（1403）

【注】

朱《箋》：作於寶曆元年（八二五），蘇州。

〔崔湖州〕朱《箋》：「湖州刺史崔玄亮。」見卷五《常樂里閑居偶題十六韻兼寄劉十五公輿王十一起吕二炅吕四頴崔十八玄亮元九稹劉三十二敦質張十五仲方時爲校書郎》(0173)注。《嘉泰吳興志》卷十四：「崔玄亮，長慶三年十一月自刑部郎中拜，遷秘書少監分司東都。」朱《箋》：「白氏長慶四年所作《湖上招客送春泛舟》詩（本書卷二十1395）自注：『時崔湖州寄新箬下酒來。』則可證玄亮長慶末已刺湖州，當爲錢徽之後任。」

〔琴薦〕以石爲之。元稹《與衛淮南琴薦啓》：「疊石琴薦一。出當州龍壁灘下。右件琴薦，躬往采獲，稍以珍奇。特表殊形，自然古色。」韋宗卿《隱山六峒記》：「有石琴薦，寘以撫絃，聲越金玉。」

九日宴集醉題郡樓兼呈周殷二判官

前年九日餘杭郡①，呼賓命宴虛白堂。去年九日到東洛，今年九日來吳鄉。兩邊蓬鬢一時白，三處菊花同色黄。一日日知添老病②，一年年覺惜重陽。江南九月未摇落，柳青蒲緑稻穟香③。姑蘇臺榭倚蒼靄④，太湖山水含清光。可憐假日好天色⑤，公門吏靜風景涼。榜舟鞭馬取賓客，掃樓拂席排壺觴。胡琴錚摐指撥剌⑥，吴娃美麗眉眼長⑦。笙歌一曲思凝絶，金鈿再拜光低昂。日脚欲落備燈燭⑧，風頭漸高加酒漿。觥盞灔翻菡萏葉⑨，舞鬟擺落茱萸房。半酣憑檻起四顧⑩，七堰八門六十坊⑪。遠近高低寺間出，東西南北橋相望。水道脉分棹鱗次，里閭棋布城册方。人烟樹色無隙罅，十里一片青茫茫。自問有何才與政，高廳大館居中央。銅魚今乃澤國節，刺史是古吴都王。郊無戎馬郡無事，門有棨戟腰有章⑫。盛時儻來合慚愧，壯歲忽去還感傷⑬。從事醒歸應不可，使君醉倒亦何妨。請君停杯聽我語⑭，此語真實非虚狂。五旬已過不爲夭，七十爲期蓋是常。須知菊酒登高會，從此多無二十場⑮。（1404）

【校】

①〔餘杭郡〕那波本、汪本作「在餘杭」。

②〔老病〕《文苑英華》作「老態」。

③〔稻穟〕《文苑英華》作「秔稻」。

④〔倚蒼靄〕《文苑英華》刊本作「傍蒼靄」。

⑤〔假日〕《文苑英華》作「暇日」。〔天色〕《文苑英華》作「天氣」。

⑥〔錚摐〕馬本、《唐音統籤》、汪本作「錚鏦」。

⑦〔美麗〕《文苑英華》作「細麗」。

⑧〔欲落〕《文苑英華》作「欲下」。

⑨〔菡萏葉〕《文苑英華》作「菡萏朵」。

⑩〔四顧〕《文苑英華》作「西望」。

⑪〔六十坊〕馬本、《唐音統籤》作「十六坊」，誤。

⑫〔腰有章〕「腰」《文苑英華》校：「一作金。」

⑬〔壯歲〕「歲」《文苑英華》作「志」，校：「集作歲。」

⑭〔聽我語〕《文苑英華》作「聽此語」。

⑮〔多無〕《文苑英華》刊本作「無多」。

【注】

陳《譜》、汪《譜》、朱《箋》：作於寶曆元年（八二五），蘇州。

〔周判官〕朱《箋》：「周元範。」見卷二十《閑夜詠懷因招周協律劉薛二秀才》（1327）注。

〔殷判官〕朱《箋》：「殷堯藩。」見卷九《贈別楊穎士盧克柔殷堯藩》（0430）注。

〔前年九日餘杭郡，呼賓命宴虛白堂〕虛白堂，見卷二十《虛白堂》（1326）注。

〔姑蘇臺榭倚蒼靄，太湖山水含清光〕姑蘇臺，見卷十八《長洲苑》（1195）注。《吳郡志》卷十八：「太湖，在吳縣西，即古具區、震澤、五湖之處。《越絶書》云：太湖周回三萬六千頃，《禹貢》之震澤。《爾雅》云：吳越之間巨區，其湖周回五百里。襟帶吳興、毗陵諸縣界，東南水都也。」

〔胡琴錚摐指撥剌，吳娃美麗眉眼長〕錚摐，見卷十六《江樓宴別》（0907）注。撥剌，見卷一《放魚》（0059）注。

〔半酣憑檻起四顧，七堰八門六十坊〕《吳郡圖經續記》卷中：「七堰者皆在州門外。據樂天詩云：『七堰八門六十坊。』而《圖經》云：廢堰一十有六。蓋樂天指其近者言之也。舊説蓄水養魚之所，或云所以遏外水之暴而護民居。近世城中積土漸高，故雖開堰，無甚患也。」《吳郡志》卷三：「東面婁、匠二門，西面閶、胥二門，南面盤、蛇二門，北面齊、平二門。唐時八門悉啓。」《吳地記》：「古坊有六十所。三十坊在吳縣，三十坊在長洲縣。」

〔銅魚今乃澤國節，刺史是古吳都王〕銅魚，銅魚符。《舊唐書·職官志二》門下省符寶郎：「隨身魚符之制，左二右一，太子以玉，親王以金，庶官以銅。」

〔郊無戎馬郡無事，門有棨戟腰有章〕門戟，見卷八《郡齋暇日辱常州陳郎中使君早春晚坐水西館書事詩十六韻見寄亦以十六韻酬之》（0359）注。崔豹《古今注》卷上：「殳，前驅之器也。以木爲之。後世僭僞，無復典刑，以赤油韜之，亦謂之油戟，亦謂之棨戟。公王以下通以之前驅。」

同微之贈别郭虚舟煉師五十韻

我爲江司馬，君爲荆判司。俱當愁悴日，始識虚舟師。師年三十餘，白皙好容儀。專心在鉛汞，餘力工琴棋。静彈絃數聲，閑飲酒一巵。因指塵土下，蜉蝣良可悲。不聞姑射上，千歲冰雪肌。不見遼城外，古今冢纍纍。嗟我天地間，有術人莫知。得可逃死籍，不唯走三尸。授我參同契，其辭妙且微。六一閟扃鐍，子午守雄雌。我讀隨日悟，心中了無疑。黄牙與紫車，謂其坐致之。自負因自歎，人生號男兒。若不珮金印，即合翳玉芝。高謝人間世，深結山中期。泥壇方合矩，鑄鼎圓中規。爐橐一以動，瑞氣紅輝輝。齋心獨歎拜①，中夜偷一窺。二物正訢合，厥狀何怪奇。綢繆夫婦體，狎獵魚龍姿。簡寂館鍾後，紫霄峰曉時。心塵未淨潔，火候遂參差。萬壽覬刀圭，千功失毫釐。先生彈指起，姹女隨煙飛。始知緣會間，陰隲不可移。藥竈今夕罷，詔書明日追。追我復追君，次第承恩私。官雖小大殊，同立白玉墀。我直紫微闥，手進賞罰詞。君侍玉皇座，口含生殺機。直躬易媒孽，浮俗多瑕疵。轉徙今安在，越嶠吳江湄。一提支郡印，一建連帥旗。何言四百里，不見如天涯。秋風旦夕來，白日西南馳。雪霜各滿鬢，朱紫徒爲衣。師從廬山洞，訪舊來於斯。尋君又覓我，風馭紛逶迤。帔裾曳黄絹，鬚髮垂青絲。逢人但斂手，問道亦頷頤。孤雲難久留，十日告將歸。款曲話平昔，殷勤勉衰羸。後會杳何許，前心日磷緇。俗家無異物，何以充別資？素牋一百句，題附元家詩。朱頂鶴一隻，與師雲間騎。雲間鶴背上，故情若相思。時時摘一句，唱作步虚詞。（1405）

【校】

①〔齋心〕馬本作「齊心」，誤。

【注】

朱《箋》：作於寶曆元年（八二五），蘇州。

〔郭虛舟〕見卷七《郭虛舟相訪》(0331)注。

〔專心在鉛汞，餘力工琴棋〕唐代外丹道派之一承《周易參同契》之説，奉鉛汞爲至寶大藥。《丹論訣旨心鑒》：「即知大丹之妙，唯鉛汞二物爲至藥也，非用四黄八石。若大丹有石藥之氣入二物中，即有大毒。」

〔因指塵土下，蜉蝣良可悲〕蜉蝣，見卷五《效陶潛體詩十六首》「烟雲隔玄圃」首(0220)注。

〔不聞姑射上，千歲冰雪肌〕《莊子·逍遥遊》：「藐姑射之山，有神人居焉，肌膚若冰雪，綽約如處子。」

〔不見遼城外，古今冢纍纍〕《藝文類聚》卷七八引《搜神記》：「遼東城門有華表柱，忽有一白鶴集柱頭。時有少年，舉弓欲射之，鶴乃飛，徘徊空中而言曰：有鳥有鳥丁令威，去家千歲今來歸。城郭如故人民非，何不學仙冢壘壘。」

〔得可逃死籍，不唯走三尸〕三尸，見卷十九《不睡》(1300)注。

〔授我參同契，其辭妙且微〕參同契，見卷十七《尋郭道士不遇》(1013)注。

〔六一閟扃鐍，子午守雄雌〕六一，六一泥，用以封固鼎器。《雲笈七籤》卷六八《太上八景四蕊紫漿五珠降生神丹方》：「又應先作六一泥土釜内外。作泥法：東海左顧牡蠣、戎鹽、黄丹、滑石、赤石脂、蚓螻黄土，凡六物，皆令分等擣治，下細絹篩，和以百日苦酒極酸釅者，和畢，更擣二萬杵，六一之泥成。」子午，子时、午时。《雲笈七籤》卷六三《玄辨元君辨金虎鉛汞造鼎入金秘真肘後方・旨教五行内用訣》：「太丹有三品：上者汞，中者丹，下者砂。悟者歸一無二。金虎含陰，位屬西方，真氣内藏，寄生太陰。玄鉛而爲至精，名曰龍虎。卯酉相克，子午相望。此是天地陰陽輪軸轉運造化也。」

〔黄牙與紫車，謂其坐致之〕黄牙，見卷十六《尋王道士藥堂因有題贈》（0949）注。紫車，紫河車。見卷十七《對酒》（1050）注。

〔泥壇方合矩，鑄鼎圓中規〕煉丹家要求爐鼎器具須與天地宇宙相合而造。《九轉靈砂大丹資聖玄經》：「鼎有三足以應三才，上下二合以像二儀，足高四寸以應四時，爐深八寸以配八節，下開八門以通八風。」

〔二物正訢合，厥狀何怪奇〕二物指鉛、汞。《周易參同契》卷上注：「藥在鼎中，居乾坤之内。坎爲月，是鉛。離爲日，是汞。」訢合，相合、交合。權德輿《中書門下賀雪表》：「臣聞天道下濟，聖心上感，以是訢合，發爲休徵。」

〔綢繆夫婦體，狎獵魚龍姿〕夫婦體，喻陰陽相合。《周易參同契》卷上注：「乾爲天上鼎蓋，坤爲地下鼎蓋，鼎唇作雄雌，相合陰陽，是雌雄配合也。」

〔簡寂館鍾後，紫霄峰曉時〕簡寂館，廬山簡寂觀。見卷七《宿簡寂觀》（0280）注。紫霄峰亦見該詩注。

〔心塵未静潔，火候遂參差〕《諸家神品丹法》卷二《金丹秘要參同契》：「凡修丹最難於火候者，是正一之大訣。修丹之士，若得其真火候，何憂其還丹之不成乎？」

〔萬壽覬刀圭，千功失毫釐〕刀圭，見卷十五《題李山人》（0884）注。

〔先生彈指起，姹女隨煙飛〕姹女，見卷十六《尋王道士藥堂因有題贈》（0949）注。

〔始知緣會間，陰騭不可移〕《書・洪範》：「惟天陰騭下民，相協厥居。」傳：「騭，定也。天不言而默定下民，是助合其居，使有常生之資。」

〔直躬易媒孽，浮俗多瑕疵〕司馬遷《報任安書》：「今舉事壹不當，而全軀保妻子之臣隨而媒孽其短。」

〔一提支郡印，一建連帥旗〕《禮記·王制》：「十國以爲連，連有帥。」唐以指都督、節度使等軍事長官。

〔時時摘一句，唱作步虚詞〕步虚詞，見卷十五《江上吟元八絶句》(0870)注。

霓裳羽衣歌　和微之①。

我昔元和侍憲皇，曾陪内宴宴昭陽。千歌百舞不可數②，就中最愛霓裳舞。舞時寒食春風天，玉鉤欄下香案前。案前舞者顔如玉，不著人家俗衣服③。虹裳霞帔步摇冠，鈿瓔纍纍珮珊珊。娉婷似不任羅綺，顧聽樂懸行復止。磬簫箏笛遞相攙，擊擫彈吹聲邐迤④。凡法曲之初，衆樂不齊，唯金石絲竹次第發聲。《霓裳》序初亦復如此。散序六奏未動衣，陽臺宿雲慵不飛。散序六遍無拍⑤，故不舞也。中序擘騞初入拍，秋竹竿裂春冰坼⑥。中序始有拍，亦名拍序。飄然轉旋去聲迴雪輕，嫣然縱送游龍驚⑦。小垂手後柳無力，斜曳裾時雲欲生。四句皆《霓裳舞》之初態。烟蛾斂略不勝態，風袖低昂如有情。上元點鬟招萼緑，王母揮袂别飛瓊。許飛瓊、萼緑華，皆女仙也。繁音急節十二遍，跳珠撼玉何鏗錚。《霓裳曲》十二遍而終⑧。翔鸞舞了却收翅，唳鶴曲終長引聲。凡曲將畢，皆聲拍促速。唯《霓裳》之末，長引一聲也。當時乍見驚心目，凝視諦聽殊未足。一落人間八九年，耳冷不曾聞此曲。湓城但聽山魈語，巴峽唯聞杜鵑哭。予自江州司馬轉忠州刺史。移領錢唐第二年，始有心情問絲竹⑨。玲瓏箜篌謝好箏，陳寵觱篥沈平笙。清絃脆管纖纖手，教得霓裳一曲成。自玲瓏已下，皆杭之妓名。虛白亭前湖水畔，前後秖應三度按⑩。便除庶子拋却來，聞道如今各星散。今年五月至蘇州，朝鐘暮角催白頭。貪看案牘常侵夜，不聽笙歌直到秋。秋來無事多閑悶，忽憶霓裳無處問。聞君部內多樂徒，問有霓裳舞者無？答云七縣十萬户⑪，無人知有霓裳舞。唯寄長歌與我來，題作霓裳羽衣譜。四幅花牋碧間紅，霓裳實錄在其中。千姿萬狀分明見，恰與昭陽舞者同。眼前髣髴覩形質，昔日今朝想如一。疑從魂夢呼召來，似著丹青圖寫出。我愛霓裳君合知，發於歌詠形於詩⑫。君不見，我歌云，驚破霓裳羽衣曲。《長恨歌》云。又不見，我詩云，曲愛霓裳未拍時。錢唐詩云。由來能事皆有主，楊氏創聲君造譜。開元中，西涼府節度楊敬述造。君言此舞難得人⑬，須是傾城可憐女⑭。吳妖小玉飛作烟，夫差女小玉死後，形見於王，其母抱之，霏微若煙霧散空。越艷西施化爲土。嬌花巧笑久寂寥，娃館苧蘿空處所⑮。如君所言誠有是，君試從容聽我語。若求國色始翻傳，但恐人間廢此舞。妍蚩優劣寧相遠，大都只在人擡舉。李娟張態君莫嫌⑯，亦擬隨宜且教取⑰。娟、態，蘇妓之名。（1406）

【校】

①〔題〕汪本作「霓裳羽衣舞歌」。小注《文苑英華》大字作「答微之」。

②〔百舞〕《文苑英華》、汪本作「萬舞」。

③〔人家〕「家」《文苑英華》校：「一作間。」

④〔擊擫〕《文苑英華》刊本作「擊撤」，誤。

⑤〔（注）六遍無拍〕馬本作「六遍無指」，誤。

⑥〔春冰坼〕那波本、《文苑英華》作「春冰折」。

⑦〔縱送〕《文苑英華》作「縱逸」。

⑧〔（注）十二遍而終〕《文苑英華》作「十二遍始終」。

⑨〔問絲竹〕《文苑英華》作「聞絲竹」。

⑩〔秖應〕《文苑英華》作「只曾」。

⑪〔七縣十萬户〕《文苑英華》作「七州千萬户」，校：「集作七縣十萬户。蓋指越州管内言之，若論浙東觀察使，可統七州，則《英華》本爲是。」《文苑英華辨證》所言略同。

⑫〔歌詠〕《文苑英華》作「歌引」。

⑬〔難得人〕《文苑英華》作「難其人」。

⑭〔須是〕《文苑英華》刊本作「須得」。

⑮〔苧蘿〕《文苑英華》抄本作「羅山」，校：「集作苧蘿。」

⑯〔李娟〕《文苑英華》作「李嬋」。

⑰〔隨宜〕《文苑英華》刊本作「隨時」。

【注】

汪《譜》、朱《箋》：作於寶曆元年（八二五），蘇州。

〔霓裳羽衣歌〕參見卷三《法曲歌》(0124)注。

〔我昔元和侍憲皇，曾陪内宴宴昭陽〕昭陽，見卷四《繚綾》(0153)注。

〔虹裳霞帔步摇冠，鈿瓔纍纍珮珊珊〕步摇，見卷十二《長恨歌》(0593)注。

〔散序六奏未動衣，陽臺宿雲慵不飛〕宋玉《高唐賦》：「昔者先王嘗遊高唐，怠而晝夢，夢見一婦人曰：『妾，巫山之女也，爲高唐之客。聞君遊高唐，願薦枕席。』王因幸之。去而辭曰：『妾在巫山之陽，高丘之阻。旦爲朝雲，暮爲行雨。朝朝暮暮，陽臺之下。』」

〔中序擘騞初入拍，秋竹竿裂春冰坼〕擘騞，象其聲。《莊子·逍遥遊》：「砉然嚮然，奏刀騞然。」杜甫《有事於南郊賦》：「柴燎窟塊，騞擘砉赫。」

〔飄然轉旋迴雪輕，嫣然縱送游龍驚〕迴雪，見卷三《胡旋女》(0130)注。宋玉《神女賦》：「忽兮改容，婉若游龍乘雲翔。」曹植《洛神賦》：「翩若驚鴻，婉若游龍。」

〔小垂手後柳無力，斜曳裾時雲欲生〕小垂手，舞姿。《樂府詩集》卷七六吳均《大垂手》引《樂府解題》：「《大垂手》、《小垂手》，皆言舞而垂其手也。」

〔上元點鬟招萼緑，王母揮袂别飛瓊〕上元，上元夫人。《漢武帝内傳》：「王母……又命侍女許飛瓊鼓震靈之簧，侍女阮凌華拊五靈之石」,「王母乃遣侍女郭密香,與上元夫人相問。……帝因爲上元夫人由。王母曰:『是三天真皇之母,上元之官,統領十方玉女之名錄者也。』當二時許,上元夫人至,來時亦聞雲中簫鼓之聲。」《雲笈七籤》卷九七《萼綠華贈羊權詩》序:「萼綠華者,仙女也。年二十許,上下青衣,顏色絶整。以晉穆帝升平三年己未十一月十日夜降于羊權家,自云是南山人,不知何山也。」

〔玲瓏箜篌謝好箏,陳寵觱篥沈平笙〕玲瓏,商玲瓏。見卷十二《醉歌》(0602)注。謝好,見卷十九《代謝好答崔員外》(1294)注。

〔虚白亭前湖水畔,前後秖應三度按〕虚白亭,即虚白堂,見卷二十《虚白堂》(1326)注。

〔又不見,我詩云,曲愛霓裳未拍時〕見卷二三《重題别東樓》(1560)。

〔由來能事皆有主,楊氏創聲君造譜〕楊氏,《新唐書·禮樂志十二》作「河西節度使楊敬忠」,鄭嵎《津陽門詩》注:「會西凉都督楊敬述進《婆羅門》曲,聲調相符,(玄宗)遂以月中所聞爲之散序,敬述所進曲作其腔,而名《霓裳羽衣》法曲。」

〔吴妖小玉飛作烟,越艷西施化爲土〕小玉,見《長恨歌》注。西施,見卷一《杏園中棗樹》(0056)注。

〔嬌花巧笑久寂寥,娃館苧蘿空處所〕娃館,即館娃宫。見卷十八《長洲苑》(1195)注。《吴越春秋》卷九:「乃使相者國中得苧蘿山鬻薪之女,曰西施、鄭旦,飾以羅縠,教以容步,習於土城,臨於都巷,三年學成而獻於吴。」

〔李娟張態君莫嫌,亦擬隨宜且教取〕本卷《憶舊遊》(1450):「李娟張態一春夢。」注:「娟、態,蘇州妓名。」

葛立方《韻語陽秋》卷十五:「霓裳羽衣舞始於開元,盛於天寶,今寂不傳。白樂天作歌和元微之云:『今年五月至蘇州,朝鐘暮角催白頭。貪看案牘常侵夜,不聽笙歌直到秋。秋來無事多閑悶,忽憶霓裳無處問。聞君部内多樂徒,問有霓裳舞者無？答云七縣十萬户，無人知有霓裳舞。唯寄長歌與我來，題作霓裳羽衣譜。」想其千姿萬狀，綴兆音聲，具載於長歌，按歌而譜可傳也。今元集不載此，惜哉！賴有白詩，可見一二爾。『虹裳霞帔步摇冠，鈿瓔纍纍珮珊珊』者，言所飾之服也。又曰：『散序六奏未動衣』，『中序擘騞初入拍』，『繁音急節十二遍』，『唳鶴曲終長引聲』，言所奏之曲也。而《唐會要》謂《破陣樂》、《赤白桃李花》、《望瀛》、《霓裳羽衣》，總名法曲。今世所傳《望瀛》，亦十二遍，散序無拍，曲終亦長引聲。若樂奏《望瀛》，亦可仿佛其遺意也。又曰：『君言此舞難得人，須是傾城可憐女。』言所用之人也。然所用之人，未詳其數。若曰：『玉鉤欄下香桉前，桉前舞者顔如玉』，則疑用一人。若曰：『李娟張態君莫嫌，亦擬隨宜且教取。』則又疑用二人。然明皇每用楊太真舞，故《長恨詞》云：『風吹仙袂飄飄舉，猶似霓裳羽衣舞。』則當以一人爲正。鄭嵎《津陽門詩》注：『葉法善引明皇入月宮，聞樂歸，笛寫其半。會西凉府楊敬述進《婆羅門曲》，聲調相合，按之便韻，乃合二者製《霓裳羽衣》之曲。』沈存中云：『《霓裳曲》用葉法善月中所聞爲散序，以楊敬述所進爲其腔。』未知所據也。又謂《霓裳》乃道調法曲。若以爲道調，則誤矣。樂天《嵩陽觀夜奏霓裳》云：『開元遺曲自淒凉，况近秋天調是商。』則《霓裳》用商調，非道調，明矣。」按，葛氏所引鄭嵎《津陽門詩》注與《全唐詩》小異。邱瓊蓀《燕樂探微》亦辨《霓裳羽衣曲》爲商調。馬令《南唐書·昭惠周后傳》、王灼《碧雞漫志》卷三、姜夔《白石道人歌曲集》卷三《霓裳中序第一》序、周密《齊東野語》卷十等，又記後世流傳之《霓裳羽衣曲》，真僞難悉。

小童薛陽陶吹觱篥歌

和浙西李大夫作。

剪削乾蘆插寒竹，九孔漏聲五音足。近來吹者誰得名？關璀老死李衮生。衮今又老誰其嗣？薛氏樂童年十二①。指點之下師授聲，含嚼之間天與氣。潤州城高霜月明，吟霜思月欲發聲。山頭江底何悄悄②，猿鳥不喘魚龍聽③。翕然聲作疑管裂，詘然聲盡疑刀截。有時婉軟無筋骨④，有時頓挫生稜節。急聲圓轉促不斷，轢轢轔轔似珠貫⑤。緩聲展引長有條，有條直直如筆描⑥。下聲乍墜石沉重，高聲忽舉雲飄蕭。明旦公堂陳宴席，主人命樂娛賓客⑦。碎絲細竹徒紛紛，宮調一聲雄出羣。衆音覼縷不落道，有如部伍隨將軍。嗟爾陽陶方稚齒，下手發聲已如此。若教頭白吹不休，但恐聲名壓關李。（1407）

【校】

①〔樂童〕《文苑英華》作「小童」。

②〔江底〕《文言英華》作「水底」。

③〔猿鳥〕那波本、《文苑英華》作「猿鳥」，馬本、《唐音統籤》、汪本作「猿聲」。

④〔婉軟〕「婉」《文苑英華》校：「一作脆。」

⑤〔轢轢〕《文苑英華》作「栗栗」。

⑥〔有條直直〕《文苑英華》抄本校：「一作有條條直。又作條條直直。」

⑦〔賓客〕《文苑英華》作「賓僚」。

【注】

朱《箋》：作於寶曆元年（八二五），蘇州。

〔薛陽陶〕嚴子休《桂苑叢談》：「咸通中，丞相姑臧公拜端揆日，自大梁移鎮淮海。……一旦聞浙右小校薛陽陶監押度支運米入城，公喜其姓同曩日朱崖左右者，遂令詢之，果是其人矣。公愈喜，似獲古物。乃命衙庭小將代押，留止別館。一日，公召陶同遊，問及往日蘆管之事。陶因獻朱崖、陸、元、白所撰歌一曲。公亦喜之，即於兹亭奏之。其管絶微，每於一觱篥管中常容三管也。聲如天際自然而來，情思寬閑。公大佳賞之，亦贈其詩。不記終篇，其發端云：『虚心纖質雁銜餘，鳳吹龍吟定不如。』於是賜賚甚豐。出其二子，皆授牢盆倅職。」姑臧公謂咸通中淮南節度使李蔚。

〔李大夫〕李德裕。《舊唐書·穆宗紀》：長慶二年九月癸卯，「御史中丞李德裕爲潤州刺史、兼御史大夫、浙江西道都團練觀察使，以代竇易直。」劉禹錫有《和浙西李大夫霜夜對月聽小童吹觱篥依和本韻》。李德裕原詩佚，《全唐詩》卷四七五有逸句。元稹亦有和篇，已佚。朱《箋》：「四人之中，惟居易與德裕之政見有異，若元、劉則與李素分至深，今觀白詩專就陽陶立言，未及德裕一字，不心許之意，可以想見。」

〔剪削乾蘆插寒竹，九孔漏聲五音足〕《太平御覽》卷五八四引《樂部》：「觱篥者，笳管也。卷蘆爲頭，截竹爲管，出於胡地。制法角音，九孔漏聲，五音咸備。唐以編入鹵部，名爲笳管，用之雅樂，以爲雅管。六竅之制，則爲鳳管。旋宫轉器，以應律管者也。」

〔近來吹者誰得名，關璀老死李衮生〕《唐國史補》卷下：「李衮善歌，初于江外，而名動京師。崔昭入朝，密載而至。乃邀賓客，請第一部樂及京邑之名倡，以爲盛會。紿言表弟，請登末坐，令衮弊衣以出，合坐嗤笑。頃命酒，昭曰：『欲請表弟歌。』坐中又笑。及轉喉一發，樂人皆大驚曰：『此必李八郎也。』遂羅拜階下。」未知是一人否。

〔翕然聲作疑管裂，詘然聲盡疑刀截〕翕然，樂音和諧。陳窈《箏賦》：「泛濫浮沈，逸響發揮。翕然若絶，皎如復回。」詘然，樂音止息。張仲素《反舌無聲賦》：「又似環佩之齊鳴，詘然聲盡。」劉軻《玉聲如樂》：「繁音忽已闋，雅韻詘然清。」

〔有時婉軟無筋骨，有時頓挫生稜節〕稜同棱，兩面相交或凸起之處。《太平廣記》卷二五九《蘇味道》（出《盧氏雜記》）：「味道無言，但以手摸床棱而已。時謂模棱宰相。」棱節，猶言棱角。

〔急聲圓轉促不斷，轢轢轔轔似珠貫〕轢轢、轔轔，均爲象聲詞。張志和《鸑鷟》：「雷之聲填然曰：謀轟轟乎轢轢，忽犖犖乎虢虢。」《楚辭·九歌·大司命》：「乘龍兮轔轔，高馳兮沖天。」王逸注：「轔轔，車聲。」

〔下聲乍墜石沉重，高聲忽舉雲飄蕭〕飄蕭，飄動貌。杜甫《義鶻》：「飄蕭覺素髮，凜欲沖儒冠。」張籍《雨中寄元宗簡》：「竹影冷疏澀，榆葉暗飄蕭。」

〔衆音覼縷不落道，有如部伍隨將軍〕覼縷，有條理。左思《吴都賦》：「斯實神妙之響象，嗟難得而覼縷。」《文選》李周翰注：「覼縷，次序也。」

啄木曲①

莫買寶剪刀②，虛費千金直③。我有心中愁，知君剪不得。莫磨解結錐，虛勞人氣力④。我有腸中結，知君解不得。莫染紅絲線⑤，徒誇好顏色。我有雙淚珠，知君穿不得。莫近紅爐火，炎氣徒相逼。我有兩鬢霜⑥，知君銷不得。刀不能剪心愁，錐不能解腸結。線不能穿淚珠⑦，火不能銷鬢雪。不如飲此神聖杯⑧，萬念千憂一時歇⑨。（1408）

【校】

①〔題〕《文苑英華》作「四不如酒」，校：「集作啄木曲。」

②〔寶剪刀〕《才調集》、《唐音統籤》作「金剪刀」。

③〔虛費〕《才調集》作「徒費」。

④〔虛勞人氣力〕《才調集》作「徒勞費心力」。

⑤〔絲綫〕《才調集》作「素絲」。

⑥〔兩鬢霜〕《才調集》作「鬢邊霜」。

⑦〔綫不能〕《才調集》作「絲不能」。

⑧〔飲此神聖杯〕《才調集》作「且飲長命杯」。

⑨〔萬念千憂〕《才調集》作「萬恨千愁」。

【注】

朱《箋》：作於寶曆元年（八二五），蘇州。

題靈巖寺　寺即吴館娃宮，鳴屧廊、硯池、採香徑遺跡在焉。

娃宮屧廊尋已傾①，硯池香徑又欲平。二三月時但草緑，幾百年來空月明。使君雖老頗多思，攜觴領妓處處行。今愁古恨入絲竹，一曲凉州無限情。直自當時到今日，中間歌吹更無聲。（1409）

【校】

①〔屐廊〕馬本、《唐音統籤》、汪本作「屧廊」。

【注】

朱《箋》：作於寶曆二年（八二六），蘇州。

〔靈巖寺〕《吳郡志》卷三二：「顯親崇報禪院，在靈巖山頂，舊名秀峰寺，吳館娃宮也。梁天監中始置寺。有智積菩薩舊蹟，士人奉事甚謹。今爲韓蘄王功德寺，改今名。」

〔館娃宮〕見卷十八《長洲苑》(1195)注。

〔娃宮屐廊尋已傾，硯池香徑又欲平〕《吳郡志》卷八：「響屧廊，在靈巖山寺。相傳吳王令西施輩步屧，廊虚而響，故名。今寺中以圓照塔前小斜廊爲之，白樂天亦名鳴屧廊。」「館娃宮，《吳越春秋》、《吳地記》皆云：闔閭城西有山，號硯石山，山在吳縣西三十里，上有館娃宮。又《方言》云：吳有館娃宮。今靈巖寺即其地也。山有琴臺、西施洞、硯池、玩花池，山前有採香徑，皆宮之故迹也。」「採香徑，在香山之傍小溪也。吳王種香於香山，使美人泛舟於溪以採香。今自靈巖山望之，一水直如矢，故俗又名箭涇。」

〔今愁古恨入絲竹，一曲凉州無限情〕凉州曲，見卷三一《秋夜聽高調凉州》(2247)注。

雙石

蒼然兩片石，厥狀怪且醜。俗用無所堪，時人嫌不取叶韻。結從胚渾始，得自洞庭口。萬古遺水濱，一朝入吾手。擔舁來郡内，洗刷去泥垢。孔黑烟痕深，罅青苔色厚。老蛟蟠作足，古劍插爲首。忽疑天上落，不似人間有。一可支吾琴，一可貯吾酒。峭絶高數尺，坳泓容一斗。五絃倚其左，一杯置其右。窪樽酌未空，玉山頹已久。人皆有所好，物各求其偶。漸恐少年場①，不容垂白叟。迴頭問雙石，能伴老夫否？石雖不能言，許我爲三友。（1410）

【校】

①〔少年場〕紹興本作「少年腸」，據他本改。

【注】

朱《箋》：作於寶曆二年（八二六），蘇州。

〔俗用無所堪，時人嫌不取〕取，《集韻》：「此苟切。」杜甫《遭田父泥飲美嚴中丞》：「今年作大社，拾遺能住否。叫婦開大瓶，盆中爲我取。」

〔結從胚渾始，得自洞庭口〕胚渾，元氣之始。劉允濟《天賦》：「三氣混成發粹，大道含元，興於物祖，首自胚渾。」李白《大鵬賦》：「化成大鵬，質凝胚渾。」洞庭，太湖洞庭。

〔漸恐少年場，不容垂白叟〕曹植《結客篇》：「結客少年場，報怨洛北芒。」鮑照有《結客少年場行》。

宿東亭曉興

温温土爐火，耿耿紗籠燭。獨抱一張琴，夜入東齋宿。窗聲渡殘漏，簾影浮初旭。頭癢曉梳多，眼昏春睡足。負暄簷宇下，散步池塘曲。南雁去未迴，東風來何速。雪依瓦溝白，草遶牆根緑。何言萬户州，太守常幽獨。（1411）

【注】

朱《箋》：作於寶曆二年（八二六），蘇州。

〔東亭〕《吳郡志》卷六：「東亭，唐有之，今更它名。」

日漸長贈周殷二判官

日漸長，春尚早。牆頭半露紅萼枝，池岸新鋪緑牙草。蹋草攀枝仰頭歎，何人知此春懷抱。年顏盛壯名未成，官職欲高身已老。萬莖白髮直堪恨①，一片緋衫何足道。賴得君來勸一杯，愁開悶破心頭好。（1412）

【校】

①〔直堪〕馬本、《唐音統籤》、汪本作「真堪」。

【注】

朱《箋》：作於寶曆二年（八二六），蘇州。

〔周判官〕朱《箋》：「周元範。」見卷二十《閑夜詠懷因招周協律劉薛二秀才》（1327）注。

〔殷判官〕朱《箋》：「殷堯藩。」見卷九《贈別楊穎士盧克柔殷堯藩》（0430）注。

花前歎

前歲花前五十二，今年花前五十五。歲課年功頭髮知，從霜成雪君看取。五年前，在杭州有詩云：「五十二人頭似霜。」幾人得老莫自嫌，樊李吳韋盡成土。樊絳州宗師、李諫議景儉、吳饒州丹、韋侍郎顗，皆舊往還，相次喪逝①。南州桃李北州梅，且喜年年作花主。花前置酒誰相勸，容坐唱歌滿起舞。容、滿，皆妓名也。欲散重拈花細看，爭知明日無風雨？（1413）

【校】

①〔（注）相次〕馬本、《唐音統籤》作「相繼」。

【注】

陳《譜》、朱《箋》：作於寶曆二年（八二六），蘇州。

〔樊絳州宗師〕見卷一《贈樊著作》（0023）注。韓愈《南陽樊紹述墓誌銘》：「嘗以金部郎中告哀南方，還言某師不治，罷之，以此出爲綿州刺史。一年，徵拜左司郎中，又出刺絳州。綿、絳之人至今皆曰：於我有德。以爲諫議大夫，命且下，遂病以卒。」朱《箋》：「告哀南方在元和十五年正月，則其卒當在長慶初年，與白氏此詩時間相合。」

〔李諫議景儉〕見卷十六《聞李六景儉自河東令授唐鄧行軍司馬以詩賀之》(0961)注。《舊唐書·李景儉傳》：「其年十二月，景儉退朝，……乃於史館飲酒。景儉乘醉詣中書謁宰相，呼王播、崔植、杜元穎名，面疏其失，辭頗悖慢，宰相遜言止之。旋奏貶漳州刺史，是日同飲於史館者皆貶逐。景儉未至漳州而元稹作相，改授楚州刺史。……稹懼其物議，追還，授少府少監。從坐者皆召還，而景儉竟以忤物不得志而卒。」朱《箋》：「元稹作相在長慶二年二月，則景儉之卒當在三年至四年間。」

〔吳饒州丹〕見卷五《贈吳丹》(0194)注。白居易《故饒州刺史吳府君神道碑銘》(《白氏文集》卷六九)：「寶曆元年六月某日，薨於饒州官次。」

〔韋侍郎顗〕《舊唐書·韋顗傳》：「益子顗，字周仁，生一歲而孤，事姊稱爲恭孝。性嗜學，尤精陰陽、象緯、經略、風俗之書。善持論，有清譽。……寶曆元年七月卒，贈禮部尚書。」

〔花前置酒誰相勸，容坐唱歌滿起舞〕本書卷二四《夜遊西武丘寺八韻》(1683)注：「容、滿、嬋、態等十妓從遊也。」

自詠五首

朝亦隨羣動，暮亦隨羣動。榮華瞬息間，求得將何用？形骸與冠蓋，假合相戲弄。何異睡著人，不知夢是夢。(1414)

【注】

汪《譜》、朱《箋》：作於寶曆二年（八二六），蘇州。

〔形骸與冠盖，假合相戲弄〕《圓覺經》：「四緣假合，妄有六根。」

〔何異睡著人，不知夢是夢〕《莊子·齊物論》：「夢飲酒者，旦而哭泣；夢哭泣者，旦而田獵。方其夢也，不知其夢也。夢之中又占其夢焉，覺而後知其夢也。」

一家五十口，一郡十萬户。出爲差科頭，入爲衣食主。水旱合心憂，飢寒須手撫。何異食蓼蟲，不知苦是苦。（1415）

【注】

〔出爲差科頭，入爲衣食主〕差科　差役。《唐律疏議》卷十三引疏：「依《令》：凡差科，先富强，後貧弱；先多丁，後少丁。」

〔何異食蓼蟲，不知苦是苦〕鮑照《代放歌行》：「蓼蟲避葵堇，習苦不言非。」

公私頗多事，衰憊殊少歡。迎送賓客懶，鞭笞黎庶難。老耳倦聲樂，病口厭杯盤。既無可戀者，何以不休官？（1416）

一日復一日，自問何留滯？爲貪逐日俸，擬作歸田計。亦須隨豐約，可得無限劑？若待足始休，休官在何歲？（1417）

【注】

〔亦須隨豐約，可得無限劑〕《傅子·平賦役》：「隨時質文，不過其節，計民豐約而平均之。」限劑，限度。王叡《將略論》：「夫兵之成敗，在將帥之器能，各有限劑，須定等差。」《古尊宿語録》卷三黄檗斷際禪師《宛陵録》：「問：『見法頓了者，見祖師意否？』師云：『祖師心出虚空外。』云：『有限劑否？』師云：『有無限劑。此皆數量對待之法。』」

官舍非我廬，官園非我樹。洛中有小宅，渭上有别墅。既無婚嫁累，幸有歸休處。歸去誠已遲，猶勝不歸去。（1418）

和微之聽妻彈别鶴操因爲解釋其義依韻加四句

義重莫若妻，生離不如死。誓將死同穴，其奈生無子。商陵迫禮教①，婦出不能止。舅姑明旦辭，夫妻中夜起。起聞雙鶴别，若與人相似。聽其悲唳聲，亦如不得已。青田八九月，遼城一萬里。徘徊去住雲，嗚咽東西水。寫之在琴曲，聽者酸心髓。況當秋月彈，先入憂人耳。怨抑掩朱絃，沉吟停玉指。一聞無兒歎，相念兩如此。無兒雖薄命，有妻偕老矣。幸免生別離，猶勝商陵氏。（1419）

【校】

①〔追禮教〕馬本、《唐音統籤》作「追禮教」。

【注】

朱《箋》：作於寶曆元年（八二五），蘇州。

〔別鶴操〕《琴操·別鶴操》：「別鶴操者，商陵牧子所作也。牧子娶妻五年，無子，父兄將欲爲改娶。妻聞之，中夜驚起，倚户悲嘯。牧子聞之，援琴鼓之。痛恩愛之永離，因彈別鶴以舒情，故曰《別鶴操》。後仍爲夫婦。」《元氏長慶集》卷二二《聽妻彈別鶴操》：「別鶴聲聲怨夜絃，聞君此奏欲潸然。商瞿五十知無子，便付琴書與仲宣。」朱《箋》：「與白氏此詩五言十四韻不同，當另有一首五言十二韻詩。」

〔青田八九月，遼城一萬里〕《藝文類聚》卷九十引《永嘉郡記》：「有洙沐溪，野青田九里中，有雙白鶴，年年生子，長大便去，只恒餘父母一雙在耳。」遼城，見卷十六《東南行一百韻寄通州元九侍御澧州李十一舍人果州崔二十二使君開州韋大員外庾三十二補闕杜十四拾遺李二十助教員外竇七校書》（0902）注。

題故元少尹集後二首

黄壤詎知我，白頭徒憶君。唯將老年淚，一灑故人文。（1420）

【注】

朱《箋》：作於寶曆元年（八二五），蘇州。

〔元少尹〕朱《箋》：「元宗簡。」宗簡卒於長慶二年春夏之際，見卷十一《晚歸有感》（0568）注。

〔黄壤詎知我，白頭徒憶君〕黄壤，見卷十五《過顔處士墓》（0821）注。

遺文三十軸，軸軸金玉聲。龍門原上土，埋骨不埋名。（1421）

【注】

〔遺文三十軸，軸軸金玉聲〕白居易《故京兆元尹文集序》（《白氏文集》卷六八）：「著格詩一百八十五，律詩五百九，賦述銘書碣讚序七十五，總七百六十九章，合三十卷。」

〔龍門原上土，埋骨不埋名〕龍門，洛陽龍門，即闕塞山，多葬地。《河南通志》卷七山川河南府：「闕塞山，……一名龍門山。」參見卷八《贈蘇少府》（0377）注。

和微之四月一日作

四月一日天，花稀葉陰薄。泥新燕影忙，蜜熟蜂聲樂。麥風低冉冉，稻水平漠漠。芳節或蹉跎，遊心稍牢落。春華信爲美，夏景亦未惡。颭浪嫩青荷，熏欄晚紅藥。吳宮好風月，越郡多樓閣。兩地誠可憐，其奈久離索。（1422）

【注】

朱《箋》：作於寶曆二年（八二六），蘇州。

〔芳節或蹉跎，遊心稍牢落〕牢落，見卷十三《感秋寄遠》（0614）注。

〔兩地誠可憐，其奈久離索〕離索，別離。潘尼《贈汲郡太守李茂彦》：「離索何惆悵，後會未可希。」杜甫《夜聽許十損誦詩愛而有作》：「離索晚相逢，包蒙欣有擊。」

吳中好風景二首

吳中好風景，八月如三月。水荇葉仍香，木蓮花未歇。海天微雨散，江郭纖埃滅。暑退衣服乾，潮生船舫活。兩衙漸多暇，亭午初無熱。騎吏語使君，正是遊時節。（1423）

【注】

朱《箋》：作於寶曆二年（八二六），蘇州。

〔水荇葉仍香，木蓮花未歇〕木蓮，見卷二十《木芙蓉花下招客飲》（1369）注。

〔暑退衣服乾，潮生船舫活〕胡震亨《唐音癸籤》卷十九引《閱耕餘錄》：「白太傅詩：『暑退衣服乾，潮生船舫活。』吳中以水長船動爲船活。採入詩中，便成佳句。」

吳中好風景，風景無朝暮①。曉色萬家烟，秋聲八月樹。舟移管絃動，橋擁旌旗駐。改號齊雲樓，重開武丘路。況當豐熟歲②，好是歡遊處。州民勸使君，且莫抛官去。

（1424）

【校】

①〔無朝暮〕那波本作「舊朝暮」。

②〔豐熟歲〕馬本、汪本作「豐歲熟」。

【注】

〔改號齊雲樓，重開武丘路〕《吳郡志》卷六：「齊雲樓在郡治後子城上，紹興十四年郡守王喚重建。」《吳郡圖經續記》卷上：「齊雲樓者，蓋今之飛雲閣也。」武丘路，即武丘寺路。本書卷二四有《武丘寺路》（1695）。

白太守行　劉禹錫

聞有白太守，抛官歸舊谿。蘇州十萬户，盡作嬰兒啼。太守駐行舟，閶門草萋萋。揮袂謝啼者，依然兩眉低。朱户非不崇，我心如重狴。華池非不清，意在寥廓棲。夸者竊所怪，賢者默思齊。我爲太守行，題在隱起珪。

【校】

馬本、汪本此詩在答詩後。

答①

吏滿六百石，昔賢輒去之。秩登二千石，今我方罷歸。我秩訝已多，我歸慚已遲。猶勝塵土下，終老無休期。卧乞百日告，起吟五篇詩。謂將罷官《自詠》五首。朝與府吏別，暮與州民辭。去年到郡時，麥穗黄離離。今年去郡日，稻花白霏霏。爲郡已周歲，半歲罹旱饑。襦袴無一片，甘棠無一枝。何乃老與幼，泣别盡霑衣。下慚蘇人淚，上愧劉君辭。

（1425）

【校】

①〔題〕馬本、《唐音統籤》、汪本作「答劉禹錫白太守行」。

【注】

汪《譜》、朱《箋》：作於寶曆二年（八二六），蘇州。

〔劉禹錫〕字夢得。新舊《唐書》有傳。劉禹錫《子劉子自傳》：「自連歷夔、和二郡，又除主客郎中，分司東都。」其自和州徵還，在寶曆二年。在揚州與居易相會，詳本卷《除日答夢得同發楚州》（1429）、卷二四《與夢得同登棲霞塔》（1710）等詩。劉禹錫有《翰林白二十二學士見寄詩一百二十八篇因以答貺》，蓋與居易元和中即相識。

〔吏滿六百石，昔賢輒去之〕《漢書·龔勝傳》：「（邴）漢兄子曼容亦養志自修，爲官不肯過六百石，輒自免去，其名過出於漢。」

〔卧乞百日告，起吟五篇詩〕《唐會要》卷八二休假：「元和元年八月御史臺奏：新授常參官在城未上及在外未到假故等，准令式，職事官假滿百日，即合停解。其未上官等，並無正文。或滿百日，無憑舉奏。自今已後，如有在城授官疾病未上者，在外授官敕到後計水陸程外滿百日者，並請停解。從之。」朱《箋》：「然居易刺蘇甫一年，非報滿之時，何至請百日長告而亟去官？蓋寶曆元年乃李逢吉用事之時，而二年則裴度復入知政事，故由度之援手，去官還京，相繼有秘書監、刑部侍郎之授。」

〔今年去郡日，稻花白霏霏〕朱《箋》：「所指當是晚稻之花。東南諸省晚稻熟於立冬前後，據此，居易離蘇時必在十月初旬。」

〔襦袴無一片，甘棠無一枝〕襦袴，見卷十二《醉後狂言酬贈蕭殷二協律》（0602）注。甘棠，見卷八《三年爲刺史二首》之一（0370）注。

别蘇州

浩浩姑蘇民，鬱鬱長洲城。來慚荷寵命，去愧無能名。青紫行將吏，斑白列黎甿。一時臨水拜，十里隨舟行。餞筵猶未收，征棹不可停。稍隔烟樹色，尚聞絲竹聲。悵望武丘路，沉吟滸水亭。還鄉信有興，去郡能無情？（1426）

【注】

朱《箋》：作於寶曆二年（八二六），蘇州。

〔浩浩姑蘇民，鬱鬱長洲城〕長洲城，指蘇州。《舊唐書・地理志三》江南東道蘇州：「長洲，萬歲通天元年分吳縣置，在郭下，分治州界。」

〔悵望武丘路，沉吟滸水亭〕滸水，蓋即滸墅之水。《吳地記》虎丘山：「……秦始皇東巡至虎丘，求吳王寶劍，其虎當墳而踞，始皇以劍擊之，不及，誤中于石。其虎西走二十五里，忽失。即今虎疁，唐諱虎，錢氏諱疁，改爲滸墅。」唐時蓋已諱虎爲滸。《姑蘇志》卷十：「石瀆之水，横出運河，爲滸墅，其南爲烏角溪，北爲柿木涇，爲白鶴溪，並與運河合流。」《吳中水利全書》卷五水名長洲縣有「滸墅河」。元代於此置抽分司，明代改設鈔關，蓋爲水路要道。朱《箋》引《清一統志》，謂爲常熟以北之許浦，其地去蘇州甚遠，亦非居易由蘇州西行所經，非詩意所涉。

卯時酒

佛法讚醍醐，仙方誇沆瀣。未如卯時酒，神速功力倍。一杯置掌上，三嚥入腹内。煦若春貫腸，暄如日炙背。豈獨支體暢，仍加志氣大。當時遺形骸，竟日忘冠帶。似遊華胥國，疑反混元代。一性既完全，萬機皆破碎。半醒思往來，往來吁可怪。寵辱憂喜間，惶惶二十載。前年辭紫闥，今歲抛皂蓋。去矣魚反泉，超然蟬離蜕。是非莫分别，行止無疑礙。浩氣貯胸中，青雲委身外。捫心私自語，自語誰能會？五十年來心，未如今日泰。況兹杯中物，行坐長相對。（1427）

【注】

朱《箋》：作於寶曆二年（八二六），蘇州。

〔佛法讚醍醐，仙方誇沆瀣〕醍醐，見卷十四《和夢遊春詩一百韻》（0800）注。沆瀣，見卷一《夢仙》（0005）注。

〔似遊華胥國，疑反混元代〕《列子·黄帝》：「晝寢而夢，遊於華胥氏之國。華胥氏之國在弇州之西，台州之北，不知斯齊國幾千萬里，蓋非舟車足力之所及，神游而已。」蔡邕《太傅胡廣碑》：「耀三辰於混元，協六和乎皇極。」阮籍《詠懷詩》：「混元生兩儀，四象運衡璣。」

〔前年辭紫闥，今歲抛皂蓋〕《後漢書·崔駰傳》：「攀臺階，窺紫闥。」《後漢書·輿服志上》：「中二千石、二千石皆皂蓋，朱兩轓。」

〔去矣魚反泉，超然蟬離蛻〕泉，即淵。《老子》三十六章：「魚不可脱于淵。」《淮南子·説林訓》：「蟬飲而不食，三十日而蛻。」

自問行何遲

前月發京口，今辰次淮涯。二旬四百里，自問行何遲？還鄉無他計，罷郡有餘資。進不慕富貴，退未憂寒飢。以此易過日，騰騰何所爲？逢山輒倚棹，遇寺多題詩。酒醒夜深後，睡足日高時。眼底一無事，心中百不知。想到京國日，懶放亦如斯。何必冒風水，促促趁程歸①。（1428）

【校】

①〔趁程〕馬本、《唐音統籤》、汪本作「赴程」。

【注】

朱《箋》：作於寶曆二年（八二六），蘇州。

〔前月發京口，今辰次淮涯〕京口，潤州。《通典》卷一八二丹陽郡潤州：「宋置南東海郡及南徐州，而揚州如舊。齊梁以後並因之，以至於陳，京口常爲重鎮。」淮涯，指楚州。朱《箋》：「居易及劉禹錫於是年十二月間行抵楚州，故詩云。」

除日答夢得同發楚州

共作千里伴，俱爲一郡迴。歲陰中路盡，鄉思先春來。山雪晚猶在，淮冰晴欲開。歸歟吟可作，休戀主人杯。（1429）

【注】

陳《譜》、朱《箋》：作於寶曆二年（八二六），蘇州。朱《箋》：「居易是年十二月抵楚州，又據此詩，知遲至除夕始離去，蓋由於刺史郭行餘之挽留。」

〔夢得〕劉禹錫。見本卷《答》（1425）注。劉禹錫有《酬樂天揚州初逢席上見贈》、《歲杪將發楚州呈樂天》詩。陳《譜》寶曆二年：「夢得時在和州，歲暮罷歸洛，與公相遇揚、楚間。」

〔楚州〕《舊唐書·地理志三》淮南道：「楚州中，……天寶元年，改爲淮陰郡。乾元元年，復爲楚州。」

問楊瓊

古人唱歌兼唱情，今人唱歌唯唱聲。欲説向君君不會，試將此語問楊瓊。（1430）

【注】

朱《箋》：作於寶曆二年（八二六），蘇州。

〔楊瓊〕蘇州歌妓。見卷十九《寄李蘇州兼示楊瓊》（1297）注。

有感三首

鬢毛已斑白①，衣綬方朱紫。窮賤當壯年，富榮臨暮齒。車輿紅塵合，第宅青煙起。彼來此須去，品物之常理。第宅非吾廬，逆旅暫留止。子孫非我有，委蛻而已矣。有如蠶造繭，又似花生子。子結花暗凋，繭成蠶老死。悲哉可奈何，舉世皆如此。（1431）

【校】

①〔鬢毛〕馬本、《唐音統籤》作「鬢髮」。

【注】

朱《箋》：作於寶曆二年（八二六）至大和元年（八二七），蘇州至洛陽途中。

〔第宅非吾廬，逆旅暫留止〕逆旅，見卷四《杏爲梁》（0161）注。

〔子孫非我有，委蛻而已矣〕《莊子·知北遊》：「子孫非汝有，是天地之委蛻也。」

〔有如蠶造繭，又似花生子〕《大方便佛報恩經》卷三：「一切衆生亦復如是，自生自死，如蠶處繭，如蛾赴燈。」《大寶積經》卷一百九：「譬如蠶蟲以自身口出於絲縷作繭，纏繞其身於中即死。」

莫養瘦馬駒，莫教小妓女。後事在目前，不信君看取。馬肥快行走，妓長能歌舞。三年五歲間，已聞換一主。借問新舊主，誰樂誰辛苦？請君大帶上，把筆書此語。（1432）

【注】

〔莫養瘦馬駒，莫教小妓女〕趙翼《陔餘叢考》卷三八：「揚州人養處女賣人作妾，俗謂之養瘦馬，其義不詳。白香山詩云：『不養瘦馬駒，莫教小妓女。後事在目前，不信君看取。馬肥快行走，妓長能歌舞。三年五年間，已聞換一主。』宋漫堂引之，以爲養瘦馬之説本此。」阮葵生《茶餘客話》卷二十：「樂天詩：『莫養瘦馬駒，莫教小妓女。』蓋興體也。今揚州買小女子者爲養瘦馬。」

往事勿追思，追思多悲愴。來事勿相迎，相迎亦惆悵①。不如兀然坐，不如塌然卧。食來即開口，睡來即合眼。二事最關身，安寢加餐飯。忘懷任行止②，委命隨修短。更若有興來，狂歌酒一盞。（1433）

【校】

①〔亦惆悵〕馬本、《唐音統籤》作「已惆悵」。

②〔任行止〕馬本、《唐音統籤》作「即行止」。

【注】

〔不如兀然坐，不如塌然卧〕塌然，見卷一《秋池二首》之二（0050）注。

宿滎陽

生長在滎陽，少小辭鄉曲。迢迢四十載，復到滎陽宿①。去時十一二，今年五十六。追思兒戲時，宛然猶在目②。舊居失處所，故里無宗族。豈唯變市朝，兼亦遷陵谷。獨有溱洧水，無情依舊綠。（1434）

【校】

①〔復到〕馬本作「復向」。

②〔猶在目〕馬本、《唐音統籤》作「如在目」。

【注】

朱《箋》：作於大和元年（八二七），蘇州至洛陽途中。

〔滎陽〕鄭州。《舊唐書·地理志一》河南道：「鄭州，隋滎陽郡。」

〔生長在滎陽，少小辭鄉曲〕白氏故居在鄭州新鄭縣。見卷十四《晚秋有懷鄭中舊隱》（0709）注。朱《箋》引《醉吟先生墓誌銘》（《白氏文集》卷七一）：「大曆六年正月二十日生於鄭州新鄭縣東郭宅。」然此文岑仲勉、陳寅恪均判爲僞作。據白居易《故鞏縣令白府君事狀》（《白氏文集》卷四六），其祖父白鍠大曆八年歿於長安。可知其時白家居長安，居易亦當生於長安。此後移家新鄭。

〔豈唯變市朝，兼亦遷陵谷〕謝朓《和伏武昌登孫權故城》：「參差世祀忽，寂寞市朝變。」《詩·小雅·十月之交》：「高岸爲谷，深谷爲陵。」任昉《爲范始興作求立太宰碑表》：「而藏諸名山，則陵谷遷貿。」庾信《竹杖賦》：「若乃世變市朝，年移陵谷。」

〔獨有溱洧水，無情依舊綠〕《元和郡縣志》卷八新鄭：「溱水源出縣西北三十里平地。」又：「洧水，縣西北二十里。」《明一統志》開封府上：「溱水源出密縣，一名澮水，東北至新鄭縣與洧水合。」又：「洧水源出密縣，東至新鄭縣，會溱水爲雙洎河，至西華縣入黃河。」

經溱洧

落日駐行騎①，沉吟懷古情。鄭風變已盡，溱洧至今清。不見士與女，亦無芍藥名。

（1435）

【校】

①〔行騎〕馬本、《唐音統籤》作「吟騎」。

【注】

朱《箋》：作於大和元年（八二七），蘇州至洛陽途中。

〔不見士與女，亦無芍藥名〕《詩·鄭風·溱洧》：「溱與洧方渙渙兮，士與女方秉蕑兮。女曰觀乎，士曰既且。且往觀乎，洧之外洵美且樂。維士與女，伊其相謔，贈之以勺藥。」

就花枝

就花枝，移酒海，今朝不醉明朝悔。且算歡娛逐日來，任他容鬢隨年改。醉翻衫袖拋小令，笑擲骰盤呼大采。自量氣力與心情，三五年間猶得在。（1436）

【注】

朱《箋》：作於大和元年（八二七），洛陽。

〔就花枝，移酒海〕酒海，蓋亦大型酒器；與「酒船」之類同。《大宋宣和遺事》元集：「把酒桶一驗，見上面有『酒海花家』四字分曉。」據白詩，則唐時已有此稱。

〔醉翻衫袖拋小令，笑擲骰盤呼大采〕骰盤，見卷一六《東南行一百韻寄通州元九侍御澧州李十一舍人果州崔二十二使君開州韋大員外庾三十二補闕杜十四拾遺李二十助教員外竇七校書》（0902）注。

喜雨

圃旱憂葵堇，農旱憂禾菽。人各有所私，我旱憂松竹。松乾竹焦死，眷眷在心目。灑葉溉其根，汲水勞僮僕。油雲忽東起，涼雨淒相續。似面洗垢塵，如頭得膏沐。千柯習習潤，萬葉欣欣緑。十日澆灌功①，不如一霢霂。方知宰生靈，何異活草木。所以聖與賢，同心調玉燭。（1437）

【校】

①〔十日〕馬本、《唐音統籤》作「千日」。

【注】

朱《箋》：作於大和元年（八二七），洛陽。

〔十日澆灌功，不如一霢霂〕《詩·小雅·信南山》：「雨雪雰雰，益之以霢霂。」毛傳：「小雨曰霢霂。」

〔所以聖與賢，同心調玉燭〕《爾雅·釋天》：「四氣和謂之玉燭。」

題道宗上人十韻　并序

普濟寺律大德宗上人法堂中，有故相國鄭司徒、歸尚書、陸刑部、元少尹及今吏部鄭相、中書韋相、錢左丞詩。覽其題，皆與上人唱詶。閲其人，皆朝賢。省其文，皆義語。予始知上人之文，爲義作，爲法作，爲方便智作，爲解脱性作，不爲詩而作也。知上人者云爾，恐不知上人者，謂爲護國、法振、靈一、皎然之徒與？故予題二十句以解之。

如來説偈讚，菩薩著論議。是故宗律師，以詩爲佛事。一音無差别，四句有詮次。欲使第一流，皆知不二義。精潔霑戒體，閑澹藏禪味。從容恣語言，縹緲離文字。旁延邦國彥，上達王公貴。先以詩句牽，後令入佛智。人多愛師句，我獨知師意。不似休上人，空多碧雲思。（1438）

【注】

朱《箋》：作於大和元年（八二七）至大和二年（八二八），長安。

〔普濟寺〕《長安志》卷九：「貞元普濟寺，貞元十三年敕曲江南彌勒閣賜名。」

〔鄭司徒〕朱《箋》：「鄭餘慶。」新舊《唐書》有傳。貞元十四年拜中書侍郎、平章事。穆宗登極，以師傅之舊，進位檢校司徒。元和十五年十一月卒。

〔歸尚書〕朱《箋》：「歸登。」新舊《唐書》有傳。憲宗時自左散騎常侍轉兵部侍郎，遷工部尚書。元和十五年卒。

〔陸刑部〕未詳。

〔元少尹〕朱《箋》：「元宗簡。」見卷十一《晚歸有感》(0568)注。

〔吏部鄭相〕朱《箋》：「鄭絪。」新舊《唐書》有傳。永貞元年十二月拜中書侍郎、同中書門下平章事。

〔中書韋相〕朱《箋》：「韋處厚。」見卷十六《東南行一百韻寄通州元九侍御澧州李十一舍人果州崔二十二使君開州韋大員外庾三十二補闕杜十四拾遺李二十助教員外竇七校書》(0902)注。白居易《祭中書韋相公文》(《白氏文集》卷六九)：「元和中出守開、忠二郡日，公先以《喻金鑛偈》相問，往復再三，繇是法要心期，始相會合。」《舊唐書・文宗紀》：寶曆二年十二月庚戌，「以正議大夫、尚書兵部侍郎、知制誥、充翰林學士、柱國、賜紫金魚袋韋處厚爲中書侍郎、同中書門下平章事。」

〔錢左丞〕朱《箋》：「錢徽。」見卷十一《登龍昌上寺望江南山懷錢舍人》(0556)注。《舊唐書・文宗紀》：大和元年二月丙辰，「以華州刺史錢徽爲尚書右丞。」新舊《唐書・錢徽傳》作「尚書左丞」。朱《箋》謂「右丞」爲「左丞」之訛。

〔護國、法振〕《唐才子傳》卷三道人靈一：「有靈一、靈澈、皎然、清塞、無可、虚中、齊己、貫休八人，皆東南産秀，共出一時，已爲錄實。其或雖以多而寡稱，或著少而增價者，如惟審、護國、文益、可止、清江、法照、廣宣、無本、修睦、無悶、太易、景雲、法振、栖白、隱巒、處默、卿雲、棲一、淡交、良乂、若虚、雲表、曇域、子蘭、僧鸞、懷楚、惠標、可朋、懷浦、慕幽、善生、亞齊、尚顔、棲蟾、理瑩、歸仁、玄寶、惠侃、法宣、文秀、僧泚、清尚、智暹、滄浩、不特等四十五人，名既隱僻，事且微冥，今不復喋喋云爾。」劉禹錫《澈上人文集序》：「世之言詩僧者多出江左，靈一導其源，護國襲之。清江揚其波，法振沿之。」

〔靈一〕獨孤及《唐故揚州慶雲寺律詩一公塔銘》：「公諱靈一，俗姓吳，廣陵人也。……寶應元年冬十月十六日終於杭州龍興寺，春秋三十有六。……每禪誦之隙，輒賦詩歌事，思入無間，興合飛動，潘阮之遺韻，江謝之闕文，公能綴之。蓋將吻合詞林，與儒墨同其波流，然後循循善誘，指以學路。」又見《宋高僧傳》卷十五明律篇、《唐才子傳》卷三。

〔皎然〕《宋高僧傳》卷二九雜科聲德篇：「釋皎然，名晝，姓謝氏，康樂侯十世孫也。……特所留心於篇什中，吟詠情性，所謂造其微矣。文章雋麗，當時號爲佛門偉器哉。……以貞元年終山寺。有集十卷，于頔序集。」又見《唐才子傳》卷四等。

〔一音無差別，四句有詮次〕《維摩經·佛國品》：「佛以一音演説法，衆生隨類各得解。」《別譯雜阿含經》卷十三：「爾時佛告諸比丘，我今欲演説四句偈法，汝等至心諦聽諦聽。我今當説，云何名爲四句義？善説最爲上，仙聖之所説。愛語非粗語，是名爲第二。實語非妄語，是名爲第三。説法不非法，是名爲第四。是名演四句，四句之偈義。」詮次，次序。陶淵明《飲酒詩序》：「辭無詮次，聊命故人書之。」

〔欲使第一流，皆知不二義〕《世説新語·品藻》：「桓大司馬問真長曰：『聞會稽王語奇進爾耶？』劉曰：『極進，然故是第二流中人耳。』桓曰：『第一流復是誰？』劉曰：『正是我輩耳。』」《舊唐書·裴佶傳》：「凡所定交，時稱爲第一流。」不二義，見卷十一《不二門》(0542)注。

〔不似休上人，空多碧雲思〕見卷十五《廣宣上人以應制詩見示因以贈之詔許上人居安國寺紅樓院以詩供奉》(0810)注。

寄皇甫賓客

名利既兩忘，形體方自遂。臥掩羅雀門，無人驚我睡。睡足斗藪衣①，閑步中庭地。食

飽摩挲腹，心頭無一事。除却玄晏翁，何人知此味？（1439）

【校】

①〔斗藪〕馬本、《唐音統籤》、汪本作「抖擻」，字通。

【注】

朱《箋》：作於大和元年（八二七）至大和二年（八二八），長安。

〔皇甫宾客〕朱《箋》：「皇甫鏞。」新舊《唐書》有傳，大和中为太子賓客。白居易《唐銀青光禄大夫太子少保安定皇甫公墓志誌》（《白氏文集》卷七十）：「公姓皇甫，諱鏞，字鉌卿。……初，元和中，公始因郎官分司東洛，由是得伊嵩趣，愜吏隱心，故前後歷官八九，凡二十五年，優游洛中，無哂笑意，忘喪窮達，與道始終，澹然不動其心，以至于考終命。聞者慕之，謂爲達人。當憲宗朝，公之仲（弟）居相位，操利權也，從而附離者有之，公獨超然，雖貴介之勢不能及。及仲之失寵得罪也，從而緣坐者有之，公獨曒然，雖骨肉之親不能累。識者心伏，號爲偉人。」「公之仲弟」謂皇甫鎛。顧校、朱《箋》均謂兩《唐書》以鏞爲鎛弟，誤，當以此文爲正。

〔食飽摩挲腹，心頭無一事〕摩挲，撫摸、揉、按。《佛説長者子懊惱三處經》：「母抱其頭，父抱兩脚，摩挲瞻視。」《太平廣記》卷四一《杜悰》（出《玉泉子》）：「忽有一道士，獨呼悰，以手摩挲曰：『郎君勤讀書，勿與諸兒戲。』」

〔除却玄晏翁，何人知此味〕《晉書・皇甫謐傳》：「皇甫謐，字士安。……以著述爲務，自號玄晏先生。」

寄庾侍郎

一雙華亭鶴，數片太湖石。巉巉蒼玉峰，矯矯青雲翮。是時歲云暮，淡薄烟景夕。庭霜封石稜，池雪印鶴跡。幽致竟誰别，閑靜聊自適。懷哉庾順之，好是今宵客。（1440）

【注】

朱《箋》：作於大和元年（八二七），洛陽。

〔庾侍郎〕朱《箋》：「庾敬休。」見卷十《夢與李七庾三十三同訪元九》(0519)注。據《舊唐書》本傳，敬休大和初已官工部侍郎。

〔一雙華亭鶴，數片太湖石〕《世説新語·尤悔》：「陸平原河橋敗，爲盧志所讒，被誅。臨刑歎曰：『欲聞華亭鶴唳，可復得乎？』」《太平御覽》卷一七〇蘇州引《圖經》：「華亭縣，本嘉興縣地，天寶十年置，因華亭谷爲名。」參見卷八《洛下卜居》(0375)注。白居易《太湖石記》(《文苑英華》卷八二九、《唐文粹》卷七一)：「一石有族聚，太湖爲甲，羅浮、天竺之徒次焉。」皇甫湜《唐故著作左郎顧况集序》：「吳中山泉氣狀，英淑怪麗，太湖異石，洞庭朱實，華亭清唳，與虎丘天竺諸佛寺鈞號秀絶。」姚合《買太湖石》：「我嘗游太湖，愛石青嵯峨。波瀾取不得，自後長咨嗟。奇哉賣石翁，不傍豪貴家。負石聽苦吟，雖貧亦來過。」太湖石之爲珍玩，蓋始于斯時。《方輿勝覽》卷二平江府：「太湖石，《郡志》：出洞庭西，以生水中者爲貴。石在水中，歲久爲波濤所衝撃，皆成嵌空，石面鱗鱗作靨，名曰彈窩，亦名痕也。没人鎚下鑿取，極不易得。石性温潤奇巧，扣之鏗然如鐘磬。在山上者名旱石，枯而不潤，或贋作彈窩以售，亦得善價。」

寄崔少監

微微西風生，稍稍東方明。入秋神骨爽，琴曉絲桐清。彈爲古宮調，玉水寒泠泠。自覺絃指下，不是尋常聲。須臾羣動息，掩琴坐空庭。直至日出後，猶得心和平。惜哉意未已，不使崔君聽。（1441）

【注】

朱《箋》：作於大和元年（八二七）至大和二年（八二八）。

〔崔少監〕朱《箋》：「崔玄亮。」見卷五《常樂里閑居偶題十六韻兼寄劉十五公輿王十一起吕二炅吕四穎崔十八玄亮元九稹劉三十二敦質張十五仲方時爲校書郎》（0173）注。白居易《唐故虢州刺史贈禮部尚書崔公墓誌銘》（《白氏文集》卷七十）：「俄改湖州刺史，……入爲秘書少監，改曹州刺史、兼御史中丞，謝病不就，拜太常少卿，遷諫議大夫。」朱《箋》：「白氏寶曆二年秋離蘇州任時，玄亮仍在湖州，則入爲秘書少監當在大和初。」

〔彈爲古宮調，玉水寒泠泠〕《隋書·音樂志》牛弘議：「荀勖論三調爲均首者，得正聲之名，明知雅樂悉在宮調，已外徵、羽、角，自謡俗之音耳。」《樂府詩集》卷五九琴曲歌辭《蔡氏五弄》：「《琴集》曰：五弄：《遊春》、《淥水》、《幽居》、《坐愁》、《秋思》，並宮調，蔡邕所作也。」《唐會要》卷三三清樂：「自周隋以來，多用《西涼樂》，鼓舞曲多用龜兹樂，其曲度皆時俗所知也。唯琴家猶傳楚漢舊聲，及《清調》、《琴調》、蔡邕《五弄》，謂之九弄，雅聲獨存，非朝廷郊廟所用，故不載。」

醉題沈子明壁

不愛君池東十叢菊①，不愛君池南萬竿竹②。愛君簾下唱歌人，色似芙蓉聲似玉③。我有陽關君未聞，若聞亦應愁煞君。（1442）

【校】

①〔君池東〕《唐音統籤》作「君家」。

②〔君池南〕《唐音統籤》作「君家」。

③〔色似〕《唐音統籤》作「色如」。

【注】

朱《箋》：作於大和元年（八二七）至大和二年（八二八），長安。

〔沈子明〕疑即本書卷三三《晚春欲攜酒尋沈四著作先以六韻寄之》（2457）中之沈四著作，沈傳師之弟述師。參見該詩注。

〔我有陽關君未聞，若聞亦應愁煞君〕陽關，即王維《渭城曲》，用爲歌曲演唱。《晚春欲攜酒尋沈四著作先以六韻寄之》(2457)：「最憶陽關唱，真珠一串歌。」注：「沈有謳者，善唱『西出陽關無故人』詞。」又本書卷二六《對酒五首》之四(1879)：「相逢且莫推辭醉，聽唱陽關第四聲。」注：「第四聲：勸君更進一杯酒，西出陽關無故人。」《樂府詩集》卷八十：「《渭城》，一曰《陽關》，王維之所作也。本《送人使安西》詩，後遂被於歌。」

勸酒

勸君一杯君莫辭①，勸君兩杯君莫疑，勸君三杯君始知。面上今日老昨日，心中醉時勝醒時。天地迢迢自長久②，白兔赤烏相趁走。身後堆金柱北斗③，不如生前一樽酒。君不見，春明門外天欲明，喧喧歌哭半死生。遊人駐馬出不得，白輿紫車爭路行④。歸去來，頭已白，典錢將用買酒喫⑤。(1443)

【校】

①〔一杯〕《文苑英華》作「一盞」。以下「兩杯」、「三杯」同。

②〔迢迢〕那波本、馬本、《唐音統籤》、汪本作「迢遥」。〔自長久〕《文苑英華》作「日長久」。

③〔柱北斗〕「柱」那波本、馬本、《唐音統籤》、汪本作「拄」，《文苑英華》作「到」。

④〔紫車〕馬本、《唐音統籤》作「素車」。

⑤〔買酒〕《文苑英華》作「沽酒」。

【注】

朱《箋》：作於大和元年（八二七）至大和二年（八二八），長安。

〔身後堆金柱北斗，不如生前一樽酒〕柱北斗，喻高。敦煌文書S. 6551《佛說阿彌陀經講經文》：「如似積柴過北斗，車牛般載定應遲。當風只消一把火，當時柴垛便成灰。」又P. 2305《無常經講經文》：「直墮（垛）黃金北斗齊，心中也是無厭足。」《世說新語·任誕》：「張季鷹縱任不拘……曰：『使我有身後名，不如即時一杯酒。』」

〔春明門外天欲明，喧喧歌哭半死生〕春明門，見卷六《村中留李三顧言宿》（0259）注。

〔遊人駐馬出不得，白輿紫車爭路行〕紫車，靈車。《太平廣記》卷三二八《明宗儼》（出《紀聞》）：「儼嘗行，見名流將合祔二親者，……曰：『汝取靈柩，得無誤發他人冢乎？』曰：『無。』儼曰：『吾前見紫車，後有夫人，年五十餘。而後有一鬼，年甚壯，寡髮弊衣，距躍大喜，而隨夫人。』」

落花

留春春不住，春歸人寂寞。厭風風不定，風起花蕭索。既興風前歎，重命花下酌。勸君嘗綠醅，教人拾紅萼。桃飄火燄燄，梨墮雪漠漠。獨有病眼花，春風吹不落。（1444）

【注】

朱《箋》：作於大和三年（八二九）至大和五年（八三一），洛陽。

對鏡吟

白頭老人照鏡時，掩鏡沉吟吟舊詩。二十年前一莖白，如今變作滿頭絲。余二十年前嘗有詩云：「白髮生一莖，朝來明鏡裏。勿言一莖少，滿頭從此始。」今則滿頭矣。吟罷迴頭索杯酒，醉來屈指數親知。老於我者多窮賤，設使身存寒且飢。少於我者半爲土，墓樹已抽三五枝。我今幸得見頭白，禄俸不薄官不卑。眼前有酒心無苦，只合歡娛不合悲。（1445）

【注】

朱《箋》：作於大和三年（八二九）至大和五年（八三一），洛陽。

耳順吟寄敦詩夢得

三十四十五慾牽，七十八十百病纏。五十六十却不惡，恬淡清淨心安然。已過愛貪聲利後，猶在病羸昏耄前。未無筋力尋山水，尚有心情聽管絃。閑開新酒嘗數盞，醉憶舊詩吟一篇。敦詩夢得且相勸，不用嫌他耳順年。（1446）

【注】

朱《箋》：作於大和五年（八三一），洛陽。

〔敦詩〕朱《箋》：「崔羣。」《舊唐書・崔羣傳》：「大和五年，拜檢校左僕射，兼吏部尚書。六年八月卒，年六十一。」

〔夢得〕朱《箋》：「劉禹錫。」見本卷《答》（1425）注。白居易《花前有感兼呈崔相公劉郎中》（本書卷二五1780）：「何事同生壬子歲，老於崔相及劉郎。」注：「余與崔、劉年同，獨早衰白。」三人同歲，均值「耳順」之年。

〔三十四十五慾牽，七十八十百病纏〕《長阿含經》卷十二：「五慾功德，可愛可樂，人所貪著。云何爲五？眼知色，可愛可樂，人所貪著。耳聞聲，鼻知香，舌知味，身知觸，可愛可樂，人所貪著。」

〔敦詩夢得且相勸，不用嫌他耳順年〕《論語・爲政》：「六十而耳順。」

別氈帳火爐

憶昨臘月天，北風三尺雪。年老不禁寒，夜長安可徹？賴有青氈帳，風前自張設。復此紅火爐，雪中相暖熱。如魚入淵水，似兔藏深穴。婉軟蟄鱗蘇，温燉凍肌活。方安陰慘夕，遽變陽和節。無奈時候遷，豈是恩情絶？氄簾逐日卷，香燎隨灰滅。離恨屬三春，佳期在十月。但令此身健，不作多時別。（1447）

【注】

朱《箋》：作於大和五年（八三一），洛陽。

〔氈帳〕青氈帳，參見本書卷三一《青氈帳二十韻》（2242）注。

〔婉軟蟄鱗蘇，温燉凍肌活〕温燉，即温暾，見卷十一《開元寺東池早春》（0550）注。

〔方安陰慘夕，遽變陽和節〕陰慘，見卷十五《歲晚旅望》（0882）注。陽和，見卷十《溪中早春》（0454）注。

六年春贈分司東都諸公　時爲河南尹。

我爲司州牧①，内愧無才術。忝擢恩已多，遭逢幸非一。偶當穀賤歲，適值民安日。郡縣獄空虛②，鄉閭盜奔逸。其間最幸者，朝客多分秩③。行接鵷鷺群，坐成芝蘭室。時聯拜表騎，閒動題詩筆。夜雪秉燭遊，春風攜榼出。花教鶯點檢，柳付風排比。法酒澹清漿，含桃嫋紅實。洛童調去聲金管，盧女鏗瑶瑟。黛慘歌思深，腰凝舞拍密。每因同醉樂，自覺忘衰疾。始悟肘後方，不如杯中物。生涯隨日過，世事何時畢？老子苦乖慵，希君數牽率。（1448）

【校】

①〔司州〕紹興本、馬本、《唐音統籤》、汪本作「同州」，何校從黄校作「司州」。據那波本改。朱《箋》：「居易大和

九年始除同州刺史，不拜。何校、那波本是。」

②〔空虛〕馬本、《唐音統籤》作「空空」。

③〔朝客〕馬本、《唐音統籤》作「朝夕」。

【注】

汪《譜》、朱《箋》：作於大和六年（八三二），洛陽。

〔時聯拜表騎，閒動題詩筆〕拜表，上表，官員對朝廷除授、賀弔等事例須上表致意，其時均有正式儀式。《唐會要》卷三一章服品第：「舊儀有朝服，亦名具服，一品已下，五品已上，陪祭、朝享、拜表大事則服之。」

〔花教鶯點檢，柳付風排比〕點檢，清點。見卷二十《與諸客攜酒尋去年梅花有感》（1381）注。排比，整理，料理。《太平廣記》卷二三四《尚食令》（出《盧氏雜説》）：「給事素精於飲饌，歸宅便令排比。」

〔法酒澹清漿，含桃嫋紅實〕《史記·劉敬叔孫通列傳》：「至禮畢，復置法酒。」索隱：「姚氏云：進酒有禮也。古人飲酒不過三爵，君臣百拜，終日宴不爲之亂也。」唐人用作酒名。《太平廣記》卷二七八《王播》（出《逸史》）：「時夏，初日方照，宗人令送法酒一榼。曰：『此甚好，適令求得。』」劉禹錫《晝居池上亭獨吟》：「法酒調神氣，清琴入性靈。」白居易《池上篇序》（《白氏文集》卷六九）：「先是潁川陳孝山與釀法酒，味甚佳。博陵崔晦叔與琴，韻甚清。」法蓋有法式之義，如稱「法饌」（《南部新書》戊）。含桃，櫻桃。《禮記·月令》：「天子乃雛嘗黍，羞以含桃。」鄭玄注：「含桃，櫻桃也。」

〔洛童調金管，盧女鏗瑶瑟〕《廣韻》去聲三十四嘯徒弔切：「調，選也，韻調也。」盧女，洛陽女莫愁。《河中之水歌》：「河中之水向東流，洛陽女兒名莫愁。莫愁十三能織綺，十四采桑南陌頭。十五嫁爲盧家婦，十六生兒字阿侯。」

〔始悟肘後方，不如杯中物〕肘後方，藥書或道經之名。《抱朴子・遐覽》：「崔文子《肘後經》」，「李先生口訣肘後二卷」。傳世葛洪撰、陶貞白補《肘後方》。

〔老子苦乖慵，希君數牽率〕牽率，提攜。參見《遊悟真寺詩一百三十韻》（0261）注。

九日代羅樊二妓招舒著作　齊梁格。

羅敷斂雙袂，樊姬獻一杯。不見舒員外，秋菊爲誰開？（1449）

【注】

朱《箋》：作於大和六年（八三二），洛陽。

〔舒著作〕朱《箋》：「舒元輿。」《舊唐書・舒元輿傳》：「大和初，入朝爲監察，轉侍御史。……尋轉刑部員外郎。……五年八月，改授著作郎，分司東都。」

〔齊梁格〕齊梁體。劉禹錫有《和樂天洛城春齊梁體八韻》，居易《洛陽春贈劉李二賓客》（本書卷二九2150）原注：「齊梁格。」《文鏡秘府論・天卷・調聲》有「齊梁調詩」，引張謂《題故人別業》、何遜《傷徐主簿》詩。岑參有《夜過盤石隔河望永樂寄閨中效齊梁體》。《才調集》卷二温庭筠《邊笳曲》注：「此後齊梁體七首。」其餘六首爲《春曉曲》、《俠客行》、《春日》、《詠嚬》、《太子西池二首》。陸龜蒙有《寄題天台國清寺齊梁體》。貫休有《擬齊梁體寄馮使君三首》。《雲溪友議》卷上：「文宗元年秋，詔禮部高侍郎鍇復司貢籍，曰：……其所試賦則准常規，詩則依齊梁體格。乃試《琴瑟合奏賦》、《霓裳羽衣曲詩》。」馮班《鈍吟雜錄》卷五：「自永明至唐初，皆齊梁體也。至沈佺期、宋之問變爲新體，聲律益嚴，謂之律詩。陳子昂學阮公爲古詩，後代文人始爲古體詩。唐詩有古律二體，始變齊梁之格矣。……故聲病之格，通言齊梁，若以詩體言，則直至唐初皆齊梁體也。白太傅尚有格詩，李義山、温飛卿皆有齊梁格詩。但律詩已盛，齊梁體遂微。後人不知，或以爲古詩。若明辨詩體，當云齊梁體創於沈、謝，南北相仍，以至唐景雲、龍紀，始變爲律體。如此方明，此非滄浪所知。」陳寅恪《元白詩箋證稿》：「格有二義，其一爲體格格樣之格。《白氏長慶集》伍壹《九日代樊羅二妓招舒著作》及同集陸貳《洛陽春贈劉李二賓客》兩詩，其下皆自注『齊梁格』，即體格之義也。」此以「體格」釋「齊梁格」，與前人説不同。按，參諸家之説，齊梁格即齊梁體殆無疑義，無論謂之「體」或「格」，均含有詩體之要求。《雲溪友議》載文宗詔「詩則依齊梁體格」，即改科試詩用律體之常規。諸家之「齊梁體」均不同於律體，亦可爲證。參本卷卷題注。

憶舊遊　寄劉蘇州。

憶舊遊，舊遊安在哉？舊遊之人半白首，舊遊之地多蒼苔。江南舊遊凡幾處，就中最憶吳江隈。長洲苑綠柳萬樹，齊雲樓春酒一杯。閶門曉嚴旗鼓出，臯橋夕鬧船舫迴。修娥慢臉燈下醉，急管繁絃頭上催。六七年前狂爛漫，三千里外思徘徊。李娟張態一春夢，周五殷三歸夜臺。虎丘月色爲誰好，娃宫花枝應自開。賴得劉郎解吟詠，江山氣色合歸來。娟、態，蘇州妓名。周、殷，蘇州從事。（1450）

【注】

陳《譜》、朱《箋》：作於大和六年（八三二），洛陽。

〔劉蘇州〕朱《箋》：「劉禹錫。大和五年十月，自禮部郎中、集賢學士遷蘇州刺史。」見劉禹錫《蘇州刺史謝上表》等。

〔長洲苑綠柳萬樹，齊雲樓春酒一杯〕長洲苑，見卷十八《長洲苑》（1195）注。齊雲樓，見本卷《吳中好風景二首》之二（1424）注。

〔閶門曉嚴旗鼓出，皋橋夕鬧船舫迴〕《吳郡志》卷三：「閶門，……《南史》及傳記中或書作昌門，蓋字之訛。……陸機《吳趨行》云：『吳趨自有始，請從閶門起。』《文選》注引《吳地記》：『昌門者，闔閭所作，名曰閶闔門，高樓閣道。』按陸機所賦，此門在晉時樓閣之盛如此。」卷十七：「皋橋，在吳縣西北，閶門內。漢議郎皋伯通居此橋側，因名之。」

〔修娥慢臉燈下醉，急管繁絃頭上催〕慢同曼。劉逖《清歌發》：「扇中通曼臉，曲裏奏陽春。」鮑防《歌響遏行雲賦》：「妖姿膩理，慢臉橫波。」元稹《會真詩》：「慢臉含愁態，芳詞誓素衷。」

〔李娟張態一春夢，周五殷三歸夜臺〕周五，朱《箋》：「周元範。」見卷二十《閑夜詠懷因招周協律劉薛二秀才》（1327）注。殷三，朱《箋》：「殷堯藩。」見卷九《贈別楊穎士盧克柔殷堯藩》（0430）注。白居易又有《歲日家宴戲示弟侄等兼呈張侍御二十八丈殷判官二十三兄》（本書卷二四1656），朱《箋》：「殷三殆即殷二十三之省稱。」夜臺，泉下。阮瑀《七哀詩》：「良時忽一過，身體爲土灰。冥冥九泉室，漫漫長夜臺。」周、殷二人此時已卒。

答崔賓客晦叔十二月四日見寄

來篇云：「共相呼喚醉歸來。」

今歲日餘二十六，來歲年登六十二。尚不能憂眼下身，因何更算人間事？居士忘筌默默坐，先生枕麴昏昏睡。早晚相從歸醉鄉，醉鄉去此無多地。（1451）

【注】

陳《譜》、朱《箋》：作於大和六年（八三二），洛陽。

〔崔賓客晦叔〕朱《箋》：「崔玄亮。」見本卷《寄崔少監》（1441）注。白居易《唐故虢州刺史贈禮部尚書崔公墓誌銘》（《白氏文集》卷七十）：「未幾，朝有大獄。……公以爲名不可多取，退不必待年，決就長告，徑遵歸路。朝廷不得已，在途拜太子賓客，分司東都。」據新舊《唐書》本傳，其事在大和五年。

〔居士忘筌默默坐，先生枕麴昏昏睡〕《莊子·外物》：「筌者所以在魚，得魚而忘筌；蹄者所以在兔，得兔而忘蹄；言者所以在意，得意而忘言。」劉伶《酒德頌》：「先生于是方奉罌承槽，銜杯漱醪，奮髯箕踞，枕麴藉糟。」

勸我酒

勸我酒，我不辭。請君歌，歌莫遲。歌聲長，辭亦切，此辭聽者堪愁絕。洛陽女兒面似花①，河南大尹頭如雪。（1452）

【校】

①〔女兒〕馬本、《唐音統籤》作「兒女」。

【注】

朱《箋》：作於大和六年（八三二），洛陽。

贈韋處士六年夏大熱旱

驕陽連毒暑，動植皆枯槁。旱日乾密雲，炎烟燋茂草。少壯猶困苦，况予病且老。既無白栴檀①，何以除熱惱？《華嚴經》云：「以白栴檀塗身，能除一切熱惱而得清凉也。」汗巾束頭鬢，羶食熏襟抱。始覺韋山人，休糧散髮好。（1453）

【校】

①〔既無〕馬本、《唐音統籤》作「脱無」。

【注】

作於大和六年（八三二），洛陽。朱《箋》漏書。

〔韋處士〕朱《箋》：「韋楚。」白居易《薦李晏韋楚狀》（《白氏文集》卷六八）：「伊闕山平泉處士韋楚。右件人，隱居樂道，獨行善身，斂迹市朝，息機名利。况家傳簪組，兄在班行，而楚獨棲山卧雲，練氣絶粒，滋味不接於口，塵埃不染其心，二十餘年，不改其樂。」《劇談錄》卷下：「平泉莊去洛城三十里，……莊東南隅即徵士韋楚老拾遺別墅。楚老風韻高致，雅好山水。相國居廊廟日，以白衣累擢諫署，後歸平泉，造門訪之。楚老避於山谷。」〔既無白栴檀，何以除熱惱〕《華嚴經》卷七八：「善男子，如白栴檀若以塗身，悉能除滅一切熱惱，令其身心普得清涼。」

白居易詩集校注卷第二十二①

格詩雜體　凡六十首②

和微之詩二十三首　并序

微之又以近作四十三首寄來④，命僕繼和。其間瘀絜敕慮反四百字⑤、車斜二十篇者流，皆韻劇辭殫，瓌奇怪譎。又題云：「奉煩只此一度⑥，乞不見辭。」意欲定霸取威⑦，置僕於窮地耳。大凡依次用韻，韻同而意殊。約體爲文，文成而理勝。此足下素所長者，僕何有焉⑧？今足下果用所長，過蒙見窘⑨。然敵則氣作，急則計生，四十二章，麾掃並畢，不知大敵以爲如何⑩？夫斸石破山，先觀鑱跡。發矢中的，兼聽弦聲。以足下來章，惟求相困。故老僕報語，不覺大誇。况曩者唱酬，近來因繼，已十六卷，凡千餘首矣。其爲敵也，當今不見。其爲多也，從古未聞。所謂天下英雄，唯使君與操耳。戲及此者，亦欲三千里外，一破愁顔。勿示他人，以取笑誚⑪。樂天白。

【校】

①〔卷第二十二〕那波本、金澤本爲後集卷第五十二。

②〔凡六十首〕金澤本作「凡六十一首」，此下署「刑部侍郎白居易」。

③〔(題)和微之詩二十三首〕金澤本作「和微之二十二首」。

④〔四十三首〕金澤本作「四十二首」；馬本、《唐音統籤》、汪本作「二十三首」，誤。

⑤〔瘀絮〕「絮」馬本、《唐音統籤》、汪本作「綮」，誤。〔敕慮反〕紹興本缺「反」字，據金澤本補，他本無此音注。

⑥〔奉煩〕金澤本作「奉煩者」。

⑦〔意欲〕馬本、《唐音統籤》作「若欲」。

⑧〔僕何有〕金澤本「僕」上衍「有」字。

⑨〔過蒙〕金澤本作「遇蒙」。

⑩〔如何〕金澤本作「何如」。

⑪〔笑誚〕金澤本作「誚笑」。

【注】

朱《箋》：作於大和二年(八二八)，長安。

〔和微之詩二十三首〕岑仲勉《論白氏長慶集源流並評東洋本白集》疑序中「微之又以近作四十三首寄來」、「四十二章麾掃並畢」之數目有誤，謂：「今僅存二十三首……非白氏自行删汰，即傳本有闕矣。」朱《箋》：「詩序中所言『車斜二十篇者流』，蓋指白集卷二六《和春深二十首》而言，元稹《春深二十首》已佚，《劉禹錫集》外集卷二《同樂天和微之深春二十首》題下自注云：『同用家花車斜四韻。』則與《和微之詩二十三首》合計適爲四十三首之數。白氏大和二年十月十五日作之《因繼集重序》(《白氏文集》卷六九)云：『《和晨興》一章録在别紙。』此文較《和微之二十三首序》之時間爲早，《和晨興》即二十三首中之《和晨興因報問龜兒》，此一首詩蓋先草成寄與微之，故後餘四十二章矣。」

〔近來因繼已十六卷〕白居易《因繼集重序》：「去年微之取予《長慶集》中詩未對答者五十七首追和之，合一百一十四首寄來，題爲《因繼集》卷之一。今年予復以近詩五十首寄去。微之不踰月依韻盡和，合一百首，又寄來，題爲《因繼集》卷之二。卷末批云：『更揀好者寄來。』蓋示餘勇，磨礪以須我耳。予不敢退舍，即日又收拾新作格律詩共五十首寄去，雖不得好，且以供命。……《因繼集》卷且止於三可也。忽恐足下懶發，不能成就至三，前言戲之者，姑爲巾幗之挑耳。」又《白氏集後記》(《白氏文集》卷七一)：「又有《元白唱和因繼集》共十七卷。」朱《箋》：「可知《因繼集》最後寫定爲十七卷，今不傳。」

〔所謂天下英雄，唯使君與操耳〕《三國志·蜀書·先主傳》：「是時曹公從容謂先主曰：『今天下英雄，唯使君與操耳。本初之徒，不足數也。』」張表臣《珊瑚鉤詩話》：「前人作詩，未始和韻。自唐白樂天爲杭州刺史，元微之爲浙東觀察，往來置郵筒，倡和始依韻，而多至千言，少或百數十言，篇章甚富。其自耀云：曹公謂劉玄德曰：天下英雄，惟使君與操耳。予於微之亦云。」朱《箋》：「表臣所記時地均有誤。」按，張氏謂元、白和韻自杭州始，不誤；惟引此文未説明其時間。

和晨霞　此後在上都作。

君歌仙氏真，我歌慈氏真。慈氏發真念，念此閻浮人。左命大迦葉，右召提桓因①。千萬化菩薩，百億諸鬼神。上自非想頂，下及風水輪。胎卵濕化類，蠢蠢難具陳。弘願在救拔，大悲忘辛勤。無論善不善，豈問冤與親②。抉開生盲眼，擺去煩惱塵。燭以智慧日，灑之甘露津。千界一時度，萬法無與鄰。借問晨霞子，何如朝玉宸③？（1454）

【校】

①〔提桓〕紹興本等作「桓提」，據金澤本、管見抄本、要文抄本改。平岡校：「提桓因謂帝釋天。」

②〔豈問〕紹興本等作「豈間」，據金澤本、管見抄本、要文抄本改。

③〔玉宸〕金澤本、管見抄本、要文抄本作「玉晨」。

【注】

朱《箋》：作於大和二年（八二八），長安。

〔晨霞〕服氣養生術語。《黄庭内景經》隱影章第二十四：「控駕三素乘晨霞，金輦正立從玉輿。」《雲笈七籤》卷五七《服氣精義論》：「是知吸引晨霞，餐漱風露，養精源於五臟，導榮衛于百關。」

〔君歌仙氏真，我歌慈氏真〕慈氏，彌勒菩薩，意譯慈氏。《佛説彌勒下生經》：「又彌勒第三之會，九十二億人，皆是阿羅漢，亦復是我遺教弟子，爾時比丘皆名慈氏弟子。」

〔慈氏發真念，念此閻浮人〕閻浮，閻浮提，泛指人間。《楞嚴經》卷二：「此閻浮提，除大海水，中間平陸有三千洲，正中大洲，東西括量，大國凡有二千三百。其餘小洲，在諸海中，其間或有三四百國。」

〔左命大迦葉，右召提桓因〕大迦葉，摩訶迦葉。見卷六《遊悟真寺詩一百三十韻》(0261)注。提桓因，釋迦提桓因，即帝釋天。《別譯雜阿含經》卷二：「佛告諸比丘，釋提桓因，處天王位，天中自在，尚能修忍，讚歎忍者，況汝比丘。」

〔千萬化菩薩，百億諸鬼神〕化菩薩，化現之菩薩。《觀無量壽經》：「一一化佛，無數化菩薩以爲侍者，變現自在滿十方界。」

〔上自非想頂，下及風水輪〕非想頂，即非想非非想天。《大乘本生心地觀經》卷五：「三界之頂，非非想天，八萬劫盡，還生下地。」風水輪，指依風水輪住之世界大地。《大般涅槃經》卷上：「一者大地依于水住，又此大水依風輪住。又此風輪依虛空住。空中有時猛風大起，吹彼風輪，風輪既動，彼水亦動。彼水既動，大地乃動。」《華嚴經》卷五一：「如從水際，上至非想非非想天，其中所有，大千國土，欲色無色，衆生之處，莫不皆依虛空而起，虛空而住。」又卷五七：「風輪水火輪，一切大地輪。種種所依住，世界形類相。」

〔胎卵濕化類，蠢蠢雖具陳〕胎卵濕化，所謂四生，指一切衆生。《圓覺經》：「若諸世界，一切種性，卵生胎生，濕生化生，皆因淫欲而正性命。」

〔抉開生盲眼，擺去煩惱塵〕生盲，謂先天之盲。《觀無量壽經》：「一切衆生，自非生盲，有目之徒，皆見日沒。」《別譯雜阿含經》卷一：「譬如生盲者，不見解脱道。今遇大人龍，示我正見法。」

〔燭以智慧日，灑之甘露津〕《大般涅槃經》卷十九：「大智如來以善方便燃智慧燈，令諸菩薩得見涅槃常樂我淨。」《法華經·普門品》：「澍甘露法雨，滅除煩惱焰。」

〔千界一時度，萬法無與鄰〕千界，小、中、大三千界。《大般若波羅蜜多經》卷五四二：「若小千界諸有情類，若中千界諸有情類，若大千界諸有情類。」《大寶積經》卷二九：「設我一日中，能度三千界。所有諸衆生，皆令入涅槃。」

〔借問晨霞子，何如朝玉宸〕玉宸，金澤本作「玉晨」，指太上道君。《黄庭内景經》上清章第一：「上清紫霞虚皇前，太上大道玉晨君。」然唐人亦有「玉宸」之説。吴筠《步虚詞》：「騰我八景輿，威遲入天門。既登玉宸庭，肅肅養紫軒。」

和送劉道士遊天台

聞君夢遊仙，輕舉超世雰①。握持尊皇節，統衛吏兵軍。靈旂星月象，天衣龍鳳紋。佩服交帶籙②，諷吟蘂珠文。閬宫縹緲間③，鈞樂依稀聞。齋心謁西母，瞑拜朝東君④。煙霏子晉裾，霞爛麻姑裙。倏忽别真侣，悵望隨歸雲。人生同大夢，夢與覺誰分？况此夢中夢，悠哉何足云。假如金闕頂，設使銀河濆。既未出三界，猶應在五藴。飲噉日月精，茹嚼沆瀣芬。尚是色香味，六塵之所熏⑤。仙中有大仙⑥，首出夢幻羣⑦。慈光一照燭，奥法相烟熅⑧。不知萬齡暮，不見三光曛。一性自了了，萬緣徒紛紛。苦海不能漂，刼火不能焚。此是竺乾教，先生垂典墳。（1455）

【校】

①〔世雰〕金澤本作「世氛」。

②〔佩服〕金澤本作「佩授」。

③〔縹緲間〕金澤本、天海校本作「縹緲開」。

④〔膜拜〕紹興本、馬本、汪本作「瞑拜」，那波本作「瞑拜」，《全唐詩》校：「一作膜。」據金澤本、《唐音統籤》改。

⑤〔所熏〕金澤本作「所薰」。

⑥〔大仙〕馬本、《唐音統籤》、汪本作「天仙」，誤。

⑦〔夢幻〕金澤本作「幻夢」。

⑧〔奥法〕金澤本作「煥法」。〔烟熅〕馬本、《唐音統籤》作「絪緼」。

【注】

朱《箋》：作於大和二年（八二八），長安。

〔瞿君夢遊仙，輕舉超世雰〕世雰：當即世氛。

〔握持尊皇節，統衛吏兵軍〕尊皇，道教稱真君之尊。《雲笈七籤》卷二五《奔辰飛登五星法》：「白皇者，西方之上真，太素之尊皇，出入玄清，與皇初道君爲友也。」吏兵，道教稱神仙所屬兵吏。《雲笈七籤》卷五五《思神訣》：「天地各有神仙吏兵不可稱計。」韋渠牟《步虚詞》：「道宫瓊作想，真帝玉爲名。召嶽驅旌節，馳雷發吏兵。」

〔佩服交帶籙，諷吟蘂珠文〕交帶，道教教授時有交帶儀式。《雲笈七籤》卷八五《太一守尸》：「或授籙而記他生，或交帶而傳仙訣。」又卷一〇六《陰真君傳》：「論傳授當委絹之誓，教授有交帶之盟。」蘂珠，道教所言上清宫闕，又多用於道教經名。《黃庭内景經》上清章第一：「閑居蘂珠作七言，散化五形變萬神。」

〔閬宫縹緲間，鈞樂依稀聞〕閬宫，閬風之山。《楚辭·離騷》：「朝吾將濟於白水兮，登閬風而緤馬。」王逸注：「閬風，山名也。在昆侖之上。」《淮南子·墬形訓》作「涼風」：「昆侖之丘，或上倍之，是謂涼風之山，登之而不死。」鈞樂，見卷十七《江樓夜吟元九律詩成三十韻》(1003)注。

〔齋心謁西母，膜拜朝東君〕西母，西王母。東君，東王公。《雲笈七籤》卷一一四《西王母傳》：「西王母者，九靈太妙龜山金母也。……與東王木公共理二氣，而育養天地，陶鈞萬物矣。」《穆天子傳》卷二：「□吾乃膜拜而受。」

〔煙霏子晉裾，霞爛麻姑裙〕《列仙傳》卷上：「王子喬者，周靈王太子晉也。好吹笙作鳳凰鳴，遊伊洛之間，道人浮丘公接以上嵩山。」《神仙傳》卷七：「麻姑至，蔡經亦舉家見之，是好女子，年可十八九許，於頂上作髻，餘髮散垂至腰。衣有文采，又非錦綺，光彩耀目，不可名狀，皆世之所無也。」

〔假如金闕頂，設使銀河濆〕《太平經》甲部：「上詣上清金闕，金闕有四天帝，太平道君處其左右。」《初學記》卷一引《纂要》：「天河謂之天漢。亦曰雲漢、星漢、河漢、清漢、銀漢、天津、漢津、淺河、銀河、絳河。」

〔既未出三界，猶應在五藴〕三界，欲界、色界、無色界。《中阿含經》卷四七：「見三界知如真：欲界、色界、無色界。」五藴，色、受、想、行、識。《般若波羅蜜多心經》：「觀自在菩薩，行深般若波羅蜜多時，照見五藴皆空，渡一切苦厄。舍利子，色不異空，空不異色，色即是空，空即是色，受、想、行、識，亦復如是。」

〔飲嗽日月精，茹嚼沆瀣芬〕《雲笈七籤》卷十二《黃庭内景經》高奔章第二十六注：「《上清紫文吞日氣法》，一名《赤丹金精石景水母玉胞經》。其法常以日初出時，東向叩齒九通畢，微咒日魂名、日中五帝字曰：日魂珠景照韜綠映迴霞赤童玄炎飈象。呼此十六字畢，瞑目握固，存日中五色流霞來接一身，於是日光流霞俱入口中。又《上清紫書》有吞月精之法。……能修此道，則奔日月而神仙矣。」沆瀣，見卷一《夢仙》(0005)注。

〔尚是色香味，六塵之所熏〕六塵，色、聲、香、味、觸、法。《童蒙止觀·正修行第六》：「内有六根，外有六塵。根塵相對，故有識生」；「所言境者，謂六塵境：一眼對色，二耳對聲，三鼻對香，四舌對味，五身對觸，六意對法。」

〔慈光一照燭，奥法相烟熅〕《華嚴經》卷一：「佛慈光明照十方，是名光幢妙法門。」烟熅，同絪緼。《易·繫辭下》：「天地絪緼，萬物化醇。」張衡《思玄賦》：「天地烟熅，百卉含花。」

〔一性自了了，萬緣徒紛紛〕《大般若波羅蜜多經》卷二八八：「諸法一性，即是無性。」

〔苦海不能漂，刧火不能焚〕《楞嚴經》卷四：「引諸沈冥，出於苦海。」《方廣大莊嚴經》卷六：「猶如刧火，焚燒一切。」

〔此是竺乾教，先生垂典墳〕竺乾，見卷十九《新昌新居書事四十韻因寄元郎中張博士》（1252）注。

和櫛沐寄道友

櫛沐事朝謁，中門初動關。盛服去尚早，假寐須臾間。鐘聲發東寺，夜色藏南山。停驂待五漏，人馬同時閑。高星粲金粟，落月沉玉環。出門向闕路①，坦坦無阻艱。始出里北閈，稍轉市西闤。晨燭照朝服，紫爛復朱殷。由來朝庭士②，一入多不還。因循擲白日，積漸凋朱顔。青雲已難致，碧落安能攀？但且知止足，尚可銷憂患。（1456）

【校】

①〔向闕〕馬本、《唐音統籤》作「向關」。

②〔朝庭〕金澤本、《唐音統籤》、汪本作「朝廷」。

【注】

朱《箋》：作於大和二年（八二八），長安。

〔青雲已難致，碧落安能攀〕碧落，見卷十二《長恨歌》（0593）注。

〔但且知止足，尚可銷憂患〕《老子》三十二章：「名亦既有，天將知止，知止不殆。」

和祝蒼華

蒼華，髮神名①。

日居復月諸，環迴照下土。使我玄雲髮，化爲素絲縷。稟質本羸劣，養生仍莽鹵②。痛飲困連宵，悲吟飢過午。遂令頭上髮，種種無尺五。根稀比黍苗，梢細同釵股。豈是乏膏沐，非關櫛風雨。最爲悲傷多，心燋衰落苦。餘者能有幾，落者不可數。禿似鵲填河，墮如烏解羽。蒼華何用祝，苦辭亦休吐。匹如剃頭僧③，豈要巾冠主？（1457）

【校】

①〔題〕題下注金澤本無「蒼華」二字。

②〔莽鹵〕金澤本作「鹵莽」。平岡校：「誤倒。鹵字爲韻。」

③〔匹如〕金澤本作「疋如」。馬本、《唐音統籤》作「正如」，誤。

【注】

朱《箋》：作於大和二年（八二八），長安。

〔蒼華〕《黄庭内景經》至道章第七：「髮神蒼華字太元，腦神精根字泥丸。」

〔日居復月諸，環迴照下土〕《詩・邶風・柏舟》：「日居月諸，胡迭而微。」孔疏：「居諸者，語助也。」

〔稟質本羸劣，養生仍莽鹵〕韓愈《贈劉師服》：「祇今年纔四十五，後日懸知漸莽鹵。」方崧卿《舉正》：「鹵莽本《莊子》，然唐人多倒用之。柳子厚『沈昏莽鹵』，又『食貧甘莽鹵』，白樂天『養生仍莽鹵』，又『始覺琵琶弦莽鹵』，所用同也。」《敦煌變文集・父母恩重經講經文》：「乳哺三年非莽鹵。」蔣禮鴻《敦煌變文字義通釋》：「其實就變文來看，口語裏『莽鹵』、『鹵莽』本是並存的。」

〔遂令頭上髮，種種無尺五〕《左傳》昭公三年：「余髮如此種種，余奚能爲？」杜預注：「種種，短也。」

〔豈是乏膏沐，非關櫛風雨〕《詩・衛風・伯兮》：「豈無膏沐，誰適爲容？」《莊子・天下》：「沐甚雨，櫛疾風。」

〔禿似鵲填河，墮如烏解羽〕《歲華紀麗》卷三引《風俗通義》：「織女七夕當渡河，使鵲爲橋。」羅願《爾雅翼》卷一三鵲：「涉秋七日，首無故皆髡，相傳以爲是日河鼓與織女會於漢東，役烏鵲爲梁以渡，故毛皆脱云。」《楚辭・天問》：「羿焉彃日，烏焉解羽？」

和我年三首

我年五十七，榮名得幾許。甲乙三道科，蘇杭兩州主。才能本淺薄，心力虚勞苦。可能隨衆人，終老於塵土？（1458）

【注】

陳《譜》、朱《箋》：作於大和二年（八二八），長安。

〔甲乙三道科，蘇杭兩州主〕甲乙科，見卷七《垂釣》（0314）注。三道科，謂進士試、吏部試、制科。

我年五十七，歸去誠已遲。歷官十五政，數若珠纍纍。野苹始賓薦①，場苗初縶維。因讀管蕭書②，竊慕大有爲。及遭榮遇來，乃覺才力羸。黄紙詔頻草，朱輪車載脂。妻孥及僕使，皆免寒與飢。省躬私自愧，知我者微之。永懷山陰守，未遂嵩陽期③。如何坐留滯，頭白江之湄。（1459）

【校】

①〔野苹〕馬本、汪本作「野萍」。

②〔因讀〕金澤本、要文抄本作「因談」。

③〔嵩陽〕金澤本、要文抄本作「高陽」。平岡校：「高陽謂山簡。」

【注】

〔野苹始賓薦，場苗初縶維〕苹同蘋，參見卷四《井底引銀瓶》（0162）注。場苗、縶維，見卷一《放鷹》（0039）注。

〔因讀管蕭書，竊慕大有爲〕管蕭，管仲、蕭何。《三國志·蜀書·諸葛亮傳》：「亮之器能政理，抑亦管、蕭之亞也。」《孟子·公孫丑下》：「故將大有爲之君必有所不召之臣，欲有謀焉，則就之。」
〔黄紙詔頻草，朱輪車載脂〕《詩·邶風·泉水》：「載脂載舝，還車言邁。」
〔永懷山陰守，未遂嵩陽期〕《後漢書·循吏傳·劉寵》：「又三遷拜會稽太守……簡除煩苛，禁察非法，郡中大化。徵爲將大匠。山陰縣有五六老叟，尨眉皓髮，自若邪山谷間出，人賫百錢以送寵。」嵩陽，嵩山嵩陽觀。唐時有道士潘師正等隱於此。李白《聞丹丘子于城北營石門幽居中有高鳳遺迹》：「疇昔在嵩陽，同衾卧羲皇。」高適《送楊山人歸嵩陽》：「山人好去嵩陽路，惟余眷眷長相憶。」劉禹錫《酬樂天七月一日夜即事見寄》：「秋來念歸去，同聽嵩陽笙。」參見卷十二《送張山人歸嵩陽》（0580）等。

我年五十七，榮名得非少。報國竟何如，謀身猶未了①。昔嘗速官謗，恩大而懲小。一黜鶴辭軒，七年魚在沼。將枯鱗再躍，經鎩翮重矯。白日上昭昭，青雲高渺渺。平生頗同病，老大宜相曉。紫綬足可榮，白頭不爲夭。夙懷慕箕潁，晚節期松篠。何當闕下來②，同拜陳情表。（1460）

【校】

①〔未了〕金澤本、要文抄本作「不了」。

②〔闕下〕金澤本作「閣下」。

【注】

〔一黜鶴辭軒，七年魚在沼〕鶴辭軒，謂辭去大夫之禄。《左傳》閔公二年：「衛懿公好鶴，鶴有乘軒者。」杜預注：「軒，大夫車。」《詩·小雅·正月》：「魚在於沼，亦匪克樂。潛雖伏矣，亦孔之炤。憂心慘慘，念國之爲虐。」

〔將枯鱗再躍，經鎩翮重矯〕顔延之《五君詠·嵇中散》：「鸞翮有時鎩，龍性誰能馴。」

〔夙懷慕箕潁，晚節期松篠〕《高士傳》卷上：「堯讓天下於許由……由於是遁逃於中岳潁水之陽，箕山之下，終身無經天下色。堯又召爲九州長，由不欲聞之，洗耳於潁水濱。」

和三月三十日四十韻

送春君何在，君在山陰署。憶我蘇杭時，春遊亦多悆①。爲君歌往事，豈敢辭勞慮②。莫怪言語狂，須知酬答遽。江南臘月半，冰凍凝如瘀③。寒景尚蒼茫，和風已吹噓。女牆城似竈，雁齒橋如鋸。魚尾上瀹淪，草芽生沮洳。律遲太簇管，日緩羲和馭④。布澤木龍催，迎春土牛助。雨師習習灑，雲將飄飄翥。四野萬里晴，千山一時曙。杭土麗且康，蘇民富而庶。善惡有懲勸，剛柔無吐茹。兩衙少辭牒，四境稀書疏。俗以勞倈安，政因閑暇著。仙亭日登眺，虎丘時遊預。望仙亭在杭。虎丘寺在蘇。尋幽駐旌軒，選勝迴賓御。舟移溪鳥避，樂作林猿覷。池古莫耶沉，石奇羅刹踞。劍池在蘇州。羅刹石在杭州。水苗泥易耨，畬粟灰難鋤。紫蕨抽出畦，白蓮埋在淤。萎花紅帶黯⑤，濕葉黄含菸⑥。《楚辭》云：

「葉菸邑而就黃⑦。」鏡動波颭菱，雪迴風旋絮。手經攀桂馥，齒爲嘗梅楚⑧。坐併船脚欹，行多馬蹄跙。聖賢清濁醉，水陸鮮肥飫。魚鱠芥醬調，水葵鹽豉絮敕慮反。雖微五袴詠，幸免兆人詛。但令樂不荒，何必遊無倨。吳苑僕尋罷，越城公尚據。舊遊幾客存，新宴誰人與去？莫空文舉酒，强下何曾筯。江上易優遊，城中多毀譽。分應當自晝⑨，事勿求人恕。我既無子孫，君仍畢婚娶。久爲雲雨別，終擬江湖去。范蠡有扁舟，陶潛有籃輿。兩心苦相憶，兩口遥相語。最恨七年春，春來各一處。（1461）

【校】

①〔多僉〕馬本、《唐音統籤》、汪本作「多處」。

②〔豈敢〕紹興本、那波本作「豈取」，據他本改。

③〔冰凍〕馬本、汪本作「水凍」，誤。

④〔日緩〕金澤本、汪本作「日暖」。

⑤〔帶黯〕金澤本作「帶黷」。

⑥〔濕葉〕馬本、《唐音統籤》作「温葉」，誤。

⑦〔（注）菸邑〕紹興本等作「菸色」，據金澤本改。盧校：「當作菸邑。」

⑧〔梅楚〕「楚」金澤本夾注：「去聲。」

⑨〔自畫〕金澤本、馬本、《唐音統籤》、汪本作「自盡」。

【注】

朱《箋》：作於大和二年（八二八），長安。

〔送春君何在，君在山陰署〕山陰，指越州。《舊唐書·地理志三》江南東道：「越州中都督府，隋會稽郡。……山陰，垂拱二年，分會稽縣置，在州治，與會稽分理。」

〔憶我蘇杭時，春遊亦多悆〕張衡《東京賦》：「且歸來以釋勞，膺多福以安悆。」《文選》薛綜注：「悆，寧也。」

〔江南臘月半，冰凍凝如瘀〕《廣韻》：「瘀，血瘀。」

〔女牆城似竈，雁齒橋如鋸〕雁齒，見卷八《題小橋前新竹招客》（0362）注。

〔魚尾上奫淪，草芽生沮洳〕奫淪，見卷三《昆明春水滿》（0135）注。《詩·魏風·汾沮洳》：「彼汾沮洳，言采其莫。」毛傳：「沮洳，其漸洳者。」

〔律遲太簇管，日緩羲和馭〕《禮記·月令》：「孟春之月，……其音角，律中大簇。」羲和，見卷七《題舊寫真圖》（0322）注。

〔布澤木龍催，迎春土牛助〕《通典》卷一百八雜制：「立春前，兩京及諸州縣門外，並造土牛耕人。」

〔雨師習習灑，雲將飄飄翥〕《淮南子·原道訓》：「令雨師灑道，使風伯掃塵，電以爲鞭策，雷以爲車輪。」

〔善惡有懲勸，剛柔無吐茹〕《左傳》成公十五年：「懲惡而勸善。」《詩·大雅·烝民》：「人亦有言，柔則茹之，剛則吐之。維仲山甫，柔亦不茹，剛亦不吐。」

〔仙亭日登眺，虎丘時遊預〕仙亭，朱《箋》：「當即候仙亭。」見卷二十《醉題候仙亭》（1324）注。虎丘寺，見卷十二《真娘墓》(0592)注。

〔池古莫耶沉，石奇羅刹踞〕《吳郡志》卷十六虎丘：「劍池，吳王闔廬葬其下，以扁諸、魚腸等劍三千殉焉，故以劍名池。葬之三日，有白虎踞其上，故山名虎丘。唐避諱曰武丘。劍池，浙中絶景。兩岸劃開，中涵石泉，深不可測。」《咸淳臨安志》卷二三：「晏元獻公《輿地志》：秦始皇東遊此山(秦望山)，欲度會稽。……晏公云：近東南有羅刹石，大石崔嵬，横截江濤，商船海舶經此，多爲風浪傾覆，因呼爲羅刹。每歲仲秋既望，必迎潮設祭，樂工鼓舞其上。」

〔水苗泥易耨，畲粟灰難鋤〕畲粟，見卷二《贈友》之二(0086)注。

〔萎花紅帶黯，濕葉黄含菸〕《楚辭·九辯》：「葉菸邑而無色兮，枝煩挐而交横。顔淫溢而將罷兮，柯仿佛而萎黄。」

〔手經攀桂馥，齒爲嘗梅楚〕《廣韻》去聲九御：「楚，楚利。……瘡據反。」按，此字義當爲悚懼。《龍龕手鏡》：「憷，其庶反，畏也，怖也。」

〔坐併船脚欹，行多馬蹄跙〕馬蹄跙，見卷十《初出藍田路作》(0487)注。

〔聖賢清濁醉，水陸鮮肥飫〕聖賢，見卷十七《江南謫居十韻》(1002)注。

〔魚鱠芥醬調，水葵鹽豉絮〕《五雜俎》卷十一：「禮有醢醬、卵醬、芥醬、豆醬，用之各有所宜。」《世説新語·言語》：「有千里蓴羹，但未下鹽豉耳。」《廣韻》去聲九御：「絮，和調食也。」

〔雖微五袴詠，幸免兆人詛〕《後漢書·廉范傳》：「成都民物豐盛，邑宇逼側，舊制禁民夜作，以防火災，而更相隱蔽，燒者日屬。范乃毁削先令，但嚴使儲水而已。百姓爲便，乃歌曰：『廉叔度，來何暮。不禁火，民安作。平生無襦今五絝。』」《左傳》昭公二十年：「雖其善祝，豈能勝兆人之詛？」

〔但令樂不荒，何必遊無倨〕《左傳》襄公二十七年：「樂而不荒。」襄公二十九年：「直而不倨，曲而不屈。」

〔莫空文舉酒，强下何曾筯〕孔融字文舉。《後漢書·孔融傳》：「常歎曰：坐上客恒滿，尊中酒不空，吾無憂矣。」《晉書·何曾傳》：「食日萬錢，猶曰無下筯處。」

〔范蠡有扁舟，陶潛有籃輿〕《史記·貨殖列傳》：「（范蠡）乃乘扁舟，浮於江湖。」《晉書·陶潛傳》：「弘要之還州，問其所乘，答云：『素有脚疾，向乘籃輿，亦足自反。』乃令一門生二兒共轝之至州。」

和寄樂天

賢愚類相交，人情之大率。然自古今來，幾人號膠漆？近聞屈指數，元某與白乙。旁愛及弟兄，中權比音避家室①。松筠與金石，未足喻堅密。在車如輪轅，在身如肘膝②。又如風雲會，天使相召匹。不似勢利交，有名而無實。頃我在杭歲③，值君之越日。望愁來儀遲，宴惜流景疾。坐耀黄金帶，酌酡頳玉質④。酣歌口不停，狂舞衣相拂。平生賞心事，施展十未一。會笑始啞啞，離嗟乃唧唧⑤。餞筵纔收拾，征棹遽排比⑥。後恨苦緜緜，前歡何卒卒。居人色慘澹，行子心紆鬱。風袂去時揮⑦，雲帆望中失。宿酲和别思，目眩心忽忽。病魂黯然銷，老淚淒其出。别君只如昨，芳歲换六七。俱是官家身，後期難自必。《籍田賦》云：「難望歲而自必。」（1462）

【校】

①〔中懽〕馬本、《唐音統籤》、汪本作「中權」，誤。〔比家室〕「比」紹興本等作「避」，無音注。據金澤本改。平岡校：「各本蓋混淆注文而致訛。」

②〔肘膝〕紹興本等作「肘腋」，據金澤本改。平岡校：「各本誤腋，不爲韻。」

③〔頃我〕金澤本作「須我」。

④〔酌酡〕金澤本作「醉酡」。

⑤〔乃唧唧〕金澤本作「方唧唧」。

⑥〔排比〕金澤本作「排批」。馬本作「排北」，誤。

⑦〔去時揮〕金澤本作「去時麾」。

【注】

朱《箋》：作於大和二年（八二八），長安。

〔賢愚類相交，人情之大率〕《淮南子·說山訓》：「君子不容非其類也。」

〔然自古今來，幾人號膠漆〕膠漆，見卷二《傷友》（0078）注。

〔近聞屈指數，元某與白乙〕某甲、某乙，隱名代詞。《太平廣記》卷一二二《樂生》（出《逸史》）：「便往賓州，取副將某乙。」卷一四六《尉遲敬德》（出《逸史》）：「錢付某乙五百貫。」

〔旁愛及弟兄，中懽比家室〕《廣韻》去聲六至：「比，近也，又阿黨也。又房脂、必履、扶必三切。」

〔松筠與金石，未足喻堅密〕王融《秋胡行》：「日月共爲照，松筠俱以貞。」

〔望愁來儀遲，宴惜流景疾〕王中《頭陀寺碑文》：「金粟來儀，文殊戾止。」辛曠《贈皇甫謐》：「企望高岡，來儀來歸。」傅玄《兩儀詩》：「日月西邁，流景東征。」

〔會笑始啞啞，離嗟乃唧唧〕啞啞，笑貌。獨孤及《冬夜裴員外薛侍御置酒宴集序》：「盱衡抵掌，啞啞大笑。」

〔餞筵纔收拾，征棹遽排比〕排比，見卷二一《六年春贈分司東都諸公》（1448）注。排比，亦作排批。《祖堂集》卷七雪峰：「如法排批吃飯，過却一生也。」

〔後恨苦緜緜，前歡何卒卒〕卒卒，倉卒。司馬遷《報任安書》：「卒卒無須臾之間得竭指意。」

〔俱是官家身，後期難自必〕潘岳《藉田賦》：「無儲畜以虞災，徒望歲以自必。」

和寄問劉白　時夢得與樂天方舟西上。

正與劉夢得，醉笑大開口。適值此詩來，歡喜君知否？遂令高卷幕，兼遣重添酒。起望會稽雲，東南一迴首。愛君金玉句，舉世誰人有？功用隨日新，資材本天授①。吟哦不能散，自午將及酉。遂留夢得眠，匡牀宿東牖。（1463）

【校】

①〔資材〕金澤本作「資才」。

【注】

朱《箋》：作於大和二年（八二八），長安。

〔劉夢得〕劉禹錫。見卷二一《答》（1425）注。

〔遂留夢得眠，匡牀宿東牖〕《淮南子・主術訓》：「匡床蒻席，非不安也。」高誘注：「匡，安也。」張衡《同聲歌》：「思爲莞蒻席，在下蔽匡床。」

和新樓北園偶集從孫公度周巡官韓秀才盧秀才范處士小飲鄭侍御判官周劉二從事皆先歸①

聞君新樓宴，下對北園花。主人既賢豪，賓客皆才華。初筵日未高，中飲景已斜。天地爲幕席，富貴如泥沙。嵇劉陶阮徒，不足置齒牙。卧甕鄙畢卓，落帽嗤孟嘉。芳草供枕藉，亂鶯助諠譁。醉鄉得道路，狂海無津涯。一歲春又盡，百年期不賒。同醉君勿辭②，獨醒古所嗟。銷愁若沃雪，破悶如剖瓜③。稱觴起爲壽，此樂無以加。歌聲凝貫珠，舞袖飄亂麻④。相公謂四座，今日非自誇。有奴善吹笙，有婢彈琵琶。十指纖若笋，雙鬟黳如鴉。履舄起交雜，杯盤散紛拏。歸去勿擁遏⑤，倒載逃難遮。明日宴東武，後日遊若耶。豈獨相公樂，謳歌千萬家。（1464）

【校】

①〔題〕「先歸」金澤本作「歸」。

②〔君勿辭〕金澤本作「今勿辭」。
③〔剖瓜〕金澤本、馬本、《唐音統籤》、汪本作「割瓜」。
④〔亂麻〕那波本作「亂霞」。
⑤〔歸去勿擁遏〕金澤本作「歸師去勿遏」。

【注】

朱《箋》：作於大和二年（八二八），長安。

〔孫公度〕朱《箋》以元稹《送公度之福建》詩之「公度」當之，又謂疑即元稹《送孫勝》詩中之孫勝。按，據陶敏《全唐詩人名考證》，元稹詩中之「公度」爲元公度。白居易有《元公度授華陰縣令制》。又元稹《送孫勝》作於江陵，其人事迹不詳，與此孫公度亦無涉。

〔盧秀才〕朱《箋》：「疑爲《外集》卷上《贈盧績》詩中之盧績。」

〔郑侍御〕朱《箋》：「鄭魴。」見本卷《和酬鄭侍御東陽春悶放懷追越遊見寄》（1469）注。

〔周從事〕朱《箋》：「周元範。」見卷二十《閑夜詠懷因招周協律劉薛二秀才》（1327）注。元稹有《酬周從事望海亭見寄》、《餘杭周從事以十章見寄詞調清婉難於遍酬聊和首篇以答來貺》。朱《箋》：「元範曾爲元稹判官，當在居易刺蘇之後。」

〔天地爲幕席，富貴如泥沙〕劉伶《酒德頌》：「幕天席地，縱意所如。」

〔嵇劉陶阮徒，不足置齒牙〕《史記·劉敬叔孫通列傳》：「此物群盜鼠竊狗盜耳，何足置之齒牙間。」

〔卧甕鄙畢卓，落帽嗤孟嘉〕《晉書·畢卓傳》：「常飲酒廢職，比舍郎釀熟，卓因醉夜至其甕間盜飲之，爲掌酒者所縛，明旦視之，乃畢吏部也，遽釋其縛。卓遂引主人宴于甕側，致醉而去。」《晉書·孟嘉傳》：「後爲征西桓温參軍，温甚重之。九月九日，温燕龍山，僚佐畢集。時佐吏並著戎服，有風至，吹嘉帽墮落，嘉不之覺。温使左右勿言，欲觀其舉止。嘉良久如厠，温令取還之，命孫盛作文嘲嘉。嘉還見，即答之，其文甚美，四坐嗟歎。」

〔銷愁若沃雪，破悶如剖瓜〕《淮南子·兵略訓》：「若以水滅火，以湯沃雪，何往而不遂。」鮑照《蕪城賦》：「出入三代，五百餘載，竟瓜剖而豆分。」

〔履舄起交雜，杯盤散紛拏〕《史記·滑稽列傳》：「男女同席，履舄交錯，杯盤狼藉，堂上燭滅。」《楚辭·九思·悼亂》：「嗟嗟兮悲夫，殽亂兮紛拏。」

〔歸去勿擁遏，倒載逃難遮〕擁遏，阻遏。《史記·龜策列傳》：「桀紂之時，與天爭功，擁遏鬼神，使不得通。」《晉書·山簡傳》：「時有兒童歌曰：山公出何許，往至高陽池。日夕倒載歸，酩酊無所知。」

〔明日宴東武，後日遊若耶〕元稹《酬鄭從事四年九月宴望海亭次用舊韻》：「一拳墺伏東武小。」注：「龜山別名。」《水經注》浙江水：「又北逕山陰縣西，西門外百餘步有怪山。本瑯琊郡之東武縣山也，飛來就此，壓殺數百家。」《吳越春秋》稱：「怪山者，東武海中山也，一名自來山，百姓怪之，號曰怪山。亦云越王無彊爲楚所伐，去瑯琊，止東武，人隨居山下。遠望此山，其形似龜，故亦有龜山之稱也。」《嘉泰會稽志》卷十八：「東武亭，世傳龜山自東武飛來也，因以爲名。」《太平寰宇記》卷九六越州山陰縣：「若耶溪在縣東南二十八里。《越絶書》薛燭對越王曰：『若耶之溪涸而出銅也。』」古歐冶子鑄劍之所。故《戰國策》云：『涸若耶以取銅，破堇山而出錫。』又《郡國志》云：歐冶子鑄劍處，有孤潭而深青，有孤石聳出，潭上有大櫟樹。客兒與弟惠連作詩連句，刻於樹上。唐吏部侍郎徐浩遊之云：『曾子不居勝母之閭，吾豈遊若耶之溪！』遂改爲五雲之溪。」

和除夜作

君賦此詩夜，窮陰歲之餘。我和此詩日，微和春之初。老知顔狀改，病覺支體虚。頭上毛髮短，口中牙齒疏。一落老病界，難逃生死墟。况此促促世，與君多索居①。君在浙江東②，榮駕方伯輿。我在魏闕下，謬乘大夫車。妻孥常各飽③，奴婢亦盈廬。唯是利人事，比君全不如。我統十郎官，君領百吏胥。我掌四曹局，君管千鄉閭④。君爲父母君，大惠在資儲。我爲刀筆吏，小惡乃誅鋤。君提七郡籍，我按三尺書。俱已佩金印，嘗同趨玉除。外寵信非薄，中懷何不攄？恩光未報答，日月空居諸。磊落嘗許君⑤，踽促應笑余⑥。所以自知分，欲先歌歸歟。（1465）

【校】

①〔索居〕金澤本、管見抄本作「素居」。

②〔浙江〕金澤本、管見抄本作「制河」。

③〔常各飽〕金澤要本、管見抄本作「各飽食」。

④〔千鄉〕紹興本等作「十鄉」，據金澤本、管見抄本改。

⑤〔嘗許〕金澤本、管見抄本作「常許」。

⑥〔笑余〕紹興本等作「笑予」，據金澤本、管見抄本改。

【注】

朱《箋》：作於大和三年（八二九），長安。

〔君賦此詩夜，窮陰歲之餘〕鮑照《舞鶴賦》：「於是窮陰殺節，急景凋年。」《文選》李善注：「《禮記》曰：季冬之月，日窮於次。」

〔君在浙江東，榮駕方伯輿〕《漢書·何武傳》：「刺史古之方伯，上所委任，一州表率也。」

〔我統十郎官，君領百吏胥〕《舊唐書·白居易傳》：「大和二年正月，轉刑部侍郎，封晉陽縣男，食邑三百户。三年，稱病東歸。」《舊唐書·職官志二》刑部尚書：「其屬有四：一曰刑部，二曰都官，三曰比部，四曰司門。」刑部郎中二員、員外郎二員，都官郎中一員、員外郎一員，比部郎中一員、員外郎一員，司門郎中一員、員外郎一員，計十郎官。

〔君爲父母君，大惠在資儲〕《晉書·劉曜載紀》：「每以清儉恤下爲先，社稷資儲爲本。」

〔我爲刀筆吏，小惡乃誅鋤〕《史記·蕭相國世家》：「蕭相國何於秦時爲刀筆吏，録録未有奇節。」

〔君提七郡籍，我按三尺書〕《史記·酷吏列傳》：「客有讓周曰：『君爲天子決平，不循三尺法，專以人主意指爲獄，獄者固如是乎？』」集解：「《漢書音義》曰：以三尺竹簡書法律也。」

〔所以自知分，欲先歌歸歟〕《論語·公冶長》：「子在陳，曰：『歸與！歸與！吾黨之小子狂簡，斐然成章，不知所以裁之。』」王粲《登樓賦》：「昔尼父之在陳兮，有歸歟之歎音。」

和知非①

因君知非問，詮較天下事。第一莫若禪，第二無如醉。禪能泯人我，醉可忘榮悴。與君次第言，爲我少留意。儒教重禮法，道家養神氣。重禮足滋彰，養神多避忌。不如學禪定②，中有甚深味。曠廓了如空，澄凝勝於睡。屏除默默念，銷盡悠悠思。春無傷春心，秋無感秋淚③。坐成真諦樂，如受空王賜。既得脱塵勞，兼應離慚愧。除禪其次醉，此説非無謂。一酌機即忘，三杯性咸遂。逐臣去室婦，降虜敗軍帥。思苦膏火煎④，憂深扃鎖秘。須憑百杯沃，莫惜千金費。便似罩中魚，脱飛生兩翅。勸君雖老大，逢酒莫迴避⑤。不然即學禪，兩途同一致。（1466）

【校】

①〔題〕金澤本、管見抄本作「和知非作」。

②〔禪定〕馬本、《唐音統籤》作「神定」，誤。

③〔感秋〕金澤本、管見抄本作「悲秋」。

④〔思苦〕金澤本作「思若」。

⑤〔莫迴避〕金澤本、管見抄本作「無迴避」。

【注】

朱《箋》：作於大和三年（八二九），長安。

〔因君知非問，詮較天下事〕知非，見卷九《自詠》(0381)注。

〔禪能泯人我，醉可忘榮悴〕人我，人我執，計著人之實有，與法我執相對。《入楞伽經》卷三：「人我及於陰，衆緣與微塵。自性自在作，唯心妄分別。」《祖堂集》卷三懶瓚《樂道歌》：「削除人我本，實合個中意。」卷十四高城：「向前來，莫人我，山僧有曲無人和。」

〔重禮足滋彰，養神多避忌〕《老子》五十七章：「天下多忌諱，而人彌貧；人多利器，國家滋昏；人多伎巧，奇物滋起；法物滋彰，盜賊多有。」孫綽《喻道論》：「結繩之前，陶然太和，暨于唐虞，禮法始興。爰逮三代，刑網滋彰。」《雲笈七籤》卷四五《修真旨要》避忌第四：「夫學道者，第一欲得廣行陰德，慈向萬物，救人危難，度人苦厄，輕財重道，施恩布德，最爲上善。遵戒避忌，第一戒貪，第二戒殺，第三戒欲。守此，實學者之堅梯，登真之樞要。苟不依戒，是求没溺之漸矣。」

〔坐成真諦樂，如受空王賜〕《雜阿含經》卷四八：「無明應捨離，等觀真諦樂。」空王，佛。見卷十七《醉吟二首》(1057)注。

〔思苦膏火煎，憂深扃鎖秘〕《莊子・人間世》：「山木自寇也，膏火自煎也。」

〔便似罩中魚，脱飛生兩翅〕《淮南子・説林訓》：「釣者靜之，罛者扣舟，罩者抑之，罣者舉之，爲之異，得魚一也。」

和望曉

休吟稽山晚①，聽詠秦城旦。鳴雞初有聲，宿鳥猶未散。丁丁漏向盡，鼕鼕鼓過半。南山青沉沉，東方白漫漫。街心若流水，城角如斷岸。星河稍隅落，宫闕方輪焕。朝車雷四合，騎火星一貫。赫奕冠蓋盛，熒煌朱紫爛。沙堤亘蟆池②，子城東北低下處舊號蝦蟆池③。市路遶龍斷④。白日忽照耀，紅塵紛散亂。貴教過客避，榮任行人看。祥烟滿虚空，春色無邊畔。鵷行候晷刻，龍尾登霄漢。臺殿暖宜攀，風光晴可玩。草鋪地茵褥，雲卷天幃幔。鶯雜佩鏘鏘，花饒衣粲粲⑤。何言終日樂，獨起臨風歎⑥？歎我同心人，一别春七换。相望山隔礙，欲去官羈絆。何日到江東，超然似張翰？（1467）

【校】

①〔稽山晚〕金澤本、馬本、《唐音統籤》、汪本作「稽山曉」。

②〔亘蟆池〕馬本、《唐音統籤》作「蝦蟆池」。

③〔（注）低下處〕紹興本重「下」字。

④〔龍斷〕那波本作「籠斷」，誤。

⑤〔花饒〕馬本、《唐音統籤》、汪本作「花繞」。

⑥〔獨起〕金澤本作「猶起」。

【注】

朱《箋》： 作於大和三年（八二九），長安。

〔休吟稽山晚，聽詠秦城旦〕稽山，會稽山。《太平寰宇記》卷九六越州山陰縣：「會稽山在縣東南十里。《山海經》云： 會稽之山，四方多金玉，下多砆石。秦始皇東巡，立石刻銘，即李斯篆書。」

〔星河稍隅落，宮闕方輪煥〕隅落，角落。劉蛻《答知己書》：「是十六國之故墟，四瀆之隅落，未足爲大也。」《太平廣記》卷三八五《崔紹》：「崔李之居，復隅落相近。」輪煥，恢宏。李德裕《幽州紀聖功碑銘》：「甲第棋布，棟宇輪煥。」

〔沙堤亘蟆池，市路遶龍斷〕《唐會要》卷八六道路：「天寶三載五月，京兆尹蕭炅奏請於要道築甬道，載沙實之，至於朝堂。從之。九月，又奏廣之。」張籍《沙堤行》：「長安大道沙爲堤，風吹無塵雨無泥。」此爲常制之沙堤。又拜相修沙堤，乃臨時之設，見卷二《傷友》（0078）注。本詩所言當屬前者。子城即皇城，《唐國史補》謂拜相修沙堤「自私第至子城東街」，乃修至子城東街常設之沙堤，與此詩所言沙堤亘於子城東北之蝦蟆池相符。《舊唐書·裴度傳》：「又帝城東西，横亘六崗，合《易象》乾卦之數。度平樂里第，偶當第五崗，故權輿取爲語辭。」按，平樂里當爲永樂里。《唐兩京城考》卷四崇業坊：「玄都觀。隋開皇二年，自長安故城徙通道觀於此，改名玄都觀。東與大興善寺相比。初，宇文愷置都，以朱雀街南北盡郭有六條高坡，象《乾》卦，故於九二置宮殿，以當帝王之居。九三立百司，以應君子之數。九五貴位，不欲常人居之，故置此觀及興善寺以鎮之。」詩言「市路繞龍斷」，蓋指此六崗。

〔鵷行候晷刻，龍尾登霄漢〕鵷行，見卷六《朝迴遊城南》（0270）注。龍尾道，見卷十一《早祭風伯因懷李十一舍人》（0539）注。

〔何言終日樂，獨起臨風歎〕臨風歎，見卷九《曲江早秋》（0395）注。

〔何日到江東，超然似張翰〕張翰，見卷十六《東南行一百韻寄通州元九侍御澧州李十一舍人果州崔二十二使君開州韋大員外庾三十二補闕杜十四拾遺李二十助教員外竇七校書》（0902）注。

和李勢女

減一分太短，增一分太長。不朱面若花，不粉肌如霜。色爲天下豔，心乃女中郎。自言重不幸，家破身未亡。人各有一死，此死職所當。忍將先人體，與主爲疣瘡。妾死主意快，從此兩無妨。願信赤心語，速即白刃光。南郡忽感激，却立捨鋒鋩。撫背稱阿姊①，歸我如歸鄉。竟以恩信待，豈止猜妬忘。由來机上肉②，不足揮干將。南郡死已久，骨枯墓蒼蒼。願於墓上頭，立石鐫此章。勸誡天下婦，不令陰勝陽。（1468）

【校】

①〔稱阿姊〕金澤本作「呼阿姊」。

②〔机上〕金澤本、汪本作「几上」。

【注】

朱《箋》：作於大和三年（八二九），長安。

〔李勢女〕《世說新語・賢媛》：「桓宣武平蜀，以李勢妹爲妾，甚有寵，常著齋後。主始不知，既聞，與數十婢拔白刃襲之。正值李梳頭，髮委藉地，膚色玉曜，不爲動容，徐曰：『國破家亡，無心至此，今日若能見殺，乃是本懷。』主慚而退。」劉孝標注引《續晉陽秋》：「温尚明帝女南康長公主。」引《妒記》：「温平蜀，以李勢女爲妾。郡主兇妒，不即知之。後知，乃拔刀往李所，因欲斫之。見李在窗梳頭，姿貌端麗，徐徐結髮，斂手向主，神色閑正，辭甚淒惋。主於是擲刀前抱之，曰：『阿子，我見汝亦憐，何況老奴！』遂善之。」《世說新語》原文作「李勢妹」，《太平御覽》卷一五四引作「李勢女」，與注引《妒記》合。

〔減一分太短，增一分太長〕宋玉《登徒子好色賦》：「東家之子，增之一分則太長，減之一分則太短，著粉則太白，施朱則太赤。」

〔色爲天下豔，心乃女中郎〕女中郎，蓋「中郎女」之倒文。《太平御覽》卷五七七引《蔡琰别傳》：「琰字文姬，陳留人，漢左中郎將蔡邕之女。」楊炯《彭城公夫人爾朱氏墓誌銘》：「蔡中郎之女，早聽色絲；謝太傅之閨門，先揚麗則。」

〔由來机上肉，不足揮干將〕《史記・項羽本紀》：「爲高俎，置太公其上，告漢王曰：『今不急下，吾烹太公。』」索隱：「俎亦机之類，故夏侯湛《新論》爲『机』，机猶俎也。比太公於牲肉，故置之俎上。」《太平御覽》卷八四六引《魏志》：「質案劍曰：『曹子丹，汝非屠机上肉。』」《吳越春秋》卷二：「干將者，吳人也，與歐冶子同師，俱能爲劍。……莫耶，干將之妻也。干將作劍，采五山之鐵精，六合之金英，候天伺地，陰陽同光，百神臨觀，天氣下降，而金鐵之精不銷淪流。於是干將不知其由。……莫耶曰：『夫神物之化，須人而成。今夫子作劍，得無得其人而後成乎？』……於是干將妻乃斷髮剪爪投於爐中，使童女童男三百人鼓橐裝炭，金鐵乃濡，遂以成劍，陽曰干將，陰曰莫耶。」

和酬鄭侍御東陽春悶放懷追越遊見寄①

君得嘉魚置賓席，樂如南有嘉魚時。勁氣森爽竹竿竦，妍文焕爛芙蓉披。載筆在幕名已重，補袞於朝官尚卑。一緘疏入掩谷永，三都賦成排左思。自言拜辭主人後，離心蕩颺風前旗。東南門館别經歲，春眼悵望秋心悲。已上叙嘉魚。昨日嘉魚來訪我，方駕同出何所之？樂遊原頭春尚早②，百舌新語聲椑椑③。日趁花忙向南坼，風催柳急從東吹。流年惝怳不饒我，美景鮮妍來爲誰？紅塵三條界阡陌，碧草千里鋪郊畿。餘霞斷時綺幅裂，斜雲展處羅文紕。暮鐘遠近聲互動，暝鳥高下飛追隨④。酒酣將歸未能去，悵然迴望天四垂。生何足養嵇著論，途何足泣楊漣而⑤。胡不花下伴春醉，滿酌緑酒聽黄鸝。嘉魚點頭時一歎，聽我此言不知疲。語終興盡各分散，東西軒騎紛逶迤⑥。此詩勿遣閑人見，見恐與他爲笑資。白首舊寮知我者，憑君一詠向周師⑦。周判官師範，蘇、杭舊判官。去範字叶韻⑧。（1469）

【校】

①〔題〕「悶」金澤本作「閑」。

②〔樂遊原〕金澤本作「樂遊園」。

③〔聲槔槔〕「聲」馬本、《唐音統籤》作「新」，誤。「槔槔」那波本、金澤本、《唐音統籤》作「裨裨」。

④〔追隨〕金澤本作「相追」。

⑤〔漣而〕那波本、金澤本、馬本、《唐音統籤》、汪本作「漣洏」。

⑥〔紛逶迤〕那波本、馬本、《唐音統籤》、汪本作「分逶迤」，金澤本作「紛逶遲」。

⑦〔向周師〕金澤本作「問周師」。

⑧〔（注）叶韻〕金澤本作「就韻也」。

【注】

朱《箋》：作於大和三年（八二九），長安。

〔鄭侍御〕朱《箋》：「鄭魴，字嘉魚。長慶、寶曆間爲元稹浙東從事。」《全唐文》卷七四〇鄭魴《禹穴碑銘序》：「唐興二百八祀，寶曆庚午秋九月，予從事於是邦，感上聖遺軌，而學者無述，作《禹穴碑》。廉察使舊相河南公見而銘之。」《新唐書·宰相世系表》鄭氏北祖房：「魴，字嘉魚。」朱《箋》：「當即此人。」

〔東陽〕《舊唐書·地理志三》江南東道：「婺州，隋東陽郡。天寶元年，改婺州爲東陽郡。乾元元年，復爲婺州。」

〔君得嘉魚置賓席，樂如南有嘉魚時〕《詩·小雅·南有嘉魚》：「南有嘉魚，烝然罩罩。君子有酒，嘉賓式燕以樂。」

〔一緘疏入掩谷永，三都賦成排左思〕《漢書・谷永傳》：「其於天官、《京氏易》最密，故善言災異，前後所上四十餘事，略相反復，專攻上身與後宮而已。」《世説新語・文學》：「左太沖作《三都賦》初成，時人互有譏訾，思意不愜。後示張公，張曰：『此《二京》可三。然君文未重於世，宜以經高名之士。』思乃詢求於皇甫謐，謐見之嗟歎，遂爲作叙。於是先相非貳者，莫不斂衽焉。」

〔樂遊原頭春尚早，百舌新語聲椑椑〕樂遊原，見卷一《登樂遊園望》(0026)注。椑椑，蓋作象聲詞用，他例未見。

〔生何足養嵇著論，途何足泣楊漣而〕《晉書・嵇康傳》：「以爲神仙稟之自然，非積學所得，至於導養得理，則安期、彭祖之倫可及，乃著《養生論》。」《淮南子・説林訓》：「楊子見逵路而哭之，爲其可以南，可以北。」王粲《贈蔡子篤詩》：「中心孔悼，涕淚漣洏。」左芬《離思賦》：「心不自聊，泣漣洏兮。」

〔白首舊寮知我者，憑君一詠向周師〕周師範，朱《箋》：「即周元範。」見卷二十《閑夜詠懷因招周協律劉薛二秀才》(1327)注。何焯云：「去範字叶韻，是公原注。蓋漫戲也。」

和自勸二首

稀稀疏疏遶籬竹，窄窄狹狹向陽屋。屋中有一曝背翁，委置形骸如土木。日暮半爐麩炭火，夜深一盞紗籠燭。不知有益及民無，二十年來食官禄。就暖移盤簷下食，防寒擁被帷中宿。秋官月俸八九萬，豈徒遣爾身温足？勤操丹筆念黄沙，莫使飢寒囚滯獄。

(1470)

【注】

朱《箋》：作於大和三年（八二九），長安。

〔屋中有一曝背翁，委置形骸如土木〕《世説新語·容止》：「劉伶身長六尺，貌甚醜悴，而悠悠忽忽，土木形骸。」

〔日暮半爐麩炭火，夜深一盞紗籠燭〕《北夢瑣言》卷十五：「茂貞曰：『貧儉如斯，胡不求乞？』安曰：『近日京中但賣麩炭可以取濟，何在求乞。』」陸游《老學庵筆記》卷八：「謝景魚家有陳無己手簡一編，有十餘帖，皆與酒務官托買浮炭者，其貧可知。浮炭者，謂投之水中而浮，今人謂之麩炭，恐亦以投之水中則浮故也。白樂天詩云『日暮半爐麩炭火』，則其語亦已久矣。」

〔秋官月俸八九萬，豈徒遣爾身温足〕《唐會要》卷九一内外官料錢：「（貞元）四年，中書門下奏京文武及京兆府縣官，總三千七十七員。據元給及新加，每月當錢五萬一千四百四貫六百十七文，一年都當六十一萬六千八百五十五貫四百四文。……左右丞、諸司侍郎……各八十貫文。」八十貫，即八萬。

〔勤操丹筆念黃沙，莫使飢寒囚滯獄〕《晉書·武帝紀》：「（太康五年）六月，初置黃沙獄。」

急景凋年急於水，念此攬衣中夜起。門無宿客共誰言，煖酒挑燈對妻子。身飲數杯妻一盞①，餘酌分張與兒女②。微酣靜坐未能眠，風霰蕭蕭打窗紙。自問有何才與術，入爲丞郎出刺史。爭知壽命短復長③，豈得營營心不止④？請看韋孔與錢崔，半月之間四人死。韋中書、孔京兆、錢尚書、崔華州，十五日間相次而逝⑤。（1471）

【校】

①〔身飲〕馬本、《唐音統籤》、汪本作「自飲」。

②〔兒女〕金澤本、管見抄本作「奴婢」。

③〔爭知〕那波本、金澤本、管見抄本作「又知」，馬本、《唐音統籤》作「爭如」。

④〔不止〕金澤本、管見抄本作「不已」。

⑤〔（注）而逝〕金澤本、管見抄本作「薨逝」。

【注】

〔急景凋年急於水，念此攬衣中夜起〕鮑照《舞鶴賦》：「於是窮陰殺節，急景凋年。」

〔身飲數杯妻一盞，餘酌分張與兒女〕分張，見卷十六《謝李六郎中寄新蜀茶》（0988）注。

〔韋中書〕朱《箋》：「韋處厚。」白居易《祭中書韋相公文》（《白氏文集》卷六九）：「長慶初俱爲中書舍人日，尋詣普濟寺宗律師所，同受八戒，各持十齋，繇是香火因緣，漸相親近。及公居相位，走在班行，公府私家，時一相見。佛乘之外，言不及他。誓趨菩提，交相度脱。……曾未經旬，公即捐館。」據《舊唐書·文宗紀》、《韋處厚傳》，韋處厚卒於大和二年十二月壬申。

〔孔京兆〕朱《箋》：「孔戢。」據《舊唐書·文宗紀》、《孔戢傳》，孔戢大和二年自右散騎常侍除京兆尹，大和三年正月丁亥卒。

〔錢尚書〕朱《箋》：「錢徽。」《舊唐書·文宗紀》：「（大和三年正月）庚寅，吏部尚書致仕錢徽卒。」

〔崔華州〕朱《箋》：「崔植。」《舊唐書·文宗紀》：「（大和三年正月）甲辰，華州刺史、鎮國軍潼關防禦使崔植卒。」

和雨中花①

真宰倒持生殺柄，閑物命長人短命。松枝上鶴蓍下龜，千年不死仍無病。人生不得似龜鶴，少去老來同旦暝。何異花開旦暝間，未落仍遭風雨横。草得經年菜連月②，唯花不與多時節。一年三百六十日，花能幾日供攀折？桃李無言難自訴，黄鶯解語憑君説。鶯雖爲説不分明，葉底枝頭謾饒舌③。（1472）

【校】

①〔題〕金澤本校補「二首」二字。金澤本、管見抄本自「草得」以下另起爲第二首，與卷題「六十一首」合。

②〔菜連月〕汪本作「萊連月」，金澤本作「菜遭月」。

③〔謾饒舌〕金澤本、管見抄本作「漫饒舌」。

【注】

朱《箋》：作於大和三年（八二九），長安。

〔真宰倒持生殺柄，閑物命長人短命〕《莊子・齊物論》：「若有真宰，而特不得其眹。」

〔松枝上鶴蓍下龜，千年不死仍無病〕《淮南子・説山訓》：「上有叢蓍，下有伏龜。」

和晨興因報問龜兒①

冬旦寒慘澹，雲日無晶輝。當此歲暮感，見君晨興詩。君詩亦多苦②，苦在兄遠離。我苦不在遠，纏綿肝與脾。西院病孀婦，後牀孤侄兒。黄昏一慟後，夜半十起時③。病眼兩行血④，悲鬢萬莖絲⑤。咽絶五臟脉，消滲百骸脂⑥。雙目失一目，四肢斷兩肢。不如溘然盡⑦，安用半活爲？誰謂荼蘗苦，荼蘗甘如飴。誰謂湯火熱，湯火冷如澌。前時君寄詩，憂念問阿龜。喉燥聲氣窒⑧，經年無報辭。及覩晨興句，未吟先涕垂。因兹漣漣際⑨，一吐心中悲。茫茫四海間，此苦唯君知。去我四千里⑩，使我告訴誰？仰頭向青天，但見雁南飛。憑雁寄一語，爲我達微之。弦絶有續膠，樹斬可接枝⑪。唯我中腸斷，應無連得期。（1473）

【校】

①〔題〕金澤本題末有「作」字。

②〔亦多苦〕金澤本作「苦已多」。

③〔十起〕紹興本、那波本、馬本作「一起」，據金澤本、《唐音統籤》、汪本改。

④〔病眼〕馬本、《唐音統籤》作「病眠」，誤。〔兩行血〕馬本、《唐音統籤》作「兩行淚」。
⑤〔悲鬢〕汪本作「衰鬢」。
⑥〔消滲〕馬本、《唐音統籤》、汪本作「瘦消」。
⑦〔溘然盡〕馬本、《唐音統籤》、汪本作「溘然逝」。
⑧〔氣窒〕金澤本作「氣窄」。
⑨〔漣漣〕馬本、《唐音統籤》作「漣洳」。
⑩〔去我〕馬本、《唐音統籤》作「我去」，誤。
⑪〔樹斬〕金澤本作「樹折」。

【注】

朱《箋》：作於大和二年（八二八），長安。

〔龜兒〕白行簡子。見卷七《弄龜羅》（0309）注。

〔西院病孀婦，後牀孤侄兒〕此謂行簡之遺孀及子。《舊唐書·白行簡傳》：「行簡寶曆二年冬病卒。」

〔黄昏一慟後，夜半十起時〕《世説新語·德行》：「王安豐遭艱，至性過人。裴令往弔之，曰：『若使一慟果能傷人，濬沖必不免滅性之譏。』」《後漢書·第五倫傳》：「吾兄子常病，一夜十往，退而安寢。」

〔誰謂荼蘖苦，荼蘖甘如飴〕蘖苦，見卷八《三年爲刺史二首》之二（0371）注。《詩·邶風·谷風》：「誰謂荼苦，其甘如薺。」又《大雅·緜》：「周原膴膴，堇荼如飴。」

〔誰謂湯火熱，湯火冷如澌〕《初學記》卷七引《風俗通》：「冰流曰澌，冰解曰泮。」

〔弦絶有續膠，樹斬可接枝〕續膠，見卷十四《有感》(0787)注。

和朝迴與王煉師遊南山下①

藹藹春景餘，峨峨夏雲初。躞蹀退朝騎，飄颻隨風裾。晨從四丞相，入拜白玉除。暮與一道士，出尋青谿居。吏隱本齊致，朝野孰云殊。道在有中適，機忘無外虞。但愧煙霄上，鸞鳳爲吾徒②。又慚雲水間③，鷗鶴不我疏。坐傾數杯酒，卧枕一卷書。興酣頭兀兀，睡覺心于于。以此送日月，問師爲何如？（1474）

【校】

①〔題〕金澤本無「和」字。馬本、《唐音統籤》脱「與」字。

②〔吾徒〕金澤本作「君徒」。

③〔雲水〕馬本、《唐音統籤》作「雲林」。

【注】

朱《箋》：約作於大和二年（八二八）至大和三年（八二九），長安。

〔南山〕終南山。見卷一《送王處士》(0045)注。

〔暮與一道士，出尋青谿居〕《樂府詩集》卷五九《蔡氏五弄》引《琴書》：「（蔡）邕性沈厚，雅好琴道。嘉平初，入青溪訪鬼谷先生。」

〔吏隱本齊致，朝野孰云殊〕吏隱，見卷二十《因巖亭》（1376）注。

〔興酣頭兀兀，睡覺心于于〕《莊子·應帝王》：「泰氏，其卧徐徐，其覺于于。」司馬彪疏：「于于，無所知貌。」

和嘗新酒①

空腹嘗新酒，偶成卯時醉。醉來擁褐裘，直至齋時睡。靜酣不語笑②，真寢無夢寐。殆欲忘形骸，詎知屬天地。醒餘和未散③，起坐澹無事。舉臂一欠伸，引琴彈秋思。

（1475）

【校】

①〔題〕金澤本、要文抄本無「和」字。

②〔靜酣〕汪本作「睡酣」。

③〔醒餘〕金澤本、馬本、《唐音統籤》作「睡餘」。

【注】

朱《箋》：約作於大和二年（八二九）至大和三年（八二九），長安。

〔空腹嘗新酒，偶成卯時醉〕卯時醉，見卷十七《薔薇正開春酒初熟因招劉十九張大崔二十四同飲》（1048）注。

〔醉來擁褐裘，直至齋時睡〕褐裘，見卷一《村居苦寒》(0048)注。

〔靜酣不語笑，真寢無夢寐〕《淮南子·繆稱訓》：「是故體道者，不哀不樂，不喜不怒，其坐無慮，其寢無夢。」

〔舉臂一欠伸，引琴彈秋思〕《樂府詩集》卷五九《蔡氏五弄》引《琴集》：「五弄：《遊春》、《渌水》、《幽居》、《坐愁》、《秋思》，並宮調，蔡邕所作也。」引《琴書》：「邕性沈厚，雅好琴道。嘉平初，入青溪訪鬼谷先生。所居山有五曲，一曲制一弄，……西曲灌水吟秋，故作《秋思》。」白居易《池上篇序》(《白氏文集》卷六九)：「先是潁川陳孝山與釀法酒，味甚佳。博陵崔晦叔與琴，韻甚清。蜀客姜發授《秋思》，聲甚淡。弘農楊貞一與青石三，方長平滑，可以坐卧。大和三年夏樂天始得請爲太子賓客，分秩於洛下，息躬於池上。……每至池風春，池月秋，水香蓮開之旦，露清鶴唳之夕，拂楊石，舉陳酒，援崔琴，彈姜《秋思》，頹然自適，不知其他。」

和順之琴者①

陰陰花院月，耿耿蘭房燭。中有弄琴人，聲貌俱如玉。清泠石泉引，澹泞風松曲②。遂使君子心，不愛凡絲竹。(1476)

【校】

①〔題〕金澤本、要文抄本無「和」字。

②〔澹泞〕馬本、《唐音統籤》作「雅澹」。

【注】

朱《箋》：作於大和三年（八二九），長安。

〔順之〕朱《箋》：「庾敬休。」見卷十《夢與李七庾三十三同訪元九》（0519）注。

〔清泠石泉引，潧洧風松曲〕《樂府詩集》卷六十琴曲歌辭《三峽流泉歌》引《琴集》：「《三峽流泉》，晉阮咸所作也。」又《風入松歌》引《琴集》：「《風入松》，晉嵇康所作也。」

感舊寫真

李放寫我真，寫來二十載。莫問真何如，畫亦銷光彩。朱顏與玄鬢，日夜改復改。無嗟貌遽非，且喜身猶在。（1477）

【注】

朱《箋》：作於大和三年（八二九），長安。

〔李放寫我真，寫來二十載〕見卷六《自題寫真》（0226）注。

授太子賓客歸洛　自此後東都作①。

南省去拂衣，東都來掩扉。病將老齊至，心與身同歸。白首外緣少，紅塵前事非。懷哉

紫芝叟，千載心相依。（1478）

【校】

①〔題〕題下注金澤本、要文抄本作「自此後并東都作」。

【注】

朱《箋》：作於大和三年（八二九），洛陽。

〔授太子賓客〕《舊唐書·白居易傳》：「（大和）三年，稱病東歸，求爲分司官。尋除太子賓客。居易初對策高第，擢入翰林，蒙英主特達顧遇，頗欲奮厲效報，苟致身於訏謨之地，則兼濟生靈。蓄意未果，望風爲當路者所擠，流徙江湖。四五年間，幾淪蠻瘴。自是宦情衰落，無意於出處，唯以消遥自得，吟詠情性爲事。大和已後，李宗閔、李德裕朋黨事起，是非排陷，朝升暮黜，天子亦無如之何。楊穎士、楊虞卿與宗閔善，居易妻，穎士從父妹也。居易愈不自安，懼以黨人見斥，乃求致身散地，冀於遠害。凡所居官，未嘗終秩，率以病免，固求分務，識者多之。」

〔懷哉紫芝叟，千載心相依〕紫芝叟，謂商山四皓。見卷二《答四皓廟》（0104）注。

秋池二首

身閑無所爲，心閑無所思。况當故園夜，復此新秋池。岸闇鳥棲後，橋明月出時。菱風香散漫，桂露光參差①。靜境多獨得，幽懷竟誰知？悠然心中語，自問來何遲。（1479）

【校】

①〔光參差〕「光」《文苑英華》抄本校：「集作先，非。」

【注】

朱《箋》：作於大和三年（八二九），洛陽。

朝衣薄且健，晚簟清仍滑。社近燕影稀，雨餘蟬聲歇。閑中得詩境，此境幽難説。露荷珠自傾，風竹玉相戛。誰能一同宿，共玩新秋月。暑退早涼歸，池邊好時節。（1480）

中隱

大隱住朝市，小隱入丘樊。丘樊太冷落，朝市太囂諠。不如作中隱，隱在留司官。似出復似處，非忙亦非閑。不勞心與力，又免飢與寒。終歲無公事，隨月有俸錢。君若好登臨，城南有秋山。君若愛遊蕩，城東有春園。君若欲一醉，時出赴賓筵。洛中多君子，可以恣歡言。君若欲高卧，但自深掩關。亦無車馬客，造次到門前。人生處一世，其道難兩全。賤即苦凍餒，貴則多憂患。唯此中隱士，致身吉且安。窮通與豐約，正在四者間。（1481）

【注】

朱《箋》：作於大和三年（八二九），洛陽。

〔大隱住朝市，小隱入丘樊〕王康琚《反招隱詩》：「小隱隱陵藪，大隱隱朝市。」

〔亦無車馬客，造次到門前〕造次，輕易，隨便。《敦煌變文集·伍子胥變文》：「君莫造次，大須三思。」

問秋光

殷卿領北鎮，崔尹開南幕。外事信爲榮，中懷未必樂。何如不才者，兀兀無所作。不引窗下琴，即舉池上酌。淡交唯對水，老伴無如鶴。自適頗從容，旁觀誠濩落。身心轉恬泰，烟景彌淡泊。迴首語秋光，東來應不錯。（1482）

【注】

朱《箋》：作於大和三年（八二九），洛陽。

〔殷卿領北鎮，崔尹開南幕〕殷卿，朱《箋》引何焯説：「疑是殷侑。」《舊唐書·文宗紀》：「（大和三年七月）癸丑，以衛尉卿殷侑檢校工部尚書，爲齊德滄節度使。」《舊唐書·殷侑傳》作大和四年，朱《箋》以爲誤。崔尹，朱《箋》：「崔護。」《舊唐書·文宗紀》：「（大和三年六月）丁酉，以京兆尹崔護爲御史大夫、嶺南節度使。」

〔自適頗從容，旁觀誠濩落〕濩落，見卷十《感秋懷微之》（0511）注。

引泉

一爲止足限，二爲衰疾牽①。邴罷不因事，陶歸非待年。歸來嵩洛下②，閉户何翛然。靜掃林下地，閑疏池畔泉。伊流狹似帶，洛石大如拳。誰教明月下，爲我聲濺濺。竟夕舟中坐，有時橋上眠。何用施屏障，水竹繞牀前。（1483）

【校】

①〔衰疾〕金泽本作「衰老」。

②〔嵩洛〕金泽本作「嵩路」。

【注】

朱《箋》：作於大和三年（八二九），洛陽。

〔邴罷不因事，陶歸非待年〕《漢書·龔勝傳》：「初，琅邪邴漢亦以清行徵用，至京兆尹，後爲太中大夫。王莽秉政，勝與漢俱乞骸骨。……於是勝、漢遂歸老於鄉里。」陶，陶淵明。見卷五《效陶潛體詩十六首》「吾聞潯陽郡」一首（0221）注。

知足吟　和崔十八《未貧作》。

不種一壠田，倉中有餘粟。不採一枝桑①，箱中有餘服。官閑離憂責②，身泰無羈束。中人百户税，賓客一年禄。樽中不乏酒，籬下仍多菊。是物皆有餘，非心無所欲。吟君未貧作，因歌知足曲。自問此時心，不足何時足？（1484）

【校】

①〔一枝〕馬本、《唐音統籤》作「一株」。

②〔憂責〕那波本作「憂患」。

【注】

朱《箋》：作於大和三年（八二九），洛陽。

〔崔十八〕朱《箋》：「崔玄亮。」見卷五《常樂里閑居偶題十六韻兼寄劉十五公輿王十一起吕二炅吕四穎崔十八玄亮元九稹劉三十二敦質張十五仲方時爲校書郎》（0173）注。

〔中人百户税，賓客一年禄〕此言禄，蓋兼俸禄言之。《唐會要》卷九一記貞元四年京文武官員月俸，太子賓客爲八十貫文。一年俸錢近百萬，以「歲輸十千」之中等户言之，恰相當於百户之税。

酬集賢劉郎中對月見寄兼懷元浙東

月在洛陽天，天高淨如水。下有白頭人，攬衣中夜起。思遠鏡亭上，光深書殿裏。眇然三處心，相去各千里。（1485）

【注】

朱《箋》：作於大和三年（八二九），洛陽。

〔集賢劉郎中〕朱《箋》：「劉禹錫。」劉禹錫《子劉子自傳》：「除主客郎中、分司東都。明年追入，充集賢殿學士。」劉禹錫大和元年除主客郎中分司東都。二年春以主客郎中充集賢學士。三年遷禮部郎中、集賢學士。錢大昕《十駕齋養新錄》卷六《劉禹錫傳誤》有考證。

〔元浙東〕朱《箋》：「元稹。」自長慶三年任浙東觀察使、越州刺史。

〔思遠鏡亭上，光深書殿裏〕《嘉泰會稽志》卷十八有鏡亭，引居易此詩。

太湖石

遠望老嵯峨，近觀怪嶔崟。纔高八九尺，勢若千萬尋。嵌空華陽洞，重疊匡山岑①。邈矣仙掌迥②，呀然劍門深③。形質冠今古④，氣色通晴陰⑤。未秋已瑟瑟，欲雨先沉沉。

天姿信爲異，時用非所任。磨刀不如礪，擣帛不如砧。何乃主人意，重之如萬金？豈伊造物者，獨能知我心？（1486）

【校】

①〔匡山〕馬本作「屏山」，誤。

②〔仙掌迴〕「迴」那波本作「迥」，誤。

③〔呀然〕那波本作「牙然」。

④〔冠今古〕金澤本、《文苑英華》作「貫今古」。

⑤〔晴陰〕那波本作「清陰」。

【注】

朱《箋》：作於大和三年（八二九），洛陽。

〔太湖石〕見卷二一《寄庾侍郎》（1440）注。

〔嵌空華陽洞，重疊匡山岑〕《雲笈七籤》卷二七《天地宫府圖・十大洞天》：「第八句曲山洞，周迴一百五十里，名曰金壇華陽之洞天。潤州句容縣，屬紫陽真人治之。」匡山，廬山。見卷一《廬山桂》（0061）注。

〔邈矣仙掌迴，呀然劍門深〕仙掌，華山仙掌峰。張衡《西京賦》：「綴以二華，巨靈贔屓，高掌遠蹠，以流河曲，厥迹猶存。」《水經注》河水：「華嶽本一山當河，河水過而曲行。河神巨靈手盪脚蹋，開而爲兩。今掌足之迹仍存。」呀然，見卷十一《初入峽有感》（0522）注。劍門，見卷十二《長恨歌》（0593）「劍閣」注。

〔未秋已瑟瑟，欲雨先沉沉〕劉楨《贈從弟三首》：「亭亭山上松，瑟瑟谷中風。」張纘《南征賦》：「風瑟瑟以鳴松，水琤琤而響谷。」

偶作二首

擾擾貪生人，幾何不夭閼？遑遑愛名人，幾何能貴達？伊余信多幸，拖紫垂白髮。身爲三品官，年已五十八。筋骸雖早衰，尚未苦羸惙。資産雖不豐，亦不甚貧竭。登山力猶在，遇酒興時發。無事日月長，不羈天地闊。安身有處所，適意無時節。解帶松下風，抱琴池上月。人間所重者，相印將軍鉞。謀慮繫安危，威權主生殺。燋心一身苦，炙手旁人熱。未必方寸間，得如吾快活。（1487）

【校】

〔安身〕汪本作「安貧」，誤。

【注】

朱《箋》：作於大和三年（八二九），洛陽。

〔擾擾貪生人，幾何不夭閼〕《莊子・逍遥遊》：「背負青天而莫之夭閼者，而後乃今將圖南。」司馬彪疏：「夭，折也；閼，止也。」

〔筋骸雖早衰，尚未苦羸惙〕《法苑珠林》卷一百一禪定部引證《求離牢獄經》：「此等梵志，服風食氣，氣力羸惙，猶有婬欲。」《廣韻》：「惙，疲也，憂也。」

日出起盥櫛，振衣入道場。寂然無他念，但對一爐香。日高始就食，食亦非膏粱。精粗隨所有，亦足飽充腸①。日午脱巾簪，燕息窗下牀。清風颯然至，卧可致羲皇。日西引杖屨②，散步遊林塘。或飲茶一盞③，或吟詩一章。日入多不食，有時唯命觴。何以送閑夜，一曲秋霓裳。一日分五時，作息率有常。自喜老後健，不嫌閑中忙。是非一以貫，身世交相忘。若問此何許，此是無何鄉。（1488）

【校】

①〔飽充腸〕金澤本、管見抄本作「飽我腸」。

②〔杖屨〕那波本、金澤本、管見抄本作「杖履」。

③〔一盞〕金澤本、管見抄本作「一酌」。

【注】

〔清風颯然至，卧可致羲皇〕陶淵明《與子儼等書》：「常言五六月中，北窗下卧，遇凉風暫至，自謂是羲皇上人。」

〔是非一以貫，身世交相忘〕見卷六《適意二首》之二（0234）「悠悠身與世，從此兩相棄」注。

〔若問此何許，此是無何鄉〕《莊子·應帝王》：「予方將與造物者爲人，厭則又乘夫莽眇之鳥，以出六極之外，而遊无何有之鄉。」

葺池上舊亭

池月夜淒涼①，池風曉蕭颯。欲入池上冬②，先葺池中閣③。向暖窗户開，迎寒簾幕合。苔封舊瓦木，水照新朱蠟。軟火深土爐，香醪小瓷榼。中有獨宿翁，一燈對一榻。（1489）

【校】

①〔淒涼〕金澤本作「淒清」。

②〔池上冬〕金澤本作「池上冷」。

③〔池中閣〕金澤本作「池上閣」，汪本作「園中閣」。

【注】

朱《箋》：作於大和三年（八二九），洛陽。

崔十八新池

愛君新小池，池色無人知。見底月明夜，無波風定時。忽看不似水，一泊稀琉璃①。（1490）

【校】

①〔一泊稀〕那波本作「一派寒」。

【注】

朱《箋》：作於大和三年（八二九），洛陽。

〔崔十八〕朱《箋》：「崔玄亮。」見本卷《知足吟》（1484）注。白居易《唐故虢州刺史贈禮部尚書崔公墓誌銘》（《白氏文集》卷七十）：「入爲秘書少監，改曹州刺史兼御史中丞，謝病不就。」朱《箋》：「此詩當作於大和三年秋前玄亮自秘書少監改官告病歸洛期間。」

玩止水

動者樂流水，靜者樂止水。利物不如流，鑒形不如止。淒清早霜降，淅瀝微風起。中面紅葉開，四隅綠萍委。廣狹八九丈，灣環有涯涘。淺深三四尺，洞徹無表裏①。淨分鶴翹足，澄見魚掉尾。迎眸洗眼塵，隔胸蕩心滓。定將禪不別，明與誠相似。清能律貪夫，淡可交君子。豈唯空狎玩，亦取相倫擬。欲識靜者心，心源只如此。（1491）

【校】

①〔洞徹〕金澤本作「洞澈」。

【注】

朱《箋》：作於大和三年（八二九），洛陽。

〔動者樂流水，靜者樂止水〕《論語・雍也》：「子曰：『知者樂水，仁者樂山；知者動，仁者靜；知者樂，仁者壽。』」《莊子・德充符》：「仲尼曰：『人莫鑑於流水而鑑於止水，唯止能止衆止。』」

〔迎眸洗眼塵，隔胸蕩心滓〕眼塵，佛教以眼、耳、鼻、舌、身、意爲六根，所對色、聲、香、味、觸、法爲六塵。《大方廣總持寶光明經》卷五：「既睹色塵三昧已，作是思惟眼塵境。」《佛所行贊》卷三：「一切衆生類，塵穢滓雜心。」《大方等大集經》卷九：「應當修集淨於菩提，遠離一切滓濁之心。」

〔定將禪不別，明與誠相似〕《禮記・中庸》：「自誠明，謂之性。自明誠，謂之教。誠則明矣，明則誠矣。」

〔清能律貪夫，淡可交君子〕《莊子・山木》：「且君子之交淡若水，小人之交甘若醴。」

〔欲識靜者心，心源只如此〕心源，見卷一《贈元稹》（0015）注。

聞崔十八宿予新昌弊宅時予亦宿崔家依仁新亭一宵偶同兩興暗合因而成詠聊以寫懷①

陋巷掩弊廬，高居敞華屋。新昌七株松②，依仁萬莖竹。松前月臺白，竹下風池緑。君向我齋眠，我在君亭宿。平生有微尚，彼此多幽獨。何必本主人③，兩心聊自足。

（1492）

【校】

①〔題〕「宿予」馬本、《唐音統籤》作「宿于」，誤。

②〔七株〕汪本作「十株」，誤。何校：「觀二十一卷中《新雪》第二篇云：『唯憶夜深新雪後，新昌臺上七株松。』『七』爲是。」

③〔本主人〕馬本、《唐音統籤》作「求主人」，誤。

【注】

朱《箋》：作於大和四年（八三〇），洛陽。

〔崔十八〕朱《箋》：「崔玄亮。」見本卷《知足吟》（1484）注。

〔新昌弊宅〕白居易新昌坊宅，見卷二《和答詩十首》（0100）序注。

〔依仁新亭〕《唐兩京城坊考》卷六東京長夏門之東第五街永通坊：「本曰依仁。《河南志》引韋述《記》云：此坊東出外城之永通門。其後門塞，又改坊名。……虢州刺史崔玄亮宅。」

日長

日長晝加餐，夜短朝餘睡。春來寢食間，雖老猶有味。林塘得芳景，園曲生幽致。愛水多棹舟，惜花不掃地。幸無眼下病，且向樽前醉。身外何足言，人間本無事。（1493）

【注】

朱《箋》：作於大和四年（八三〇），洛陽。

三月三十日作

今朝三月盡，寂寞春事畢。黄鳥漸無聲，朱櫻新結實。臨風獨長歎，此歎意非一。半百過九年，艷陽殘一日。隨年減歡笑，逐日添衰疾。且遣花下歌，送此杯中物。（1494）

【注】

陳《譜》、汪《譜》、朱《箋》：作於大和四年（八三〇），洛陽。

〔半百過九年，艷陽殘一日〕豔陽日，春日。鮑照《學劉公幹體》：「兹辰自爲美，當避豔陽年。豔陽桃李節，皎潔不成妍。」《文選》李善注：「《神農本草》曰：春夏曰陽。」

慵不能

架上非無書，眼慵不能看。匣中亦有琴，手慵不能彈。腰慵不能帶，頭慵不能冠。午後恣情寢，午時隨事餐。一餐終日飽，一寢至夜安。飢寒亦閑事，况乃不飢寒①。（1495）

【校】

①〔不飢寒〕金澤本、管見抄本作「未飢寒」。

【注】

朱《箋》：　作於大和四年（八三〇），洛陽。

晨興

宿鳥動前林，晨光上東屋。銅爐添早香，紗籠滅殘燭。頭醒風稍愈，眼飽睡初足。起坐兀無思，叩齒三十六。何以解宿齋，一杯雲母粥。（1496）

【注】

朱《箋》：　作於大和四年（八三〇），洛陽。

〔起坐兀無思，叩齒三十六〕《雲笈七籤》卷十一《上清黄庭内景經·誦黄庭經訣》：「入室誦《黄庭内景玉經》，當燒香，清齋，身冠法服，入户北向四拜，長跪，叩齒二十四通，……畢，次東向揖四太帝，又叩齒十二通。」又卷十三《太清中黄真經·内養形神章第一》：「衣半一氣初生之時，乃静心神，當叩齒三十六通。」

〔何以解宿齋，一杯雲母粥〕雲母粥，參見卷七《宿簡寂觀》（0280）注。

朝課

平甃白石渠，靜掃青苔院。池上好風來，新荷大如扇。小亭中何有，素琴對黃卷。蘂珠諷數篇，秋思彈一遍。從容朝課畢，方與客相見。（1497）

【注】

朱《箋》：作於大和四年（八三〇），洛陽。

〔蘂珠諷數篇，秋思彈一遍〕蘂珠，見本卷《和送劉道士遊天台》（1455）注。秋思，見本卷《和嘗新酒》（1475）注。

天竺寺七葉堂避暑

鬱鬱復鬱鬱，伏熱何時畢。行入七葉堂，煩暑隨步失。簷雨稍霏微，窗風正蕭瑟。清宵一覺睡，可以銷百疾。（1498）

【注】

朱《箋》：作於長慶三年（八二三），杭州。

〔天竺寺七葉堂〕《咸淳臨安志》卷八十下天竺靈山教寺：「唐永泰中賜今額，……七葉堂……。」引居易此詩。

香山寺石樓潭夜浴

炎光晝方熾，暑氣宵彌毒。搖扇風甚微，褰裳汗霢霂。起向月中行①，來就潭上浴②。平石爲浴牀，窪石爲浴斛。綃巾薄露頂，草屨輕乘足。清涼詠而歸，歸上石樓宿。（1499）

【校】

①〔月中〕汪本作「月下」。

②〔來就〕那波本作「來向」。〔潭上〕馬本、《唐音統籤》、汪本作「潭中」。

【注】

朱《箋》：作於大和四年（八三〇），洛陽。

〔香山寺〕白居易《修香山寺記》（《白氏文集》卷六八）：「洛都四郊山水之勝，龍門首焉。龍門十寺觀遊之勝，香山首焉。」乾隆《河南府志》卷十一引《名勝志》：「香山在洛陽南三十里，地産香葛，故名。有香山寺。」

〔石樓潭〕白居易《修香山寺記》：「關塞之氣色，龍潭之景象，石樓之風月，與往來者耳目一時而新。」

〔搖扇風甚微，褰裳汗霢霂〕《詩·小雅·信南山》：「雨雪雰雰，益之以霢霂。」毛傳：「小雨曰霢霂。」

嗟髮落

朝亦嗟髮落，暮亦嗟髮落。落盡誠可嗟，盡來亦不惡。既不勞洗沐，又不煩梳掠①。最宜濕暑天②，頭輕無髻縛③。脱置垢巾幘，解去塵纓絡④。銀瓶貯寒泉，當頂傾一勺。有如醍醐灌，坐受清凉樂。因悟自在僧，亦資於剃削。（1500）

【校】

①〔不煩〕馬本、《唐音統籤》、汪本作「不勞」。

②〔濕暑〕金澤本、管見抄本作「暑濕」。

③〔髻縛〕那波本作「結縛」。

④〔纓絡〕金澤本作「瓔珞」。

【注】

朱《箋》：作於大和四年（八三〇），洛陽。

〔有如醍醐灌，坐受清凉樂〕醍醐灌，見卷十四《和夢遊春詩一百韻》（0800）注。

〔因悟自在僧，亦資於剃削〕《四十二章經》：「佛言：剃除鬚髮，而爲沙門。」

安穩眠

家雖日漸貧，猶未苦飢凍。身雖日漸老，幸無急病痛。眼逢鬧處合，心向閑時用。既得安穩眠，亦無顛倒夢。（1501）

【注】

朱《箋》：作於大和四年（八三〇），洛陽。

〔既得安穩眠，亦無顛倒夢〕《太平廣記》卷一二九《晉陽人妾》（出《紀聞》）：「人言夢死者反生，夢想顛倒故也。」又卷二八〇《豆盧榮》（出《廣異記》）：「公主云：『夢想顛倒，復何足信。』」孟雲卿《古别離》：「宿昔夢同衾，憂心夢顛倒。」

池上夜境①

晴空星月落池塘，澄鮮淨緑表裏光。露簟清瑩迎夜滑，風襟蕭灑先秋凉。無人驚處野禽下，新睡覺時幽草香。但問塵埃能去否，濯纓何必向滄浪。（1502）

【校】

①〔題〕「境」金澤本作「憶」。

【注】

朱《箋》：作於大和四年（八三〇），洛陽。

〔但問塵埃能去否，濯纓何必向滄浪〕《孟子·離婁上》：「有孺子歌曰：滄浪之水清兮，可以濯我纓；滄浪之水濁兮，可以濯我足。」

書紳

仕有職役勞，農有畎畝勤。優哉分司叟，心力無苦辛。歲晚頭又白，自問何欣欣？新酒始開甕，舊穀猶滿囷。吾嘗靜自思，往往夜達晨。何以送吾老，何以安吾貧？歲計莫如穀，飽則不干人。日計莫如醉①，醉則兼忘身。誠知有道理，未敢勸交親。恐爲人所哂，聊自書諸紳。（1503）

【校】

①〔莫如醉〕金澤本、管見抄本作「莫如酒」。

【注】

朱《箋》：作於大和四年（八三〇），洛陽。

秋遊平泉贈韋處士閑禪師

秋景引閑步，山遊不知疲。杖藜捨輿馬，十里與僧期。昔嘗憂六十，四體不支持。今來已及此①，猶未苦衰羸。予往年有詩云：「二十氣太壯②，胸中多是非③。六十年太老，四體不支持。」今故

云。心興遇境發，身力因行知。尋雲到起處，愛泉聽滴時。南村韋處士，西寺閑禪師。山頭與澗底，聞健且相隨。（1504）

【校】

①〔已及此〕金澤本、管見抄本、天海校本作「年及此」。

②〔（注）太壯〕馬本、《唐音統籤》作「大壯」。

③〔（注）胸中〕馬本、《唐音統籤》作「四十」。

【注】

汪《譜》、朱《箋》：作於大和四年（八三〇），洛陽。

〔平泉〕《明一統志》卷二九河南府：「平泉，在府城南泉上，有橋。乃唐李德裕舊莊。中多怪石，醒酒石尤奇。德裕有記及詩。」

〔韋處士〕韋楚。見卷二一《贈韋處士六年夏大熱旱》（1453）注。

〔閑禪師〕即清閑，神照弟子。白居易《唐東都奉國寺禪德大師照公塔銘》（《白氏文集》卷七一）：「傳教主院上首弟子沙門清閑。」《修香山寺記》（《白氏文集》卷六八）：「因請悲智僧清閑主張之。」

〔山頭與澗底，聞健且相隨〕聞健，見卷二十《歲假内命酒贈周判官蕭協律》（1380）注。

遊坊口懸泉偶題石上　時爲河南尹。

濟源山水好，老尹知之久。常日聽人言，今秋入吾手。孔山刀劍立，沁水龍蛇走。危磴上懸泉，澄灣轉坊口①。虛明見深底②，淨綠無纖垢。仙棹浪悠揚，塵纓風斗藪。巖寒松柏短，石古莓苔厚。錦座疊高低③，翠屏張左右。雖無安石妓，不乏文舉酒。談笑逐身來，管絃隨事有。時逢杖錫客，或值垂綸叟。相與澹忘歸，自辰將及酉。公門欲返駕，溪路猶迴首。早晚重來遊，心期罷官後。（1505）

【校】

①〔坊口〕金澤本作「枋口」。

②〔深底〕那波本作「心底」。

③〔疊高低〕「疊」紹興本、馬本、《唐音統籤》、汪本作「纓」，那波本作「映」。據金澤本改。何校：「纓字疑有訛，疊字從黃校，石本疊。」

【注】

朱《箋》：作於大和五年（八三一），濟源。

〔坊口〕即枋口。《明一統志》卷二八懷慶府：「枋口水，在濟源縣東北三十里。兩山之間，沁水經焉。舊以枋木爲門，故名枋口。晉司馬孚累石爲之，又名沁口。……白居易詩：『危磴上懸泉，澄灣轉枋口。』」

〔濟源山水好，老尹知之久〕《元和郡縣志》卷六濟源縣：「隋開皇十六年分軹縣置濟源縣，屬懷州。以濟水所出，因名。顯慶二年，割屬河南府。」

〔孔山刀劍立，沁水龍蛇走〕《明一統志》卷二八懷慶府：「孔山，在濟源縣東北三十里。有穴南北相通，遠近洞見。」「沁河，在府城北二里。源出沁州綿山，穿太行達濟源，經武陟入黄河。」

〔雖無安石妓，不乏文舉酒〕《世説新語·識鑒》：「謝公在東山畜妓，簡文曰：『安石必出，既與人同樂，亦不得不與人同憂。』」文舉酒，見本卷《和三月三十日四十韻》(1461)注。

對火玩雪

平生所心愛①，愛火兼憐雪。火是臘天春，雪爲陰夜月。鵝毛紛正墮，獸炭敲初折。盈尺白鹽寒，滿爐紅玉熱。稍宜杯酌動，漸引笙歌發。但識歡來由，不知醉時節。銀盤堆柳絮，羅袖摶瓊屑。共愁明日銷，便作經年别。(1506)

【校】

①〔所心愛〕金澤本、管見抄本作「心所愛」。

【注】

朱《箋》：作於大和五年(八三一)，洛陽。

〔盈尺白鹽寒，滿爐紅玉熱〕《世説新語·言語》：「謝太傅寒雪日内集，與兒女講論文義。俄而雪驟，公欣然曰：『白雪紛紛何所似？』兄子胡兒曰：『撒鹽空中差可擬。』兄女曰：『未若柳絮因風起。』公大笑樂。」

六年寒食洛下宴遊贈馮李二少尹

豐年寒食節，美景洛陽城。三尹皆强健，七日盡晴明①。東郊蹋青草，南園攀紫荆。風坼海榴艷，露墜木蘭英。假開春未老，宴合日屢傾②。珠翠混花影，管絃藏水聲。佳會不易得，良辰亦難并。聽吟歌暫輟，看舞杯徐行。米賤如土，酒味濃於餳。此時不盡醉，但恐負平生。殷勤二曹長，各捧一銀觥③。（1507）

【校】

①〔七日〕那波本作「一日」。

②〔宴合〕「合」《文苑英華》作「洽」，校：「集作合。」

③〔銀觥〕《文苑英華》作「銀瓶」。

【注】

汪《譜》、朱《箋》：作於大和六年（八三二），洛陽。

〔馮少尹〕朱《箋》：「河南少尹馮定。」《舊唐書·馮宿傳》：「宿弟定字介夫，儀貌壯偉，與宿俱有文學，而定過之。……寶曆二年，出爲鄆州刺史。……尋除國子司業、河南少尹。大和九年八月，爲太常少卿。」

〔李少尹〕名未詳。

〔風坼海榴艷，露墜木蘭英〕江總《休沐山亭詩》：「岸綠開河柳，池紅照海榴。」
〔米價賤如土，酒味濃於餳〕見卷十七《薔薇正開春酒初熟因招劉十九張大崔二十四同飲》（1048）注。

苦熱中寄舒員外

何堪日衰病，復此時炎燠。厭對俗杯盤，倦聽凡絲竹。藤牀鋪晚雪，角枕截寒玉。安得清瘦人，新秋夜同宿？非君固不可，何夕枉高躅？（1508）

【注】

朱《箋》：作於大和六年（八三二），洛陽。
〔舒員外〕朱《箋》：「舒元輿。」大和五年八月自刑部員外郎改授著作郎分司東都。見《舊唐書》本傳。
〔藤牀鋪晚雪，角枕截寒玉〕《詩·唐風·葛生》：「角枕粲兮，錦衾爛兮。」司馬相如《美人賦》：「茵褥重陳，角枕橫施。」
〔非君固不可，何夕枉高躅〕王僧孺《豫州墓誌》：「思魯連之辭賞，慕田疇之高躅。」韋應物《南園陪王卿遊矚》：「君子有高躅，相攜在幽尋。」

閑多①

一聲早蟬發，數點新螢度。蘭釭耿無烟，筠簟清有露。未歸後房寢，且下前軒步。斜月

入低廊，涼風滿高樹。放懷常自適，遇境多成趣。何法使之然，心中無細故。（1509）

【校】

①〔題〕金澤本、馬本、《唐音統籤》、汪本作「閑夕」。

【注】

朱《箋》：作於大和六年（八三二），洛陽。

寄情

灼灼早春梅，東南枝最早。持來玩未足，花向手中老。芳香銷掌握，悵望生懷抱。豈無後開花，念此先開好。（1510）

【注】

朱《箋》：作於大和六年（八三二），洛陽。

舒員外遊香山寺數日不歸兼辱尺書大誇勝事時正值坐衙慮囚之際走筆題長句以贈之

香山石樓倚天開，翠屏壁立波環迴①。黄菊繁時好客到，碧雲合處佳人來。謂遣英、蒨二妓與舒君同遊。酡顔一笑夭桃綻，清吟數聲寒玉哀。軒騎逶遲棹容與，留連三日不能迴。白頭老尹府中坐，早衙纔退暮衙催②。庭前階上何所有，纍囚成貫案成堆。豈無池塘長秋草，亦有絲竹生塵埃。今日清光昨夜月，竟無人來勸一杯。（1511）

【校】

①〔壁立〕馬本、《唐音統籤》作「碧立」，誤。

②〔早衙〕金澤本、管見抄本作「朝衙」。

【注】

朱《箋》：作於大和六年（八三二），洛陽。

〔舒員外〕朱《箋》：「舒元輿。」見本卷《苦熱中寄舒員外》（1508）注。

〔慮囚〕見卷十五《李十一舍人松園飲小酎酒得元八侍御詩序云在臺中推院有鞠獄之苦即事書懷因酬四韻》（0834）注。

〔黄菊繁時好客到，碧雲合處佳人來〕碧雲，見卷十五《廣宣上人以應制詩見示因以贈之詔許上人居安國寺紅樓院以詩供奉》（0810）注。

早冬遊王屋自靈都抵陽臺上方望天壇偶吟成章寄温谷周尊師中書李相公①

霜降山水清，王屋十月時。石泉碧漾漾②，巖樹紅離離③。朝爲靈都遊，暮有陽臺期。飄然世塵外，鸞鶴如可追。忽念公程盡，復慚身力衰。天壇在天半，欲上心遲遲。嘗聞此遊者，隱客與損之。各抱貴仙骨，俱非泥垢姿。二人相顧言，彼此稱男兒。若不爲松喬，即須作臯夔。今果如其語，光彩雙葳蕤。一人佩金印，一人翳玉芝。我來高其事，詠歎偶成詩。爲君題石上，欲使故山知。（1512）

【校】

那波本此詩後有《濟源上枉舒員外兩篇因題六韻》一首。

①〔題〕《文苑英華》「遊」作「遊至」，「偶吟成章」作「偶成一章」。

②〔漾漾〕《文苑英華》作「深深」。

③〔紅離離〕《唐音統籤》作「花離離」。

【注】

朱《箋》：作於大和六年（八三二）。

〔王屋〕《元和郡縣志》卷六王屋縣：「王屋山在縣北十五里，周迴一百三十里，高三十里。《禹貢》『底柱析城，至於王屋』是也。」

〔靈都〕《太平寰宇記》卷五河南道王屋縣：「靈都觀在縣東三十里。」《明一統志》卷二八懷慶府：「靈都宮，在濟源縣西三十里尚書谷。唐玉真公主昇仙處。天寶間建。」

〔陽臺〕《太平寰宇記》卷五河南道王屋縣：「陽臺觀在縣西北八十里」《明一統志》卷二八懷慶府：「陽臺宮，在天壇山。晉烟蘿子棲真之所。唐開元中建。」

〔天壇〕《太平寰宇記》卷五河南道王屋縣：「天壇山北山，高登之可以望海。」《明一統志》卷二八懷慶府：「天壇山，在濟源縣西一百二十里王屋山北。山峰突兀，其東曰日精，其西曰月華。絶頂有石壇，名清虚小有洞天。旦夕有五色影，夜有仙燈。即唐司馬承禎得道之所。唐李白詩：『願隨夫子天壇上，閒與仙人掃落花。』」

〔温谷〕當爲温峪。《明一統志》卷二八懷慶府：「温峪山，在修武縣北五十里。山北二十里有石峽，峭壁千仞，懸瀑下注，匯而爲潭，即黑白二龍潭。」

〔中書李相公〕朱《箋》：「李宗閔。」字損之。大和三年八月，拜吏部侍郎、同中書門下平章事。累轉中書侍郎、集賢大學士。見《舊唐書》本傳。

〔若不爲松喬，即須作臯夔〕松喬，赤松子、王子喬。見卷五《題贈鄭秘書徵君石溝溪隱居》（0207）注。臯夔，臯陶、夔，舜臣。

吴宫辭

淡紅花帔淺檀蛾，睡臉初開似剪波。坐對珠籠閑理曲，琵琶鸚鵡語相和。（1513）

【校】

此詩那波本卷五二、五四重出，金澤本在卷五四。

【注】

朱《箋》：約作於寶曆二年（八二六），蘇州。

白居易詩集校注卷第二十三①

律詩　凡一百首

元微之除浙東觀察使喜得杭越鄰州先贈長句②　十七首並與微之和答。

稽山鏡水歡遊地，犀帶金章榮貴身③。官職比君雖校小，封疆與我且爲鄰。郡樓對玩千峰月④，江界平分兩岸春。杭越風光詩酒主，相看更合是何人⑤？（1514）

【校】

①〔卷第二十三〕那波本編在後集卷五十三。

②〔題〕《文苑英華》作「元微之新除浙東觀察喜得相鄰」，「相」字注：「一作杭。」

③〔犀帶〕《文苑英華》、汪本作「角帶」。

④〔對玩〕《文苑英華》作「對望」。〔千峰〕「峰」《文苑英華》作「山」，校：「集作峰。」

⑤〔是何〕《文苑英華》、汪本作「與何」。

【注】

汪《譜》、朱《箋》：作於長慶三年（八二三），杭州。

〔元微之〕元稹。《舊唐書・元稹傳》：「在郡（同州）二年，改授越州刺史兼御史大夫、浙東觀察使。」同書《李德裕傳》：「時德裕與李紳、元稹俱在翰林，以學識才名相類，情頗款密，而（李）逢吉之黨深惡之。……裴度自太原復輔政，是月李逢吉亦自襄陽入朝，乃密賂纖人構成于方獄。六月，元稹、裴度俱罷相。」朱《箋》：「元稹長慶二年六月罷相出爲同州刺史，乃由於裴度與稹之嫌隙，構於于方一獄，其事皆李逢吉之黨爲之。」

〔稽山鏡水歡遊地，犀帶金章榮貴身〕稽山，會稽山。見卷二二《和望曉》（1467）注。鏡水，鏡湖。《元和郡縣志》卷二六：「鏡湖，後漢永和五年太守馬臻創立。鏡湖在會稽、山陰兩縣界。築塘蓄水，水高丈餘，田又高海丈餘，若水少則洩湖灌田，如水多則閉湖洩田中水入海，所以無凶年。隄塘周迴三百一十里，都溉田九千頃。」《嘉泰會稽志》卷十：「鏡湖在（會稽）縣東二里，故南湖也。一名長湖，又名大湖。」犀帶，見卷一《雜興三首》之三（0020）注。

席上答微之

我住浙江西，君去浙江東。勿言一水隔，便與千里同。富貴無人勸君酒，今宵爲我盡杯中。（1515）

【注】

陳《譜》、朱《箋》：作於長慶三年（八二三），杭州。

答微之上船後留別

燭下樽前一分手，舟中岸上兩迴頭。歸來虛白堂中夢，合眼先應到越州。（1516）

【注】

朱《箋》：作於長慶三年（八二三），杭州。

〔歸來虛白堂中夢，合眼先應到越州〕虛白堂，見卷二十《虛白堂》（1326）注。

答微之泊西陵驛見寄

煙波盡處一點白，應是西陵古驛臺。知在臺邊望不見，暮潮空送渡船迴。（1517）

【注】

朱《箋》：作於長慶三年（八二三），杭州。

〔西陵驛〕《越絕書》卷八越絕外傳記地傳：「浙江南路西城者，范蠡敦兵城也，其陵固可守，故謂之固陵。」《水經注》漸江水：「范蠡築城於浙江之濱，言可以固守，謂之固陵，今之西陵也。」《嘉泰會稽志》卷一：「西陵城在蕭山縣西一十二里。」

答微之誇越州州宅

賀上人迴得報書，大誇州宅似仙居。厭看馮翊風沙久，喜見蘭亭煙景初。日出旌旗生氣色，月明樓閣在空虚。知君暗數江南郡，除却餘杭盡不如。（1518）

【注】

陳《譜》、朱《箋》：作於長慶三年（八二三），杭州。

〔賀上人迴得報書，大誇州宅似仙居〕《嘉泰會稽志》卷九引刁景純《望海亭記》：「府據卧龍山爲形勝，……龍之腹，府宅也。龍之口，府東門也。龍之尾，西園也。龍之脊，望海亭也。先是越勾踐創飛翼樓，……至唐人以樓地爲望海亭。其後亭閣崢嶸，與其山川映帶，號稱仙居。」

〔厭看馮翊風沙久，喜見蘭亭煙景初〕馮翊，同州。《舊唐書·地理志一》關内道：「同州上輔，隋馮翊郡。……天寶元年，改同州爲馮翊郡。乾元元年，復爲同州。」《太平寰宇記》卷九六越州：「蘭亭在（山陰）縣西南二十七里。」《嘉泰會稽志》卷十：「蘭渚在（山陰）縣西南二十五里。《舊經》云：山陰縣西蘭渚有亭，王右軍所置，曲水賦詩，作序於此。」

微之重誇州居其落句有西州羅刹之謔因嘲茲石聊以寄懷

君問西州城下事①，醉中疊紙爲君書。嵌空石面標羅刹，壓捺潮頭敵子胥。神鬼曾鞭猶不動，波濤雖打欲何如？誰知太守心相似，抵滯堅頑兩有餘。（1519）

【校】

①〔城下〕馬本作「域下」，誤。

【注】

朱《箋》：作於長慶三年（八二三），杭州。

〔羅刹石〕在杭州。見卷二二《和三月三十日四十韻》（1461）注。

〔嵌空石面標羅刹，壓捺潮頭敵子胥〕《吳越春秋》卷三：「（子胥）遂伏劍而死，吳王乃取子胥屍，盛以鴟夷之器，投之於江中，言曰：『胥，汝一死之後，何能有知？』……子胥因隨流揚波，依潮來往，蕩激崩岸。」

張十八員外以新詩二十五首見寄郡樓月下吟玩通夕因題卷後封寄微之

秦城南省清秋夜，江郡東樓明月時。去我三千六百里，得君二十五篇詩。陽春曲調高難和，淡水交情老始知。坐到天明吟未足，重封轉寄與微之。（1520）

【注】

朱《箋》：作於長慶三年（八二三），杭州。

〔張十八員外〕朱《箋》：「張籍。」見卷十九《喜張十八博士除水部員外郎》（1268）注。

酬微之

微之題云：「郡務稍簡，因得整集舊詩，并連綴刪削。封章諫草，繁委箱笥，僅踰百軸。偶成自歎，兼寄樂天。」①

滿袠填箱唱和詩②，少年爲戲老成悲。聲聲麗曲敲寒玉，句句妍辭綴色絲。吟玩獨當明月夜，傷嗟同是白頭時。由來才命相磨折，天遣無兒欲怨誰？微之句云：「天遣兩家無嗣子，欲將文字付誰人③？」故以此舉之④。（1521）

【校】

①〔題注〕「箱笥」馬本、《唐音統籤》作「籍笥」。「自歎」馬本作「自歡」。

②〔滿袠〕馬本、《唐音統籤》作「滿篋」。

③〔（注）付誰人〕《唐音統籤》作「與它誰」。

④〔（注）舉之〕馬本作「答之」。

【注】

朱《箋》：作於長慶三年（八二三），杭州。

〔聲聲麗曲敲寒玉，句句妍辭綴色絲〕《世説新語・捷悟》：「魏武嘗過曹娥碑下，楊修從。碑背上見題作『黄絹幼婦，外孫齏臼』八字，魏武謂修曰：『解不？』答曰：『解。』魏武曰：『卿未可言，待我思之。』行三十里，魏武乃曰：『吾已得。』令修別記所知。修曰：『黄絹，色絲也，於字爲絶。幼婦，少女也，於字爲妙。外孫，女子也，於字爲好。齏臼，受辛也，於字爲辭，所謂絶妙好辭也。』」

餘思未盡加爲六韻重寄微之

海内聲華併在身，篋中文字絶無倫。美微之也。遥知獨對封章草，忽憶同爲獻納臣。走筆往來盈卷軸，予與微之前後寄和詩數百篇，近代無如此多有也。除官遞互掌絲綸。予除中書舍人，微之撰制①。微之除翰林學士，予撰制詞。制從長慶辭高古，微之長慶初知制誥，文格高古，始變俗體，繼者效之也。詩到元和體變新。衆稱元、白爲千字律詩，或號元和格。各有文姬才稚齒，蔡邕無兒，有女琰，字文姬。俱無通子繼餘塵。陶潛小男名通子②。琴書何必求王粲，與女猶勝與外人。（1522）

【校】

①〔（注）微之撰制〕馬本、《唐音統籤》、汪本作「微之撰制詞」。

②〔陶潛小男〕馬本、《唐音統籤》、汪本作「陶潛小兒」。

【注】

朱《箋》：　作於長慶三年（八二三），杭州。

〔制從長慶辭高古〕元稹《制誥序》：「元和十五年，余始以祠部郎中知制誥，初約束不暇及此。上曰：『通事舍人不知書，便其宜，宣贊之外無不可。』自是司言之臣，皆得追用古道，不從中覆。然而余所宣行者，文不能自足其意，率皆淺近，無以變例。追而序之，蓋所以表明天子之復古，而張後來者之趣尚耳。」陳寅恪《元白詩箋證稿》第四章附《讀鶯鶯傳》引此句及注：「恪案：今白氏長慶集中書制誥有『舊體』『新體』之分別。其所謂『新體』，即微之所主張，而樂天所從同之復古改良公式文字新體也。」朱《箋》沿其説。鈴木虎雄、花房英樹説同。平岡武夫《白氏文集》第二册《序説》謂：「舊體是散文體，新體是駢文體。」孫昌武《唐代古文運動通論》：「新體就是俗體、駢體；舊體則是改革後的散體，名之爲『舊』，是表示恢復『古道』的意思。」王運熙《白居易詩論的全面考察》説同。下定雅弘《〈白氏文集〉を讀む》：「《白氏文集》『舊體』可能是學《尚書》文體的古體的意思，『新體』是近來的新體即駢體的意思。」下定氏據「舊體」、「新體」駢偶句式的比例統計，得出此結論，可信從。陳氏等人蓋受下文「體變新」之影響，其説出於想當然。

〔詩到元和體變新〕元稹《上令狐相公詩啓》：「居易雅能詩，就中愛驅駕文字，窮極聲韻，或爲千言或五百言律詩，以相投寄。小生自審不能過之，往往戲排舊韻，别創新辭，名爲次韻相酬，蓋欲以難相挑耳。自爾江湖間爲詩者，復相仿效，力或不足，則至於顛倒語言，重復首尾，韻同意等，不異前篇，亦目爲元和詩體。」《唐國史補》卷下：「元和已後，爲文筆則學奇詭於韓愈，學苦澀於樊宗師。歌行則學流蕩於張籍。詩章則學矯激於孟郊，學淺切於白居易，學淫靡於元稹，俱名元和體。」陳寅恪《元白詩箋證稿》附論《元和體詩》：「『元和體詩』可分爲二類，其一爲次韻相酬之長篇排律，……其二爲杯酒光景間之小碎篇章，此類實亦包括微之所謂豔體詩中之短篇在内。……當時最爲流行之元白詩，除『千言或五百言律詩』外，唯此杯酒光景間小碎篇章之元和體詩耳。……元和體以此之故，在當日並非美詞。」

〔各有文姬才稚齒，俱無通子繼餘塵〕蔡文姬，見卷八《吾雛》（0361）注。陶淵明《責子》：「雍端年十三，不識六與七。通子垂九齡，但覓梨與栗。」

〔琴書何必求王粲，與女猶勝與外人〕《三國志·魏書·鍾會傳》裴松之注引《博物志》：「蔡邕有書數萬卷，末年載數車與（王）粲。」

答微之詠懷見寄

閤中同直前春事，船裏相逢昨日情。分袂二年勞夢寐，並牀三宿話平生。紫微北畔辭宫闕，滄海西頭對郡城。聚散窮通何足道，醉來一曲放歌行。（1523）

【注】

朱《箋》：作於長慶三年（八二三），杭州。

酬微之誇鏡湖

我嗟身老歲方徂，君更官高興轉孤。軍門郡閣曾閑否，禹穴耶溪得到無？酒盞省陪波卷白，骰盆思共彩呼盧①。一泓鏡水誰能羨，自有胸中萬頃湖。微之詩云：「孫園虎寺隨宜看，不必遥遥羨鏡湖。」故以此戲言答之。（1524）

【校】

①〔骰盆〕馬本、《唐音統籤》作「骰盤」。

【注】

朱《箋》：作於長慶三年（八二三），杭州。

〔軍門郡閣曾閑否，禹穴耶溪得到無〕《太平寰宇記》卷九六越州：「禹穴，《漢書·司馬遷傳》云：『上會稽，探禹穴。』又有禹井。揚雄《羽獵賦》云：『入洞穴，出蒼梧。』注云：『零陵言，人從禹穴入，從蒼梧出也。』」《嘉泰會稽志》卷九：「宛委山即禹穴，號陽明洞天」；「宛委山在（會稽）縣東南一十五里。」耶溪，見卷二二《和新樓北園偶集從孫公度周巡官韓秀才盧秀才范處士小飲鄭侍御判官周劉二從事皆先歸》（1464）注。

〔酒盞省陪波卷白，骰盆思共彩呼盧〕卷白波，見卷十三《代書詩一百韻寄微之》（0604）注。呼盧，見卷十六《東南行一百韻寄通州元九侍御澧州李十一舍人果州崔二十二使君開州韋大員外庾三十二補闕杜十四拾遺李二十助教員外竇七校書》（0902）注。

雪中即事寄微之①

連夜江雲黄慘澹，平明山雪白模糊。銀河沙漲三千里，梅嶺花排一萬株。北市風生飄散麪，東樓日出照凝酥。誰家高士關門户，何處行人失道途？舞鶴庭前毛稍定，擣衣碪上練新鋪。戲團稚女呵紅手，愁坐衰翁對白鬚。壓瘴一州除疾苦，呈豐萬井盡歡娱。潤含玉德懷君子，寒助霜威憶大夫。莫道烟波一水隔，何妨氣候兩鄉殊②。越中地暖多成雨，還有瑶臺瓊樹無？（1525）

【校】

①〔題〕「寄」馬本、《唐音統籤》、汪本作「答」。

②〔兩鄉〕馬本、《唐音統籤》作「兩相」，誤。

【注】

朱《箋》：作於長慶三年（八二三），杭州。

〔潤含玉德懷君子，寒助霜威憶大夫〕《禮記·聘義》：「夫昔者君子比德於玉焉，温潤而澤，仁也。」霜威，指御史糾彈之威如嚴霜。沈佺期《李舍人山園送龐邵》：「高瞻去勿緩，人吏待霜威。」李白《至鴨欄驛上白馬磯贈裴侍御》：「情親不避馬，爲我解霜威。」

〔越中地暖多成雨，還有瑤臺瓊樹無〕《晉書·王戎傳》：「戎有人倫鑒識，常目……王衍神姿高徹，如瑤林瓊樹，自然是風塵表物。」

醉封詩筒寄微之

一生休戚與窮通，處處相隨事事同。未死又鄰滄海郡，無兒俱作白頭翁。展眉只仰三杯後，代面唯憑五字中。爲向兩川郵吏道，莫辭來去遞詩筒。（1526）

【注】

陳《譜》、朱《箋》：作於長慶三年（八二三），杭州。

〔詩筒〕《詩林廣記》卷十：「《詩話》云：元微之守會稽，白樂天牧蘇臺，置驛遞詩往來，謂之詩筒。」胡震亨《唐音癸籤》卷二九：「詩筒始元、白。白官杭州，元官越州，每和詩，入筒中遞之。白有詩云：『爲向兩州郵吏道，莫辭來去遞詩筒。』」《廣記》謂白「牧蘇臺」時事，誤。

除夜寄微之

鬢毛不覺白毿毿，一事無成百不堪。共惜盛時辭闕下，同嗟除夜在江南。家山泉石尋常

憶，世路風波子細諳。老校於君合先退，明年半百又加三。（1527）

【注】

陳《譜》、汪《譜》、朱《箋》：作於長慶三年（八二三），杭州。

〔鬢毛不覺白毿毿，一事無成百不堪〕孟浩然《高陽池送朱二》：「澄波淡淡芙蓉發，綠岸毿毿楊柳垂。」

蘇州李中丞以元日郡齋感懷詩寄微之及予輒依來篇七言八韻走筆奉答兼呈微之

白首餘杭白太守，落拓抛名來已久①。一辭渭北故園春，再把江南新歲酒。杯前笑歌徒勉强，鏡裹形容漸衰朽。領郡慚當潦倒年，鄰州喜得平生友②。長洲草接松江岸，曲水花連鏡湖口。老去還能痛飲無，春來曾作閑遊否？憑鶯傳語報李六，倩雁將書與元九。莫嗟一日日催人，且貴一年年入手。（1528）

【校】

①〔落拓〕馬本、《唐音統籤》、汪本作「落魄」。

②〔平生〕馬本、《唐音統籤》作「平安」。

【注】

朱《箋》：作於長慶三年（八二三），杭州。

〔蘇州李中丞〕朱《箋》：「蘇州刺史李諒。」白居易《李諒授壽州刺史薛公幹授泗州刺史制》（《白氏文集》卷五十）：「吾前命諒爲泗守，未即路，會壽守植卒，因改諒守壽，命公幹守泗。……諒可壽州刺史，公幹可泗州刺史。」朱《箋》：「據此，諒蓋長慶二年自壽州徙任蘇州，《姑蘇志》及《郎官考》謂自泗州移任，俱誤。」參見卷十九《寄李蘇州兼示楊瓊》（1297）注。

〔長洲草接松江岸，曲水花連鏡湖口〕長洲苑，見卷十八《長洲苑》（1195）注。松江，見卷二一《郡齋旬假命宴呈座客示郡寮》（1398）注。曲水，指蘭渚。見本卷《答微之誇越州州宅》（1518）注。鏡湖，見本卷《元微之除浙東觀察使喜得杭越鄰州先贈長句》（1514）注。

〔憑鶯傳語報李六，倩雁將書與元九〕朱《箋》：「此李六即李諒。白氏《重答汝州李六使君見和憶吳中舊遊五首》詩（本書卷二六[1837]）可參證。」

早春西湖閑遊悵然興懷憶與微之同賞因思在越官重事殷鏡湖之遊或恐未暇偶成十八韻寄微之

上馬復呼賓，湖邊景氣新。管絃三數事，騎從十餘人。立換登山屐，行攜漉酒巾。逢花看當妓，遇草坐爲茵。西日籠黄柳，東風蕩白蘋。小橋裝雁齒，輕浪甃魚鱗。畫舫牽徐轉，銀船酌慢巡。野情遺世累，醉態任天真。彼此年將老，平生分最親。高天從所願，遠地得爲鄰。雲樹分三驛，煙波限一津。翻嗟寸步隔，却厭尺書頻。浙右稱雄鎮，山陰委重臣。貴垂長紫綬，榮駕大朱輪。出動刀槍隊，歸生道路塵。雁驚弓易散，鷗怕鼓難馴。百吏瞻相面，千夫捧擁身。自然閑興少，應負鏡湖春。（1529）

【注】

朱《箋》：作於長慶四年（八二四），杭州。

〔立換登山屐，行攜漉酒巾〕登山屐，見卷十三《叙德書情四十韻上宣歙崔中丞》（0608）注。漉酒巾，見卷五《效陶潛體詩十六首》「吾聞潯陽郡」首（0221）注。

〔小橋裝雁齒，輕浪甃魚鱗〕雁齒橋，見卷八《題小橋前新竹招客》（0362）注。甃，井壁。此指池塘之甃石。

〔畫舫牽徐轉，銀船酌慢巡〕銀船，酒船。《唐語林》卷四：「上戎服臂鷹，疾驅至前，諸人不悦，忽一少年持酒船唱曰：『今日宜以門族官品自言。』酒至，上大聲曰：『曾祖天子，祖天子，父相王，臨淄王李某。』諸少年驚走，不敢復視。上乃連飲三銀船，盡一巨餡，乘馬而去。」

〔浙右稱雄鎮，山陰委重臣〕浙右，指杭州。屬浙西觀察使。山陰，即越州。

答微之見寄　時在郡樓對雪。

可憐風景浙東西，先數餘杭次會稽。禹廟未勝天竺寺，錢湖不羨若耶溪。擺塵野鶴春毛

暖，拍水沙鷗濕翅低。更對雪樓君愛否，紅欄碧甃點銀泥。（1530）

【注】

朱《箋》：作於長慶四年（八二四），杭州。

〔禹廟未勝天竺寺，錢湖不羨若耶溪〕《嘉泰會稽志》卷六：「禹廟在（會稽）縣東南一十二里。」天竺寺，見卷十二《畫竹歌》（0591）注。錢湖，錢塘湖。

祭社宵興燈前偶作

城頭傳鼓角，燈下整衣冠。夜鏡藏鬚白，秋泉漱齒寒。欲將閑送老，須著病辭官。更待年終後，支持歸計看。（1531）

【注】

朱《箋》：作於長慶三年（八二三），杭州。

閑卧

盡日前軒卧，神閑境亦空。有山當枕上，無事到心中。簾卷侵床日，屏遮入座風。望春春未到，應在海門東。（1532）

【注】

朱《箋》：作於長慶三年（八二三），杭州。

〔望春春未到，應在海門東〕海門山，見卷八《長慶二年七月自中書舍人出守杭州路次藍溪作》（0332）注。

翁方綱《石洲詩話》卷二：「白公之妙，亦在無意，此其似陶處也。即如宋人詩：『有時俗物不稱意，無數好山俱上心。』稱爲佳句。而白公則云：『有山當枕上，無事到心中。』更爲自然。」

新春江次

浦乾潮未應，堤濕凍初銷。粉片妝梅朵，金絲刷柳條。鴨頭新綠水，雁齒小紅橋。莫怪珂聲碎，春來五馬驕。（1533）

【注】

朱《箋》：作於長慶四年（八二四），杭州。

〔鴨頭新綠水，雁齒小紅橋〕《急就篇》第八章：「春草雞翹鳧翁濯。」顔師古注：「一曰：春草雞翹鳧翁，皆謂染彩而色似之。若今染家言鴨頭綠、翠毛碧云。」李白《襄陽歌》：「遥看漢水鴨頭綠，恰似蒲萄初醱醅。」雁齒橋，見卷八《題小橋前新竹招客》（0362）注

〔莫怪珂聲碎，春來五馬驕〕張華《輕薄篇》：「文軒樹羽蓋，乘馬鳴玉珂。」五馬，見卷八《馬上作》（0344）注。

春題湖上

湖上春來似畫圖，亂峰圍繞水平鋪。松排山面千重翠，月點波心一顆珠。碧毯線頭抽早稻，青羅裙帶展新蒲。未能抛得杭州去，一半勾留是此湖。（1534）

【注】

朱《箋》：作於長慶四年（八二四），杭州。

早春憶微之

昏昏老與病相和，感物思君歎復歌。聲早雞先知夜短，色濃柳最占春多。沙頭雨染班班草，水面風驅瑟瑟波。可道眼前光景惡，其如難見故人何？（1535）

【注】

朱《箋》：作於長慶四年（八二四），杭州。

〔沙頭雨染班班草，水面風驅瑟瑟波〕瑟瑟，形容水色之碧。見卷十九《暮江吟》（1284）注。

失鶴

失爲庭前雪，飛因海上風①。九霄應得侶，三夜不歸籠。聲斷碧雲外，影沉明月中。郡齋從此後，誰伴白頭翁？（1536）

【校】

①〔海上〕「海」《文苑英華》作「草」，校：「集作海。」

【注】

朱《箋》：作於長慶四年（八二四），杭州。

自感

宴遊寢食漸無味，杯酒管絃徒繞身。賓客歡娱僮僕飽，始知官職爲他人。（1537）

【注】

朱《箋》：作於長慶四年（八二四），杭州。

得湖州崔十八使君書喜與杭越鄰郡因成長句代賀兼寄微之

三郡何因此結緣，貞元科第忝同年。故情歡喜開書後，舊事思量在眼前。越國封疆吞碧海，杭城樓閣入青煙。吴興卑小君應屈，爲是蓬萊最後仙。貞元初同登科，崔君名最在後。當時崔自詠云：「人間不會雲間事，應笑蓬萊最後仙。」（1538）

【注】

朱《箋》：作於長慶四年（八二四），杭州。

〔崔十八〕朱《箋》：「湖州刺史崔玄亮。」《嘉泰吴興志》卷十四：「崔玄亮，長慶三年十一月二十二日自刑部郎中拜。」朱《箋》：「又據《會稽掇英總集》卷十八《唐太守題名記》及《嘉泰會稽志》，元稹於長慶三年八月除浙東，十月上任，則知崔上湖州在元上越州之後。」

〔吴興卑小君應屈，爲是蓬萊最後仙〕《舊唐書・地理志三》江南東道：「湖州上，隋吴郡之烏程縣。……天寶元年，改爲吴興郡。乾元元年，復爲湖州。」元稹、白居易、崔玄亮貞元十九年同登書判拔萃科，見卷五《常樂里閑居偶題十六韻兼寄劉十五公輿王十一起呂二炅呂四穎崔十八玄亮元九稹劉三十二敦質張十五仲方時爲校書郎》（0173）注。此句注「貞元初同登科」，不確。《登科記考》卷十四貞元十六年進士十九人，崔玄亮列榜末，並引白氏此詩爲證，亦誤。朱《箋》有辨。

同諸客攜酒早看櫻桃花

曉報櫻桃發，春攜酒客過。綠錫粘盞杓，紅雪壓枝柯。天色晴明少，人生事故多。停杯替花語，不醉擬如何？（1539）

【注】

朱《箋》：作於長慶四年（八二四），杭州。

〔綠錫粘盞杓，紅雪壓枝柯〕綠錫，見卷十七《薔薇正開春酒初熟因招劉十九張大崔二十四同飲》（1048）注。

柳絮

三月盡時頭白日，與春老別更依依。憑鶯爲向楊花道，絆惹春風莫放歸。（1510）

【注】

朱《箋》：作於長慶四年（八二四），杭州。

早飲湖州酒寄崔使君

一榼扶頭酒，泓澄瀉玉壺。十分蘸甲酌，瀲灩滿銀盂。捧出光華動①，嘗看氣味殊。手中稀琥珀，舌上冷醍醐。瓶裏有時盡，江邊無處沽。不知崔太守，更有寄來無？

(1541)

【校】

①〔光華〕馬本、《唐音統籤》作「華光」。

【注】

朱《箋》：作於長慶四年（八二四），杭州。

〔崔使君〕朱《箋》：「湖州刺史崔玄亮。」見本卷《得湖州崔十八使君書喜與杭越鄰郡因成長句代賀兼寄微之》(1538)注。

〔一榼扶頭酒，泓澄瀉玉壺〕戴叔倫《白苧詞》：「吳王扶頭酒初醒，秉燭張筵樂清景。」姚合《答友人招遊》：「賭棋招敵手，沽酒自扶頭。」杜荀鶴《晚春寄同年張曙先輩》：「無金潤屋渾閒事，有酒扶頭是了人。」

〔十分蘸甲酌，瀲灩滿銀盂〕劉禹錫《和樂天以鏡換酒》：「嚬眉厭老終難去，蘸甲須歡便到來。」杜牧《後池泛舟送王十》：「爲君蘸甲十分飲，應見離心一倍多。」朱翌《猗覺寮雜記》卷上：「酒斟滿捧觴必蘸指甲，牧之云：『爲君蘸甲十分飲。』夢得云：『蘸甲須歡便到來。』」《佩文韻府》以「甲酌」爲詞條，誤。按，蘸甲乃舉酒敬客之儀，以指蘸酒彈向空中。

〔手中稀琥珀，舌上冷醍醐〕張説《城南亭作》：「北堂珍重琥珀酒，庭前列肆茱萸席。」李白《酬中都小吏攜斗酒雙魚於逆旅見贈》：「魯酒似琥珀，汶魚紫錦鱗。」參見卷十八《荔枝樓對酒》(1164)注。醍醐，見卷十四《和夢遊

病中書事

三載卧山城，閑知節物情。鶯多過春語，蟬不待秋鳴。氣嗽因寒發，風痰欲雨生。病身無所用，唯解卜陰晴。(1542)

【注】

朱《箋》：作於長慶四年(八二四)，杭州。

與微之唱和來去常以竹筒貯詩陳協律美而成篇因以此答

揀得琅玕截作筒①，緘題章句寫心胸。隨風每喜飛如鳥，渡水常憂化作龍。粉節堅如太守信，霜筠冷稱大夫容。煩君讚詠心知愧，魚目驪珠同一封。(1543)

【校】

①〔截作筒〕「作」那波本、馬本、《唐音統籤》作「竹」，汪本作「短」。

【注】

朱《箋》：作於長慶四年（八二四），杭州。

〔陳協律〕名未詳。

〔煩君讚詠心知愧，魚目驪珠同一封〕《初學記》卷二五引《尚書考靈曜》：「秦失金鏡，魚目入珠。」《莊子·列禦寇》：「夫千金之珠，必在九重之淵而驪龍頷下。」

醉戲諸妓

席上爭飛使君酒，歌中多唱舍人詩。不知明日休官後，逐我東山去是誰？（1544）

【注】

朱《箋》：作於長慶四年（八二四），杭州。

〔不知明日休官後，逐我東山去是誰〕東山，見卷八《馬上作》（0344）注。

北院

北院人稀到，東窗地最偏。竹煙行竈上，石壁卧房前。性拙身多暇，心慵事少緣。還如病居士，唯置一牀眠。（1545）

【注】

朱《箋》：作於長慶四年（八二四），杭州。

〔還如病居士，唯置一牀眠〕《維摩經·問疾品》：「爾時長者維摩詰心念，今文殊師利與大衆俱來，即以神力空其室內，除去所有及諸侍者，唯置一床，以疾而卧。」

酬周協律

五十錢塘守，應爲送老官。濫蒙辭客愛，猶作近臣看。鑿落愁須飲，琵琶悶遣彈。白頭雖强醉，不似少年歡。（1546）

【注】

朱《箋》：作於長慶四年（八二四），杭州。

〔周協律〕朱《箋》：「周元範。」見卷二十《閑夜詠懷因招周協律劉薛二秀才》（1327）注。

〔鑿落愁須飲，琵琶悶遣彈〕韓愈《晚秋郾城夜會李正封聯句上王中丞盧院長》：「澤髮解兜鍪，酡顏傾鑿落。」方以智《通雅》卷七：「鑿落者，錯落也。……退之用鑿落，指酒器，亦謂錯落也。」吴玉搢《別雅》卷五：「鑿落錯落也。崔顥詩：『錯落金鎖甲，蒙茸貂鼠衣。』《韻會》云：『錯落，間厠貌。』韓昌黎詩：『澤髮解兜鍪，酡顏傾鑿落。』白香山詩：『銀含鑿落盞，金屑琵琶槽。』皆指酒器名。以其雲雷錯落而名之。錯，聲通作鑿也。」

題石山人①

騰騰兀兀在人間，貴賤賢愚盡往還。羶膩筵中唯飲酒，歌鐘會處獨思山。存神不許三尸住，混俗無妨兩鬢斑。除却餘杭白太守，何人更解愛君閑？（1547）

【校】

①〔題〕馬本、《唐音統籤》作「石上人」。

【注】

朱《箋》：作於長慶四年（八二四），杭州。

〔石山人〕未詳。

〔騰騰兀兀在人間，貴賤賢愚盡往還〕騰騰兀兀，見卷七《約心》（0283）注。

〔存神不許三尸住，混俗無妨兩鬢斑〕三尸，見卷十九《不睡》（1300）注。

詩解

新篇日日成，不是愛聲名。舊句時時改，無妨悦性情。但令長守郡，不覓却歸城①。秖擬江湖上，吟哦過一生。（1548）

【校】

①〔不覓〕馬本、《唐音統籤》作「不覺」。

【注】

朱《箋》：作於長慶四年（八二四），杭州。

潮

早潮纔落晚潮來，一月周流六十迴。不獨光陰朝復暮，杭州老去被潮催。（1549）

【注】

朱《箋》：作於長慶四年（八二四），杭州。

〔早潮纔落晚潮來，一月周流六十迴〕顧炎武《日知録》卷三一潮信：「白樂天詩：『早潮纔落晚潮來，一月周流六十迴。』白自是北人，未諳潮候。今杭州之潮，每月朔日，以子、午二時到，每日遲三刻有餘。至望日則子潮降而爲午，午潮降而爲夜子，以後半月復然。故大月之潮，一月五十八回，小月則五十六回，無六十回也。」

聞歌妓唱嚴郎中詩因以絶句寄之　嚴前爲郡守。

已留舊政布中和，又付新詞與艷歌。但是人家有遺愛，就中蘇小感恩多。（1550）

【注】

朱《箋》：作於長慶四年（八二四），杭州。

〔嚴郎中〕朱《箋》：「嚴休復。」見卷十九《馮閣老處見與嚴郎中酬和詩因戲贈絶句》（1224）注。

〔已留舊政布中和，又付新詞與艷歌〕《荀子·王制》：「故公平者，職之衡也；中和者，聽之繩也。」楊倞注：「聽，聽政也。衡所以知輕重，繩所以辨曲直，言君子用公平中和之道，故能百事無過。中和，謂寬猛得中也。」

〔但是人家有遺愛，就中蘇小感恩多〕但是，只要是。見卷十七《李白墓》（1049）注。蘇小，蘇小小，指歌妓。見卷二十《杭州春望》（1357）注。

柘枝妓

平鋪一合錦筵開，連擊三聲畫鼓催。紅蠟燭移桃葉起，紫羅衫動柘枝來。帶垂鈿胯花腰重，帽轉金鈴雪面迴①。看即曲終留不住，雲飄雨送向陽臺。（1551）

【校】

①〔金鈴〕「鈴」《全唐詩》校：「一作鈿。」

【注】

朱《箋》：作於長慶四年（八二四），杭州。

〔柘枝〕柘枝舞。見卷十八《房家夜宴喜雪戲贈主人》（1165）注。

〔平鋪一合錦筵開，連擊三聲畫鼓催〕向達《柘枝舞小考》：「柘枝舞大約以鼓聲爲節，起舞鼓聲以三擊爲度，故白居易《柘枝妓》詩云：『平鋪一合錦筵開，連擊三聲畫鼓催。』張祜《觀杭州柘枝》詩：『舞停歌罷鼓連催，軟骨仙娥暫起來。』又劉禹錫《和樂天柘枝》詩亦云：『鼓催殘拍腰身軟，汗透羅衣雨點花。』皆可見柘枝舞以鼓聲爲節奏之概。」

〔紅蠟燭移桃葉起，紫羅衫動柘枝來〕《樂府詩集》卷四五引《古今樂録》：「《桃葉歌》者，晉王子敬之作也。桃葉，子敬妾名，緣於篤愛，所以歌之。」此指舞妓。

〔帶垂鈿胯花腰重，帽轉金鈴雪面迴〕向達《柘枝舞小考》：「柘枝舞人衣五色羅衫，胡帽銀帶，唐人詩中多言之。張祜《觀杭州柘枝妓》詩：『紅罨畫衫纏腰出。』《周員外席上觀柘枝》詩：『金絲蹙霧紅衫薄，銀蔓垂花紫帶長。』又《觀楊瑗柘枝》詩：『促疊蠻鼉引柘枝，卷簷虛帽帶交垂。紫羅衫宛蹲身處，紅錦靴柔踏節時。』白居易《柘枝詞》：『繡帽珠稠綴，香衫袖窄裁。』又《柘枝妓》詩：『紅蠟燭移桃葉起，紫羅衫動柘枝來。帶垂鈿胯花腰重，帽轉金鈴雪面迴。』窄袖纏腕與胡騰舞同；用長帶，着紅錦靴；『卷簷虛帽』，亦即劉言史詩中之『織成蕃帽虛頂尖』。此俱胡服也。」

〔看即曲終留不住，雲飄雨送向陽臺〕宋玉《高唐賦》：「昔者先王嘗遊高唐，怠而晝夢，夢見一婦人曰：『妾，巫山之女也，爲高唐之客。聞君遊高唐，願薦枕席。』王因幸之。去而辭曰：『妾在巫山之陽，高丘之阻。旦爲朝雲，暮爲行雨。朝朝暮暮，陽臺之下。』」

急樂世辭①

正抽碧線繡紅羅，忽聽黃鶯斂翠蛾。秋思冬愁春悵望，大都不稱意時多②。（1552）

【校】

①〔題〕《樂府詩集》作「急世樂」，誤。

②〔稱意〕《樂府詩集》作「得意」。

【注】

朱《箋》：作於長慶四年（八二四），杭州。

〔急樂世〕《樂府詩集》卷八十：「《樂世》，一曰《綠腰》。《琵琶錄》曰：《綠腰》即《錄要》也。貞元中樂工進曲，德宗令錄出要者，因以爲名。後語訛爲《綠要》。《新唐書》曰：《凉州》、《胡渭》、《錄要》，雜曲是也。《樂府雜錄》曰：《綠腰》，軟舞曲也。康昆侖嘗於琵琶彈一曲，即新翻羽調《綠腰》也。《樂苑》曰：《樂世》，羽調曲，又有急樂世。」白居易《聽歌六絶句·樂世》（本書卷三五2648）：「管急絃繁拍漸稠，綠腰宛轉曲終頭。誠知樂世聲聲樂，老病人聽未免愁。」胡震亨《唐音癸籤》卷十三：「觀此知《樂世》亦《錄要》中一曲也。」王昆吾《隋唐五代燕樂雜言歌辭研究》第四章《大曲》：「此説是。故唐人言舞言曲皆用《綠腰》、《六么》二名，言歌言辭則用《樂世》一名。」

天竺寺送堅上人歸廬山

錫杖登高寺，香爐憶舊峰。偶來舟不繫，忽去鳥無蹤。豈要留離偈①，寧勞動別容？與師俱是夢，夢裏暫相逢。（1553）

【校】

①〔離偈〕《唐音統籤》作「難偈」。

【注】

朱《箋》： 作於長慶四年（八二四），杭州。

〔天竺寺〕見卷十二《畫竹歌》（0591）注。

〔堅上人〕朱《箋》： 「廬山東林寺僧士堅。」白居易《草堂記》（《白氏文集》卷四三）： 「四月九日，與河南元集虛、范陽張允中、南陽張深之、東西二林長老湊、朗、滿、晦、堅等凡二十有二人，具齋施茶果以落之，因爲草堂記。」又《遊大林寺序》（《白氏文集》卷四三）： 「余與河南元集虛、范陽張允中、南陽張深之、廣平宋郁、安定梁必復、范陽張特、東林寺沙門法演、智滿、士堅、利辯、道深、道建、神照、雲皐、恩慈、寂然，凡十七人。」

除官赴闕留贈微之

去年十月半，君來過浙東。今年五月盡，我發向關中①。兩鄉默默心相別，一水盈盈路不通。從此津人應省事，寂寥無復遞詩筒。（1554）

【校】

①〔關中〕那波本作「闕中」。

【注】

汪《譜》、朱《箋》：作於長慶四年（八二四），杭州。

〔去年十月半，君來過浙東〕朱《箋》：「據《會稽掇英總集唐太守題名記》及《嘉泰會稽志》，元稹長慶三年八月除浙東，十月上任。」

留題郡齋

吟山歌水嘲風月，便是三年官滿時。春爲醉眠多閉閣，秋因晴望暫褰帷①。更無一事移風俗，唯化州民解詠詩。（1555）

【校】

①〔秋因〕《唐音統籤》作「山因」。

【注】

朱《箋》：作於長慶四年（八二四），杭州。

別州民

耆老遮歸路，壺漿滿別筵。甘棠無一樹，那得淚潸然？税重多貧户，農飢足旱田。唯留一湖水，與汝救凶年。今春增築錢唐湖堤，貯水以防天旱，故云。（1556）

【注】

朱《箋》： 作於長慶四年（八二四），杭州。

〔甘棠無一樹，那得淚潸然〕甘棠，見卷八《三年爲刺史二首》（0370）注。

〔唯留一湖水，與汝救凶年〕白居易《錢唐湖石記》（《白氏文集》卷六八）：「錢唐湖一名上湖，周迴三十里。北有石函，南有筧。凡放水溉田，每減一寸，可溉十五餘頃。……往年旱甚，即湖水不充。今年修築湖堤，高加數尺，水亦隨加，即不啻足矣。……予在郡三年，仍歲逢旱，湖之利害，盡究其由。恐來者要知，故書於石，欲讀者易曉，故不文其言。長慶四年三月十日，杭州刺史白居易記。」

留題天竺靈隱兩寺

在郡六百日，入山十二迴。宿因月桂落，醉爲海榴開。天竺嘗有月中桂子落，靈隱多海石榴花也。黄紙除書到，青宫詔命催。僧徒多悵望，賓從亦徘徊。寺暗煙埋竹，林香雨落梅。别橋憐白石，辭洞戀青苔。石橋在天竺，明洞在靈隱。漸出松間路，猶飛馬上杯。誰教冷泉水，送我下山來。（1557）

【注】

朱《箋》： 作於長慶四年（八二四），杭州。

〔天竺寺〕見卷十二《畫竹歌》(0591)注。

〔靈隱寺〕見卷二十《題靈隱寺紅辛夷花戲酬光上人》(1343)注。

〔宿因月桂落，醉爲海榴開〕《咸淳臨安志》卷二三：「僧遵式《月桂峰詩序》云：『相傳月中桂子嘗墜此峰，生成大樹，其華白，其實丹。』一説天聖中，天降靈實於此山，狀如珠璣。識者曰：『此月中桂子也。』宋之問詩：『桂子月中落。』白居易詩曰：『宿因月桂落。』」又卷五八：「靈隱舊亦多海石榴，樂天亦有詩云：『宿因月桂落，醉爲海榴開。』」

〔黄紙除書到，青宫詔命催〕青宫，太子東宫。見卷十《寄楊六》(0483)注。

〔誰教冷泉水，送我下山來〕白居易《冷泉亭記》(《白氏文集》卷四三)：「東南山水，餘杭郡爲最。就郡言，靈隱寺爲尤。由寺觀，冷泉亭爲甲。亭在山下水中央，寺西南隅。」

西湖留别

征途行色慘風煙，祖帳離聲咽管絃。翠黛不須留五馬，皇恩只許住三年。緑藤陰下鋪歌席，紅藕花中泊妓船。處處迴頭盡堪戀，就中難别是湖邊。(1558)

【注】

朱《箋》：作於長慶四年(八二四)，杭州。

重寄别微之

憑仗江波寄一辭，不須惆悵報微之。猶勝往歲峽中別，灧澦堆邊招手時。（1559）

【注】

朱《箋》：作於長慶四年（八二四），杭州。

〔猶勝往歲峽中別，灧澦堆邊招手時〕參見卷十七《十年三月三日别微之於澧上十四年三月十一日夜遇微之於峽中停舟夷陵三宿而别言不盡者以詩終之因賦七言十七韻以贈且欲記所遇之地與相見之時爲他年會話張本也》（1100）注。

重題别東樓

東樓勝事我偏知，氣象多隨昏旦移。湖卷衣裳白重疊，山張屏障綠參差。海仙樓塔晴方出，江女笙簫夜始吹。春雨星攢尋蟹火，秋風霞颭弄濤旗。餘杭風俗，每寒食雨後夜凉，家家持燭尋蟹，動盈萬人。每歲八月迎濤，弄水者悉舉旗幟焉。宴宜雲髻新梳後，曲愛霓裳未拍時。太守三年嘲不盡，郡齋空作百篇詩。（1560）

【注】

朱《箋》：作於長慶四年（八二四），杭州。

〔東樓〕見卷八《初領郡政衙退登東樓作》（0352）注。

〔春雨星攢尋蟹火，秋風霞颭弄濤旗〕《元和郡縣志》卷二六錢塘縣：「浙江在縣南一十二里，……江濤每日晝夜再上，常以月十日、二十五日最小，月三日、十八日極大。小則水漸漲，不過數尺。大則濤湧高至數丈。每年八月十八日，數百里士婦共觀舟人漁子泝潮觸浪，謂之弄濤。」《咸淳臨安志》卷三一浙江：「每仲秋既望，潮怒特甚。杭人執旗泅水上，以迓子胥。弄潮之戲，蓋始於此。往往有沉没者。」吳自牧《夢粱録》卷四觀潮：「每歲八月内，潮怒勝於常時。都人自十一日起，便有觀者。至十六、十八日，傾城而出，車馬紛紛。……杭人有一等無賴，不惜性命之徒，以大綵旗或小清凉傘、紅綠小傘兒，各系繡色緞子滿竿。伺潮出海門，百十爲郡，執旗泅水上，以迓子胥。弄潮之戲，或有手脚執五小旗，浮潮頭而戲弄。」

别周軍事

主人頭白官仍冷，去後憐君是底人？試謁會稽元相去，不妨相見却殷勤。（1561）

【注】

朱《箋》：作於長慶四年（八二四），杭州。

〔周軍事〕朱《箋》：「周元範。居易罷杭州後，元範曾往越州依元稹。後居易刺蘇，元範復爲從事。居易罷郡，元範復往越州元稹幕中。『周軍事』疑當作『周從事』。……又按本卷《九日思杭州舊遊寄周判官及諸客》（本卷1583）詩云：『風景不隨宮相去，歡娛應逐使君新。』則居易罷郡後，元範似仍在杭州，未去越州。」

看常州柘枝贈賈使君

莫惜新衣舞柘枝，也從塵污汗霑垂。料君即却歸朝去，不見銀泥衫故時。（1562）

【注】

朱《箋》：作於長慶四年（八二四），杭州至洛陽途中。

〔賈使君〕朱《箋》：「賈餗。字子美。長慶四年爲張又新所構，出爲常州刺史。」見《舊唐書》本傳。參見卷十二《醉後走筆酬劉五主簿長句之贈兼簡張大賈二十四先輩昆季》（0581）注。

〔料君即却歸朝去，不見銀泥衫故時〕《唐會要》卷三一《内外官章服雜録》：「（大和）六年六月敕：……其女人不得服黄紫爲裙，及銀泥罨畫錦繡等。」《太平廣記》卷三一《許老翁》（出《仙傳拾遺》）：「益州士曹柳某妻李氏，容色絶代，……著黄羅銀泥裙，五暈羅銀泥衫子，單絲羅紅地銀泥帔子，蓋益都之盛服也。裴顧衣而歎曰：『世間之服，華麗止此耳。』」

汴河路有感

三十年前路，孤舟重往還。繞身新眷屬，舉目舊鄉關。事去唯留水，人非但見山。啼襟

與愁鬢，此日兩成斑。（1563）

【注】

汪《譜》、朱《箋》：作於長慶四年（八二四），杭州至洛陽途中。

〔三十年前路，孤舟重往還〕汪立名云：「按長慶二年，公以中書舍人除杭州刺史，謝表云：『汴路未通，取襄路赴任，水陸七千餘里。』然則汴河路猶屬貞元末未應制策以前所經，故曰三十年前路也。」

埇橋舊業

別業埇城北，抛來二十春。改移新逕路，變換舊村鄰。有税田疇薄，無官弟侄貧。田園何用問，强半屬他人。（1564）

【注】

朱《箋》：作於長慶四年（八二四），杭州至洛陽途中。

〔埇橋〕《元和郡縣志》卷九：「宿州，苻（符）離縣也。元和四年，以其地南臨汴河，有埇橋，爲舳艫之會，運漕所歷，防虞是資。又以蘄縣北屬徐州，疆界闊遠，有詔割苻離、蘄縣及泗州之虹縣置宿州，取古宿國爲名也。」居易原居家苻離，見卷十二《醉後走筆酬劉五主簿長句之贈兼簡張大賈二十四先輩昆季》（0581）注。

茅城驛

汴河無景思，秋日又凄凄。地薄桑麻瘦，村貧屋舍低。早苗多間草，濁水半和泥。最是蕭條處，茅城驛向西。（1565）

【注】

朱《箋》：作於長慶四年（八二四），杭州至洛陽途中。

河陰夜泊憶微之

憶君我正泊行舟，望我君應上郡樓。萬里月明同此夜，黄河東面海西頭。（1566）

【注】

汪《譜》、朱《箋》：作於長慶四年（八二四），杭州至洛陽途中。

杭州迴舫

自别錢唐山水後，不多飲酒懶吟詩。欲將此意憑迴棹，與報西湖風月知。（1567）

【注】

汪《譜》、朱《箋》：作於長慶四年(八二四)，杭州至洛陽途中。

途中題山泉

決決涌巖穴，濺濺出洞門。向東應入海，從此不歸源。似葉飄辭樹，如雲斷别根。吾身亦如此，何日返鄉園？(1568)

【注】

朱《箋》：作於長慶四年(八二四)，杭州至洛陽途中。

〔決決涌巖穴，濺濺出洞門〕決決，水流貌。韋應物《縣齋》：「決決水泉動，忻忻衆鳥鳴。」盧綸《山店》：「登登山路行時盡，決決溪泉到處聞。」濺濺，流水聲。見卷二《和分水嶺》(0109)注。

欲到東洛得楊使君書因以此報

向公心切向財疏，淮上休官洛下居。三郡政能從獨步，十年生計復何如？使君灘上久分手，别駕渡頭先得書。且喜平安又相見，其餘外事盡空虛。(1569)

【注】

朱《箋》：作於長慶四年（八二四），杭州至洛陽途中。

〔楊使君〕朱《箋》：「楊歸厚。……《贈楊使君》（本卷1594）云：『曾嗟放逐同巴峽，且喜歸還會洛陽。』此詩則云：『向公心切向財疏，淮上休官洛下居。三郡政能從獨步，十年生計復何如？』則知歸厚爲鄭州刺史在大和初，長慶四年已歷萬、唐、壽三州，此時以東都留守判官、檢校太子右庶子（見《全唐文》卷六九三李虞仲《授楊歸厚太子右庶子制》），則自壽州刺史罷歸也。」參見卷十一《初到忠州登東樓寄萬州楊八使君》（0525）注。

〔使君灘上久分手，别駕渡頭先得書〕使君灘，見卷十七《十年三月三日别微之於澧上十四年三月十一日夜遇微之於峽中停舟夷陵三宿而别言不盡者以詩終之因賦七言十七韻以贈且欲記所遇之地與相見之時爲他年會話張本也》（1100）注。别駕渡，其地在偃師附近。岑參《偃師東與韓樽同詣景雲暉上人即事》：「尚書磧上黄昏鍾，别駕渡頭一歸鳥。」

洛下寓居

秋館清凉日，書因解悶看。夜窗幽獨處，琴不爲人彈。游宴慵多廢，趨朝老漸難。禪僧教斷酒，道士勸休官。渭曲莊猶在，錢唐俸尚殘。如能便歸去，亦不至飢寒。（1570）

【注】

汪《譜》、朱《箋》：作於長慶四年（八二四），洛陽。

味道

叩齒晨興秋院靜，焚香宴坐晚窗深。七篇真誥論仙事，一卷壇經説佛心①。此日盡知前境妄，多生曾被外塵侵。自嫌習性猶殘處，愛詠閑詩好聽琴。(1571)

【校】

①〔壇經〕馬本、汪本作「檀經」，誤。

【注】

朱《箋》：作於長慶四年（八二四），洛陽。

〔七篇真誥論仙事，一卷壇經説佛心〕《舊唐書·經籍志》：「《真誥》十卷，陶弘景撰。」《文獻通考》卷二二四：「《真誥》十卷。晁氏曰：梁陶弘景撰。皆真人口授之誥，故以爲名。記許邁、楊羲諸仙受授之説。本七卷：《運題》一，《象甄》二，《命授》三，《協昌期》四，《稽神樞》五，《握真輔》六，《翼真檢》七。後人折第一、第二、第四，各爲上、下。」壇經，六祖《壇經》。敦煌石室遺書題《南宗頓教最上大乘摩訶般若波羅蜜經六祖惠能大師於韶州大梵寺施法壇經》，傳世有元宗寶編《六祖大師法寶壇經》。韋處厚《大義禪師碑銘》：「洛者曰（神）會，得總持之印，獨曜瑩珠，習徒迷真，橘枳變體，競成《壇經》傳宗。」神會荷澤系以《壇經》傳宗，白居易與其傳人神照有交往，故對《壇經》頗熟悉。參見本書卷二七《贈僧五首·神照上人》(1995)。

好聽琴①

本性好絲桐②，塵機聞即空。一聲來耳裏，萬事離心中。清暢堪銷疾，恬和好養蒙。尤宜聽三樂，安慰白頭翁。（1572）

【校】

①〔題〕《文苑英華》作「好彈琴」。

②〔好絲桐〕《文苑英華》作「愛絲桐」。

【注】

朱《箋》：作於長慶四年（八二四），洛陽。

〔清暢堪銷疾，恬和好養蒙〕《易·蒙·彖》：「蒙以養正，聖功也。」杜甫《贈蘇四徯》：「一請甘饑寒，再請甘養蒙。」

〔尤宜聽三樂，安慰白頭翁〕《列子·天瑞》：「孔子遊於泰山，見榮啓期行乎郕之野，鹿裘帶索，鼓琴而歌。孔子問曰：『先生所以樂，何也？』對曰：『吾樂甚多。天生萬物，唯人爲貴，而吾得爲人，是一樂也。男女之別，男尊女卑，故以男爲貴，吾既得爲男矣，是二樂也。人生有不見日月，不免襁褓者，吾既以行年九十矣，是三樂也。貧者士之常也，死者人之終也，處常得終，當何憂哉？』」三樂，蓋譜此意爲曲。參見卷二四《郡中夜聽李山人彈三樂》（1634）。

愛詠詩

辭章諷詠成千首，心行歸依向一乘。坐倚繩牀閑自念，前生應是一詩僧。（1573）

【注】

朱《箋》：作於長慶四年（八二四），洛陽。

〔辭章諷詠成千首，心行歸依向一乘〕《法華經·方便品》：「舍利弗，如來但以一佛乘故，爲衆生説法，無有餘乘，若二若三。舍利弗，一切十方諸佛，法亦如是。舍利弗，過去諸佛以無量無數方便，種種因緣譬喻言辭，而爲衆生演説諸法，是法皆爲一佛乘故，是諸衆生從諸佛聞法究竟，皆得一切種智。」

酬皇甫庶子見寄

掌綸不稱君應笑，典郡無能我自知。别詔忽驚新命出，同寮偶與夙心期。春坊瀟灑優閑地，秋鬢蒼浪老大時。獨占二疏應未可，龍樓見擬覓分司。（1574）

【注】

朱《箋》：作於長慶四年（八二四），洛陽。

〔皇甫庶子〕朱《箋》：「皇甫鏞。」見卷八《林下閑步寄皇甫庶子》（0382）。
〔春坊瀟灑優閑地，秋鬢蒼浪老大時〕春坊，《舊唐書·職官志三》東宮官屬：「太子左春坊，左庶子二人」，「太子右春坊，右庶子二人。」
〔獨占二疏應未可，龍樓見擬覔分司〕二疏，見卷一《高僕射》（0030）注。龍樓，太子東宮。見卷五《贈吴丹》（0195）注。

卧疾

閑官卧疾絶經過，居處蕭條近洛河。水北水南秋月夜，管絃聲少杵聲多。（1575）

【注】

朱《箋》：作於長慶四年（八二四），洛陽。

遠師

東宫白庶子，南寺遠禪師。何處遥相見，心無一事時。（1576）

【注】

朱《箋》：作於長慶四年（八二四），洛陽。

〔遠師〕朱《箋》：「廬山東林寺僧。」本卷《問遠師》(1577)：「笑問東林老，詩應不破齋。」

問遠師

葷羶停夜食，吟詠散秋懷。笑問東林老，詩應不破齋。(1577)

【注】

朱《箋》：作於長慶四年(八二四)，洛陽。

小院酒醒

酒醒閑獨步，小院夜深涼。一領新秋簟，三間明月廊。未收殘盞杓，初換熟衣裳①。好是幽眠處，松陰六尺牀。(1578)

【校】

①〔熟衣〕馬本、《唐音統籤》、汪本作「熱衣」，誤。

【注】

朱《箋》：作於長慶四年(八二四)，洛陽。

〔未收殘盞杓，初換熟衣裳〕熟衣，暖衣。參見卷十五《寄生衣與微之因題封上》(0843)注。本書卷二八《西風》

（2037）：「新霽乘輕屐，初涼換熟衣。」

贈侯三郎中

老愛東都好寄身，足泉多竹少埃塵。年豐最喜唯貧客，秋冷先知是瘦人。幸有琴書堪作伴，苦無田宅可爲鄰。洛中縱未長居得，且與蘇田遊過春。（1579）

【注】

朱《箋》：作於長慶四年（八二四），洛陽。

〔侯三郎中〕岑仲勉《唐人行第錄》：「《白氏集》五八《贈侯三郎中》，分司東都時作，未注名，集中亦少唱和之什，以時代考之，或得爲勳中侯繼，然尚缺其他佐證也。」朱《箋》：「《因話錄》卷五：『王并州璠，自河南尹拜右丞，除目纔到，少尹侯繼有宴，以書邀。』王璠寶曆二年八月代王起爲河南尹，復自河南尹拜尚書右丞在大和二年十月，見《舊唐書》本傳及《文宗紀》。則侯繼或自司勳郎中遷河南少尹，與此詩之時間亦合。」

〔洛中縱未長居得，且與蘇田遊過春〕何焯云：「蘇田未詳，疑作田蘇。」《左傳》襄公七年：「晉韓獻子告老。公族穆子有廢疾，將立之。辭曰：『……無忌不才，讓其可乎？請立起也。與田蘇遊，而曰好仁。』」杜預注：「田蘇，晉賢人。」白居易《題崔少尹上林坊新居》（本書卷三五2638）：「若能爲客烹雞黍，願伴田蘇日日遊。」

求分司東都寄牛相公十韻

忽忽心如夢，星星鬢似絲。縱貧長有酒，雖老未抛詩。儉薄身都慣，疏頑性頗宜。飯粗餐亦飽，被暖起常遲。萬里歸何得，三年伴是誰？華亭鶴不去，天竺石相隨。余罷杭州，得華亭鶴、天竺石，同載而歸。王尹貰將馬，田家賣與池。開門閑坐日，遶水獨行時。懶慢交遊許，衰羸相府知。宮寮幸無事①，可惜不分司。（1580）

【校】

①〔宮寮〕紹興本等作「官寮」，何校：「官疑作宮。」據改。

【注】

朱《箋》：作於長慶四年（八二四），洛陽。

〔牛相公〕朱《箋》：「牛僧孺。」長慶二年正月拜户部侍郎，三年三月以本官平章事。見新舊《唐書》本傳。參見卷二《和答詩十首》（0100）序注。

〔華亭鶴不去，天竺石相隨〕參見卷八《洛下卜居》（0375）注。

〔王尹貰將馬，田家賣與池〕王尹，朱《箋》：「河南尹王起。」參見本卷《河南王尹初到以詩代書先問之》（1586）。田家，朱《箋》：「居易自洛陽田姓購得履道坊故散騎常侍楊憑宅第。」參見本卷《履道新居二十韻》（1582）注。

酬楊八

君以曠懷宜靜境，我因蹇步稱閑官。閉門足病非高士，勞作雲心鶴眼看。（1581）

【注】

朱《箋》：作於長慶四年（八二四），洛陽。

〔楊八〕朱《箋》：「楊歸厚。」見本卷《欲到東洛得楊使君書因以此報》（1569）注。李虞仲《授楊歸厚太子右庶子制》：「前東都留守判官、朝議郎、檢校太子右庶子兼侍御史、上柱國、賜緋魚袋楊歸厚……可守太子右庶子分司東都，散官勳賜如故。」朱《箋》：「李虞仲以兵部郎中知制誥在寶曆元年，見《舊唐書》本傳及《敬宗紀》，則歸厚長慶四年猶以東都留守檢校太子右庶子也。」

履道新居二十韻

履道坊西角，官河曲北頭。林園四鄰好，風景一家秋。門閉深沉樹，池通淺沮秋夜反溝。拔青松直上，鋪碧水平流。籬菊黄金合，窗筠綠玉稠。疑連紫陽洞，似到白蘋洲。僧至多同宿，賓來輒少留。豈無詩引興，兼有酒銷憂。移榻臨平岸，攜茶上小舟。果穿聞鳥啄，萍破見魚遊。地與塵相遠，人將境共幽。汎潭菱點鏡，沉浦月生鈎。厨曉烟孤起，庭寒雨半收。老飢初愛粥①，瘦冷早披裘。洛下招新隱，秦中忘舊遊。辭章留鳳閣，班籍寄龍樓。病慳官曹靜，閑慚俸禄優。琴書中有得，衣食外何求？濟世才無取，謀身智不周。應須共心語，萬事一時休。（1582）

【校】

①〔愛粥〕馬本、《唐音統籤》作「暖粥」。

【注】

陳《譜》、汪《譜》、朱《箋》：作於長慶四年（八二四），洛陽。

〔履道坊西角，官河曲北頭〕《唐兩京城坊考》卷六長夏門之東第四街履道坊：「刑部尚書白居易宅。……按居易宅在履道西門，宅西牆下臨伊水渠，渠又周其宅之北。宅去集賢裴度宅最近。故居易《和劉汝州詩》注云：『履道、集賢兩宅相去一百三十步。』《新書》本傳：『後履道第卒爲佛寺。東都、江州人爲立祠焉。』穆按《元史·塔里赤傳》：也里里白奉旨南征，至洛陽得白樂天故址，遂家焉。是其時猶有遺迹。」白居易《池上篇》（《白氏文集》卷六九）：「都城風土水木之勝，在東南偏。東南之勝，在履道里。里之勝，在西北隅。西閈北垣第一第，即白氏叟樂天退老之地。地方十七畝，屋室三之一，水五之一，竹九之一，而島樹橋道間之。」李格非《洛陽名園記》：「大字寺園，唐白樂天園也。樂天云：吾有第在履道坊，五畝之宅，十畝之園，有水一池，有竹千竿者是也。今張氏得其半爲會隱園，水竹尚甲洛陽。但以其圖考之，則某堂有某水，某亭有某木，其水其木，至今猶存。而曰堂曰亭者，無復仿佛矣。豈因於天理者可久，而成於人力者不可恃耶。寺中樂天石刻存者尚多。」官河，指伊水渠。

〔疑連紫陽洞，似到白蘋洲〕《雲笈七籤》卷二七《天地宮府圖·十大洞天》：「第八句曲山洞，周迴一百五十里，名曰金壇華陽之洞天。潤州句容縣，屬紫陽真人治之。」紫陽洞或指此。柳惲《江南曲》：「汀洲采白蘋，日落江南曲。」

〔辭章留鳳閣，班籍寄龍樓〕鳳閣，中書省。見卷八《詠懷》（0356）注。龍樓，太子東宮。見卷五《贈吳丹》（0195）注。

九日思杭州舊遊寄周判官及諸客

忽憶郡南山頂上，昔時同醉是今辰。笙歌委曲聲延耳，金翠動摇光照身。風景不隨宮相去，歡娛應逐使君新。江山賓客皆如舊，唯是當筵换主人。（1583）

【注】

朱《箋》：作於長慶四年（八二四），洛陽。

〔周判官〕朱《箋》：「周元範。」見卷二十《重酬周判官》（1373）注。

〔風景不隨宮相去，歡娛應逐使君新〕查慎行《白香山詩評》：「先生以庶子分司，故得自稱宮相。」本卷《病中辱張常侍題集賢院詩因以繼和》（1592）：「猶憐病宮相，詩寄洛陽來。」

秋晚

煙景澹濛濛，池邊微有風。覺寒蛩近壁①，知暝鶴歸籠。長貌隨年改，衰情與物同。夜來霜厚薄，梨葉半低紅。(1584)

【校】

①〔蛩近壁〕馬本、《唐音統籤》作「螢近壁」。

【注】

朱《箋》：作於長慶四年（八二四），洛陽。

分司

散帙留司殊有味，最宜病拙不才身。行香拜表爲公事，碧洛青嵩當主人。已出閑遊多到夜，却歸慵卧又經旬。錢唐五馬留三匹，還擬騎遊攪擾春。(1585)

【注】

陳《譜》、朱《箋》：作於長慶四年（八二四），洛陽。

〔散帙留司殊有味，最宜病拙不才身〕謝靈運《酬從弟惠連》：「凌澗尋我室，散帙問所知。」《文選》李善注：

「《説文》曰：帙，書衣也。」李白《贈閭丘處士》：「閑讀山海經，散帙卧遥帷。」

〔行香拜表爲公事，碧洛青嵩當主人〕唐制降誕、國忌之日，天下州府於寺院設齋、行香。參見《唐會要》卷二三忌日、卷二九節日等。拜表，見卷二一《六年春贈分司東都諸公》（1448）注。

河南王尹初到以詩代書先問之①

別來王閣老，三歲似須臾。鬢上斑多少，杯前興有無？官從分緊慢，情莫問榮枯。許入朱門否，籃輿一病夫？（1586）

【校】

①〔題〕馬本脱「尹」字。「王尹」《唐音統籤》作「王僕射」。

【注】

朱《箋》：作於長慶四年（八二四），洛陽。

〔河南王尹〕朱《箋》：「河南尹王起。」長慶四年九月代令狐楚爲河南尹。見《舊唐書·敬宗紀》。見卷五《常樂里閑居偶題十六韻兼寄劉十五公輿王十一起吕二炅吕四穎崔十八玄亮元九稹劉三十二敦質張十五仲方時爲校書郎》（0173）注。

〔官從分緊慢，情莫問榮枯〕緊慢，緊要與否。李從珂《答盧文紀請對便殿詔》：「或事屬機宜，理當密秘，量事緊慢，不限隔日及當日，便可於閤門祇候，具榜子奏聞。」

池西亭

朱欄映晚樹，金魄落秋池。還似錢唐夜，西樓月出時。（1587）

【注】

朱《箋》：作於長慶四年（八二四），洛陽。

臨池閑卧

小竹圍庭匝，平池與砌連。閑多臨水坐，老愛向陽眠。營役抛身外，幽奇送枕前。誰家卧牀脚，解繫釣魚船？（1588）

【注】

朱《箋》：作於長慶四年（八二四），洛陽。

吾廬

吾廬不獨貯妻兒，自覺年侵身力衰。眼下營求容足地，心中准擬掛冠時。新昌小院松當

户，履道幽居竹遶池。莫道兩都空有宅，林泉風月是家資。（1589）

【注】

朱《箋》：作於長慶四年（八二四），洛陽。

〔新昌小院松當户，履道幽居竹遶池〕新昌，長安新昌坊第。見卷二《和答詩十首》（0100）序注。履道，見本卷《履道新居二十韻》（1582）注。

題新居寄宣州崔相公 所居南鄰，即崔家池。

門庭有水巷無塵，好稱閑官作主人。冷似雀羅雖少客，寬於蝸舍足容身。疏通竹徑將迎月，掃掠莎臺欲待春。濟世料君歸未得，南園北曲謾爲鄰。（1590）

【注】

朱《箋》：作於長慶四年（八二四），洛陽。

〔宣州崔相公〕朱《箋》：「崔羣。」《舊唐書·崔羣傳》：「穆宗即位，徵拜吏部侍郎，……羣爲（王）智興所逐。朝廷坐其失守，授秘書監，分司東都。未幾，改華州刺史，兼御史大夫，復改宣州刺史、歙池等州都團練觀察等使，徵拜兵部尚書。」

〔冷似雀羅雖少客，寬於蝸舍足容身〕雀羅，見卷二《寓意詩五首》之二（0091）注。蝸舍，蝸牛廬，見卷五《效陶潛體詩十六首》「南巷有貴人」首（0224）注。

憶杭州梅花因叙舊遊寄蕭協律

三年閑悶在餘杭，曾爲梅花醉幾場。伍相廟邊繁似雪，孤山園裏麗如妝。蹋隨遊騎心長惜，折贈佳人手亦香。賞自初開直至落，歡因小飲便成狂。薛劉相次埋新隴，沈謝雙飛出故鄉。薛、劉二客，謝、沈二妓，皆當時歌酒之侶。歌伴酒徒零散盡，唯殘頭白老蕭郎。（1591）

【注】

朱《箋》：作於寶曆元年（八二五），洛陽。

〔蕭協律〕朱《箋》：「蕭悦。」見卷十二《畫竹歌》（0591）注。

〔三年閑悶在餘杭，曾爲梅花醉幾場〕《咸淳臨安志》卷五八：「白文公去郡後有《憶杭州梅花》詩。孤山之梅，自唐以來已著稱。」

〔伍相廟邊繁似雪，孤山園裏麗如妝〕《咸淳臨安志》卷七一：「忠清廟在吳山，神伍氏，名員。……《史記》云：吳人憐之，爲立祠於江上。因命曰胥山。唐元和十年刺史盧元輔修，並作《胥山銘》。唐景福二年封惠廣侯。」孤山，見卷二十《錢塘湖春行》（1342）注。

〔薛劉相次埋新隴，沈謝雙飛出故鄉〕薛、劉，朱《箋》：「薛景文及劉方輿。」見卷二十《閑夜詠懷因招周協律劉薛二秀才》（1327）注。沈、謝，朱《箋》：「沈平及謝好。」見卷二一《霓裳羽衣歌》（1406）注。

病中辱張常侍題集賢院詩因以繼和

天祿閣門開，甘泉侍從迴。圖書皆帝籍，寮友盡仙才。騎省通中掖，龍樓隔上臺。猶憐病宮相，詩寄洛陽來。（1592）

【注】

朱《箋》：作於寶曆元年（八二五），洛陽。

〔張常侍〕朱《箋》：「張正甫。」《舊唐書·張正甫傳》：「由尚書右丞爲同州刺史，入拜左散騎常侍、集賢殿學士判院事，轉工部尚書。」《文宗紀》：「（大和元年）正月己亥，以右散騎常侍、集賢殿學士判院事張正甫爲工部尚書。」與居易此詩時間正合。

〔天祿閣門開，甘泉侍從迴〕《漢書·揚雄傳》：「時雄校書天祿閣。」《後漢書·班固傳》：「又有天祿、石渠，典籍之府。」李賢注引《三輔故事》：「天祿、石渠，並閣名，在未央宮北，以閣秘書。」此指集賢院。甘泉，見卷十二《東墟晚歇》（0583）注。

〔騎省通中掖，龍樓隔上臺〕騎省，左右散騎省。見卷十九《西省北院新構小亭種竹開窗東通騎省與李常侍隔窗小飲各題四韻》（1227）注。中掖，中掖廷，宮中。《舊唐書·肅宗代宗諸子傳》：「愛備中掖，名崇懿藩。」宋璟《奉和御制璟與張説源乾曜同日上官命宴都常賜詩應制》：「太常陳禮樂，中掖降簪裾。」龍樓，太子東宮。見卷五《贈吴丹》(0194)注。上臺，中書、門下省。《唐會要》卷二五文武百官朝謁班序：「東宫官既爲宫臣，請在上臺官之次，王府官司又次之。」權德輿《奉和李相公早朝于中書候傳點偶書所懷奉呈門下相公中書相公》：「辨色趨中禁，分班列上臺。」

早春晚歸

晚歸騎馬過天津，沙白橋紅反照新。草色連延多隙地，鼓聲閑緩少忙人。還如南國饒溝水，不似西京足路塵。金谷風光依舊在，無人管領石家春。(1593)

【注】

朱《箋》：作於寶曆元年(八二五)，洛陽。

〔晚歸騎馬過天津，沙白橋紅反照新〕天津橋，見卷十三《和友人洛中春感》(0620)注。

〔金谷風光依舊在，無人管領石家春〕金谷園，見卷十三《和友人洛中春感》(0620)注。

贈楊使君

曾嗟放逐同巴峽，且喜歸還會洛陽。時命到來須作用，功名未立莫思量。銀銜叱撥欺風

雪，金屑琵琶費酒漿。更待城東桃李發，共君沉醉兩三場。（1594）

【注】

朱《箋》：作於寶曆元年（八二五），洛陽。

〔楊使君〕朱《箋》：「楊歸厚。」見本卷《欲到東洛得楊使君書因以此報》（1569）注。

〔銀銜叱撥欺風雪，金屑琵琶費酒漿〕叱撥，見卷十九《和張十八秘書謝裴相公寄馬》（1203）注。孟浩然《凉州詞》：「渾成紫檀金屑文，作得琵琶聲入雲。」本書卷二五《送春》（1794）：「銀花鑿落從君勸，金屑琵琶爲我彈。」

贈皇甫庶子

何因散地共徘徊，人道君才我不才。騎少馬蹄生易蹶，用稀印鎖澀難開。妻知年老添衣絮，婢報天寒撥酒醅。更愧小胥諳拜表，單衫衝雪夜深來。（1595）

【注】

朱《箋》：作於寶曆元年（八二五），洛陽。

〔皇甫庶子〕朱《箋》：「皇甫鏞。」見本卷《酬皇甫庶子見寄》（1574）注。

〔妻知年老添衣絮，婢報天寒撥酒醅〕撥醅，同醱醅。庾信《春賦》：「石榴聊泛，蒲桃醱醅。」李白《襄陽歌》：「遥看漢水鴨頭緑，恰似蒲桃初醱醅。」《類編》：「酘謂之醱。」沈自南《藝林彙考》卷五飲食篇：「《酒爾雅》：……醱，重醞酒也。……醅，未沛之酒也。」

池上竹下作

穿籬遶舍碧逶迤，十畝閑居半是池。食飽窗間新睡後，脚輕林下獨行時。水能性淡爲吾友，竹解心虚即我師。何必悠悠人世上①，勞心費目覓親知②。（1596）

【校】

①〔人世〕那波本作「世人」。②〔親知〕馬本、《唐音統籤》作「天知」。

【注】

朱《箋》：作於寶曆元年（八二五），洛陽。

閑出覓春戲贈諸郎官

年來數出覓風光，亦不全閑亦不忙。放鞚體安騎穩馬，隔袍身暖照晴陽。迎春日日添詩思，送老時時放酒狂。除却髭鬚白一色，其餘未伏少年郎。（1597）

【注】

朱《箋》：作於寶曆元年（八二五），洛陽。

别春爐

暖閤春初入，温爐興稍闌。晚風猶冷在，夜火且留看。獨宿相依久，多情欲别難。誰能共天語，長遣四時寒？（1598）

【注】

朱《箋》：作於寶曆元年（八二五），洛陽。

〔晚風猶冷在，夜火且留看〕在，語末助詞。《敦煌變文集·破魔變文》：「千山白雪分明在，萬樹紅花暗欲開。」

泛小艑二首

水一塘，艑一隻。艑頭漾漾知風起，艑背蕭蕭聞雨滴。醉卧船中欲醒時，忽疑身是江南客。（1599）

【注】

朱《箋》：作於寶曆元年（八二五），洛陽。

〔水一塘，䑳一隻〕《玉篇》：「䑳，音淪。䑳船也。」《廣韻》：「䑳，船䑳。」

船緩進，水平流。一莖竹篙剔船尾，兩幅青幕覆船頭。亞竹亂藤多照岸，如從鳳口向湖州。（1600）

【注】

〔亞竹亂藤多照岸，如從鳳口向湖州〕鳳口，在德清縣。周必大《歸廬陵日記》：「戊子早過湖州，望城中樓觀縹緲，環以溪山，宜晉唐以爲名郡也。申時過德清縣，溪橋頗壯麗，有左顧亭，謂放龜也。二更宿鳳口。」《三吳水考》卷二：「天目之陽，發源爲餘不溪。自臨安餘杭入錢塘界，爲安溪。又爲鳳口溪，東南入德清界。」

夢行簡

天氣妍和水色鮮，閑吟獨步小橋邊。池塘草綠無佳句，虛卧春窗夢阿連①。（1601）

【校】

①〔阿連〕紹興本、那波本、馬本作「阿憐」，《唐音統籤》、汪本作「阿連」。小野道風書《三體白氏詩卷》（平凡社《書道全集》平安Ⅱ載）作「阿連」，據改。

【注】

朱《箋》：作於寶曆元年（八二五），洛陽。

〔池塘草綠無佳句，虛卧春窗夢阿連〕《唐詩紀事》卷四一白行簡：「行簡小字阿憐。樂天《同宿湖亭》詩云：『潯陽少有風情客，招宿湖亭盡却迴。水檻虛涼風月好，夜深惟有阿憐來。』」詩即本書卷十七《湖亭與行簡宿》（1061），參見該詩校。朱《箋》：「此雖借用謝惠連之典實，未必實指也。」以作「阿憐」爲是。鍾嶸《詩品》：「《謝氏家錄》云：康樂每對惠連，輒得佳語。後在永嘉西堂，思詩竟日不就，寤寐間忽見惠連，即成『池塘生春草』。故嘗云：『此語有神助，非我語也。』」此句用典之意甚明，朱說不足據。

題新居呈王尹兼簡府中三掾

弊宅須重葺，貧家乏羨財。橋憑川守造，樹倩府寮栽。朱板新猶濕，紅英暖漸開。仍期更攜酒，倚檻看花來。（1602）

【注】

朱《箋》：作於寶曆元年（八二五），洛陽。

〔王尹〕朱《箋》：「河南尹王起。」見本卷《河南王尹初到以詩代書先問之》（1586）注。

〔橋憑川守造，樹倩府寮栽〕川守，朱《箋》：「三川守。指河南尹。」參見卷十《憶洛下故園》（0498）注。

〔朱板新猶濕，紅英暖漸開〕朱板，見卷四《杏爲梁》（0161）注。

雲和

非琴非瑟亦非箏，撥柱推絃調未成。欲散白頭千萬恨，只銷紅袖兩三聲。（1603）

【注】

朱《箋》：作於寶曆元年（八二五），洛陽。

〔雲和〕《周禮·春官·大司樂》：「雲和之琴瑟。」鄭玄注：「雲和、空桑、龍門，皆山名。」《舊唐書·音樂志二》：「今世又有篪，其長盈尋，曰七星，如箏稍小，曰雲和，樂府所不用。」李白《寄遠》：「遥知玉窗裏，纖手弄雲和。」杜甫《暮寒》：「忽思高宴會，朱袖拂雲和。」

春老

欲隨年少强遊春，自覺風光不屬身。歌舞屏風花障上，幾時曾畫白頭人？（1604）

【注】

朱《箋》：作於寶曆元年（八二五），洛陽。

春雪過皇甫家

晚來籃輿雪中迴，喜遇君家門正開。唯要主人青眼待，琴詩談笑自將來。（1605）

【注】

朱《箋》：作於寶曆元年（八二五），洛陽。

〔皇甫家〕朱《箋》：「皇甫鏞宅。」白居易《唐銀青光祿大夫太子少保安定皇甫公墓誌銘》（《白氏文集》卷七十）：「以開成元年七月十日寢疾薨于東都宣教里第。」

〔唯要主人青眼待，琴詩談笑自將來〕《世説新語·簡傲》劉孝標注引《晉百官名》：「（阮）籍能爲青白眼，見凡俗之士，以白眼對之。」

崔侍御以孩子三日示其所生詩見示因以二絶和之

洞房門上掛桑弧，香水盆中浴鳳雛。還似初生三日魄，常娥滿月即成珠①。（1606）

【校】

①〔常娥〕馬本、《唐音統籤》、汪本作「嫦娥」。

【注】

朱《箋》：作於寶曆元年（八二五），洛陽。

〔崔侍御〕朱《箋》：「名未詳。花房英樹謂指崔韶，非是。據元稹《駱口驛》詩注，韶雖曾官侍御，惟居易長慶二年七月除杭州刺史時，崔韶已逝，見白氏《商山路有感詩序》（本書卷二十1303）。」

〔洞房門上掛桑弧，香水盆中浴鳳雛〕《禮記·射義》：「故男子生，桑弧蓬矢六，以射天地四方。」葉寘《愛日齋叢鈔》卷一：「《禮》：生男子設弧于門左，女子設帨于門右。三日始負子，男射女否。如東魏高澄尚馮翊公主，生子三日，帝幸其第，賜錦綵。唐章敬吳后生代宗，三日玄宗臨澡之。王毛仲妻産子三日，玄宗命高力士贈酒饌金帛，授其兒五品官。姜嶠以公主子生三日，玄宗曰：『它物無以餉吾孫，賜六品官緋衣銀魚。』又武后時拾遺張德生男三日，殺羊會同僚，補闕杜肅告其屠殺。楊太真以錦繡爲繦褓裹祿山，云貴妃三日洗兒也。皆以三日爲重。東坡賀子由生孫云：『昨聞萬里孫，已振三日浴。』今俗以三朝浴兒，殆古意也。」孫思邈《備急千金要方》卷九：「兒生三日，宜用桃根湯浴。」

〔還似初生三日魄，常娥滿月即成珠〕《禮記·鄉飲酒義》：「月者三日則成魄，三月則成時。」《呂氏春秋·精通》：「月望則蚌蛤實，群陰盈；月晦則蚌蛤虛，群陰虧。」左思《吳都賦》：「蚌蛤珠胎，與月虧全。」

愛惜肯將同寶玉，喜歡應勝得王侯。弄璋詩句多才思，愁殺無兒老鄧攸。（1607）

【注】

〔弄璋詩句多才思，愁殺無兒老鄧攸〕《詩·小雅·斯干》：「乃生男子，載寢之床，載衣之裳，載弄之璋。」鄧攸，見卷十六《酬贈李煉師見招》(0991)注。

與皇甫庶子同遊城東

閑遊何必多徒侶，相勸時時舉一杯。博望苑中無職役，建春門外足池臺。綠油剪葉蒲新長，紅蠟粘枝杏欲開。白馬朱衣兩宮相，可憐天氣出城來。(1608)

【注】

朱《箋》：作於寶曆元年（八二五），洛陽。

〔皇甫庶子〕朱《箋》：「皇甫鏞。」見本卷《酬皇甫庶子見寄》(1574)注。

〔博望苑中無職役，建春門外足池臺〕博望苑，見卷十六《東南行一百韻寄通州元九侍御澧州李十一舍人果州崔二十二使君開州韋大員外庾三十二補闕杜十四拾遺李二十助教員外竇七校書》(0902)注。建春門，東都外郭城門。《唐兩京城坊考》卷五：「東面三門，北曰上東門，中曰建春門，南曰永通門。」

洛城東花下作

記得舊詩章，花多數洛陽。舊詩云：「洛陽城東面，今來花似雪。」又云：「更待城東桃李發。」又云：「花滿洛陽城。」及逢枝似雪，已是鬢成霜。向後光陰促，從前事意忙。無因重年少，何計駐時芳？欲送愁離面，須傾酒入腸。白頭無藉在，醉倒亦何妨。(1609)

【注】

汪《譜》、朱《箋》：作於寶曆元年(八二五)，洛陽。

〔記得舊詩章，花多數洛陽〕此句注引「更待城東桃李發」，見本卷《贈楊使君》(1594)。餘二詩不見今本白集。

〔白頭無藉在，醉倒亦何妨〕藉通籍，門籍。見卷十六《東南行一百韻寄通州元九侍御澧州李十一舍人果州崔二十二使君開州韋大員外庾三十二補闕杜十四拾遺李二十助教員外竇七校書》(0902)注。

晚春寄微之并崔湖州

洛陽陌上少交親，履道城邊欲暮春。崔在吳興元在越，出門騎馬覓何人？(1610)

【注】

陳《譜》、朱《箋》：作於寶曆元年(八二五)，洛陽。

〔崔湖州〕朱《箋》：「崔玄亮。」見卷二一《崔湖州贈紅石琴薦煥如錦文無以答之以詩酬謝》(1403)注。

城東閑行因題尉遲司業水閣

閑遶洛陽城，無人知姓名。病乘籃輿出，老著茜衫行。處處花相引，時時酒一傾。借君溪閣上，醉詠兩三聲。（1611）

【注】

朱《箋》：作於寶曆元年（八二五），洛陽。

〔尉遲司業〕朱《箋》：「尉遲汾。……白氏詩中之『尉遲司業』、『尉遲少監』、『尉遲少尹』係同一人。……《舊唐書·張仲方傳》：『（李）吉甫卒，……時太常定吉甫謚爲恭懿，博士尉遲汾請爲敬憲。』《唐會要》卷八十：『初，太常博士柳應規謚（杜）佑忠簡，博士尉遲汾又議曰……』李吉甫卒於元和九年，杜佑卒於元和七年，則汾官太常博士當在此前後，其爲祠部員外郎必在太常博士之後。《郎官考》卷二一祠部員外郎中有汾名。……又據白氏大和三年所作《答尉遲少尹問所須》（本書卷二七1928）詩推測，汾或於是年自衛尉少卿遷河南少尹。」《全唐文》卷七二一、《全唐詩》卷八八七輯有尉遲汾詩文，並有小傳。

寄皇甫七

孟夏愛吾廬，陶潛語不虛。花樽飄落酒，風案展開書。鄰女偷新果，家僮漉小魚。不知

皇甫七，池上興何如？①（1612）

【校】

①〔何如〕紹興本、那波本作「如何」，據馬本、《唐音統籤》、汪本改。

【注】

朱《箋》：作於寶曆元年（八二五），洛陽。

〔皇甫七〕朱《箋》：「皇甫湜。」《新唐書·皇甫湜傳》：「皇甫湜，字持正，睦州新安人。擢進士第，爲陸渾尉，仕至工部郎中。辨急使酒，數忤同省，求分司東都。留守裴度辟爲判官。度修福先寺，將立碑，求文於白居易。湜怒曰：『近捨湜而遠取居易，請從此辭。』度謝之。」事又見高彦休《闕史》。

〔孟夏愛吾廬〕陶潛語不虚〕陶淵明《讀山海經》：「孟夏草木長，繞屋樹扶疏。衆鳥欣有托，吾亦愛吾廬。」

訪皇甫七

上馬行數里，逢花傾一杯。更無停泊處，還是覓君來。（1613）

【注】

朱《箋》：作於寶曆元年（八二五），洛陽。

白居易詩集校注卷第二十四①

律詩　凡一百首②

除蘇州刺史别洛城東花

亂雪千花落，新絲兩鬢生。老除吴郡守，春别洛陽城。江上今重去，城東更一行。别花何用伴，勸酒有殘鶯③。（1614）

【校】

①〔卷第二十四〕那波本、金澤本爲後集卷五十四。

②〔凡一百首〕此下金澤本所校菅家本署「蘇州刺史白居易」。

③〔勸酒〕金澤本所校菅家本作「勸醉」。

【注】

陳《譜》、汪《譜》、朱《箋》：作於寶曆元年（八二五），洛陽。陳《譜》：寶曆元年乙巳，「三月四日除蘇州刺史，二十九日發東都，有《别洛城東花》詩。」白居易《蘇州刺史謝上表》（《白氏文集》卷六八）：「伏奉三月四日恩制授臣使持節蘇州諸軍事、守蘇州刺史，臣以其月二十九日發東都，今月五日到州，當日上任訖。」

奉和汴州令狐相公二十二韻①

客有東征者，夷門一落帆。二年方得到，五日未爲淹。相府領鎮，隔年居易方到。既到②，陪奉遊宴，凡經五日。在浚旌重葺，遊梁館更添。心因好善樂，貌爲禮賢謙。俗阜知敦勸，民安見察廉。仁風扇平道路③，陰雨膏去閭閻④。文律操將柄，兵機釣得鈐。碧幢油葉葉⑥，紅旆火襜襜。景象春加麗，威容曉助嚴。槍森赤豹尾，纛吒黑龍髯。門静塵初斂，城昏日半銜。選幽開後院，占勝坐前簷。平展絲頭毯，高褰錦額簾。雷搥柘枝鼓，雪擺胡騰衫。髮滑歌釵墜，妝光舞汗霑。迴燈花簇簇，過酒玉纖纖。饌盛盤心殢⑦，醅濃盞底粘。陸珍熊掌爛，海味蟹螯鹹。福履千夫祝，形儀四座瞻⑧。羊公長在峴，傅説莫歸巖。蓋祝者詩意也⑨。眷愛人人遍，風情事事兼。猶嫌客不醉，同賦夜厭厭。（1615）

【校】

①〔題〕「令狐相公」紹興本等作「令狐令公」，《文苑英華》作「令狐相公」，顧校、朱《箋》據改。金澤本所校本、管見

抄本亦作「令狐相公」，據改。《文苑英華》、汪本、《全唐詩》題下注：「同用淹字。」

②〔（注）既到〕《文苑英華》無二字。

③〔扇〕《文苑英華》、金澤本夾註作：「平聲。」

④〔膏〕《文苑英華》、金澤本夾註作：「去聲。」

⑤〔葉葉〕《文苑英華》作「業業」，校：「集作葉葉。」

⑥〔胡〕《文苑英華》、汪本夾註：「音鶘。」

⑦〔心殢〕金澤本所校（劉白）唱和集作「心滯」，平岡校從之。

⑧〔形儀〕《文苑英華》、金澤本作「儀形」。〔四座〕「座」《文苑英華》校：「集作海。」

⑨〔（注）蓋祝者詩意也〕《文苑英華》明抄本、金澤本所校菅家本、汪本作「蓋祝者之詞意也」。

【注】

陳《譜》、朱《箋》：作於寶曆元年（八二五），洛陽至蘇州途中。劉禹錫有《和汴州令狐相公到鎮改月偶書所懷二十二韻》，同用一韻。

〔汴州令狐相公〕《舊唐書·地理志一》：「宣武軍節度使，治汴州，管汴、宋、亳、潁四州」；河南道，「汴州上，隋滎陽郡之浚儀縣也。……天寶元年，改汴州爲陳留郡。乾元元年，復爲汴州。」令狐相公，令狐楚。新舊《唐書》有傳。《舊唐書·敬宗紀》：「（長慶四年九月）庚戌，以河南尹令狐楚檢校禮部尚書、汴州刺史、宣武軍節度使、汴宋亳觀察等使。」「相公」紹興本等均誤「令公」，令狐楚未嘗官中書令。馮浩《玉谿生詩箋注》卷一《天平公座中呈令狐令公》注又引以爲證，稱令狐雖未實進中書令，而可稱令公。岑仲勉《唐史餘瀋》卷四辨馮氏之誤，謂此詩題乃涉上「令」字而訛相公爲令公。《文苑英華》、金澤本均可證其説。

〔客有東征者，夷門一落帆〕夷門，大梁東門。《史記·魏公子列傳》：「太史公曰：吾過大梁之墟，求問其所謂夷門。夷門者，城之東門也。」《元和郡縣志》卷八汴州浚儀縣：「《史記》：大梁城有十二門，東門隱士侯嬴年七十，家貧爲夷門監者。」

〔二年方得到，五日未爲淹〕朱《箋》：「令狐楚充宣武節度使在長慶四年九月，至寶曆元年，故云二年。」

〔在浚旌重葺，遊梁館更添〕浚，浚儀，即汴州。《元和郡縣志》卷八汴州：「浚儀縣，本漢舊縣，屬陳留郡，故大梁也。魏惠王自安邑徙此，因浚水爲名。後魏置梁州陳留郡，周宣帝改爲汴州，縣屬之。隋大業二年廢汴州，改屬鄭州。武德四年，於此重置汴州，以縣屬焉。」梁，大梁，即汴州。

〔仁風扇道路，陰雨膏閭閻〕《廣韻》平聲二仙式連切：「扇，扇凉也。又式戰切。」《詩·曹風·下泉》：「芃芃黍苗，陰雨膏之。」《釋文》：「膏，古報反。」《廣韻》去聲三十七号古到反：「膏，膏車。又音高。」

〔文律操將柄，兵機釣得鈐〕杜甫《哭韋大夫之晉》：「大人叨禮數，文律早周旋。」《太平御覽》卷八三四引《列仙傳》：「吕尚，冀州人。避紂亂，釣于磻溪，三年不獲魚。比閭皆曰：『自可止矣。』公曰：『非爾所知矣。』果獲大鯉，得《兵鈐》於腹中。後葬無屍，惟玉鈐六篇於棺中。」

〔碧幢油葉葉，紅旆火襜襜〕碧油幢，見卷十八《奉酬李相公見示絶句》(1156)注。《楚辭·九歎》：「裳襜襜而含風兮，衣納納而掩露。」王逸注：「襜襜，摇貌。」

〔槍森赤豹尾，纛吒黑龍髯〕葉夢得《石林燕語》卷六：「節度使旌節門旗，二龍虎旌，一節一麾，槍二，豹尾二，凡八物。……豹尾以赤黄布畫豹文，皆以髹漆爲杠。文臣以朱，武臣以黑。……每朔望之日祭之，號衙日。唐制有六纛，今無有也。」

〔平展絲頭毯，高褰錦額簾〕絲頭毯，《新唐書·地理志五》宣州宣城郡土貢：「綺、白紵、絲頭紅毯。」參見卷四《紅線毯》（0151）注。錦額簾，見卷十四《題周皓大夫新亭子二十二韻》（0822）注。

〔雷搥柘枝鼓，雪擺胡騰衫〕柘枝鼓，見卷十八《房家夜宴喜雪戲贈主人》（1165）及卷二三《柘枝妓》（1551）注。《樂府雜錄》舞工：「健舞曲有棱大、阿連、柘枝、劍器、胡旋、胡騰。」胡騰舞出石國。劉言史《王中丞宅夜觀舞胡騰》：「石國胡兒人見少，蹈舞尊前急如鳥。織成蕃帽虛頂尖，細氎胡衫雙袖小。手中抛下蒲萄盞，西顧忽思鄉路遠。跳身轉轂寶帶鳴，弄脚繽紛錦靴軟。四座無言皆瞪目，橫笛琵琶遍頭促。亂騰新毯雪朱毛，傍拂輕花下紅燭。酒闌舞罷絲管絕，木槿花西見殘月。」

〔饌盛盤心殢，醅濃盞底粘〕殢，滯留義，又殘剩義。李商隱《魏侯第東北樓堂郢叔言別聊用書所見篇》：「鎖香金屈戌，殢酒玉昆侖。」路德延《小兒詩》：「酒殢丹砂暖，茶催小玉煎。」

〔陸珍熊掌爛，海味蟹螯鹹〕《左傳》文公元年：「王請食熊蹯而死。」杜預注：「熊掌難熟，冀久將有外救。」《晉書·畢卓傳》：「右手持酒杯，左手持蟹螯，拍浮酒船中，便足了一生矣。」

〔福履千夫祝，形儀四座瞻〕《詩·周南·樛木》：「樂只君子，福履綏之。」箋：「以禮樂樂其君子，使爲福祿所安。」形儀，形貌。《南齊書·王思遠傳》：「形儀新楚，乃與促膝。」《廣弘明集》卷十八《二教論》：「佛生西域，罔睹形儀。」

〔羊公長在峴，傅說莫歸巖〕羊公，羊祜。見卷十三《代書詩一百韻寄微之》（0601）「淚墮峴亭碑」注。《史記·殷本紀》：「武丁夜夢得聖人，名曰說。以夢所見視群臣百吏，皆非也。於是乃使百工營求之野，得說于傅險中。是時說爲胥靡，築于傅險。見於武丁，武丁曰是也。得而與之語，果聖人。舉以爲相，殷國大治。故遂以傅險姓之，號曰傅說。」

〔猶嫌客不醉，同賦夜厭厭〕《詩·小雅·湛露》：「厭厭夜飲，不醉無歸。」傳：「厭厭，安也。」

船夜援琴

鳥棲魚不動，月照夜江深。身外都無事，舟中只有琴。七絃爲益友，兩耳是知音。心静即聲淡，其間無古今。（1616）

【注】

朱《箋》：作於寶曆元年（八二五），洛陽至蘇州途中。

〔七絃爲益友，兩耳是知音〕《初學記》卷十六引《琴操》：「琴長三尺六寸六分，廣六寸。……五絃象五行。大絃爲君，小絃爲臣。文王、武王加二絃，以合君臣之恩。」李充《弔嵇中散》：「味孫鶴之濁醪，鳴七絃之清琴。」

答劉和州 禹錫①。

换印雖頻命未通，歷陽湖上又秋風。不教才展休明代，爲罰詩爭造化功。我亦思歸田舍下，君應厭卧郡齋中。好相收拾爲閑伴，年齒官班約略同。（1617）

【校】

①〔題〕金澤本所校菅家本作「酬和州劉禹錫」，又小字：「廿八員外見寄」。

【注】

陳《譜》、朱《箋》：作於寶曆元年（八二五）。朱《箋》：「陳《譜》謂此詩作於洛陽赴蘇州途中，非是。詩云：『歷陽湖上又秋風』，則當作於寶曆元年秋至蘇州後。」

〔劉和州〕朱《箋》：「劉禹錫。劉禹錫《歷陽書事七十韻序》云：『長慶四年八月，予自夔州轉歷陽。』禹錫罷和州刺史在寶曆二年。」參見卷二一《答》(1425)注。《舊唐書・地理志三》淮南道：「和州，隋歷陽郡。……天寶元年，改爲歷陽郡。乾元元年，復爲和州。」

〔換印雖頻命未通，歷陽湖上又秋風〕《淮南子・俶真訓》：「夫歷陽之都，一夕反而爲湖。」高誘注：「歷陽，淮南國縣名。昔有老嫗，常行仁義。有二諸生過之，謂曰：『此國當没爲湖。』謂嫗視東城門閫有血便走上北山，勿顧也。自此嫗便往視門閫，閽者問之，嫗對曰如是。其暮門吏故殺雞血塗門閫，明旦老嫗早往視門血，便上北山，國没爲湖。與門吏言其事，適一宿耳。一夕旦而爲湖也。」《太平廣記》卷一六三《歷陽嫗》（出《獨異記》）稱即「今和州歷陽湖也」。《太平寰宇記》卷一二四和州「麻湖」，引《淮南子》「歷陽之郡，一夕反而爲湖」。然又列「歷陽湖」，引老姥傳説。《方輿勝覽》卷四九和州：「歷湖，在歷陽縣西三十里，今謂之麻湖，蓋訛爲歷字。」《輿地紀勝》卷四八和州亦辨麻湖即歷湖：「古歷字作厤，今誤爲麻。今謂之麻湖者，謬也。」又辨《晉書・地理志》將巢湖陷事與此相混，合二湖爲一，亂而無統。劉禹錫《歷陽書事七十韻》：「一夕爲湖地，千年列郡名。」《和州刺史廳壁記》：「歷陽，古揚州之邑。……鎮曰梁山，浸曰歷湖。」由唐人稱引看，歷陽湖即歷湖，亦即麻湖。《太平寰宇記》誤分爲二。

渡淮

淮水東南闊，無風渡亦難。孤烟生乍直，遠樹望多圓①。春浪棹聲急，夕陽帆影殘。清流宜映月，今夜重吟看②。（1618）

【校】

①〔多圓〕金澤本所校菅家本作「多團」，何校從黄校亦作「多團」。

②〔吟看〕此下金澤本所校菅家本小字注：「古詩云：月映清淮流。故云重吟也。」

【注】

朱《箋》：作於寶曆元年（八二五），洛陽至蘇州途中。

〔清流宜映月，今夜重吟看〕何遜《與胡興安夜别詩》：「露濕寒塘草，月映清淮流。」

赴蘇州至常州答賈舍人

杭城隔歲轉蘇臺，還擁前時五馬迴。厭見簿書先眼合，喜逢杯酒暫眉開。未酬恩寵年空去，欲立功名命不來。一别承明三領郡，甘從人道是粗才。（1619）

【注】

朱《箋》：作於寶曆元年（八二五），洛陽至蘇州途中。

〔賈舍人〕朱《箋》：「賈餗。」見卷二三《看常州柘枝贈賈使君》（1562）注。

〔一別承明三領郡，甘從人道是粗才〕承明，見卷七《聞早鶯》（0292）注。粗才，才能粗淺。《册府元龜》卷三三三：「德宗大曆十四年即位，八月以懷州刺史喬琳爲御史大夫平章事。琳本粗才，年高有耳疾。帝每顧問，對答失次。」

去歲罷杭州今春領吴郡慚無善政聊寫鄙懷兼寄三相公

爲問三丞相，如何秉國鈞？那將最劇郡，付與苦慵人。豈有吟詩客，堪爲持節臣。不才空飽暖，無惠及飢貧。昨卧南城月，今行北境春。鉛刀磨欲盡，銀印換何頻。杭老遮車轍，吴童掃路塵。虚迎復虚送，慚見兩州民。（1620）

【注】

朱《箋》：作於寶曆元年（八二五），蘇州。

〔三相公〕朱《箋》：「指李程、竇易直、裴度三人。長慶四年五月乙卯，吏部侍郎李程、户部侍郎判度支竇易直並同中書門下平章事。六月丙申，裴度同平章事。」見《舊唐書·敬宗紀》、《新唐書·宰相表下》。

〔鉛刀磨欲盡，銀印换何頻〕鉛刀，見卷九《權攝昭應早秋書事寄元拾遺兼呈李司録》(0391)注。

宣武令狐相公以詩寄贈傳播吴中聊用短章用伸酬謝①

新詩傳詠忽紛紛，楚老吴娃耳徧聞。盡解呼爲好才子，不知官是上將軍②。辭人命薄多無位，戰將功高少有文。謝朓篇章韓信鉞，一生雙得不如君③。(1621)

【校】

①〔題〕「用短章」金澤本所校菅家本、管見抄本作「奉短篇」，《文苑英華》、汪本作「奉短章」。

②〔官是〕「是」《文苑英華》、汪本校：「一作在。」〔上將軍〕《文苑英華》、管見抄本作「大將軍」。

③〔不如〕金澤本所校菅家本作「不知」。

【注】

朱《箋》：作於寶曆元年(八二五)，蘇州。

〔令狐相公〕朱《箋》：「令狐楚。」見本卷《奉和汴州令狐相公二十二韻》(1615)注。

〔盡解呼爲好才子，不知官是上將軍〕《通典》卷二九：「大唐貞元二年九月敕：六軍先已各置統軍一人，今十六衛宜各置上將軍一人，秩從二品。其左右衛及左右金吾衛上將軍俸料、隨軍人馬等，並同六軍統軍。」

自詠

形容瘦薄詩情苦，豈是人間有相人。只合一生眠白屋，何因三度擁朱輪？金章未佩雖非貴，銀榼常攜亦不貧。唯是無兒頭早白，被天磨折恰平均①。（1622）

【校】

①〔磨折〕金澤本所校菅家本、管見抄本作「摩折」。

【注】

朱《箋》：作於寶曆元年（八二五），蘇州。

吟前篇因寄微之

君顏貴茂不清羸，君句雄華不苦悲。何事遣君還似我，髭鬚早白亦無兒？（1623）

【注】

朱《箋》：作於寶曆元年（八二五），蘇州。

紫薇花

紫薇花對紫微翁①，名目雖同貌不同。獨占芳菲當夏景，不將顔色託春風。潯陽官舍雙高樹，興善僧庭一大叢。何似蘇州安置處，花堂欄下月明中。（1624）

【校】

①〔紫微翁〕那波本、《唐音統籤》、汪本作「紫薇翁」，誤。

【注】

朱《箋》：作於寶曆元年（八二五），蘇州。

〔紫薇花對紫微翁，名目雖同貌不同〕參見卷十九《紫薇花》（1219）注。

〔潯陽官舍雙高樹，興善僧庭一大叢〕興善，長安靖安坊興善寺。見卷十三《代書詩一百韻寄微之》（0604）注。

自到郡齋僅經旬日方專公務未及宴遊偷閑走筆題二十四韻兼寄常州賈舍人湖州崔郎中仍呈吴中諸客

渭北離鄉客，江南守土臣。涉途初改月，入境已經旬。甲郡標天下，環封極海濱。版圖十萬户，兵籍五千人。自顧才能少，何堪寵命頻。冒榮慚印綬，虚獎負絲綸。除蘇州制云①：「藏於己爲道義，施於物爲政能。在公形骨鯁之志，闔境有袴襦之樂。」候病須通脈，防流要塞津。救煩無若靜，補拙莫如勤。削使科條簡，攤令賦役均。以玆爲報效，安敢不躬親②？襦袴提於手，韋弦佩在紳。敢辭稱俗吏，且願活疲民③。常常州。未徵黃霸，湖湖州。猶借寇恂。愧無鐺脚政，河北三郡相鄰，皆有善政，時爲鐺脚刺史④。見《唐書》。徒忝犬牙鄰。制詔誇黃絹⑤，美賈常州也。詩篇占白蘋。美崔吳興也。銅符抛不得，自謂也。瓊樹見無因。謦欬鐘傳夜，催衙鼓報晨。唯知對胥吏，未暇接親賓。色變雲迎夏，聲殘鳥過春。麥風非逐扇，梅雨異隨輪。武寺山如故，武丘寺也。王樓月自新。郡内東南樓名也。池塘閑長草，絲竹廢生塵。暑遺燒神酎，晴教曬舞茵。待還公事了，亦擬樂吾身。（1625）

【校】

①〔(云)除蘇州制〕金澤本所校本作「除蘇州刺史制」。又此注末金澤本有「牧云」二字。

②〔安敢〕金澤本所校菅家本作「安得」。

③〔且願〕金澤本所校菅家本作「且顧」。

④〔(注)時爲鐺脚刺史〕「時」金澤本所校菅家本作「號」。

⑤〔制詔〕馬本、《唐音統籤》、汪本作「制誥」。

【注】

汪《譜》、朱《箋》：作於寶曆元年（八二五），蘇州。

〔常州賈舍人〕朱《箋》：「賈餗。」見卷二三《看常州柘枝贈賈使君》(1562)注。

〔湖州崔郎中〕朱《箋》：「湖州刺史崔玄亮。」見卷二一《崔湖州贈紅石琴薦煥如錦文無以答之以詩酬謝》(1403)注。

〔版圖十萬户，兵籍五千人〕《吴郡志》卷一户口税租：「惟唐天寶元年，户止七萬，口至六十三萬，皆有奇。然《長慶集》以爲十萬户，此後來增衍也。」朱《箋》：「唐代刺史沿舊制帶持節軍事，安史亂後又多帶本州團練使，州有戍兵。劉禹錫《早夏郡中書事》詩云：『將吏儼成列，簿書紛來縈。』韋應物爲蘇州刺史，其《軍中冬至燕》詩云：『兹邦實大藩，伐鼓軍樂陳。是時冬服成，戎士氣益振。』」

〔冒榮慚印綬，虚奬負絲綸〕此句注引《除蘇州刺史制》已佚，作者不詳。

〔救煩無若静，補拙莫如勤〕《圓覺經》：「若諸菩薩，唯取極静，由静力故，永斷煩惱。」《洛陽伽藍記》卷四大覺寺：「名僧大德，寂以遺煩。」《隋書·李德林傳》：「以勤補拙，不遑自處。」王維《爲畫人謝賜表》：「精誠自勵，勤以補拙。」

〔襦袴提於手，韋弦佩在紳〕襦袴，見卷十二《醉後狂言酬贈蕭殷二協律》(0602)注。《韓非子·觀行》：「西門豹之性急，故佩韋以緩己。董安于之心緩，故佩弦以自急。」《後漢書·范冉傳》：「以狷急不能從俗，常佩韋於朝。」

〔常未徵黄霸，湖猶借寇恂〕《後漢書·黄霸傳》：「是時鳳皇神爵數集郡國，潁川尤多。天子以霸治行終長者，下詔稱揚。……後數月，徵霸爲太子太傅，遷御史大夫。」《後漢書·寇恂傳》：「從車駕擊隗囂，而潁川盜賊群起，……恂從至潁川，盜賊悉降，而竟不拜郡。百姓遮道曰：『願從陛下復借寇君一年。』乃留恂長社。」

〔愧無鐺脚政，徒忝犬牙鄰〕鐺脚政，見卷二十《錢湖州以箬下酒李蘇州以五酘酒相次寄到無因同飲聊詠所懷》（1334）注。

〔制詔誇黄絹，詩篇占白蘋〕黄絹，見卷十九《代謝好答崔員外》（1294）「曹家碑」注。白蘋，湖州白蘋洲。白居易《白蘋洲五亭記》（《白氏文集》卷七一）：「湖州城東南二百步，抵霅溪，連汀洲。洲一名白蘋，梁吴興太守柳惲於此賦詩云：『汀洲採白蘋』，因以爲名也。」

〔銅符抛不得，瓊樹見無因〕《晉書·王戎傳》：「戎有人倫鑒識，常目……王衍神姿高徹，如瑶林瓊樹，自然是風塵表物。」

〔武寺山如故，王樓月自新〕武丘寺，即虎丘寺。見卷十二《真娘墓》（0592）注。王樓，别無見。

〔暑遺燒神酎，晴教曬舞茵〕《詩話總龜》卷十六：「醉鄉，《湘中别記》云：後漢時有人在此鄉，忽經醉，經三晝夜始醒，猶有酒氣，言與天神共飲。乃示後任陽羨令，每言歲之豐儉，無不驗。俄亦仙去。畢田詩云：『三宿酣神酎，鄉名因此呼。山中千日者，自合是仙都。』」

〔待還公事了，亦擬樂吾身〕《晉書·傅咸傳》：「天下大器，非可稍了，而相觀每事欲了。生子癡，了官事。官事未易了也。」

題籠鶴

經旬不飲酒，踰月未聞歌。豈是風情少，其如塵事多①。虎丘慚客問，娃館妬人過。莫笑籠中鶴，相看去幾何②？（1626）

【校】

①〔塵事〕《唐音統籤》作「老病」。

②〔去幾何〕《唐音統籤》作「到幾何」。

【注】

朱《箋》：作於寶曆元年（八二五），蘇州。

〔虎丘慚客問，娃館妬人過〕娃館，館娃宫。見卷十八《長洲苑》（1195）注。

答客問杭州

爲我踟躕停酒盞，與君約略説杭州。山名天竺堆青黛，湖號錢唐寫綠油①。大屋簷多裝雁齒，小航船亦畫龍頭。所嗟水路無三百，官繫何因得再遊？（1627）

【校】

①〔寫綠油〕管見抄本、馬本、《唐音統籤》、汪本作「瀉綠油」。

【注】

朱《箋》：作於寶曆元年（八二五），蘇州。

〔山名天竺堆青黛，湖號錢唐寫綠油〕天竺山，見卷八《三年爲刺史二首》之二（0371）注。錢唐湖，西湖。見卷二十

《舟中晚起》（1319）注。

〔大屋簷多裝雁齒，小航船亦畫龍頭〕雁齒，見卷八《題小橋前新竹招客》（0362）注。

登閶門閑望

閶門四望鬱蒼蒼，始覺州雄土俗强。十萬夫家供課税，五千子弟守封疆。闔閭城碧鋪秋草，烏鵲橋紅帶夕陽。處處樓前飄管吹，家家門外泊舟航。雲埋虎寺山藏色，月耀娃宫水放光。曾賞錢唐嫌茂苑①，今來未敢苦誇張。（1628）

【校】

①〔嫌茂苑〕馬本、《唐音統籤》、汪本作「兼茂苑」，誤。

【注】

朱《箋》：作於寶曆元年（八二五），蘇州。

〔閶門〕蘇州城西面之門。見卷二一《九日宴集醉題郡樓兼呈周殷二判官》（1404）注。

〔闔閭城碧鋪秋草，烏鵲橋紅帶夕陽〕闔閭城，蘇州城。《吴郡志》卷三：「闔閭城，吴王闔閭自梅里徙都，即今郡城。……築大城，周迴四十七里，陸門八，以象天之八風。水門八，以法地之八卦。築小城，周十里。門之名，皆伍子胥所制。」《吴郡志》卷十七：「烏鵲橋，在提刑司之南。舊傳，古有烏鵲館，橋因其館得名。」

〔雲埋虎寺山藏色，月耀娃宮水放光〕虎丘寺，見卷十二《真娘墓》（0592）注。娃宮，館娃宮。見卷十八《長洲苑》（1195）注。何焯云：「虎、娃借對。」

〔曾賞錢唐嫌茂苑，今來未敢苦誇張〕茂苑，即長洲苑，見卷十八《長洲苑》（1195）注。

代諸妓贈送周判官

妓筵今夜別姑蘇，客棹明朝向鏡湖。莫汎扁舟尋范蠡，且隨五馬覓羅敷。蘭亭月破能迴否，娃館秋涼却到無？好與使君爲老伴，歸來休染白髭鬚。（1629）

【注】

朱《箋》：作於寶曆元年（八二五），蘇州。

〔周判官〕朱《箋》：「周元範。」見卷二十《重酬周判官》（1373）注。

〔妓筵今夜別姑蘇，客棹明朝向鏡湖〕鏡湖，見卷二三《元微之除浙東觀察使喜得杭越鄰州先贈長句》（1514）注。

〔莫汎扁舟尋范蠡，且隨五馬覓羅敷〕范蠡，見卷二二《和三月三十日四十韻》（1461）注。羅敷，見卷十八《白槿花》（1129）注。

〔蘭亭月破能迴否，娃館秋涼却至無〕蘭亭，見卷二三《答微之誇越州州宅》（1518）注。

秋寄微之十二韻

娃館松江北，稽城浙水東。屈君爲長吏，伴我作衰翁。旌旆知非遠，烟雲望不通。忙多對酒榼，興少閣詩筒①。比在杭州兩浙唱和詩贈答②，於詩筒中遞往來。淡白秋來日，疏涼雨後風。餘霞數片綺，新月一張弓。影滿衰桐樹③，香凋晚蕙叢。飢啼春穀鳥④，寒怨絡絲蟲。覽鏡頭雖白，聽歌耳未聾。老愁從自遣⑤，醉笑與誰同？清旦方堆案，黄昏始退公。可憐朝暮景，銷在兩衙中。（1630）

【校】

①〔閣詩筒〕紹興本等作「閲詩筒」，據金澤本所校菅家本改。

②〔（注）比在〕「比」紹興本等作「此」，《唐音統籤》作「比」。金澤本所校菅家本作「比」，據改。「（注）杭州兩浙」金澤本所校菅家本作「杭州與浙東」。又菅家本無「贈答」二字，「於」上有「貯」字。

③〔影滿〕金澤本所校菅家本作「影漏」，何校據黄校同。

④〔春穀〕「春」紹興本等均誤「春」，據何校、盧校改。

⑤〔自遣〕馬本、《唐音統籤》、汪本作「此遣」。

【注】

朱《箋》：作於寶曆元年（八二五），蘇州。

〔娃館松江北，稽城浙水東〕松江，見卷二一《郡齋旬假命宴呈座客示郡寮》（1398）注。稽城，會稽城，越州。

〔忙多對酒榼，興少閣詩筒〕詩筒，見卷二三《醉封詩筒寄微之》（1526）注。閣即擱，見卷十八《郡齋暇日憶廬山草堂兼寄二林僧社三十韻多叙貶官已來出處之意》（1104）注。詩可閱而詩筒不可言閱，故作閣是。

〔飢啼春穀鳥，寒怨絡絲蟲〕劉禹錫《歷陽書事七十韻》：「貴池登陸峻，春穀渡橋鳴。」本書卷三一《同諸客題于家公主舊宅》（2244）：「春穀鳥啼桃李院，絡絲蟲怨鳳凰樓。」蓋當時有此稱，所指爲何鳥不詳。羅願《爾雅翼》卷二五：「莎雞振羽作聲，其狀頭小而羽大，有青褐兩種，率以六月振羽作聲，連夜札札不止。其聲如紡絲之聲，故一名梭雞，一名絡緯。今俗人謂之絡絲娘。蓋其鳴時又正當絡絲之候。」

〔清旦方堆案，黄昏始退公〕《詩·召南·羔羊》：「退食自公，委蛇委蛇。」劉長卿《送嚴維尉諸暨》：「退公兼色養，臨下帶鄉情。」

池上早秋①

荷芰綠參差，新秋水滿池②。早凉生北檻，殘照下東籬。露飽蟬聲懶，風乾柳意衰。過潘二十歲，何必更愁悲③。（1631）

【校】

①〔題〕金澤本所據摺本作「池上早涼」。

②〔新秋〕金澤本所校菅家本作「新晴」。

③〔更愁悲〕金澤本所校菅家本作「更秋悲」。

【注】

朱《箋》：作於寶曆元年（八二五），蘇州。

〔荷芰綠參差，新秋水滿池〕《楚辭·離騷》：「製芰荷以爲衣兮，集芙蓉以爲裳。」王逸注：「芰，菱也。秦人曰薢茩。荷，芙蕖也。」袁文《甕牖閑評》卷七：「世人用芰荷字，多不辨。夫芰，菱也。荷，蓮也。二者初非一物。屈到嗜芰，蓋喜食菱耳。」

〔過潘二十歲，何必更愁悲〕潘岳《秋興賦序》：「余春秋三十有二，始見二毛。」

郡西亭偶詠

常愛西亭面北林，公私塵事不能侵。共閑作伴無如鶴，與老相宜只有琴①。莫遣是非分作界，須教吏隱合爲心。可憐比道人皆見，但要修行功用深。（1632）

【校】

①〔相宜〕那波本、金澤本所據摺本作「相隨」。

【注】

朱《箋》：作於寶曆元年（八二五），蘇州。

〔莫遣是非分作界，須教吏隱合爲心〕吏隱，見卷二十《因嚴亭》（1376）注。

故衫

闇淡緋衫稱老身，半披半曳出朱門。袖中吳郡新詩本，襟上杭州舊酒痕。殘色過梅看向盡，故香因洗嗅猶存。曾經爛熳三年著，欲棄空箱似少恩。（1633）

【注】

朱《箋》：作於寶曆元年（八二五），蘇州。

郡中夜聽李山人彈三樂

風琴秋拂匣，月户夜開關。榮啓先生樂，姑蘇太守閑。傳聲千古後，得意一時間。却怪鍾期耳，唯聽水與山。（1634）

【注】

朱《箋》：作於寶曆元年（八二五），蘇州。

〔三樂〕見卷二三《好聽琴》（1572）注。

〔却怪鍾期耳，唯聽水與山〕《列子·湯問》：「伯牙善鼓琴，鍾子期善聽。伯牙鼓琴，志在登高山，鍾子期曰：『善哉！峨峨兮若泰山。』志在流水，鍾子期曰：『善哉！洋洋乎若江河。』伯牙所念，鍾子期必得之。」

東城桂三首 并序

蘇之東城，古吳都城也，今爲樵牧之場①。有桂一株，生乎城下。惜其不得地，因賦三絶句以唁之。

子墮本從天竺寺，根盤今在闔閭城②。當時應逐南風落，落向人間取次生。舊説杭州天竺寺，每歲秋中有桂子墮。（1635）

【校】

①〔樵牧之場〕紹興本、那波本作「之樵牧場」。據金澤本所校菅家本、馬本、《唐音統籤》、汪本改。

②〔根盤〕那波本、金澤本所據摺本作「盤根」。

【注】

朱《箋》：作於寶曆元年（八二五），蘇州。

〔東城桂〕《吳郡志》卷三十：「桂本嶺南木，吳地不常有之，唐時尚有植者。白樂天謂：『蘇之東城，古吳都城也，今爲樵牧之場，有桂一株，生乎城下，惜其不得地，因賦三絕句以唁之。』近世乃以木犀爲巖桂，詩人或指以爲桂。非是。」

〔子墮本從天竺寺，根盤今在闔閭城〕天竺寺桂子，見卷二三《留題天竺靈隱兩寺》（1557）注。闔閭城，見本卷《登閶門閑望》（1628）注。

〔當時應逐南風落，落向人間取次生〕取次，隨意。見卷十一《步東坡》（0553）注。

霜雪壓多雖不死，荊榛長疾欲相埋。長憂落在樵人手，賣作蘇州一束柴。（1636）

遥知天上桂華孤①，試問常娥更要無？月宮幸有閑田地，何不中央種兩株？（1637）

【校】

①《樂府詩集》卷八十錄此首，題爲「桂華曲」。〔遥知〕《樂府詩集》作「可憐」。

【注】

〔桂華〕《樂府詩集》卷八十近代曲辭：「《桂華曲》，白居易蘇州所作。蘇之東城，古吳都城也，今爲樵牧場。有桂一株，生於城下，惜其不得地而作曲。音韻怨切，聽輒動人。故其詩云：『桂華詞苦意丁寧，唱到嫦娥醉便醒。此是世間腸斷曲，莫教不得意人聽。』又《聽都子歌》云：『都子新歌有性靈，一聲格轉已堪聽。更聽唱到嫦娥字，猶有樊家舊典刑。』」以下錄此詩。按，《樂府詩集》所引「桂華詞苦意丁寧」，即本書卷三四《醉後聽唱桂華曲》(2502)，詩題下注引「遥知天上桂華孤」詩，云：「此曲韻怨切，聽輒感人，故云爾。」則知此詩後譜爲《桂華曲》，爲歌者所唱。葉廷珪《海録碎事》卷一《桂華孤》稱此詩爲「古《桂華曲》」。劉師培《左盦集》卷八《讀全唐詩書後》：「又如白居易《東城桂》第三首，與古樂府同，不得列入白詩也。」亦以爲古樂府，實無據。

毛奇齡《西河文集·詩話》二：「唐樂人歌《桂華曲》，亦法曲之一。其詞係白樂天所作。樂天每有詩云：『桂華詞苦意丁寧。』謂其曲韻怨切，動能感人。初不知其詞如何，及考其詞，甚俚鄙。如云：『月中幸有閑田地，何不中央種兩株？』是底語？先子嘗論樂，謂此詩本《詠吳城桂三首》之一。前二首但傷名材多棄地耳。此一首則有風朝廷應用賢意。觀此，則『月中』二句正是佳語。且恍然悟風人之旨，即唐樂府猶然。今人昧此矣。樂天《聽唱桂華曲》落句云：『此是世間腸斷曲，莫教不得意人聽。』按樂天時爲蘇州守，所云『不得意人』，正指外調不見用，故云然。然則先生所論，概可據耳。」

聞行簡恩賜章服喜成長句寄之

吾年五十加朝散，爾亦今年賜服章。予與行簡俱年五十始著緋，皆是主客郎官①。齒髮恰同知命歲，官銜俱是客曹郎。榮傳錦帳花聯萼，彩動綾袍雁趁行。緋多以雁銜瑞莎爲之也②。大抵著

緋宜老大，莫嫌秋鬢數莖霜。（1638）

【校】

①〔（注）皆是主客郎官〕「皆是」金澤本所校菅家本作「又同是」。「郎官」紹興本作「都官」，據馬本、汪本改。

②〔（注）雁銜瑞莎爲之也〕「莎」金澤本所校菅家本作「草」，「之也」作「敞正文」。

【注】

朱《箋》：作於寶曆元年（八二五），蘇州。

〔行簡恩賜章服〕《舊唐書·白行簡傳》：「元和中，盧坦鎮東蜀，辟爲掌書記。府罷，歸潯陽。居易授江州司馬，從兄之郡。十五年，居易入朝爲尚書郎，行簡亦授左拾遺，累遷司門員外郎、主客郎中。」

〔吾年五十加朝散，爾亦今年賜服章〕白居易加朝散大夫，見卷十九《酬元郎中同制加朝散大夫書懷見贈》（1228）注。

〔榮傳錦帳花聯萼，彩動綾袍雁趁行〕參見卷十七《初除官蒙裴常侍贈鶻銜瑞草緋袍魚袋因謝惠貺兼抒離情》（1084）注。花聯萼，喻兄弟友愛。《詩·小雅·常棣》：「常棣之華，鄂不韡韡。凡今之人，莫如兄弟。」

喚笙歌

露墜萎花槿，風吹敗葉荷。老心歡樂少，秋眼感傷多。芳歲今如此，衰翁可奈何？猶應

不如醉，試遣喚笙歌。（1639）

【注】

朱《箋》：作於寶曆元年（八二五），蘇州。

對酒吟

一抛學士筆，三佩使君符。未換銀青綬，唯添雪白鬚。公門衙退掩，妓席客來鋪。履舄從相近，謳吟任所須。金銜嘶五馬，鈿帶舞雙姝。不得當年有，猶勝到老無。合聲歌漢月，齊手拍吳歈。今夜還先醉，應煩紅袖扶。（1640）

【注】

汪《譜》、朱《箋》：作於寶曆元年（八二五），蘇州。

〔未換銀青綬，唯添雪白鬚〕銀青綬，銀章青綬。銀青光祿大夫，爲唐文散官階。《通典》卷三四：「以左右光祿大夫、光祿三大夫皆銀章青綬，其重者詔加金章紫綬，則謂之金紫光祿大夫。其重者既有金紫之號，故謂本光祿爲銀青光祿大夫。……大唐初猶有左右之名，貞觀以後，唯曰光祿大夫。金紫光祿、銀青光祿，並爲文散官。」王楙《野客叢書》卷十一師古注青紫：「石林云：唐以金紫銀青光祿大夫爲階官，此沿漢制金印紫綬、銀印青綬之稱也。……魏晉以來，有左右光禄大夫，光禄三大夫皆銀章青綬，其重者詔加金章紫綬，則謂之金紫光禄大夫。……是則金紫、銀青光禄大夫之階，萌於漢武，成於晉，非始於唐也。」《舊唐書·白居易傳》：「文宗即位，徵拜秘書監，賜金紫。」則此前散階爲銀青光禄大夫。

〔履舄從相近，謳吟任所須〕《史記·滑稽列傳》：「日暮酒闌，合尊促坐。男女同席，履舄交錯。」

〔合聲歌漢月，齊手拍吴歈〕《楚辭·招魂》：「吴歈蔡謳，奏大吕些。」王逸注：「吴、蔡，國名也。歈、謳，皆歌也。」李白《過汪氏别業二首》：「永夜達五更，吴歈送瓊杯。」李賀《江南弄》：「吴歈越吟未終曲，江上團團帖寒玉。」

偶飲

三盞醺醺四體融，妓亭簷下夕陽中①。千聲方響敲相續，一曲雲和戛未終②。今日心情如往日，秋風氣味似春風。唯憎小吏樽前報，道去衙時水五筒。（1641）

【校】

①〔妓亭〕何校、盧校作「妓停」。

②〔雲和〕馬本作「纔和」，誤。

【注】

朱《箋》：作於寶曆元年（八二五），蘇州。

〔千聲方響敲相續，一曲雲和戛未終〕《太平御覽》卷五八四：「《三禮圖》：方響，梁有銅磬，蓋今方響也。方響以鐵爲之，修八寸，廣二寸，圓上方下，架如磬而不設業，倚架上以代鐘磬。人間所用者，纔三四寸。《樂府雜錄》曰：唐咸通中有調音律官吳續，爲鼓吹署丞，善打方響，其妙超群。本朱崖李太尉家樂人也。」雲和，見卷二三《雲和》（1603）注。

〔唯憎小吏樽前報，道去衙時水五筒〕水五筒，蓋指漏刻。陸倕《新刻漏銘》：「金筒方圓之制，飛流吐納之規。」《文選》李善注：「金則壺也，而形方。筒則引水者，而形圓。孫綽《漏刻銘》曰：乃制妙器，挈壺氏詮。累筒三階，積水成川。」

早發赴洞庭舟中作

閶門曙色欲蒼蒼①，星月高低宿水光。棹舉影摇燈燭動②，舟移聲拽管絃長。漸看海樹紅生日，遥見包山白帶霜。出郭已行十五里，唯銷一曲慢霓裳。（1642）

【校】

①〔閶門〕馬本、《唐音統籤》作「闔閭」，誤。

②〔燈燭〕金澤本所校菅家本作「燈火」。

【注】

陈《譜》、朱《箋》：作於寶曆元年（八二五），蘇州。

〔洞庭〕《吳郡志》卷十五：「洞庭包山，即洞庭山也。傳記所載，多與洞庭相雜。《吳地記》云：在縣西一百三十里，中有洞庭，深遠世莫能測。吳王使靈威丈人入洞穴，十七日不能盡，因得禹書。」

〔漸看海樹紅生日，遥見包山白帶霜〕包山，即洞庭山，見上注。

宿湖中

水天向晚碧沉沉，樹影霞光重疊深。浸月冷波千頃練，苞霜新橘萬株金①。幸無案牘何妨醉，縱有笙歌不廢吟。十隻畫船何處宿，洞庭山脚太湖心。（1643）

【校】

①〔苞霜〕金澤本所校菅家本作「飽霜」。

【注】

朱《箋》：作於寶曆元年（八二五），蘇州。

〔十隻畫船何處宿，洞庭山脚太湖心〕太湖，見卷二一《九日宴集醉題郡樓兼呈周殷二判官》（1404）注。

揀貢橘書情

洞庭貢橘揀宜精，太守勤王請自行。珠顆形容隨日長，瓊漿氣味得霜成。登山敢惜駑駘

力，望闕難伸螻蟻情①。疏賤無由親跪獻，願憑朱實表丹誠。（1644）

【校】

①〔難伸〕《文苑英華》、金澤本所校菅家本作「難申」。

【注】

陈《譜》、朱《箋》：作於寶曆元年（八二五），蘇州。

〔洞庭貢橘揀宜精，太守勤王請自行〕《新唐書·地理志五》江南道蘇州吴郡：「土貢：……柑、橘。」《吴郡志》卷三十：「綠橘，出洞庭東西山，比常橘特大，未霜深綠色，臍間一點先黄，味已全可噉，故名綠橘。又有平橘，比綠橘差小，純黄方可噉，故品稍下」；「真柑，出洞庭東西山。柑雖橘類，而其品特高。芳香超勝，爲天下第一。浙東、江西及蜀果州皆有柑，香氣標格，悉出洞庭下。土人亦甚珍貴之。其木畏霜雪，又不宜旱，故不能多植及持久。方結實時，一顆至直百錢，猶是常品，稍大者倍價。併枝葉剪之，飣盤時，金碧璀璨，已可人矣。」

夜泛陽塢入明月灣即事寄崔湖州①

湖山處處好淹留，最愛東灣北塢頭。掩映橘林千點火，泓澄潭水一盆油②。龍頭畫舸銜明月，鵲脚紅旗蘸碧流。爲報茶山崔太守，與君各是一家遊。嘗羨吴興每春茶山之遊。洎入太湖，羨意減矣。故云。（1645）

【校】

①〔題〕「泛」金澤本所校本作「遊」。

②〔泓澄〕汪本作「澄泓」。

【注】

朱《箋》：作於寶曆元年（八二五），蘇州。

〔陽塢〕據詩意「東灣北塢」，即與明月灣相接。

〔明月灣〕《吴郡志》卷十八：「明月灣，在太湖洞庭山下。」

〔崔湖州〕朱《箋》：「湖州刺史崔玄亮。」見卷二一《崔湖州贈紅石琴薦煥如錦文無以答之以詩酬謝》（1403）注。

〔爲報茶山崔太守，與君各是一家遊〕《方輿勝覽》卷四安吉州：「茶山，在長興縣西，産紫筍茶。」

泛太湖書事寄微之

煙渚雲帆處處通，飄然舟似入虚空。玉杯淺酌巡初匝，金管徐吹曲未終。黄夾纈林寒有葉，碧琉璃水淨無風。避旗飛鷺翩翻白，驚鼓跳魚撥刺紅。澗雪壓多松偃蹇，巖泉滴久石玲瓏①。書爲故事留湖上，所見勝景②，多記在湖中石上。吟作新詩寄浙東。軍府威容從道盛，江山氣色定知同。報君一事君應羨，五宿澄波皓月中。（1646）

【校】

①〔滴久〕金澤本所校菅家本作「滴苦」。

②〔(注)所見勝景〕金澤本所校菅家本作「所經勝境」。

【注】

朱《箋》：作於寶曆元年(八二五)，蘇州。

〔黄夾纈林寒有葉，碧琉璃水淨無風〕夾纈，見卷十四《和夢遊春詩一百韻》(0800)注。此言其色黄。

〔避旗飛鷺翩翻白，驚鼓跳魚撥刺紅〕張衡《西京賦》：「衆鳥翩翻，羣獸駓騃。」《文選》薛綜注：「皆鳥獸之形貌也。」《龍龕手鑑》：「翩翻，飛也，又翻覆也，翺翔貌也。」撥刺，見卷一《放魚》(0059)注。

題新館

曾爲白社羈遊子，今作朱門醉飽身。十萬户州尤覺貴，二千石祿敢言貧？重裘每念單衣士，兼味常思旅食人。新館寒來多少客，欲迴歌酒煖風塵。(1647)

【注】

朱《箋》：作於寶曆元年(八二五)，蘇州。

〔曾爲白社羈遊子，今作朱門醉飽身〕白社，見卷二《傷友》(0079)「洛陽社」注。

〔重裘每念單衣士，兼味常思旅食人〕重裘，見卷二《歌舞》（0083）注。《韓詩外傳》卷八：「大侵之禮，君食不兼味，臺榭不飾，道路不除。」《儀禮・燕禮》：「尊士旅食于門。」鄭玄注：「旅，衆也。士衆食，謂未得正禄，所謂庶人在官者也。」杜甫《敬贈鄭諫議十韻》：「築居仙縹緲，旅食歲崢嶸。」

西樓喜雪命宴

宿雲黄慘澹，曉雪白飄飄。散麴遮槐市，堆花壓柳橋。四郊鋪縞素，萬室甃瓊瑶。銀榼攜桑落，金爐上麗譙①。光迎舞妓動，寒近醉人銷。歌樂雖盈耳②，慚無五袴謡。（1648）

【校】

①〔麗譙〕那波本、金澤本所據摺本、管見抄本作「麗樵」。

②〔雖盈耳〕「雖」《文苑英華》作「惟」，校：「集作雖。」

【注】

朱《箋》：作於寶曆元年（八二五），蘇州。

〔西樓〕《吴郡志》卷六：「西樓在郡治子城西門之上。唐舊名西樓，後更爲觀風樓，今復舊。」

〔銀榼攜桑落，金爐上麗譙〕桑落，見卷十八《房家夜宴喜雪戲贈主人》（1165）注。《莊子・徐无鬼》：「君亦必无盛鶴列於麗譙之間。」郭象注：「麗譙，高樓也。」孟浩然《和宋太史北樓新亭》：「麗譙非改作，軒檻是新圖。」

〔歌樂雖盈耳，慚無五袴謡〕五袴謡，見卷十二《醉後狂言酬贈蕭殷二協律》（0602）注。

新栽梅

池邊新種七株梅，欲到花時點檢來。莫怕長洲桃李妬，今年好爲使君開。（1649）

【注】

朱《箋》：作於寶曆元年（八二五），蘇州。

〔池邊新種七株梅，欲到花時點檢來〕點檢，見卷二十《與諸客攜酒尋去年梅花有感》（1381）注。

〔莫怕長洲桃李妬，今年好爲使君開〕長洲，見卷十八《長洲苑》（1195）注。

酬劉和州戲贈

錢唐山水接蘇臺，兩地褰帷愧不才。政事素無爭學得，風情舊有且將來。雙蛾解珮啼相送，五馬嗚珂笑却迴。不似劉郎無景行，長抛春恨在天台。（1650）

【注】

朱《箋》：作於寶曆元年（八二五），蘇州。

〔劉和州〕朱《箋》：「和州刺史劉禹錫。」見本卷《答劉和州》(1617)注。

〔錢唐山水接蘇臺，兩地褰帷愧不才〕《後漢書・賈琮傳》：「乃以琮爲冀州刺史。舊與傳車驂駕，垂赤帷裳，迎於州界。及琮之部，升車言曰：『刺史當遠視廣聽，糾察美惡，何有反垂帷裳，以自掩塞乎？』乃命御者褰之。」庾信《上益州上柱國趙王二首》：「銅梁影棠樹，石鏡寫褰帷。」

〔不似劉郎無景行，長抛春恨在天台〕劉晨、阮肇入天台山，見卷十三《縣南花下醉中留劉五》(0636)注。

戲和賈常州醉中二絶句

聞道毗陵詩酒興，近來積漸學姑蘇。罨頭新令從偷去，刮骨清吟得似無？(1651)

【注】

朱《箋》：作於寶曆元年(八二五)，蘇州。

〔賈常州〕朱《箋》：「賈餗。」見卷二三《看常州柘枝贈賈使君》(1562)注。

〔聞道毗陵詩酒興，近來積漸學姑蘇〕毗陵，常州。《舊唐書・地理志三》江南道：「常州，隋毗陵郡。……天寶元年，改爲晉陵郡。乾元元年，復爲常州。」

〔罨頭新令從偷去〕罨頭，罨通掩，即堵塞、掩蓋之義。《文獻通考》卷一一七「金輅之制」：「輪輻一副，輪軸、罨頭、鈸面各二。」《元史・輿服志一》輿輅：「後轅方罨頭三，桄頭十六，絓以蹲龍。」《武經總要》前集卷一二單梢砲：「軸一，罨頭木二。」《營造法式》卷三取正：「望筒長一尺八寸，方三寸，兩罨頭開圓眼，徑五分。」又卷六水槽：「凡水槽施之於屋檐之下，……令中間者最高，兩次間以外遠間各低一版，兩頭出水。如廊屋或挾屋偏用者，並一頭安罨頭版。」以上各例所謂「罨頭」，均指圓柱體物兩端的截斷物，即今言所謂堵頭。白詩所言「罨頭新令」當指一種改令方式。

〔刮骨清吟得似無〕權德輿《雜興五首》：「琥珀樽開月映簷，調絃理曲指纖纖。含羞斂態勸君住，更奏新聲刮骨鹽。」洪邁《容齋續筆》卷七：「薛道衡以『空梁落燕泥』之句，爲隋煬帝所嫉。考其詩，名《昔昔鹽》。……《樂苑》以爲羽調曲。《玄怪錄》載籧篨三娘工唱《阿鵲鹽》，又有《突厥鹽》、《黄帝鹽》、《白鴿鹽》、《神雀鹽》、《疏勒鹽》、《滿座鹽》、《歸國鹽》。唐詩『媚賴吴娘唱是鹽』、『更奏新聲刮骨鹽』。然則歌詩謂之鹽者，如吟、行、曲、引之類云。今南嶽廟獻神樂曲有《黄帝鹽》，而俗傳以爲『皇帝炎』，《長沙志》從而書之，蓋不考也。」任半塘《唐聲詩》以爲此詩「刮骨」亦指「刮骨鹽」。

越調管吹留客曲，吴吟詩送煖寒杯。娃宫無限風流事，好遺孫心暫學來。（1652）

【注】

〔越調管吹留客曲，吴吟詩送煖寒杯〕越調，見卷十六《江樓宴别》(0907)注。

〔娃宫無限風流事，好遺孫心暫學來〕《禮記·緇衣》：「故君民者，子以愛之，則民親之。信以結之，則民不倍。恭以涖之，則民有孫心。」鄭玄注：「孫，順也。」

歲暮寄微之三首

微之別久能無歎①，知退書稀豈免愁。甲子百年過半後，光陰一歲欲終頭。池冰曉合膠船底，樓雪晴銷露瓦溝。自覺歡情隨日減，蘇州心不及杭州。（1653）

【校】

①〔別久〕那波本、要文抄本、金澤本所據摺本作「久別」。

【注】

朱《箋》：作於寶曆元年（八二五），蘇州。

〔微之別久能無歎，知退書稀豈免愁〕知退，白行簡。白居易《祭弟文》（《白氏文集》卷六九）：「維大和二年歲次戊申十二月壬子朔三十日辛巳，二十二哥居易以清酌庶羞之奠致祭于郎中二十三郎知退之靈。」

白頭歲暮苦相思，除却悲吟無可爲。枕上從妨一夜睡，燈前讀盡十年詩。讀前後唱和詩。龍鍾校正騎驢日，顦顇通江司馬時。通州、江州。若並如今是王活①，紆朱拖紫且開眉。（1654）

【校】

第二首與第三首馬本、《唐音統籤》、汪本互易。

①〔王活〕紹興本等作「全活」，據管見抄本、要文抄本、金澤本所據摺本改。

【注】

〔若並如今是王活，紆朱拖紫且開眉〕《雜寶藏經》卷三：「昔波斯匿王於卧眠中，聞二内官共諍道理，一作是言：『我依王活。』一人答言：『我無所依，自業力活。』王聞此已，情可彼依王活者，而欲賞之。即遣直人語夫人言：『我今當使一人往者，重與錢財衣服瓔珞。』於是尋遣依王活者，持己所飲餘殘之酒，以與夫人。爾時此人，持酒出户，鼻中血出，不得前進。會復值彼自業活者，即倩持酒，往與夫人。夫人見已，憶王之言，賜其錢財衣服瓔珞。還於王前，王見此人，深生怪惑，即便喚彼依王活者，而問之言：『我使汝去，云何不去？』答言：『我出户外，卒得衄鼻。竟不堪往，即便倩彼，持王殘酒，以與夫人。』王時歎言：『我今乃知佛語爲實，自作其業，自受其報，不可奪也。』」

榮進雖頻退亦頻，與君才命不調匀①。若不九重中掌事，即須千里外拋身。紫垣南北廳曾對，滄海東西郡又鄰。唯欠結廬嵩洛下，一時歸去作閑人。（1655）

【校】

①〔調匀〕金澤本所校本作「調均」。

【注】

〔紫垣南北廳曾對，滄海東西郡又鄰〕紫垣，指中書省。見卷十九《初除主客郎中知制誥與王十一李七元九三舍人中書同宿話舊感懷》（1207）注。

歲日家宴戲示弟侄等兼呈張侍御二十八丈殷判官二十三兄

弟妹妻孥小侄甥①，嬌癡弄我助歡情。歲盞後推藍尾酒，春盤先勸膠去牙餳②。形骸老倒雖堪歎③，骨肉團圓亦可榮。猶有誇張少年處④，笑呼張丈喚殷兄。（1656）

【校】

①〔弟妹〕金澤本所校菅家本作「弟侄」。

②〔膠〕金澤本夾註「去聲」。

③〔老倒〕金澤本所校菅家本、馬本、《唐音統籤》、汪本作「潦倒」。

④〔少年〕金澤本所校菅家本作「年少」。

【注】

陳《譜》、汪《譜》、朱《箋》：作於寶曆二年（八二六），蘇州。

〔張侍御二十八丈〕岑仲勉《唐人行第錄》：「按此人名不詳，當是白氏之蘇州郡佐。」朱《箋》：「即張彤。《全唐詩》卷四六三有張彤《奉和白太守揀橘》詩一首，並謂彤係『長慶時人』，時代正合，當即此人。」

〔殷判官二十三兄〕朱《箋》：「殷堯藩。」見卷二一《九日宴集醉題郡樓兼呈周殷二判官》(1404)注。

〔歲盞後推藍尾酒〕藍尾，又作婪尾、啉尾。葉夢得《石林燕語》卷八：「白樂天詩：『三杯藍尾酒，一楪膠牙餳。』唐人言藍尾多不同，藍字多作啉，云出於侯白《酒律》，謂酒巡匝末坐者，連飲三杯爲藍尾。蓋末坐遠，酒行到常遲，故連飲以慰之，以啉爲貪婪之意。或謂啉爲燣，如鐵入火，貴出其色，此尤無稽。則唐人自不能曉此意。」胡仔《苕溪漁隱叢話》前集卷二一：「又啉云者，貪也。謂處於座末，得酒最晚，腹癢於酒，既得酒巡匝，更貪婪之，故曰啉尾。啉字從口，是明貪婪之意。此説近之。」莊季裕《雞肋編》卷中：「余嘗見唐小説載有翁媪共食一餅，忽有客至，云使秀才婪尾。於是二人所啖甚微，末乃授客，其得獨多，故用貪婪之字。如歲盞屠蘇酒，自小飲至大，老人最後，所餘爲多，則亦有貪婪之意。以餳膠牙俗，亦於歲旦嚼琥珀餳，以驗齒之堅脱，故或用較字。然二者又施之寒食，豈唐世與今異乎？」洪邁《容齋四筆》卷九引葉夢得説云：「葉氏之説如此，予謂不然。白公三杯之句，只爲酒之巡數耳，安有連飲者哉！侯白滑稽之語見於《啓顔録》。」吴聿《觀林詩話》：「婪尾酒出《佛圖澄傳》。婪尾者，最後飲酒也。」呂祖謙《詩律武庫後集》：「《太平廣記》虎部：申屠龍曰：婪尾酒，最後飲之。元日飲酒，自少至長，蓋祝壽之意。年最高者飲藍尾杯。吴勸三杯，喜其壽之高也。藍尾猶吴越人稱臨尾，蓋臨尾也。白樂天詩備矣。」朱《箋》：「蓋就白詩而論，似以後説爲是。」按，《太平廣記》卷四二九《申屠澄》（出《河東記》）：「有頃，媪自外挈酒壺至，於火前煖飲，謂澄曰：『以君冒寒，且進一杯，以禦凝冽。』因揖讓曰：『始自主人。』翁即巡行，澄當婪尾。」即呂氏所據。

〔春盤先勸膠牙餳〕《荆楚歲時記》：「正月一日……於是長幼悉正衣冠，以次拜賀，進椒柏酒，飲桃湯，進屠蘇酒、膠牙餳，下五辛盤，進敷于散，服却鬼丸，各進一雞子。」注：「周處《風土記》曰：正旦當吞生雞子一枚，謂之煉形。膠牙者，蓋以使其牢固不動，取膠固之義。今北人亦如之。」《廣韻》去聲三十效古孝切：「膠，黏物。又音交。」

〔形骸老倒雖堪歎，骨肉團圓亦可榮〕老倒，潦倒。見卷十五《晏坐閑吟》（0883）注。

正月三日閑行①

黄鸝巷口鶯欲語，烏鵲河頭冰欲銷②。黄鸝，坊名。烏鵲，河名。綠浪東西南北水，紅欄三百九十橋。蘇之官橋大數③。鴛鴦蕩漾雙雙翅，楊柳交加萬萬條。借問春風來早晚，只從前日到今朝④。（1657）

【校】

①〔題〕「正月」馬本作「五月」，誤。

②〔冰欲銷〕金澤本所校菅家本作「冰盡銷」，馬本作「水欲銷」。

③〔（注）蘇之官橋〕金澤本所校本作「蘇州官橋」。

④〔前日〕那波本、金澤本所據摺本作「今日」。〔今朝〕那波本、金澤本所據摺本作「明朝」。

【注】

陳《譜》、朱《箋》：作於寶曆二年（八二六），蘇州。

〔黄鸝巷口鶯欲語，烏鵲河頭冰欲銷〕《吴地記》長洲縣三十坊有「黄鸝坊」。《吴郡圖經續記》卷上坊市：「《圖經》坊市之名，各三十，蓋傳之遠矣。……黄鸝市之名，見白公詩。」烏鵲河，朱《箋》以爲即烏鵲橋，見本卷《登閶門閑望》(1628)注。

〔緑浪東西南北水，紅欄三百九十橋〕《吴郡志》卷十七：「唐白居易詩曰：『紅欄三百九十橋。』本朝楊備詩亦云：『畫橋四百。』則吴門橋梁之盛，自昔固然。今圖籍所載者，三百五十九橋。」

夜歸

逐勝移朝宴，留歡放晚衙。賓寮多謝客，騎從半吴娃。到處銷春景，歸時及月華。城陰一道直，燭焰兩行斜。東吹先催柳，南霜不殺花。皋橋夜沽酒，燈火是誰家①？(1658)

【校】

①〔燈火〕金澤本所校菅家本作「燈下」。

【注】

朱《箋》：作於寶曆二年(八二六)，蘇州。

〔賓寮多謝客，騎從半吴娃〕謝客，用謝靈運典。見卷二十《餘杭形勝》(1366)注。

〔皋橋夜沽酒，燈火是誰家〕皋橋，見卷二一《憶舊遊》(1450)注。

自歎

豈獨年相迫，兼爲病所侵。春來痰氣動，老去嗽聲深。眼暗猶操筆，頭斑未掛簪。因循過日月，真是俗人心①。（1659）

【校】

①〔俗人〕《唐音統籤》作「逐人」。

【注】

朱《箋》：作於寶曆二年（八二六），蘇州。

郡中閑獨寄微之及崔湖州①

少年賓旅非吾輩，晚歲簪纓束我身。酒散更無同宿客，詩成長作獨吟人。蘋洲會面知何日，鏡水離心又一春。兩處也應相憶在②，官高年長少情親。（1660）

【校】

①〔題〕「及」金澤本所校菅家本作「兼寄」。

②〔兩處〕汪本作「兩地」。〔也應〕金澤本所校菅家本作「亦應」。

【注】

朱《箋》：作於寶曆二年（八二六），蘇州。

〔崔湖州〕朱《箋》：「湖州刺史崔玄亮。」見卷二一《崔湖州贈紅石琴薦煥如錦文無以答之以詩酬謝》（1403）注。

〔蘋洲會面知何日，鏡水離心又一春〕白蘋洲，見本卷《自到郡齋僅經旬日方專公務未及宴遊偷閑走筆題二十四韻兼寄常州賈舍人湖州崔郎中仍呈吴中諸客》（1625）注。鏡湖，見卷二三《元微之除浙東觀察使喜得杭越鄰州先贈長句》（1514）注。

小舫

小舫一艘新造了①，輕裝梁柱庳安篷②。深坊静岸遊應遍，淺水低橋去盡通。黄柳影籠隨棹月，白蘋香起打頭風。慢牽欲傍櫻桃泊，借問誰家花最紅？（1661）

【校】

①〔造了〕金澤本所據摺本作「造畢」。

②〔安篷〕紹興本、那波、汪本作「安蓬」，據金澤本所據摺本、馬本、《唐音統籤》改。

【注】

朱《箋》：作於寶曆二年（八二六），蘇州。

馬墜强出贈同座

足傷遭馬墜，腰重倩人擡。秪合窗間卧，何因花下來①？坐依烏皆反桃葉妓，行呷地黄杯。强出非他意，東風落盡梅。（1662）

【校】

①〔何因〕《全唐诗》作「何由」。

【注】

朱《箋》：作於寶曆二年（八二六），蘇州。

〔坐依桃葉妓，行呷地黄杯〕王楙《野客叢書》卷十六：「今俗謂相抵曰挨，正書此字。而樂天詩：『坐依桃葉妓』，『日醉依香枕』，坐依，音烏皆反。正挨字。」桃葉妓，見卷二三《柘枝妓》（1551）注。《備急千金方》卷七七諸般傷損第三：「又方：生地黄汁三升，酒一升半，煮取二升七合，分三服。《肘後方》：從高墮下，瘀血脹心面青短氣欲死者。」

夜聞賈常州崔湖州茶山境會想羨歡宴因寄此詩

遥聞境會茶山夜，珠翠歌鍾俱遶身。盤下中分兩州界，燈前合音閤作一家春。青娥遞舞應爭妙，紫筍齊嘗各鬬新。自歎花時北窗下，蒲黄酒對病眠人。時馬墜損腰，正勸蒲黄酒①。

（1663）

【校】

①〔（注）正勸〕金澤本所校菅家本作「正飲」。

【注】

朱《箋》：作於寶曆二年（八二六），蘇州。

〔賈常州〕朱《箋》：「賈餗。」見卷二三《看常州柘枝贈賈使君》（1562）注。

〔崔湖州〕朱《箋》：「湖州刺史崔玄亮。」見卷二一《崔湖州贈紅石琴薦煥如錦文無以答之以詩酬謝》（1403）注。

〔茶山〕見本卷《夜泛陽塢入明月灣即事寄崔湖州》（1645）注。

〔盤下中分兩州界，燈前合作一家春〕《咸淳毗陵志》卷二七：「垂脚、啄木二嶺在（宜興）縣南，湖、常二守會境上。白樂天詩云：『盤下中分兩州界，燈前各作一家春。』」《嘉泰吳興志》卷十八：「陸羽《茶經》曰：浙西以湖州上，常州次。湖州生長興縣顧渚山中，常州義興縣生君山縣脚嶺北峰下。……每造茶時，兩州刺史親至其處。

故白居易詩云。」《廣韻》入聲二十七合：「合，……又音閣。」

〔青娥遞舞應爭妙，紫笋齊嘗各鬬新〕紫笋，指茶山所産紫笋茶。

酬微之開拆新樓初畢相報末聯見戲之作

海山鬱鬱石稜稜，新豁高居正好登。南臨贍部三千界，東對蓬宮十二層。報我樓成秋望月，把君詩讀夜迴燈。無妨却有他心眼，妝點亭臺即不能。（1664）

【注】

朱《箋》：作於寶曆二年（八二六），蘇州。

〔南臨贍部三千界，東對蓬宮十二層〕贍部，佛教所言四大洲之一，印度即在此洲。《大唐西域記》卷一：「然則索訶世界，三千大千國土，爲一佛之化攝也。……七金山外，乃鹹海也。海中可居者，大略有四洲焉：東毗提訶洲，南贍部洲，西瞿陀尼洲，北拘盧洲。……則贍部洲之中地者，阿那婆答多池也。在香山之南，大雪山之北，周八百里矣。」三千界，見卷二二《和晨霞》（1454）注。蓬宮，指海上三神山之蓬萊。見卷三《海漫漫》（0126）注。

病中多雨逢寒食

水國多陰常懶出①，老夫饒病愛閑眠。三旬卧度鶯花月，一半春銷風雨天。薄暮何人吹

觱篥，新晴幾處縛鞦韆。綵繩芳樹長如舊，唯是年年换少年。（1665）

【校】

①〔水國〕金澤本所校菅家本作「水閣」。

【注】

朱《箋》：作於寶曆二年（八二六），蘇州。

〔薄暮何人吹觱篥，新晴幾處縛鞦韆〕觱篥，見卷二一《小童薛陽陶吹觱篥歌》（1407）注。《藝文類聚》卷四引《古今藝術圖》：「北方山戎寒食日用鞦韆爲戲，以習輕趫者。」高承《事物紀原》卷八：「秋千，《古今藝術圖》曰：北方山戎愛習輕趫之能，每至寒食爲之。後中國女子學之，乃以綵繩懸樹立架，謂之秋千。或曰本山戎之戲也，自齊桓公北伐山戎，此戲始傳中國。一云正作秋千字，爲秋遷非也。本出自漢宫祝壽詞也。後世語倒爲秋千耳。」

清明夜

好風朧月清明夜，碧砌紅軒刺史家。獨遶迴廊行復歇，遥聽絃管暗看花。（1666）

【注】

朱《箋》：作於寶曆二年（八二六），蘇州。

蘇州柳

金谷園中黄嫋娜，曲江亭畔碧婆娑①。老來處處遊行徧②，不似蘇州柳最多。絮撲白頭條拂面，使君無計奈春何。（1667）

【校】

①〔婆娑〕紹興本、《唐音統籤》校：「一作毵娑。」那波本、金澤本所據摺本作「毵娑」。

②〔遊行〕馬本、《唐音統籤》作「行應」。

【注】

朱《箋》：作於寶曆二年（八二六），蘇州。

〔金谷園中黄嫋娜，曲江亭畔碧婆娑〕金谷園，見卷十三《和友人洛中春感》（0620）注。曲江亭，見卷十九《曲江亭晚望》（1206）注。

三月二十八日贈周判官

一春惆悵殘三日，醉問周郎憶得無？柳絮送人鶯勸酒，去年今日别東都。（1668）

【注】

朱《箋》：作於寶曆二年（826），蘇州。

〔周判官〕朱《箋》：「周元範。」見卷二十《閑夜詠懷因招周協律劉薛二秀才》（1327）注。

偶作

紅杏初生葉，青梅已綴枝。闌珊花落後，寂寞酒醒時。坐悶低眉久①，行慵舉足遲。少年君莫怪，頭白自應知。（1669）

【校】

①〔坐悶〕汪本作「坐恨」。

【注】

朱《箋》：作於寶曆二年（826），蘇州。

重答和劉和州　來篇云：「蘇州刺史例能詩，西掖今來替左司㊁。」又云：「若共吳王鬭百草，不如唯是欠西施。」

分無佳麗敵西施，敢有文章替左司？　隨分笙歌聊自樂，等閑篇詠被人知。　花邊妓引尋香徑，月下僧留宿劍池。採香徑在館娃宫。淬劍池在武丘东寺也②。　可惜當時好風景③，吳王應不解吟詩。（1670）

【校】

①〔題〕題下注「今來」紹興本等作「吟來」，據金澤本所校菅家本、管見抄本改。何校據黄校亦改。與劉集原詩合。

②〔（注）淬劍池在〕此句注據金澤本所據摺本、管見抄本補，又上句注「館娃宫」二本作「館娃故宫」。紹興本等注在詩末，據二本移五六句下。何校從黄校亦移。

③〔當時〕金澤本所據摺本、管見抄本作「當初」。

【注】

朱《箋》：作於寶曆二年（八二六），蘇州。

〔劉和州〕朱《箋》：「劉禹錫。」見本卷《答劉和州》（1617）注。劉集詩題爲《白舍人曹長寄新詩有遊宴之盛因以戲酬》。

〔分無佳麗敵西施，敢有文章替左司〕左司，指韋應物。王欽臣《韋蘇州集序》：「追赴闕，改左司郎中。貞元初，又歷蘇州。罷守，寓居永定精舍。其後事迹，究尋無所見。……案白居易蘇州《答劉禹錫》詩云：『敢有文章替左司』，左司蓋謂應物也。官稱亦止此。」王士禎《戲仿元遺山論詩絶句三十五首》：「廣大居然太傅宜，沙中金屑苦難披。詩名流播雞林遠，獨愧文章替左司。」翁方綱《石洲詩話》卷八辨此：「先生不喜白詩，故特借白詩此句，以韋左司超出白詩上也。前章固以韋在柳上，此則以五言古詩類及之，猶爲有説也。若以韋在白上，則擬不於倫也。白詩所云『敢有文章替左司』，是因守蘇州而云爾，豈其關涉詩品耶？」

〔花邊妓引尋香徑，月下僧留宿劍池〕採香徑，見卷二一《題靈巖寺》（1409）注。劍池，見卷二二《和三月三十日四十韻》（1461）注。

奉送三兄

少年曾管二千兵，晝聽笙歌夜斫營。自反丘園頭盡白，每逢旗鼓眼猶明。杭州暮醉連床臥，吳郡春遊並馬行。自愧阿連官職慢，只教兄作使君兄。（1671）

【注】

朱《箋》：作於寶曆二年（八二六），蘇州。

〔三兄〕名不詳。

〔自愧阿連官職慢，只教兄作使君兄〕阿連，見卷十七《湖亭與行簡宿》（1061）注。

城上夜宴

留春不住登城望，惜夜相將秉燭遊。風月萬家河兩岸，笙歌一曲郡西樓。詩聽越客吟何

苦，酒被吳娃勸不休①。從道人生都是夢②，夢中歡笑亦勝愁。（1672）

【校】

①〔吳娃〕金澤本所校菅家本、管見抄本作「吳姬」。

②〔人生〕那波本、金澤本所據摺本作「主人」。金澤本所據摺本、管見抄本、要文抄本末句注：「勸者所云。」

【注】

朱《箋》：作於寶曆二年（八二六），蘇州。

重題小舫贈周從事兼戲微之①

細篷青篾織魚鱗，小眼紅窗襯麴塵。闊狹纔容從事座，高低恰稱使君身。舞筵須揀腰輕女，仙棹難勝骨重人。不似鏡湖廉使出，高檣大艑鬧驚春。（1673）

【校】

①〔題〕「戲」金澤本所據摺本作「呈」。

【注】

朱《箋》：作於寶曆二年（八二六），蘇州。

〔周從事〕朱《箋》：「周元範。」見卷二十《閑夜詠懷因招周協律劉薛二秀才》(1327)注。
〔不似鏡湖廉使出，高檣大艑鬧鶩春〕廉使，觀察使。此指元稹，爲越州觀察使。《舊唐書・崔郾傳》：「出爲陝州觀察使。舊弊有上供不足，奪吏俸以益之，歲八十萬。郾以廉使常用之直代之。」《宋書・吳喜傳》：「大艑小艒，爰及草舫。」《廣韻》：「艑，吳船。」

吳櫻桃

含桃最説出東吳，香色鮮穠氣味殊。洽恰舉頭千萬顆，婆娑拂面兩三株。烏偸飛處銜將火，人摘爭時蹋破珠。可惜風吹兼雨打，明朝後日即應無。(1674)

【注】

朱《箋》：作於寶曆二年（八二六），蘇州。
〔含桃最説出東吳，香色鮮穠氣味殊〕含桃，櫻桃。《禮記・月令》：「天子乃雛嘗黍，羞以含桃。」鄭玄注：「含桃，櫻桃也。」
〔洽恰舉頭千萬顆，婆娑拂面兩三株〕洽恰，見卷六《遊悟真寺詩一百三十韻》(0261)「洽恰」注。

春盡勸客酒

林下春將盡①，池邊日半斜。櫻桃落砌顆，夜合隔簾花。嘗酒留閑客，行茶使小娃。殘

杯勸不飲，留醉向誰家？（1675）

【校】

①〔將盡〕金澤本所校菅家本、管見抄本作「全盡」。

【注】

朱《箋》：作於寶曆二年（八二六），蘇州。

〔櫻桃落砌顆，夜合隔簾花〕夜合花，見卷十七《東牆夜合樹去秋爲風雨所摧今年花時悵然有感》（1029）注。

仲夏齋居偶題八韻寄微之及崔湖州

腥血與葷蔬，停來一月餘①。肌膚雖瘦損，方寸任清虛②。體適通宵坐③，頭慵隔日梳。眼前無俗物，身外即僧居。水榭風來遠，松廊雨過初。褰簾放巢燕，投食施池魚。久別閑遊伴，頻勞問疾書。不知湖與越，吏隱興何如？（1676）。

【校】

①〔一月〕金澤本所校菅家本作「二月」。

②〔任清虛〕金澤本所校菅家本作「甚清虛」。

③〔體適〕紹興本、那波本作「體道」，據金澤本所校菅家本、馬本、《唐音統籤》、汪本改。

【注】

朱《箋》：作於寶曆二年（八二六），蘇州。

〔崔湖州〕朱《箋》：「湖州刺史崔玄亮。」見卷二一《崔湖州贈紅石琴薦煥如錦文無以答之以詩酬謝》（1403）注。

〔不知湖與越，吏隱興何如〕吏隱，見卷二十《因嚴亭》（1376）注。

官宅

紅紫共紛紛，衹承老使君。移舟木蘭棹，行酒石榴裙。水色窗窗見，花香院院聞。戀他官舍住，雙鬢白如雲。（1677）

【注】

朱《箋》：作於寶曆二年（八二六），蘇州。

〔紅紫共紛紛，衹承老使君〕衹承，奉承、支應。《舊唐書・韋嗣立傳》：「曹署典吏，困於衹承。」韋應物《送閻寀赴東川辟》：「衹承簡書命，俯仰豸角冠。」

〔移舟木蘭棹，行酒石榴裙〕《漢鐃歌・上陵》：「桂樹爲君船，青絲爲君笮。木蘭爲君棹，黄金錯其間。」盧思道《棹歌行》：「帶垂連理濕，棹舉木蘭輕。」

六月三日夜聞蟬

荷香清露墜，柳動好風生。微月初三夜，新蟬第一聲。乍聞愁北客，靜聽憶東京。我有竹林宅，別來蟬再鳴。不知池上月，誰撥小船行？（1678）

【注】

朱《箋》：作於寶曆二年（八二六），蘇州。

蓮石

青石一兩片，白蓮三四枝。寄將東洛去，心與物相隨。石倚風前樹，蓮栽月下池。遥知安置處，預想發榮時。領郡來何遠，還鄉去已遲。莫言千里別，歲晚有心期。（1679）

【注】

朱《箋》：作於寶曆二年（八二六），蘇州。

眼病二首

散亂空中千片雪，蒙籠物上一重紗。縱逢晴景如看霧，不是春天亦見花。已上四句，皆病眼中所見者。僧説客塵來眼界，醫言風眩在肝家。兩頭治療何曾差①，藥力微茫佛力賒。(1680)

【校】

①〔何曾〕金澤本所校菅家本、管見抄本、要文抄本作「何時」。〔差〕馬本、《唐音統籤》、汪本作「瘥」。

【注】

汪《譜》、朱《箋》：作於寶曆二年（八二六），蘇州。

〔僧説客塵來眼界，醫言風眩在肝家〕客塵，客塵煩惱，心遇外緣，而起煩惱，稱客塵。眼界，眼爲六根之一，又與六境、六識合稱爲十八界。《華嚴經》卷四一：「知一切法自性清淨，空無所有，客塵所染。」《黄帝内經素問·標本病傳論》：「肝病，頭目眩，脇支滿。」

眼藏損傷來已久，病根牢固去應難①。醫師盡勸先停酒，道侶多教早罷官。案上謾鋪龍樹論，龍樹菩薩著《眼論》②。合中虛撚決明丸③。人間方藥應無益，爭得金篦試刮看？(1681)

【校】

①〔去應〕金澤本所校菅家本作「治應」。

②〔(注)龍樹菩薩〕紹興本等無此句注，據金澤本所據摺本、管見抄本、要文抄本補。

③〔虚撚〕那波本作「虚貯」。

【注】

〔眼藏損傷來已久，病根牢固去應難〕眼藏，藏即臟，眼目之病在於腑臟。《聖濟總録纂要》卷十七肝虚眼：「蓋肝開竅於目，腑臟精華之所聚也。」

〔案上謾鋪龍樹論，合中虚撚決明丸〕《大智度論》卷八：「復次九十六種眼病，闍那迦藥王所不能治者，唯佛世尊能令得視。」按，《大智度論》傳爲龍樹菩薩造。晁公武《郡齋讀書志》後志卷二：「龍樹《眼論》三卷。右佛經龍樹大士者，能治眼疾。或假其説，集治七十二種目病之方。」《聖濟總録纂要》卷十七：「石決明丸，治肝虚血弱目久昏暗。」

〔人間方藥應無益，爭得金篦試刮看〕金篦，亦作金錍，用以抉除眼膜。北本《大般涅槃經》卷八：「佛言：善男子，如百盲人爲治目故，造詣良醫。是時良醫即以金錍決其眼膜。」杜甫《謁文公上方》：「金篦刮眼膜，價重百車渠。」

題東武丘寺六韻①

香刹看非遠，祇園入始深。龍蟠松矯矯，玉立竹森森。怪石千僧坐，靈池一劍沉。海當

亭兩面，山在寺中心。酒熟憑花勸，詩成倩鳥吟。寄言軒冕客，此地好抽簪。（1682）

【校】

①〔題〕「武」《文苑英華》作「虎」，校：「一作武。」

【注】

朱《箋》：作於寶曆二年（八二六），蘇州。

〔東武丘寺〕武丘寺，即虎丘寺。見卷十二《真娘墓》(0592)注。顧祿《桐橋倚櫂錄》卷三：「按《續圖經》云：寺舊在（虎丘）山下，唐會昌間毁，後人乃建山上。或謂晉咸和二年王珣與弟珉以別墅捨建，即劍池分東西二寺。會昌毁後合爲一。顧敏恒曰：李翺《來南錄》：登虎丘，窺劍池，夜宿望海樓。又云：將遊報恩寺，水涸不果。是唐時東西二寺相去甚遠，中有大溪間之。必舟楫而後能至。謂即劍池分東西二寺，似未然也。即味白傅二詩，景色亦絶不相蒙。其賦西寺云：『舟船轉雲島』。而張祜詩云：『輕棹駐回流』。則是西寺舊在水鄉，滄桑實易，邱壑亦與今不同矣。」

〔香刹看非遠，祇園入始深〕祇園，見卷六《遊悟真寺詩一百三十韻》(0261)注。

〔怪石千僧坐，靈池一劍沉〕羅刹石、劍池，見卷二二《和三月三十日四十韻》(1461)注。

〔寄言軒冕客，此地好抽簪〕《晉書·皇甫謐傳》：「其後武帝頻下詔，敦逼不已。謐上疏自稱草莽臣，曰：臣以尪弊，迷於道趣，因疾抽簪，散髮林皋。人綱不閑，鳥獸爲群。」

夜遊西武丘寺八韻

不厭西丘寺，閑來即一過。舟船轉雲島，樓閣出煙蘿。路入青松影，門臨白月波。魚跳驚秉燭，猿覰怪鳴珂①。摇曳雙紅旆，娉婷十翠娥。容、滿、蟬、態等十妓從遊也②。香花助羅綺，鍾梵避笙歌。領郡時將久，遊山數幾何？一年十二度，非少亦非多。（1683）

【校】

①〔猿覰〕那波本、金澤本所據摺本作「猿戲」。

②〔（注）十妓〕金澤本所校本作「凡十妓」。

【注】

汪《譜》、朱《箋》：作於寶曆二年（八二六），蘇州。

〔西武丘寺〕見前詩注。

〔摇曳雙紅旆，娉婷十翠娥〕容、滿、蟬、態等，參見卷二一《霓裳羽衣歌》（1406）、《花前歎》（1413）注。

〔一年十二度，非少亦非多〕龔明之《中吳記聞》卷一：「白樂天爲郡時，嘗攜容、滿、蟬、態等十妓夜遊西武丘寺，嘗賦紀遊詩，……可見當時郡政多暇，而吏議甚寬，使在今日，必以罪去矣。」朱《箋》：「由此亦可知唐、宋兩代社會風氣之異。」

詠懷

蘇杭自昔稱名郡，牧守當今是好官①。兩地江山蹋得遍，五年風月詠將殘②。幾時酒盞曾抛却，何處花枝不把看？白髮滿頭歸得也，詩情酒興漸闌珊③。（1684）

【校】

①〔是好官〕紹興本、馬本、《唐音統籤》、汪本作「當好官」，那波本作「最好官」。據金澤本所校本、管見抄本改。何校從黄校亦作「是好官」。

②〔將殘〕紹興本、馬本、《唐音統籤》校：「一作來殘。」金澤本所校菅家本、管見抄本、何校從黄校作「來殘」。

③〔酒興〕金澤本所校菅家本、管見抄本作「飲興」。

【注】

朱《箋》：作於寶曆二年（八二六），蘇州。

重詠

日覺雙眸暗，年驚兩鬢蒼。病應無處避，老更不宜忙。徇俗心情少，休官道理長。今秋歸去定，何必重思量。（1685）

【注】

朱《箋》：作於寶曆二年（八二六），蘇州。

百日假滿

心中久有歸田計，身上都無濟世才。長告初從百日滿，故鄉元約一年迴①。馬辭轅下頭高舉，鶴出籠中翅大開。但拂衣行莫迴顧，的無官職趁人來。（1686）

【校】

①〔元約〕《唐音統籤》作「先約」。

【注】

陳《譜》、汪《譜》、朱《箋》：作於寶曆二年（八二六），蘇州。

〔長告初從百日滿，故鄉元約一年迴〕長告，长假。《史記·汲鄭列傳》：「黯多病，病且滿三月，上嘗賜告者數，終不愈。」白居易《唐故虢州刺史贈禮部尚書崔公墓誌銘》（《白氏文集》卷七十）：「公以爲名不可多取，退不必待年，決就長告，徑遵歸路。」參見卷二一《答》（1425）注。

九日寄微之

眼暗頭風事事妨，遶籬新菊爲誰黄？閑遊日久心慵倦，痛飲年深肺損傷。吴郡兩迴逢九月①，越州四度見重陽②。怕飛杯酒多分數，厭聽笙歌舊曲章。蟋蟀聲寒初過雨，茱萸色淺未經霜。去秋共數登高會，又被今年減一場。（1687）

【校】

①〔吳郡〕金澤本所校管家本、管見抄本作「吳地」。

②〔越州〕汪本作「越中」。

【注】

朱《箋》：作於寶曆二年（826），蘇州。

〔怕飛杯酒多分數，厭聽笙歌舊曲章〕分數，指酒量。滿杯爲十分。《敦煌变文集·葉淨能詩》：「帝又問：『尊師飲户大小？』淨能奏曰：『此尊大户，直是飲流，每巡可加三十五十分，卒難不醉。』」

題報恩寺

好是清涼地，都無繫絆身。晚晴宜野寺，秋景屬閑人。淨石堪敷坐，寒泉可濯巾。自慚容鬢上，猶帶郡庭塵。（1688）

【注】

朱《箋》：作於寶曆二年（八二六），蘇州。

〔報恩寺〕支硎山報恩寺。《吳郡志》卷三二：「觀音禪院，在報恩山，亦曰支硎山寺。即古報恩寺基也。」引居易此詩。又同卷「天峰院」引元豐六年龍谿曾旼記：「闔閭城西二十餘里，山之顛有禪院，祥符詔書賜名天峰。考於《圖記》，所謂報恩山南峰院者是也。《記》言：晉僧支道林，因石室林泉，置報恩院。唐之大中，改爲支山禪院。晉之天福，改南峰額。……於是一時而報恩、支山、南峰三名並存。則知《記》所載大中、天福更名者，誤也。今山下楞伽院有石刻，言院即報恩遺址。原田中有《報恩惠敏律師塔銘》碑，言建塔於寺之西南隅，當八隅泉池之上，中峰蘭若之下。碑望楞伽，正在東北。而《記》所謂石室者，亦在楞伽，人猶謂之支遁庵。自庵前西向登山，可數百步，林中一徑，入中峰院。自徑前南行，其登彌高，又數百步，乃至天峰北僧院。其依一山，而道周有石。盤薄平廣，泉流其上，清泚可愛。居易詩云：『淨石堪敷坐，清泉可濯巾。』其謂是也。」朱《箋》：「蘇州虎丘寺亦名報恩寺。……《吳郡志》卷三一所載另一報恩寺，在長洲縣西北，乃吳先主母吳夫人捨宅所建。兩寺均非白氏詩中之報恩寺。」

晚起

卧聽鼕鼕衙鼓聲，起遲睡足長心情。華簪脱後頭雖白，堆案抛來眼校明。閑上籃輿乘興出，醉迴花舫信風行。明朝更濯塵纓去，聞道松江水最清。（1689）

【注】

朱《箋》：作於寶曆二年（八二六），蘇州。

自思益寺次楞伽寺作

朝從思益峰遊後，晚到楞伽寺歇時①。照水姿容雖已老，上山筋力未全衰。行逢禪客多相問，坐倚魚舟一自思。猶去懸車十五載，休官非早亦非遲。（1690）

【校】

①〔晚到〕那波本作「時到」，誤。

【注】

朱《箋》：作於寶曆二年（八二六），蘇州。

〔思益寺〕《吳地記》：「岝崿山在吳縣西十二里，吳王僚葬此山中。有寺號思益，梁天監二年置。」《吳郡圖經續記》卷中：「岝崿山在吳縣西南一十五里。《圖經》云：形如獅子。今以此名山也。……《吳地記》云：吳王僚葬此山，山傍有寺，號曰思益。樂天嘗遊之。」

〔楞伽寺〕《吳郡志》卷三三：「寶積寺，在横山下，亦名楞伽寺。山頂有塔，隋人所書塔銘，碑石全好。」

〔猶去懸車十五載，休官非早亦非遲〕懸車，見卷一《高僕射》（0030）注。

松江亭攜樂觀漁宴宿

震澤平蕪岸，松江落葉波①。在官常夢想，爲客始經過。水面排罾網，船頭簇綺羅。朝盤鱠紅鯉，夜燭舞青娥。雁斷知風急，潮平見月多②。繁絲與促管③，不解和漁歌。

（1691）

【校】

①〔松江〕「松」《文苑英華》、汪本校：「一作吴。」

②〔潮平〕《文苑英華》、金澤本所校菅家本作「湖平」。〔見月〕「見」《文苑英華》作「得」，校：「集作見。」

③〔繁絲〕《文苑英華》、金澤本所校菅家本作「繁絃」。

【注】

汪《譜》、朱《箋》：作於寶曆二年（八二六），蘇州。

〔松江亭〕《江南通志》卷三一蘇州府：「松江亭在吴江縣東門外，唐時建。宋縣令趙球即其址建如歸亭，以待使客。葉清臣爲記。朱鶴齡《文類》云：松江亭即古松陵驛。古時亭即驛，後人則别置一亭於江上，爲遊觀之所。」

〔震澤平蕪岸，松江落葉波〕震澤，即太湖。《元和郡縣志》卷二六蘇州吴縣：「太湖在縣西南五十里。《禹貢》謂之震澤，《周禮》謂之具區。湖中有山，名洞庭山。」

宿靈巖寺上院

高高白月上青林，客去僧歸獨夜深。葷血屏除唯對酒，歌鐘放散只留琴。更無俗物當人眼，但有泉聲洗我心。最愛曉亭東望好，太湖烟水綠沉沉①。（1692）

【校】

①〔綠沉沉〕《文苑英華》宋刻本作「淥沉沉」。

【注】

朱《箋》：作於寶曆二年（八二六），蘇州。

〔靈巖寺〕見卷二一《題靈巖寺》（1409）注。

酬別周從事二首

腰痛拜迎人客倦，眼昏勾押簿書難。辭官歸去緣衰病，莫作陶潛范蠡看。（1693）

【注】

朱《箋》：作於寶曆二年（八二六），蘇州。

〔周從事〕朱《箋》：「周元範。」見卷二十《閑夜詠懷因招周協律劉薛二秀才》（1327）注。

洛下田園久拋擲，吳中歌酒莫留連。嵩陽雲樹伊川月，已校歸遲四五年。（1694）

【注】

〔嵩陽雲樹伊川月，已校歸遲四五年〕參見卷二二《和我年三首》之二（1459）注。

武丘寺路　去年重開寺路，桃李蓮荷約種數千株①。

自開山寺路，水陸往來頻。銀勒牽驕馬，花船載麗人。芰荷生欲遍，桃李種仍新。好住湖堤上，長留一道春。（1695）

【校】

①〔題〕題下注「李」金澤本所校菅家本、管見抄本作「杏」。「數千」《唐音統籤》作「二千」。

朱《箋》：作於寶曆二年（八二六），蘇州。

【注】

〔武丘寺路〕參見卷二一《吳中好風景二首》之二（1424）注。

齊雲樓晚望偶題十韻兼呈馮侍御周殷二協律 樓在蘇州。

潦倒宦情盡①，蕭條芳歲闌。欲辭南國去，重上北城看。複疊江山壯，平鋪井邑寬。人稠過揚府②，按食鹽籍，蘇州人口多於揚州③。坊鬧半長安。長安坊百廿，蘇州坊六十④。插霧峰頭没，穿霞日脚殘。水光紅漾漾，樹色緑漫漫。約略留遺愛，殷勤念舊歡。病抛官職易，老别友朋難。九月全無熱，西風亦未寒。齊雲樓北面，半日凭欄干。（1696）

【校】

①〔宦情〕馬本、《唐音統籤》作「官僚」。

②〔揚府〕紹興本等作「瑒府」。唐人及宋刻「揚」、「楊」每不分。據金澤本注，「楊府」即揚州，徑改。

③此句注據金澤本所校菅家本補。

④此句注據金澤本所校菅家本補。

【注】

陈《譜》、朱《箋》：作於寶曆二年（八二六），蘇州。

〔齊雲樓〕見卷二二《吴中好風景二首》之二（1424）注。

〔馮侍御〕朱《箋》：「本卷有《夢蘇州水閣寄馮侍御》詩，當同係一人。」

〔周殷二協律〕朱《箋》：「周元範及殷堯藩。」參見卷二一《九日宴集醉題郡樓兼呈周殷二判官》（1404）等詩。

河亭晴望 九月八日。

風轉雲頭斂，煙銷水面開。晴虹橋影出，秋雁櫓聲來。郡靜官初罷，鄉遥信未迴。明朝是重九，誰勸菊花杯？（1697）

【注】

陈《譜》、朱《箋》：作於寶曆二年（八二六），蘇州。

留別微之

干時久與本心違①，悟道深知前事非。猶厭勞形辭郡印②，那將趁伴著朝衣③。五千言裏教知足，三百篇中勸式微。少室雲邊伊水畔，比君校老合先歸。（1698）

【校】

①〔干時〕紹興本誤「于時」。

②〔猶厭〕那波本作「猶痛」，誤。

③〔那將〕《文苑英華》、金澤本所校菅家本、管見抄本作「那能」。

【注】

朱《箋》：作於寶曆二年（八二六），蘇州。

〔干時久與本心違，悟道深知前事非〕曹植《求自試表》：「干時求進者，道家之明忌也。」知非，見卷八《自詠》（0381）注。

〔五千言裏教知足，三百篇中勸式微〕《老子》四十四章：「知足不辱，知止不殆。」《詩·邶風·式微》：「式微式微，胡不歸？」鄭箋：「式微式微，微乎微者也。君何不歸乎？禁君留止於此之辭。式，發聲也。」

〔少室雲邊伊水畔，比君校老合先歸〕少室、伊水，見卷八《洛中偶作》（0376）注。

自喜

自喜天教我少緣，家徒行計兩翩翩①。身兼妻子都三口②，鶴與琴書共一船。僮僕減來無冗食，資糧算外有餘錢。攜將貯作丘中費，猶免飢寒得數年。（1699）

【校】

①〔兩翩翩〕金澤本所校菅家本作「輕翩翩」，「輕」夾注：「去聲。」

②〔妻子〕金澤本所校菅家本作「妻女」。

【注】

朱《箋》：作於寶曆二年（八二六），蘇州。

〔自喜天教我少緣，家徒行計兩翩翩〕少緣，少因緣，少緣故。少有些少義，又有缺少義。《長阿含經》卷七：「此梵志以少因緣欲遊人間，語小兒曰：『我有少緣，欲暫出行。』」此爲些少義。白詩蓋作缺少解。家徒，蓋家徒四壁之省文。

〔攜將貯作丘中費，猶免飢寒得數年〕丘中費，謂隱居所需。見卷一《丘中有一士》（0053）注。

武丘寺路宴留別諸妓①

銀泥裙映錦障泥②，畫舸停橈馬簇蹄。清管曲終鸚鵡語，紅旗影動䮂𩦢嘶③。漸銷醉色朱顏淺，欲語離情翠黛低。莫忘使君吟詠處，女墳湖北虎丘西。（1700）

【校】

①〔題〕「留別」金澤本所校菅家本作「別留示」。

②〔錦障〕金澤本所校菅家本作「銀障」。

③〔䮂𩦢〕紹興本、馬本校：「一作潑汗。」

【注】

朱《箋》：作於寶曆二年（八二六），蘇州。

〔銀泥裙映錦障泥，畫舸停橈馬簇蹄〕銀泥裙，見卷二三《看常州柘枝贈賈使君》（1562）注。簇馬，駐馬。杜甫《九日奉寄嚴大夫》：「遥知簇鞍馬，回首白雲間。」白居易《北樓送客歸上都》（本書卷十六0916）：「長津欲度迴船尾，殘酒重傾簇馬蹄。」障泥，垂於馬腹兩側以障塵土。《世説新語·術解》：「王武子善解馬性。嘗乘一馬，著連錢障泥，前有水，終日不肯渡。王云：『此必是惜障泥。』使人解去，便徑渡。」

〔清管曲終鸚鵡語，紅旗影動駮𩨰嘶〕《玉篇》：「駮𩨰，蕃中馬也。」

〔莫忘使君吟詠處，女墳湖北虎丘西〕《吳郡志》卷十八：「女墳湖，在吳縣西北，昔吳王葬女處。」又卷三九：「吳女墓，在閶門外。……又取土時，其地爲湖，號女墳湖。《吳地記》曰：吳王葬女，取土成湖。」

江上對酒二首

酒助疏頑性，琴資緩慢情①。有慵將送老，無智可勞生。忽忽忘機坐，伥伥任運行。家鄉安處是，那獨在神京②。（1701）

【校】

①〔琴資〕金澤本所校菅家本、管見抄本作「琴滋」。

②〔神京〕金澤本所校菅家本、管見抄本作「京城」。

【注】

朱《箋》：作於寶曆二年（八二六），蘇州。

〔忽忽忘機坐，倀倀任運行〕忘機，參見卷六《渭上偶釣》（0228）「無機」注。《荀子·修身》：「人無法則倀倀然。」楊倞注：「倀倀，無所適貌也。言不知所措履。」《禮記·仲尼燕居》：「治國而無禮，譬猶瞽之無相與，倀倀乎其何之？」

久貯滄浪意，初辭桎梏身。昏昏常帶酒，默默不應人。坐穩便箕踞，眠多愛欠伸。客來存禮數，始著白綸巾。（1702）

【注】

〔久貯滄浪意，初辭桎梏身〕滄浪意，見卷五《答元八宗簡同遊曲江後明日見贈》（0174）注。

〔坐穩便箕踞，眠多愛欠伸〕《莊子·至樂》：「莊子妻死，惠子弔之，莊子則方箕踞鼓盆而歌。」

〔客來存禮數，始著白綸巾〕白綸巾，見卷六《題玉泉寺》（0269）注。

望亭驛酬別周判官

何事出長洲①，連宵飲不休？醒應難作別，歡漸少於愁。燈火穿村市，笙歌上驛樓。何

言五十里，已不屬蘇州。（1703）

【校】

〔長洲〕汪本作「常洲」。

【注】

汪《譜》、朱《箋》：作於寶曆二年（八二六），蘇州至洛陽途中。

〔望亭驛〕《吳郡圖經續記》卷下：「望亭在吳縣西境，吳先主所立，謂之御亭。隋開皇九年置爲驛。唐常州刺史李襲譽改今名。劉禹錫詩：『懷人吳御亭』，謂此也。」

〔周判官〕朱《箋》：「周元範。」見卷二十《閑夜詠懷因招周協律劉薛二秀才》（1327）注。

見小侄龜兒詠燈詩並臘娘製衣因寄行簡①

已知臘子能裁服②，復報龜兒解詠燈③。巧婦才人常薄命，莫教男女苦多能④。（1704）

【校】

①〔題〕金澤本所校菅家本「娘」下有「所」字，「衣」下有「服」字。

②〔裁服〕金澤本所校菅本作「裁作」。

③〔詠燈〕汪本作「詠詩」，誤。

④〔苦多能〕金澤本所校菅家本作「若多能」。

【注】

朱《箋》：作於寶曆二年（八二六），蘇州。

〔龜兒〕白行簡子。見卷七《弄龜羅》（0309）及卷十七《聞龜兒詠詩》（1027）注。

〔臘娘〕據詩意，當爲行簡之女。

〔巧婦才人常薄命，莫教男女苦多能〕杜甫《錦樹行》：「自古聖賢皆薄命，姦雄惡少皆封侯。」苦，甚，太。見卷四《牡丹芳》（0150）注。

酒筵上答張居士

但要前塵滅①，無妨外相同。雖過酒肆上，不離道場中。絃管聲非實，花鈿色是空。何人知此義②，唯有淨名翁。（1705）

【校】

①〔前塵滅〕「前塵」馬本、《唐音統籤》作「前程」，誤。「滅」紹興本等作「滅」，據金澤本所校菅家本、管見抄本改。

②〔此義〕汪本作「此意」。

【注】

朱《箋》： 作於寶曆二年（八二六），蘇州。

〔張居士〕名不詳。

〔但要前塵滅，無妨外相同〕前塵，即塵，心所緣之外物。《楞嚴經》卷一：「但汝於心，微細揣摩，若離前塵，有分別性，即真汝心。若分別性，離塵無體，斯則前塵，分別影事，塵非常住，若變滅時，此心則同龜毛兔角，則汝法身，同於斷滅。」《五燈會元》卷七玄沙師備禪師：「只因前塵色聲香等法而有分別，便道此是昭昭靈靈。若無前塵，汝此昭昭靈靈同於龜毛兔角。」

〔雖過酒肆上，不離道場中〕《維摩經·方便品》：「入諸淫舍，示欲之過。入諸酒肆，能立其志。」

〔何人知此義，唯有淨名翁〕淨名居士，即維摩詰。見卷二十《東院》（1325）注。

鸚鵡

隴西鸚鵡到江東，養得經年觜漸紅①。常恐思歸先剪翅，每因餧食暫開籠②。人憐巧語情雖重，鳥憶高飛意不同。應似朱門歌舞妓，深藏牢閉後房中。（1706）

【校】

①〔經年〕馬本作「今年」。

②〔暫開〕馬本作「漸開」。

【注】

朱《箋》：作於寶曆二年（八二六），蘇州。

〔隴西鸚鵡到江東，養得經年觜漸紅〕《禽經》注：「鸚鵡出隴西，能言鳥也。」《太平御覽》卷九二四引《南方異物志》：「廣管雷羅等州俱多鸚鵡，翠毛丹嘴，可效人言。但稍小，不及隴山者。」

聽琵琶妓彈略略

腕軟撥頭輕，新教略略成。四絃千遍語，一曲萬重情。法向師邊得，能從意上生。莫欺江外手，別是一家聲。（1707）

【注】

朱《箋》：作於寶曆二年（八二六），蘇州。

〔略略〕曲調名，別無見。

寫新詩寄微之偶題卷後

寫了吟看滿卷愁，淺紅牋紙小銀鈎。未容寄與微之去，已被人傳到越州。（1708）

【注】

朱《箋》：作於寶曆二年（八二六），蘇州。

〔寫了吟看滿卷愁，淺紅牋紙小銀鈎〕《晉書·索靖傳》：「蓋草書之爲狀也，婉若銀鈎，漂若驚鸞。」

寶曆二年八月三十日夜夢後作①

塵纓忽解誠堪喜，世網重來未可知。莫忘全吳館中夢，嶺南泥雨步行時。（1709）

【校】

①〔題〕「三十」金澤本所校本作「廿」。

【注】

朱《箋》：作於寶曆二年（八二六），蘇州。

〔莫忘全吳館中夢，嶺南泥雨步行時〕《吳地記》：「崑山縣在郡東七十里，地名全吳。」又記吳郡館八所，有全吳。

與夢得同登棲靈塔

半月悠悠在廣陵①，何樓何塔不同登？共憐筋力猶堪在，上到棲靈第九層。（1710）

【校】

①〔悠悠〕金澤所校菅家本、唱和集本作「騰騰」。

【注】

朱《箋》：作於寶曆二年（八二六），蘇州至洛陽途中。

〔夢得〕朱《箋》：「劉禹錫。」見卷二一《答》（1425）注。

〔棲靈塔〕揚州大明寺塔。大明寺一名棲靈寺。高適《登廣陵棲靈寺塔》：「淮南富登臨，茲塔信奇最。」李翺《來南録》：「丁卯，至揚州。戊辰，上棲靈浮圖。」《江南通志》卷四六揚州府：「大明寺在府西北五里，古棲靈寺也。寺枕蜀岡，舊有寶塔。」

夢蘇州水閣寄馮侍御

揚州驛裏夢蘇州，夢到花橋水閣頭。覺後不知馮侍御，此中昨夜共誰遊？（1711）

【注】

朱《箋》：作於寶曆二年（八二六），蘇州至洛陽途中。

〔馮侍御〕見本卷《齊雲樓晚望偶題十韻兼呈馮侍御周殷二協律》（1696）注。

〔揚州驛裏夢蘇州，夢到花橋水閣頭〕《吳郡志》卷十七樂橋之東北有「花橋」。《姑蘇志》卷三一：「戴顒宅在今北禪寺，唐司勳郎中陸洿嘗居之，有花橋水閣。見白樂天《寄馮侍御》詩。鄭太卿嘗於此作水閣以追故事。」

喜罷郡

五年兩郡亦堪嗟①，偷出遊山走看花。自此光陰爲己有，從前日月屬官家。樽前免被催迎使，枕上休聞報坐衙②。睡到午時歡到夜，迴看官職是泥沙。（1712）

【校】

①〔兩郡〕金澤本所校菅家本作「爲郡」。

②〔坐衙〕金澤本所校菅家本作「入衙」。

【注】

朱《箋》：作於寶曆二年（八二六），蘇州至洛陽途中。

答次休上人

來篇云：「聞有餘霞千萬首，何妨一句乞閑人①。」

姓白使君無麗句，名休座主有新文。禪心不合生分別，莫愛餘霞嫌碧雲。（1713）

【校】

①〔題〕題下注「聞有」金澤本所校本作「問有」。「何妨」紹興本、馬本誤「何方」，據金澤本、《唐音統籤》、汪本改。

【注】

朱《箋》：作於寶曆二年(八二六)，蘇州。

〔次休上人〕未詳。

〔禪心不合生分別，莫愛餘霞嫌碧雲〕碧雲，見卷十五《廣宣上人以應制詩見示因以贈之詔許上人居安國寺紅樓院以詩供奉》(0810)注。

白居易詩集校注卷第二十五①

律詩　凡一百首②

感悟妄緣題如上人壁

自從爲騃童，直至作衰翁。所好隨年異，爲忙終日同。弄沙成佛塔，鏘玉謁王宮。彼此皆兒戲，須臾即色空。有營非了義，無著是真宗。兼恐勤修道，猶應在妄中。（1714）

【校】

①〔卷第二十五〕那波本爲後集卷五十五。

②〔凡一百首〕本卷紹興本、馬本實得九十九首。那波本多《和裴相公傍水絶句》一首，在《微之就拜尚書居易續除刑部因書賀意兼詠離懷》（1783）後。何校從黄校補録，題《和裴相公傍水閑行絶句》。

【注】

朱《箋》：作於寶曆二年（八二六），蘇州。

〔如上人〕朱《箋》：「洛陽聖善寺僧如信。」白居易《如信大師功德幢記》（《白氏文集》卷六八）：「有唐東都臨壇開法大師，長慶四年二月十三日，終于聖善寺華嚴院。……師姓康，號如信，襄城人。始成童，授《蓮花經》於釋嚴。既具戒，學《四分律》於釋晤。後傳六祖心要於本院先師。……請蘇州刺史白居易爲記。」按，如信同學、繼居聖善寺者又有智如，卒於大和八年。白居易有《東都十律大德長聖善寺鉢塔院主智如和尚茶毗幢記》（《白氏文集》卷六九）。以時間考之，此詩之如上人當指如信。

〔弄沙成佛塔，鏘玉謁王宮〕《法華經·方便品》：「若於曠野中，積土成佛廟。乃至童子戲，聚沙爲佛塔。如是諸人等，皆已成佛道。」沈約《侍林光殿曲水宴詩》：「宴鎬鏘玉鑾，遊汾舉仙軷。」

〔彼此皆兒戲，須臾即色空〕《維摩經·入不二法門品》：「色色空爲二，色即是空，非色滅空，色性自空。」

〔有營非了義，無著是真宗〕《維摩經·法供養品》：「依了義經，不依不了義經。」敦煌本《壇經》：「悟此法者，即是無念、無憶、無著，莫起誑妄，即自是真如性。」真宗，禅宗自称。神會《菩提達摩南宗定是非論》：「其論先陳激揚問答之事，使學者辨於真宗。」《禪林僧寶傳》卷一撫州曹山本寂禪師：「故曰虛玄大道，無著真宗，從上先德，推此一位，最妙最玄。」

〔兼恐勤修道，猶應在妄中〕《長阿含經》卷六：「佛告諸比丘，汝等當勤修善行。」《荷澤神會禪師語錄》：「於是王侍御問和尚云：『若爲修道得解脱？』答曰：『衆生本自心淨，若更起心有修，即是妄心，不可得解脱。』」白居易《傳法堂碑》（《白氏文集》卷四一）：「有問師之名迹，曰號惟寬，姓祝氏。……然居易爲贊善大夫時，常四詣師，四問道。……第四問云：無修無念，亦何異於凡夫耶？師曰：凡夫無明，二乘執著，離此二病，是名真修。真修者不得勤，不得忘，勤即近執著，忘則落無明。其心要云爾。」

思子臺有感二首 凡題思子臺者皆罪江充，予觀禍胎不獨在此。偶以二絶辨之①。

曾家機上聞投杼，尹氏園中見掇蜂。但以恩情生隙罅，何人不解作江充？（1715）

【校】

①〔題〕題下注「二絶」汪本、盧校作「二絶句」。

【注】

朱《箋》：作於寶曆二年（八二六），蘇州。

〔思子臺〕《漢書・戾太子傳》：「武帝末，衛后寵衰，江充用事。充與太子及衛氏有隙，恐上晏駕後爲太子所誅，會巫蠱事起，充因此爲姦。……太子急，然德言。征和二年七月壬午，乃使客爲使者，收捕充等。……乃斬充以徇，炙胡巫上林中。……吏圍捕太子，太子自度不得脱，即入室距户自經。……上憐太子無辜，乃作思子宫，爲歸來望思之臺於湖。」顔師古注：「其臺在今湖城縣之西，閿鄉之東，基址猶存。」《元和郡縣志》卷七虢州閿鄉縣：「思子宫故城，在縣東北二十五里。漢武帝爲戾太子所築也。」

〔曾家機上聞投杼，尹氏園中見掇蜂〕《戰國策・秦策二》：「昔者曾子處費，費人有與曾子同名族者而殺人。人告曾子之母，曾子之母曰：『吾子不殺人。』織自若。有頃，人又曰：『曾參殺人。』其母尚織自若也。頃之，一人又告之曰：『曾參殺人。』其母懼，投杼逾牆而走。」掇蜂，見卷二《讀史五首》之四（0098）注。

闇生魑魅蠹生蟲，何異讒生疑阻中。但使武皇心似燭，江充不敢作江充。（1716）

賦得邊城角

邊角兩三枝，霜天隴上兒。望鄉相並立，向月一時吹。戰馬頭皆舉，征人手盡垂。嗚嗚三奏罷，城上展旌旗。（1717）

【注】

朱《箋》：作於寶曆二年（八二六），蘇州。

〔邊角兩三枝，霜天隴上兒〕《晉書·劉曜載記》載《隴上歌》：「隴上壯士有陳安，軀幹雖小腹中寬，愛養將士同心肝。」王維《隴頭吟》：「隴頭明月迥臨關，隴上行人夜吹笛。關西老將不勝愁，駐馬聽之雙淚流。」

憶洛中所居

忽憶東都宅，春來事宛然。雪銷行徑裏，水上卧房前。厭綠栽黄竹，嫌紅種白蓮。醉教鶯送酒，閑遣鶴看船。幸是林園主，慚爲食祿牽。宦情薄似紙，鄉思急於弦①。豈合姑

蘇守，歸休更待年？（1718）

【校】

①〔急於〕馬本、《唐音統籤》作「急如」。

【注】

朱《箋》：作於寶曆二年（八二六），蘇州。

〔宦情薄似紙，鄉思急於弦〕《韓非子·觀行》：「西門豹之性急，故佩韋以緩己。董安于之心緩，故佩弦以自急。」

想歸田園

戀他朝市求何事，想取丘園樂此身。千首惡詩吟過日，一壺好酒醉銷春。歸鄉年亦非全老，罷郡家仍未苦貧。快活不知如我者，人間能有幾多人？（1719）

【注】

朱《箋》：作於寶曆二年（八二六），蘇州。

琴茶

兀兀寄形羣動内，陶陶任性一生間。自抛官後春多醉，不讀書來老更閑。琴裏知聞唯渌水，茶中故舊是蒙山。窮通行止長相伴，誰道吾今無往還。（1720）

【注】

朱《箋》：作於寶曆二年（八二六），蘇州。

〔琴裏知聞唯渌水，茶中故舊是蒙山〕渌水，琴曲。《樂府詩集》卷五九琴曲歌辭《蔡氏五弄》：「《琴集》曰：五弄：《遊春》、《渌水》、《幽居》、《坐愁》、《秋思》，並宫調，蔡邕所作也。」蒙山茶，見卷十九《新昌新居書事四十韻因寄元郎中張博士》（1252）注。

贈楚州郭使君

淮水東南第一州，山圍雉堞月當樓。黄金印綬懸腰底，白雪歌詩落筆頭。笑看兒童騎竹馬，醉攜賓客上仙舟。當家美事堆身上，何啻林宗與細侯。（1721）

【注】

朱《箋》：作於寶曆二年（八二六），蘇州至洛陽途中。

〔郭使君〕朱《箋》：「楚州刺史郭行餘。」《舊唐書·郭行餘傳》：「大和初，累官至楚州刺史。」朱《箋》：「據白氏此詩，則寶曆間郭已守楚州，《舊傳》所記有誤。」

〔笑看兒童騎竹馬，醉攜賓客上仙舟〕《後漢書·郭伋傳》：「乃調伋爲并州牧。……始至行部，到西河美稷，有童兒數百，各騎竹馬，道次迎拜。伋問：『兒曹何自遠來？』對曰：『聞使君到，喜，故來遠迎。』」《後漢書·郭太傳》：「郭太字林宗，……始見河南尹李膺，膺大奇之，遂相友善，於是名震京師。後歸鄉里，衣冠諸儒送至河上，車數千兩。林宗唯與李膺同舟而濟，衆賓望之，以爲神仙焉。」

〔當家美事堆身上，何啻林宗與細侯〕林宗，見上注。《後漢書·郭伋傳》：「郭伋字細侯。……更始素聞伋名，徵拜左馮翊，鎮撫百姓。世祖即位，拜雍州牧，再轉爲尚書令。」

和郭使君題枸杞①

山陽太守政嚴明②，吏靜人安無犬驚③。不知靈藥根成狗，怪得時聞吠夜聲。（1722）

【校】

①〔題〕《文苑英華》作「枸杞寄郭使君」。

②〔山陽〕《文苑英華》作「山陰」。

③〔吏靜人〕《文苑英華》作「吏靜民」，抄本校：「集作夜靜人。」「吏」汪本校：「一作夜。」

【注】

朱《箋》：作於寶曆二年（八二三），蘇州至洛陽途中。

〔郭使君〕見上詩注。

〔山陽太守政嚴明，吏靜人安無犬驚〕山陽，楚州。《舊唐書·地理志三》淮南道：「楚州中，隋江都郡之山陽縣」；「山陽，漢射縣地，屬臨淮郡。晉置山陽郡，改爲山陽縣。武德四年，置東楚州。八年，去東字，治於此縣。」

〔不知靈藥根成狗，怪得時聞吠夜聲〕劉禹錫《楚州開元寺北院枸杞臨井繁茂可觀羣賢賦詩因以繼和》：「僧房藥樹依寒井，井有香泉樹有靈。翠黛葉生籠石甃，殷紅子熟照銅瓶。枝繁本是仙人仗，根老新成瑞犬形。上品功能甘露味，遠知一勺可延齡。」所詠爲一事。《太平廣記》卷二四《朱孺子》（出《續神仙傳》）：「朱孺子，永嘉安國人也。幼而事道士王玄真，居大箬巖。……一日，就溪濯蔬，忽見岸側有二小花犬相趁，孺子異之，乃尋逐入枸杞叢下。歸語玄真，訝之，遂與孺子俱往伺之。復見二犬戲躍，逼之，又入枸杞下。玄真與孺子共尋掘，乃得二枸杞根，形狀如花犬，堅若石。洗挈歸以煮之，而孺子益薪看火三日，晝夜不離竈側，試嘗汁味，取喫不已。及見根爛，告玄真來共取，始食之。俄頃，而孺子忽飛昇在前峰上。玄真驚異久之，孺子謝别玄真，昇雲而去。今俗呼其峰爲童子峰。」段成式《酉陽雜俎》續集卷二：「成式嘗見道者論枸杞、茯苓、人參、朮形有異，服之獲上壽。或不葷血、不色欲遇之，必能降真爲地仙矣。」藥靈通仙，當時多有此説。

初到洛下閑遊①

漢庭重少身宜退，洛下閑居迹可逃。趁伴入朝應老醜，尋春放醉尚粗豪。詩攜綵紙新裝卷，酒典緋花舊賜袍。曾在東方千騎上，至今躞蹀馬頭高。（1723）

【校】

①〔題〕「洛下」馬本、《唐音統籤》作「洛陽」。

【注】

陳《譜》、朱《箋》：作於大和元年（八二七），洛陽。

〔漢庭重少身宜退，洛下閑居迹可逃〕漢庭重少，見卷十五《渭村退居寄禮部崔侍郎翰林錢舍人詩一百韻》（0803）「尚少棄馮唐」注。

〔曾在東方千騎上，至今躞蹀馬頭高〕《相和歌辭·陌上桑》：「東方千餘騎，夫壻居上頭。」躞蹀，又作蹀躞。吳均《戰城南》：「躞蹀青驪馬，往戰城南畿。」

醉贈劉二十八使君

爲我引杯添酒飲，與君把筯擊盤歌。詩稱國手徒爲爾，命壓人頭不奈何。舉眼風光長寂

寞①，滿朝官職獨蹉跎②。亦知合被才名折，二十三年折太多。（1724）

【校】

①〔長寂寞〕《文苑英華》作「常寂寞」。

②〔獨蹉跎〕馬本、《唐音統籤》作「莫蹉跎」。

【注】

朱《箋》：作於寶曆二年（八二六），蘇州至洛陽途中。

〔劉二十八使君〕朱《箋》：「劉禹錫。時方罷和州刺史任赴洛陽。」見卷二四《答劉和州》（1617）注。

〔詩稱國手徒爲爾，命壓人頭不奈何〕《太平廣記》卷九九《十光佛》（出《宣室志》）：「其壁有畫十光佛者，筆勢甚妙，爲天下之標冠。有識者云：『此國手蔡生之迹也。』」又卷二二八《日本王子》（出《杜陽編》）：「王子善圍棋，上敕待詔顔師言對手。……師言實稱國手。」蓋當時對技藝最優者有國手之稱。

〔亦知合被才名折，二十三年折太多〕朱《箋》：「劉詩亦謂『二十三年棄置身』，彼此皆言『二十三年』，當有實據。惟禹錫永貞元年貶官，永貞一年，元和十五年，長慶四年，寶曆二年，合計實止二十二年。揚州初逢在寶曆二年歲杪，豈大和元年預計入耶？」王汝弼《白居易選集》：「此非誤記年月，而是爲了要調平仄，所以改二爲三。」

太湖石

煙翠三秋色，波濤萬古痕。削成青玉片，截斷碧雲根。風氣通巖穴，苔文護洞門。三峰

具體小，應是華山孫。（1725）

【注】

朱《箋》：作於大和元年（八二七），洛陽。

〔太湖石〕見卷二一《寄庾侍郎》（1440）注。

〔削成青玉片，截斷碧雲根〕張協《雜詩》：「雲根臨八極，雨足灑四溟。」杜甫《題忠州龍興寺所居院壁》：「忠州三峽內，井邑聚雲根。」周嬰《巵林》卷五：「天水趙子櫟《杜詩注》曰：『雲根，石也。蓋取五嶽之雲，觸石而出，則石者雲之根也。』用修采其說耳。嬰按，張協詩曰：『雲根臨八極，雨足灑四溟。』又《玄武館賦》：『仰視雲根，俯臨天末。』曹毗《請雨文》：『雲根山積而中披，雨足垂零而復散。』沈君攸《桂楫泛河中詩》曰：『眇眇雲根侵遠樹。』夫曰布，曰披，曰臨，曰侵，皆是浮輕去來之意，不容以爲石也。且浪仙之詩，移石動石，豈成文理。天降時雨，山川出雲，何必皆觸石而出乎？尋宋武帝《登作樂山詩》云：『屯煙擾風穴，積水溺雲根。』宋之問《江亭晚望詩》：『浩渺侵雲根。』依稀可傅會耳。」

〔三峰具體小，應是華山孫〕《太平寰宇記》卷二九華州華陰縣：「按《名山記》：華嶽有三峰，直上數千仞，基廣而峰峻，疊秀迄於嶺表，有如削成。今博山香爐，形實象之。」《孟子·公孫丑上》：「子夏、子游、子張皆有聖人之一體，冉牛、閔子、顏淵則具體而微。」

過敷水

垂鞭欲渡羅敷水，處分鳴騶且緩驅。秦氏雙蛾久冥寞①，蘇臺五馬尚踟躕。村童店女仰

頭笑，今日使君真是愚。（1726）

【校】

①〔冥寞〕汪本作「冥漠」。

【注】

朱《箋》：作於大和元年（八二七），洛陽至长安途中。

〔敷水〕《水經注》渭水：「渭水又東，敷水注之，水南出石山之敷谷，北逕告平城東。……敷水又北逕集靈宫西。」《明一統志》卷三二：「敷水，在華州城東南一十五里，源出小敷谷，流經華陰縣西北，合渭河，名敷水渠。唐開元中，姜師度鑿以洩水害，刺史樊忱復鑿之，使通渭漕。」《陝西通志》卷十三華州華陰縣：「大敷谷，在縣西南三十里，一名羅敷谷，曰大敷者，别於小敷也。」按，敷谷、敷水蓋舊有，附會秦羅敷者則出於後人。岑參《敷水歌送竇漸入京》：「羅敷昔時秦氏女，千載無人空處所。昔時流水至今流，萬事皆逐東流去。」權德輿《敷水驛》：「空見水名敷，秦樓昔事無。」

〔垂鞭欲渡羅敷水，處分鳴騶且緩驅〕《魏書·尔朱仲遠傳》：「仲遠遣使，請準朝儀，在軍鳴騶。帝覽啓，笑而許之。」程大昌《演繁露》卷一騶唱不入宫：「舊尚書令僕中丞騶唱得入宫門，止於馬道。郭祚爲僕射，奏言非盡敬之宜。騶唱不入宫自此始也。按騶唱者，騶從之傳呼也。朱仲遠爲行臺僕射，請準朝式，在軍鳴騶，廢帝笑而許之。史臣謂其任情。則是僕射在朝得用騶唱，而洫軍則否。軍國異容之義也。在軍而乞從朝儀，所以名爲任情也。梁制令僕御史中丞，各給威儀十人，武冠絳韝，唱呼入殿，引喤至階。一人執儀囊不喤。喤曰横。《類篇》

曰：喧也。則七人同聲唱導，故曰喧也。絳鞲六人，所謂騶也。」李白《宣城送劉副使入秦》：「伏奏歸北闕，鳴騶忽西馳。」

南院

林院無情緒，經春不一開。楊花飛作穗，榆莢落成堆。壯志從中減①，流年逐後催。只應如過客，病去老迎來。（1727）

【校】

①〔壯志〕馬本、《唐音統籤》、汪本作「壯氣」。

【注】

朱《箋》：作於大和元年（八二七），長安。

閑詠

步月憐清景，眠松愛綠陰。早年詩思苦，晚歲道情深。夜學禪多坐，秋牽興暫吟。悠然兩事外，無處更留心。（1728）

【注】

朱《箋》：作於大和元年（八二七），长安。

初授秘監並賜金紫閑吟小酌偶寫所懷①

紫袍新秘監，白首舊書生。鬢雪人間壽，腰金世上榮。子孫無可念，産業不能營。酒引眼前興，詩留身後名。閑傾三數酌，醉詠十餘聲。便是羲皇代，先從心太平。（1729）

【校】

①〔題〕「並賜」馬本、《唐音統籤》、汪本作「拜賜」。

【注】

陳《譜》、汪《譜》、朱《箋》：作於大和元年（八二七），长安。

〔初授秘監〕《舊唐書·文宗紀》：「（大和元年三月）戊寅，以前蘇州刺史白居易爲秘書監，仍賜金紫。」金紫，見卷六《閑居》（0231）注。

〔便是羲皇代，先從心太平〕陶淵明《與子儼等疏》：「五六月中，北窗下卧，遇凉風暫至，自謂是羲皇上人。」

新昌閑居招楊郎中兄弟

紗巾角枕病眠翁，忙少閑多誰與同？但有雙松當砌下，更無一事到心中。金章紫綬看

如夢，皂蓋朱輪別似空。暑月貧家何所有，客來唯贈北窗風。（1730）

【注】

朱《箋》：作於大和元年（八二七），长安。

〔新昌〕長安新昌坊白居易宅。見卷十九《題新居寄元八》（1222）注。

〔杨郎中兄弟〕朱《箋》：「楊汝士兄弟。」見卷十《寄楊六》（0483）注。《舊唐書·楊汝士傳》：「長慶元年爲右補闕，坐弟殷士貢舉覆落，貶開江令。入爲户部員外，再遷職方郎中。大和三年以本官知制誥。」則大和元年當官職方郎中。

〔紗巾角枕病眠翁，忙少閑多誰與同〕角枕，見卷二三《苦熱中寄舒員外》（1508）注。

〔暑月貧家何所有，客來唯贈北窗風〕陶淵明《與子儼等疏》：「五六月中，北窗下卧，遇凉風暫至，自謂是羲皇上人。」

秘省後廳

槐花雨潤新秋地，桐葉風翻欲夜天。盡日後廳無一事，白頭老監枕書眠。（1731）

【注】

陳《譜》、朱《箋》：作於大和元年（八二七），长安。

松齋偶興

置心思慮外，滅跡是非間①。約俸爲生計，隨官換往還。耳煩聞曉角，眼醒見秋山。賴此松簷下，朝迴半日閑。（1732）

【校】

①〔滅跡〕馬本、《唐音統籤》作「減跡」。

【注】

朱《箋》：作於大和元年（八二七），长安。

〔置心思慮外，滅跡是非間〕《韓詩外傳》卷一：「傳曰：喜名者必多怨，好與者必多辱。唯滅迹於人，能隨天地自然，爲能勝理而無愛名。」

和楊郎中賀楊僕射致仕後楊侍郎門生合宴席上作

業重關西繼大名，恩深闕下遂高情。祥鱣降伴趨庭鯉，賀燕飛和出谷鶯。范蠡舟中無子弟①，疏家席上欠門生。可憐玉樹連桃李，從古無如此會榮。（1733）

【校】

①〔舟中〕「舟」《文苑英華》校：「一作船。」

【注】

朱《箋》：作於大和元年（八二七），长安。

〔楊郎中〕朱《箋》：「楊汝士。」見本卷《新昌閑居招楊郎中兄弟》(1730)注。

〔楊僕射〕朱《箋》：「楊於陵。」《舊唐書·楊於陵傳》：「寶曆二年，授檢校右僕射兼太子太傅。旋以左僕射致仕，詔給全俸，懇讓不受。」《舊唐書·文宗紀》：「（大和元年四月）癸巳，以太子少傅楊於陵守右僕射致仕，俸料全給。」

〔楊侍郎〕朱《箋》：「楊嗣復。」於陵子。《舊唐書·楊嗣復傳》：「嗣復與牛僧孺、李宗閔皆權德輿貢舉門生，情義相得，進退取捨，多與之同。（長慶）四年，僧孺作相，欲薦拔大用，又以於陵爲東都留守，未歷相位，乃令嗣復權知禮部侍郎。寶曆元年二月，選貢士六十八人，後多至達官。文宗即位，拜户部侍郎。以父於陵太子少傅致仕，年高多疾，懇辭侍養，不之許。大和四年，丁父憂免。」

〔業重關西繼大名，恩深闕下遂高情〕關西，見卷十一《初到忠州登東樓寄萬州楊八使君》(0525)注。

〔三鱣降伴趨庭鯉，賀燕飛和出谷鶯〕《後漢書·楊震傳》：「後有冠雀銜三鱣魚飛集講堂前，都講取魚進曰：『鱣者，卿大夫服之象也。數三者，法三台也。先生自此升矣。』年五十乃始仕州郡。」鯉，孔子子孔鯉，字伯魚。《論語·季氏》：「陳亢問于伯魚曰：『子亦有異聞乎？』對曰：『未也。嘗獨立，鯉趨而過庭。曰：「學詩乎？」對曰：「未也。」「不學詩無以言。」鯉退而學詩。他日，又獨立，鯉趨而過庭。曰：「學禮乎？」對曰：

「未也。」「不學禮，無以立。」鯉退而學禮。聞斯二者。』」出谷鶯，見卷十三《和鄭方及第後秋歸洛下閑居》（0605）注。

〔范蠡舟中無子弟，疏家席上欠門生〕范蠡，見卷二二《和三月三十日四十韻》（1461）注。疏家，指疏廣、疏受。見卷一《高僕射》（0030）注。

〔可憐玉樹連桃李，從古無如此會榮〕玉樹，疑當爲桂樹。《世説新語·德行》：「客有問陳季方：『足下家君太丘有何功德而荷天下重名？』季方曰：『吾家君譬如桂樹生泰山之阿，上有萬仞之高，下有不測之深，上爲甘露所霑，下爲淵泉所潤。當斯之時，桂樹焉知泰山之高，淵泉之深？不知有功德與無也。』」

《唐摭言》卷三：「寶曆年中，楊嗣復相公具慶下繼放兩榜。時先僕射自東洛入覲，嗣復率生徒迎於潼關。既而大宴於新昌里第。僕射與所執坐於正寢，公領諸生翼坐於兩序。時元、白俱在，皆賦詩於席上，唯刑部楊汝士侍郎詩後成。元、白覽之失色。詩曰：『隔坐應須賜御屏，盡將仙翰入高冥。文章舊價留鸞掖，桃李新陰在鯉庭。再歲生徒陳賀宴，一時良史盡傳馨。當年疏傅雖云盛，詎有兹筵醉醁醽。』汝士其日大醉，歸謂子弟曰：『我今日壓倒元、白。』」岑仲勉《跋唐摭言》「壓倒元白之半虚」：「大和之初，稹方居越，安得與嗣復之宴。……汝士所歷祇工、户、兵、吏四侍郎，非刑侍，若言終官，固刑部尚書，又不止侍郎，且與宴時又斷未躋此階也。故就汝士言之，則官稱不合。……白之詩，猶可以高下解之，楊之官，猶可以近似解之，獨謂稹亦在座，則真誤矣。夫『壓倒元、白』，昔文人之口頭禪也，而其根據半爲烏有。」

松下琴贈客

松寂風初定，琴清夜欲闌。偶因群動息，試撥一聲看。寡鶴當徽怨①，秋泉應指寒。慚君此傾聽，本不爲君彈。（1734）

【校】

①〔寡鶴〕「寡」何校：「黄校作寮。」

【注】

朱《箋》：作於大和元年（八二七），长安。

〔寡鶴當徽怨，秋泉應指寒〕《琴操·別鶴操》：「《別鶴操》者，商陵牧子所作也。牧子娶妻五年，無子。父兄將欲爲改娶。妻聞之，中夜驚起，倚户悲嘯。牧子聞之，援琴鼓之云云。」《樂府詩集》卷六十琴曲歌辭《三峽流泉歌》引《琴集》：「《三峽流泉》，晉阮咸所作也。」

秋齋

晨起秋齋冷，蕭條稱病容。清風兩窗竹，白露一庭松。阮籍謀身拙，嵇康向事慵。生涯別有處，浩氣在心胸。（1735）

【注】

朱《箋》：作於大和元年（八二七），長安。

〔阮籍謀身拙，嵇康向事慵〕阮籍，見卷一《寄唐生》（0033）注。嵇康《與山巨源絶交書》：「簡與禮相悖，懶與慢相成。」

〔生涯別有處，浩氣在心胸〕《孟子·公孫丑上》：「我知言，我善養吾浩然之氣。」

塗山寺獨遊

野徑行無伴，僧房宿有期。塗山來去熟，唯是馬蹄知。（1736）

【注】

朱《箋》：作於大和元年（八二七），長安。

〔塗山寺〕在長安城南。張禮《遊城南記》：「壬子，渡潏水而南上原，觀乾湫，憩塗山寺，望翠微百塔。」續注：「塗山寺在皇甫村神禾原之東南。」《陝西通志》卷二八：「玉泉寺，在城南四十里，初名塗山寺。唐開元時僧思恒建。」朱《箋》：「明人多誤此爲蜀中之塗山寺。」引曹學佺《蜀中名勝記》及《四川通志》之説。

登觀音臺望城

百千家似圍棋局，十二街如種菜畦。遥認微微入朝火，一條星宿五門西。（1737）

【注】

朱《箋》：作於大和元年（八二七），长安。

〔觀音臺〕在終南山。張禮《遊城南記》續注：「翠微寺在終南山上。……南五臺者，曰觀音，曰靈應，曰文殊，曰普賢，曰現身，皆山峰卓立，故名五臺。」

〔百千家似圍棋局，十二街如種菜畦〕十二街，見卷一《登樂遊園望》（0026）注。

〔遥認微微入朝火，一條星宿五門西〕五門，見卷二《傷友》（0078）注。

登靈應臺北望①

臨高始見人寰小，對遠方知色界空。迴首却歸朝市去，一稊米落太倉中。（1738）

【校】

①〔題〕「靈應臺」汪本作「寶應臺」。

【注】

朱《箋》：作於大和元年（八二七），长安。

〔靈應臺〕《長安志》卷十一萬年縣：「靈應臺並下院共九處，去縣六十里，並在終南山。陸長源《辨疑志》曰：長安城南四十里，有靈母谷，俗呼爲炭谷。入谷五里有惠炬寺，寺南澗水緣崖側一十八里至峰，謂靈應臺。臺上置塔，塔中觀世音菩薩鐵像，像是六軍散將安太清鑄造。」參見前詩注。

〔臨高始見人寰小，對遠方知色界空〕色界，三界欲界、色界、無色界。《中阿含經》卷四七：「見三界知如真：欲界、色界、無色界。」

〔迴首却歸朝市去，一稊米落太倉中〕稊米，見卷二《和思歸樂》（0100）注。

酬裴相公題興化小池見招長句

爲愛小塘招散客，不嫌老監與新詩。山公倒載無妨學①，范蠡扁舟未要追。蓬斷偶飄桃李徑，鷗驚誤拂鳳凰池。敢辭課拙酬高韻，一勺爭禁萬頃陂。（1739）

【校】

①〔山公〕馬本、《唐音統籤》作「山翁」。

【注】

汪《譜》、朱《箋》：作於大和元年（八二七），長安。

〔裴相公〕朱《箋》：「裴度。」見卷十九《和張十八秘書謝裴相公寄馬》（1203）注。

〔興化小池〕長安興化坊裴度池亭。《唐兩京城坊考》卷四朱雀門街西第二街興化坊：「晉國公裴度池亭。」參見本書卷二六《宿裴相公興化池亭》（1823）。

〔山公倒載無妨學，范蠡扁舟未要追〕《晉書·山簡傳》：「時有兒童歌曰：山公出何許，往至高陽池。日夕倒載歸，酩酊無所知。」《史記・貨殖列傳》：「（范蠡）乃乘扁舟，浮於江湖。」

〔蓬斷偶飄桃李徑，鷗驚誤拂鳳凰池〕鳳凰池，見卷八《宿藍橋對月》（0336）注。

閑行

五十年來思慮熟，忙人應未勝閑人。林園傲逸真成貴，衣食單疏不是貧。專掌圖書無過地，遍尋山水自由身。儻年七十猶强健，尚得閑行十五春。（1740）

【注】

汪《譜》、朱《箋》：作於大和元年（八二七），长安。

〔專掌圖書無過地，遍尋山水自由身〕《禮記・禮運》：「故天生時而地生財，人其父生而師教之。四者，君以正用之。故君者，立於無過之地也。」

閑出

兀兀出門何處去，新昌街晚樹陰斜。馬蹄知意緣行熟，不向楊家即庾家。（1741）

【注】

汪《譜》、朱《箋》：作於大和元年（八二七），长安。

〔馬蹄知意緣行熟，不向楊家即庾家〕楊家，朱《箋》：「楊汝士及楊虞卿家。在長安朱雀門街東第三街昭國坊。」見卷十三《宿楊家》（0637）注。庾家，朱《箋》：「庾敬休宅。在長安朱雀門街東第三坊昭國坊。」《唐國史補》卷上：「王維畫品妙絶，于山水平遠尤工。今昭國坊庾敬休屋壁有之。」庾敬休，見卷十《夢與李七庾三十三同訪元九》（0519）注。

與僧智如夜話

懶鈍尤知命，幽棲漸得朋。門閑無謁客①，室靜有禪僧②。爐向初冬火，籠停半夜燈。憂勞緣智巧，自喜百無能。（1742）

【校】

①〔門閑〕那波本作「閉門」。

②〔室靜〕那波本作「靜室」。

【注】

朱《箋》：作於大和元年（八二七），长安。

〔智如〕白居易《東都十律大德長聖善寺鉢塔院主智如和尚茶毗幢記》（《白氏文集》卷六九）：「大師姓吉，號智如，絳郡正平人。……年十二，授經於僧皎。二十二受具戒於僧晤。學《四分律》於曇濬律師，通《楞伽》、《思益》心要於法凝大師。貞元中，寺舉省選，累補昭成、敬愛等五寺開法臨壇大德。繇是行寖高，名寖重，僧尼輩請以聖善寺敕置法寶嚴持院處之。居十年而法供無虚日，律講無虚月。使疑者信，惰者勤，增上慢者退。僧風驟變，佛事勃興，實我師傳授誘誨之力也。大和八年十二月二十三日終於本院。報年八十六，僧夏六十五。……振輩以居易辱爲是院門徒者有年矣，又十年以還，蒙師授八關齋戒，見託爲記，附於真言。」

〔憂勞緣智巧，自喜百無能〕《莊子·列禦寇》：「巧者勞而智者憂，無能者無所求。」

憶廬山舊隱及洛下新居

形骸僶俛班行内，骨肉勾留俸禄中。無奈攀緣隨手長，亦知恩愛到頭空。草堂久閉廬山下，竹院新抛洛水東。自是未能歸去得，世間誰要白鬚翁①。（1743）

【校】

①〔白鬚〕那波本作「白頭」。

【注】

汪《譜》、朱《箋》：作於大和元年（八二七），長安。

〔形骸僶俛班行内，骨肉勾留俸祿中〕勾留，見卷十八《春江》（1151）注。

〔無奈攀緣隨手長，亦知恩愛到頭空〕隨手長，指幼兒之成長。本書卷七《弄龜羅》（0309）：「亦如恩愛緣，乃是憂惱資。」參見該詩注。

〔草堂久閉廬山下，竹院新拋洛水東〕草堂，見卷七《香爐峰下新置草堂即事詠懷題於石上》（0300）注。

晚寒①

急景流如箭，淒風利似刀。瞑催雞翅斂，寒束樹枝高。縮水濃和酒，加綿厚絮袍。可憐冬計畢，煖卧醉陶陶。（1744）

【校】

①〔題〕汪本作「暝寒」。

【注】

朱《箋》：作於大和元年（八二七），长安。

〔急景流如箭，淒風利似刀〕鮑照《舞鶴賦》：「於是窮陰殺節，急景凋年。」

〔縮水濃和酒，加綿厚絮袍〕朱翼中《北山酒經》卷下：「搜拌入麴時，却縮水，勝如旋入别水也。」

偶眠①

放杯書案上，枕臂火爐前。老愛尋思事②，慵多取次眠③。妻教卸烏帽，婢與展青氈。便是屏風樣，何勞畫古賢。（1745）

【校】

①〔題〕汪本校：「一作醉眠。」

②〔思事〕汪本作「思睡」。

③〔慵多〕汪本校：「一作慵便。」

【注】

朱《箋》：作於大和元年（八二七）長安。

〔老愛尋思事，慵多取次眠〕取次，隨意。見卷十一《步東坡》（0553）注。

〔妻教卸烏帽，婢與展青氈〕烏帽，烏紗帽。杜甫《九日五首》：「爲客裁烏帽，從兒具綠樽。」劉禹錫《插田歌》：「路傍誰家郎，烏帽衫袖長。自言上計吏，年初離帝鄉。」

〔便是屏風樣，何勞畫古賢〕屏風樣，畫樣。《唐朝名畫錄》：「范長壽，國初爲武騎尉，善畫風俗田家景候人物之狀，人間多有。今屏風是其制也。凡畫山水樹石牛馬畜産，屈曲遠近，放牧閑野，皆得其妙，各盡其微。」《歷代名畫記》卷九：「薛稷字嗣通，……尤善花鳥人物雜畫。畫鶴知名，屏風六扇様，自稷始也。」

《詩話總龜》卷二十引李頎《古今詩話》：「白樂天以詩名，與元微之同時，號元白。詩詞多比圖畫，如《重屏圖》，自唐迄今傳焉，乃樂天《醉眠》詩也。詩曰：『放杯書案上，枕臂火爐前。老愛尋思睡，慵便取次眠。妻教卸烏帽，婢與展青氈。便是屏風様，何勞畫古賢。』且詩之所以能盡人情物態者，非筆端有口未易到也。詩家以畫爲無聲詩，誠哉是言。」又元虞集有《白樂天重屏圖》詩。

華城西北雉堞最高崔相公首創樓臺錢左丞繼種花果合爲勝境題在雅篇歲暮獨遊悵然成詠

時華州未除刺史。

高居稱君子，瀟灑四無鄰。丞相棟梁久，使君桃李新。凝情看麗句，駐步想清塵。況是寒天客，樓空無主人。（1746）

【注】

朱《箋》：作於大和元年（八二七），長安至洛陽途中。

〔崔相公〕朱《箋》：「崔羣。」見卷二三《題新居寄宣州崔相公》（1590）注。

〔錢左丞〕朱《箋》：「錢徽。」見卷二一《題道宗上人十韻》（1438）注。長慶末爲華州刺史，大和元年十一月復授華州刺史。《舊唐書·文宗紀上》：「（大和元年十一月）癸巳，以左丞錢徽爲華州刺史。」朱《箋》：「此詩自注云：『時華州未除刺史。』則必作於錢徽再除華州之前。」

奉使途中戲贈張常侍

早風吹土滿長衢，驛騎星軺盡疾驅。共笑籃舁亦稱使，日馳一驛向東都。（1747）

【注】

朱《箋》：作於大和元年（八二七），长安至洛陽途中。

〔張常侍〕朱《箋》：「張正甫。」見卷二三《病中辱張常侍題集賢院詩因以繼和》（1592）注。朱《箋》：「劉禹錫《王少尹宅宴張常侍二十六兄見白舍人大監兼呈盧郎中李員外二副使》詩中之『張常侍二十六兄』亦指張正甫，與大和元年奉使之事亦合。」

〔早風吹土滿長衢，驛騎星軺盡疾驅〕《後漢書·李郃傳》：「和帝即位，分遣使者，皆微服單行。……郃因仰觀，問曰：『二君發京師時，寧知朝廷遣二使邪？』二人默然，驚相視曰：『不聞也。』問何以知之？郃指星示云：『有二使星向益州分野，故知之耳。』」後稱使者爲星使，使車爲星軺。宋之問《奉使梁王宴龍泓應教》：「水府淪幽壑，星軺下紫微。」

〔共笑籃舁亦稱使，日馳一驛向東都〕朱《箋》：「此行除正使外，且有兩副使，不知爲何事。然閑散如此，必非急務。」《文苑英華》卷二一六劉禹錫《王少尹宅宴張常侍二十六兄白舍人大監兼郎中李員外二副使》題下注：

「時充冊弔烏司徒使至洛中。」烏司徒謂烏重胤。大和元年十一月卒。見《舊唐書·文宗紀》。

有小白馬乘馭多時奉使東行至稠桑驛溘然而斃足可驚傷不能忘情題二十韻

能驟復能馳，翩翩白馬兒。毛寒一團雪，鬃薄萬條絲。皂蓋春行日，驪駒曉從時①。雙旌前獨步，五馬内偏騎。芳草承蹄葉，垂楊拂頂枝。跨將迎好客②，惜不换妖姬。慢鞚遊蕭寺，閑驅醉習池。睡來乘作夢，興發倚成詩。鞭爲馴難下，鞍緣穩不離。北歸還共到，東使亦相隨。赭白何曾變，玄黄豈得知？嘶風覺聲急③，蹋雪怪行遲。昨夜猶芻秣，今朝尚縶維。卧槽應不起，顧主遂長辭。塵滅騣騣迹，霜留皎皎姿。度關形未改，過隙影難追。念倍燕來駿④，情深項别騅⑤。銀收鈎臆帶，金卸絡頭羈。何處埋奇骨，誰家覓弊帷？稠桑驛門外，吟罷涕雙垂。（1748）

【校】

①〔曉從〕馬本、《唐音統籤》、汪本作「曉促」。

②〔跨將〕汪本作「誇將」。

③〔覺聲〕紹興本、那波本作「聲覺」，據馬本、《唐音統籤》、汪本改。

④〔來駿〕馬本、《唐音統籤》、汪本作「求駿」。

⑤〔別雖〕《文苑英華》明刊本作「別駒」，誤。抄本不誤。

【注】

朱《箋》：作於大和元年（八二七），長安至洛陽途中。

〔稠桑驛〕《元和郡縣志》卷六靈寶縣：「稠桑澤在縣西十八里。虢公敗戎於桑田即是也。」《太平寰宇記》卷六陝州靈寶縣：「稠桑澤在縣西十八里。按《山海經》云：桃林地方三百里。此澤即古之桃林也。」朱《箋》：「據白詩，則稠桑澤當作稠桑驛。」按，稠桑驛蓋因稠桑澤而得名。

〔能驟復能馳，翩翩白馬兒〕《莊子·馬蹄》：「及至伯樂曰：『我善治馬。』……饑之渴之，馳之驟之，整之齊之，前有橛飾之患，而後有鞭策之威。」曹植《白馬篇》：「白馬飾金羈，連翩西北馳。」

〔皂蓋春行日，驪駒曉從時〕《漢書·儒林傳》：「歌驪駒。」顔師古注：「服虔曰：逸《詩》篇名也。見《大戴禮》。客欲去歌之。文穎曰：其辭云：驪駒在門，僕夫具存。驪駒在路，僕夫整駕。」《陌上桑》：「何用識夫壻，白馬從驪駒。」

〔雙旌前獨步，五馬内偏騎〕《新唐書·百官志下》節度使：「辭日賜雙旌雙節，行則建節，樹六纛。」儲光羲《同張侍御宴北樓》：「今之太守古諸侯，出入雙旌垂七旒。」權德輿《送韋中丞奉使新羅》：「計書重譯至，錫命雙旌往。」蓋奉使及出守亦建雙旌。

〔跨將迎好客，惜不換妖姬〕《樂府詩集》卷七三梁簡文帝《愛妾換馬》引《樂府解題》：「《愛妾換馬》，舊説淮南王所作。疑淮南王即劉安也。古辭今不傳。」《天中記》卷五五引《獨異志》：「後魏曹彰，性倜儻，偶逢駿馬，愛之。其主所惜也。彰曰：『余有美妾可換，惟君所選。』馬主因指一妓，彰遂換之。馬號曰白鶻。後因獵，跪獻於文帝。」《太平廣記》卷三四九《韋鮑生妓》（出《纂異記》）：「酒徒鮑生，家富畜妓。開成初，行歷陽道中，止定山寺。遇外弟韋生，下第東歸，同憩水閣。鮑置酒，酒酣，韋謂鮑曰：『樂妓數輩焉在？得不有攜者乎？』……鮑撫掌大悦，乃停杯命燭，閲馬於軒檻前數匹，與向來誇誕，十未盡其八九。韋戲鮑曰：『能以人換，任選殊尤。』鮑欲馬之意頗切，密遣四絃更衣盛妝。……韋乃召御者牽紫叱拔以酬之。鮑意未滿，往復説之，紊然無章。有紫衣冠者二人，導從甚衆，自水閣之西升階而來。……時紫衣相顧笑曰：『此即向來聞妾換馬之筵。』因命酒對飲。」所謂紫衣二人者爲江淹、謝莊。此雖爲小説，可見爲當時一故事。

〔慢鞚遊蕭寺，閑驅醉習池〕蕭寺，見卷二十《重到江州感舊遊題郡樓十一韻》（1313）注。《世説新語・任誕》劉孝標注引《襄陽記》：「漢侍中習郁于峴山南，依范蠡養魚法作魚池。……山簡每臨此池，未嘗不大醉而還，曰：『此是我高陽池也。』」

〔赭白何曾變，玄黄豈得知〕《爾雅・釋獸》：「彤白雜毛，騢。」郭璞注：「即今之赭白馬。」顔延之有《赭白馬賦》，《文選》吕向注：「宋文帝爲中郎將，受武帝赭白馬之錫。及文帝受禪，其馬乃死。帝命群臣賦之，而延之同有此作。」《詩・周南・卷耳》：「陟彼高岡，我馬玄黄。」毛傳：「玄馬病則黄。」

〔昨夜猶芻秣，今朝尚縶維〕《周禮・天官・大宰》：「以九式均節財用。……七曰芻秣之式。」鄭注：「芻秣，養牛馬禾穀也。」《詩・小雅・白駒》：「皎皎白駒，食我場苗。縶之維之，以永今朝。」毛傳：「賢者有乘白駒而去者，縶絆維縶也。」

〔塵滅騣騣迹，霜留皎皎姿〕《詩・小雅・四牡》：「駕彼四駱，載驟騣騣。」毛傳：「騣騣，驟貌。」《詩・小雅・白駒》：「皎皎白駒，食我場苗。」

〔度關形未改，過隙影難追〕《墨子・兼愛下》：「人之生乎地上無幾何也，譬之猶駟馳而過隙也。」

〔念倍燕來駿，情深項別騅〕燕來駿，見卷十五《渭村退居寄禮部崔侍郎翰林錢舍人詩一百韻》（0803）「來燕隗貴重」注。《史記·項羽本紀》：「項王則夜起，飲帳中。有美人名虞，常幸從。駿馬名騅，常騎之。於是項王乃悲歌忼慨，自爲詩曰：力拔山兮氣蓋世，時不利兮騅不逝。騅不逝兮可奈何，虞兮虞兮奈若何。」

〔何處埋奇骨，誰家覓弊帷〕《禮記·檀弓下》：「仲尼之畜狗死，使子貢埋之。曰：『吾聞之也：敝帷不棄，爲埋馬也；敝蓋不棄，爲埋狗也。丘也貧無蓋，於其封也，亦予之席，毋使其首陷焉。』」

題噴玉泉

泉在壽安山下，高百餘尺，直寫潭中。

泉噴聲如玉，潭澄色似空。練垂青障上①，珠寫綠盆中。溜滴三秋雨，寒生六月風。何時此巖下，來作濯纓翁？（1749）

【校】

①〔青障〕馬本、《唐音統籤》作「青嶂」。

【注】

朱《箋》：作於大和元年（八二七），長安至洛陽途中。

〔噴玉泉〕《大唐傳載》：「壽安縣有噴玉泉，石溪皆山水之勝絶也。貞元中，李賓客洞爲縣令，乃剗翳薈，開徑隧，人方聞而異焉。大和初，博陵崔蒙爲主簿，標堠於道周，人方造而遊焉。」《明一統志》卷二九河南府：「噴玉泉，在宜陽縣東南。宋司馬光有詩。」《元和郡縣志》卷六河南府：「壽安縣，本漢宜陽縣地。……仁壽四年，改名壽安縣。貞觀七年改屬河南府。」

〔何時此巖下，來作濯纓翁〕《孟子·離婁上》：「有孺子歌曰：滄浪之水清兮，可以濯我纓；滄浪之水濁兮，可以濯我足。」

酬皇甫賓客

閑官兼慢使，著處易停輪。况欲逢新歲，仍初見故人①。冒寒尋到洛，待暖始歸秦。亦擬同攜手，城東略看春。（1750）

【校】

①〔仍初〕那波本作「仍將」。

【注】

朱《箋》：作於大和元年（八二七），洛陽。

〔皇甫賓客〕朱《箋》：「皇甫鏞。」見卷二一《寄皇甫賓客》（1439）注。

〔閑官兼慢使，著處易停輪〕著處，猶言到處、是處。王維《酬黎居士淅川作》：「著處是蓮花，無心變楊柳。」杜甫《遠遊》：「賤子何人記，迷方著處家。」又《卜居》：「未成遊碧海，著處覓丹梯。」韓愈《柳溪》：「莫將條繫纜，著處有蟬號。」

種白蓮

吳中白藕洛中栽，莫戀江南花懶開。萬里攜歸爾知否，紅蕉朱槿不將來。（1751）

【注】

朱《箋》：作於大和元年（八二七），洛陽。

答蘇庶子

偶作關東使，重陪洛下游。病來從斷酒，老去可禁愁？款曲偏青眼，蹉跎各白頭。蓬山閑氣味，依約似龍樓。（1752）

【注】

朱《箋》：作於大和元年（八二七），洛陽。

〔蘇庶子〕朱《箋》：「蘇弘。藍田人，蘇端之子，歷官不詳。」本書卷三六《會昌二年春題池西小樓》（2722）注：「蘇庶子弘、李中丞道樞及陳、樊二妓，十餘年皆樓中歌酒中伴，或歿或散，獨予在焉。」《新唐書·盧坦傳》：「初，劉闢壻蘇彊坐誅，彊兄弘宦晉州，自免去，人莫敢用者。坦奏弘有才行，其弟從闢時，距三千里，宜不通謀，今坐廢，非用人意。因請署判官。帝曰：『使彊不誅，尚錄其材，况彼兄耶。』」

〔款曲偏青眼，蹉跎各白頭〕秦嘉《贈婦詩》：「念當遠離別，思念叙款曲。」《世説新語・簡傲》劉孝標注引《晉百官名》：「（阮）籍能爲青白眼，見凡俗之士，以白眼對之。」

〔蓬山閑氣味，依約似龍樓〕蓬山，指秘書省。王融《三月三日曲水詩序》：「紀言事於仙室。」《文選》李善注引華嶠《後漢書》：「學者稱東觀爲老氏藏室，道家蓬萊。」權德輿《酬張秘監閣老喜太常中書二閣老與德輿同日遷官相代之作》：「蓬山有佳句，喜氣在新題。」龍樓，指太子東宮。見卷五《贈吳丹》（0194）注。

答尉遲少監水閣重宴

人情依舊歲華新，今日重招往日賓。雞黍重迴千里駕，林園暗換四年春。水軒平寫琉璃鏡，草岸斜鋪翡翠茵。聞道經營費心力，忍教成後屬他人。時主人欲賣林亭。（1753）

【注】

朱《箋》：作於大和二年（八二八），洛陽。

〔尉遲少監〕朱《箋》：「疑爲尉遲汾。」見卷二三《城東閑行因題尉遲司業水閣》（1611）注。

〔雞黍重迴千里駕，林園暗換四年春〕《論語・微子》：「子路從而後，遇丈人。……止子路宿，殺雞爲黍而食之。」《世説新語・簡傲》：「嵇康與呂安善，每一相思，千里命駕。」按，此或用范式、張劭事。李瀚《蒙求》：「陳雷膠漆，范張雞黍。」見卷二六《詠家醖十韻》（1873）注。

和劉郎中傷鄂姬

不獨君嗟我亦嗟，西風北雪殺南花。不知月夜魂歸處，鸚鵡洲頭第幾家？姬，鄂人也。

（1754）

【注】

朱《箋》：作於大和二年（八二八），洛陽。

〔劉郎中〕朱《箋》：「劉禹錫。大和元年自和州刺史除主客郎中分司東都。二年春始至長安，以主客郎中充集賢學士。《舊唐書》本傳謂大和二年自和州徵還，非是。」劉禹錫《舉姜補闕倫自代狀》：「臣蒙恩授尚書主客郎中，分司東都。」末署「大和元年六月十四日」。又《再遊玄都觀絶句》序：「余貞元二十一年爲屯田員外郎，……今十有四年，復爲主客郎中。重遊玄都，蕩然無復一樹，唯兔葵、燕麥動摇于春風耳。因再題二十八字，以俟後遊。時大和二年三月。」可知其入朝在大和二年三月。

〔鄂姬〕劉禹錫《有所嗟二首》：「庾令樓中初見時，武昌春柳鬥腰肢。相逢相笑盡如夢，爲雨爲雲今不知」；「鄂渚濛濛煙雨微，女郎魂逐暮雲歸。只應長在漢陽渡，化作鴛鴦一隻飛。」朱《箋》：「鄂妓蓋禹錫長慶四年自夔州東下過武昌時所納之姬人。《有所嗟二首》，《全唐詩》亦編在元稹卷内，……以白詩證之，當屬劉作。蓋此時元稹方觀察浙東，未赴鄂渚也。」瞿蜕園《劉禹錫集箋證》：「玩《有所嗟》第一首『庾令樓中初見時』之句，似指李程鎮鄂岳時而言，程自元和十三年到長慶四年皆在武昌，而寶曆、大和之間，即禹錫作是詩時，正在河東節度使任。頗疑所悼之鄂姬即程之後房，攜至太原，失意而死者。故居易有『西風北雪殺南花』之句。果如此，則禹錫與程之情分可謂不同尋常，否則不能不稍避嫌也。」瞿説似更近實情。

〔不知月夜魂歸處，鸚鵡洲頭第幾家〕鸚鵡洲，見卷十《夜聞歌者》（0495）注。

贈東鄰王十三

攜手池邊月，開襟竹下風①。驅愁知酒力，破睡見茶功。居處東西接，年顏老少同。能來爲伴否，伊上作漁翁。（1755）

【校】

①〔竹下〕汪本作「月下」。

【注】

朱《箋》：作於大和二年（八二八），洛陽。

〔王十三〕名未詳。朱《箋》：「白氏大和六年所作之《聞樂感鄰》（本書卷二六1912）原注云：『東鄰王大理去冬云亡，南鄰崔尚書今秋薨逝。』則知王大理爲白氏之東鄰，死於大和五年冬，即詩中之王十三。」

〔能來爲伴否，伊上作漁翁〕伊，伊水。《水經注》伊水：「伊水又北，入伊闕。……又東北至洛陽縣南，北入于洛。」《唐兩京城坊考》卷五：「居易宅在履道西門，宅西牆下臨伊水渠，渠又周其宅之北。」

早春同劉郎中寄宣武令狐相公

梁園不到一年强，遥想清吟對緑觴。更有何人能飲酌，新添幾卷好篇章？馬頭拂柳時迴轡，豹尾穿花暫亞槍。誰引相公開口笑，不逢白監與劉郎？（1756）

【注】

朱《箋》：作於大和二年（八二八），洛陽。

〔劉郎中〕朱《箋》：「劉禹錫。」見前《和劉郎中傷鄂姬》（1754）注。

〔宣武令狐相公〕朱《箋》：「宣武節度使令狐楚。」見卷二四《奉和汴州令狐相公二十二韻》（1615）注。

〔梁園不到一年强，遥想清吟對緑觴〕梁園，即兔園。《西京雜記》卷二：「梁孝王好營宫室苑囿之樂，作曜華之宫，築兔園。園中有百靈山，山有膚寸石、落猿巖、棲龍岫。又有雁池，池間有鶴洲、鳧渚。其諸宫觀相連延亘數十里。」《元和郡縣志》卷八宋州宋城縣：「兔園，縣東南十里。漢梁孝王園。」沈約《爲臨川王九日侍太子宴》：「葉浮楚水，草折梁園。」此實指汴州。韋應物《送開封盧少府》：「到處無留滯，梁園花欲稀。」朱《箋》：「居易及禹錫曾於大和元年春路過汴州，應令狐楚之款接，停留小遊，至二年春已將一年。故令狐楚有《節度宣武酬樂天夢得》詩云：『蓬萊仙監客曹郎（注：劉爲主客），曾枉高車過大梁。』蓋即指此。」

〔馬頭拂柳時迴轡，豹尾穿花暫亞槍〕豹尾，見卷二四《奉和汴州令狐相公二十二韻》（1615）注。

寄太原李相公

聞道北都今一變，政和軍樂萬人安。綺羅二八圍賓榻，組練三千夾將壇。蟬鬢應誇丞相少，貂裘不覺太原寒。世間大有虚榮貴，百歲無君一日歡。（1757）

【注】

朱《箋》：作於大和二年（八二八），洛陽。

〔太原李相公〕朱《箋》：「北都留守、河東節度使李程。」《舊唐書·敬宗紀》：「（寶曆二年九月）壬申，宰相李程爲北都留守、河東節度使。」《舊唐書·地理志二》河東道：「北京太原府，……龍朔二年，進爲大都督府。天授元年，置北都兼都督府。開元十一年，又置北都，改并州爲太原府。天寶元年，改北都爲北京。」

〔綺羅二八圍賓榻，組練三千夾將壇〕《左傳》襄公三年：「使鄧廖帥組甲三百，被練三千。」杜預注：「組甲，漆甲成組文。被練，練袍。」謝朓《和伏武昌登孫權故城》：「北拒溺驂驪，西戡收組練。」

〔蟬鬢應誇丞相少，貂裘不覺太原寒〕《古今注》卷下：「魏文帝宫人絶所愛者，有莫瓊樹、薛夜來、田尚衣、段巧笑四人，日夕在側，瓊樹乃制蟬鬢，縹緲如蟬，故曰蟬鬢。」參見卷四《井底引銀瓶》（0162）「蟬翼」注。《後漢書·東平憲王蒼傳》：「帝以蒼冒涉寒露，遣謁者賜貂裘。」

雪中寄令狐相公兼呈夢得

兔園春雪梁王會，想對金罍詠玉塵。今日相如身在此，不知客右坐何人①。（1758）

【校】

①〔客右〕馬本、《唐音統籤》作「客又」。

【注】

朱《箋》：作於大和二年（八二八），洛陽。

〔令狐相公〕朱《箋》：「令狐楚。」見前《早春同劉郎中寄宣武令狐相公》（1756）注。

〔兔園春雪梁王會，想對金罍詠玉塵〕兔園、梁王，見前《早春同劉郎中寄宣武令狐相公》（1756）注。謝莊《雪賦》：「歲將暮，時既昏，寒風積，愁雲繁。梁王不悦，遊於兔園。乃置旨酒，命賓友，召鄒生，延枚叟，相如末至，居客之右。」何遜《和司馬博士詠雪》：「若逐微風起，誰言非玉塵。」

出使在途所騎馬死改乘肩輿將歸長安偶詠旅懷寄太原李相公

驛路崎嶇泥雪寒①，欲登籃輿一長歎。風光不見桃花騎，塵土空留杏葉鞍。喪乘獨歸殊不易，脱驂相贈豈爲難。并州好馬應無數，不怕旌旌試覓看。（1759）

【校】

①〔泥雪〕馬本、《唐音統籤》作「况雪」。

【注】

朱《箋》：作於大和二年（八二八），洛陽。

〔太原李相公〕朱《箋》：「太原留守李程。」見前《寄太原李相公》（1757）注。

〔風光不見桃花騎，塵土空留杏葉鞍〕桃花騎，見卷十五《渭村退居寄禮部崔侍郎翰林錢舍人詩一百韻》（0803）注。杏葉鞍，謂鞍轡以金銀作杏葉式樣裝飾。王勃《春思賦》：「杏葉裝金轡，蒲萄鏤玉鞍。」元稹《奉和浙西大夫述夢四十韻》：「借騎銀杏葉，橫賜錦垂萄。」

〔喪乘獨歸殊不易，脱驂相贈豈爲難〕《左傳》僖公三十三年：「公使陽處父追之，及諸河，則在舟中矣。釋左驂，以公命贈孟明。」

有雙鶴留在洛中忽見劉郎中依然鳴顧劉因爲鶴歎二篇寄予予以二絶句答之

辭鄉遠隔華亭水，逐我來棲緱嶺雲。慚愧稻粱長不飽，未曾迴眼向雞群。（1760）

【注】

朱《箋》：作於大和二年（八二八），洛陽。

〔劉郎中〕朱《箋》：「劉禹錫。」劉禹錫《鶴歎詩二首》序：「友人白樂天，去年罷吳郡，挈雙鶴雛以歸。予相遇於揚子津，閑玩終日，翔舞調態，一符相書，信華亭之尤物也。今年春，樂天爲秘書監，不以鶴隨，置之洛陽第。」朱《箋》：「去年謂寶曆二年，今年謂大和元年。紀年明確，故知禹錫大和元年作詩時方爲主客郎中分司東都，居易則爲秘書監在長安。居易作此詩答劉時，當爲大和二年已奉使至洛陽。」

〔辭鄉遠隔華亭水，逐我來棲緱嶺雲〕華亭鶴，見卷八《洛下卜居》(0375)注。緱嶺，緱氏山。《元和郡縣志》卷五河南府緱氏縣：「緱氏山在縣東南二十九里，王子晉得仙處。」《列仙傳》卷上：「王子喬者，周靈王太子晉也。好吹笙作鳳鳴。遊伊洛之間，浮丘公接以上嵩高山，三十餘年後，於山中謂桓良曰：『告我家，七月七日待我緱氏山頭。』是日，果乘白鶴駐山嶺。望之不得到，舉手謝時人，數日而去。」

〔慚愧稻粱長不飽，未曾迴眼向雞群〕稻粱，見卷一《感鶴》(0028)注。

荒草院中池水畔，銜恩不去又經春。見君驚喜雙迴顧，應爲吟聲似主人。（1761）

宿竇使君莊水亭

使君何在在江東，池柳初黃杏欲紅。有興即來閑便宿，不知誰是主人翁。（1762）

【注】

朱《箋》：作於大和二年（八二八），洛陽。

〔竇使君〕朱《箋》：「婺州刺史竇庠。」《舊唐書·竇庠傳》：「牟弟庠，字胄卿，釋褐國子主簿。吏部侍郎韓皋出鎮武昌，辟爲推官。……歷信、婺二州刺史。」褚藏言《竇庠傳》：「昌黎公留守東都，又奏公爲汝州防禦判官。改檢校户部員外郎、兼侍御史。後遷信州刺史。三載轉婺州。亦既二載，遘疾告終於東陽之官舍。」朱《箋》：「昌黎公即韓皋。考韓皋卒於長慶四年正月，見《舊唐書·敬宗紀》。其刺信州必在韓皋卒後，下數五載，即遷婺之次年，當爲大和二年，與居易此詩時間正合。」

龍門下作

龍門澗下濯塵纓，擬作閑人過此生。筋力不將諸處用，登山臨水詠詩行。（1763）

【注】

朱《箋》：作於大和二年（八二八），洛陽。

〔龍門〕龍門山，即伊闕山。見卷八《贈蘇少府》（0377）注。

〔筋力不將諸處用，登山臨水詠詩行〕諸處，别處。見卷十三《冬夜示敏巢》（0693）注。

姚侍御見過戲贈

晚起春寒慵裹頭，客來池上偶同遊。東臺御史多提舉，莫按金章繫布裘。（1764）

【注】

朱《箋》：作於大和二年（八二八），洛陽。

〔姚侍御〕朱《箋》：「姚合。」新舊《唐書》附《姚崇傳》。據羅振玉《李公夫人吳興姚氏墓志跋》（載《貞松老人遺稿》）考證，合爲姚元景曾孫，姚崇之曾侄孫。晁公武《郡齋讀書志》卷四：「姚合……元和十一年李逢吉知舉進士。歷武功主簿，富平、萬年尉。寶應（曆）中監察、殿中御史，户部員外郎。出金、杭二州刺史。爲刑、户二部郎中，諫議大夫，給事中，陝虢觀察使。開成末終秘書監。世號姚武功云。」據居易此詩，合此時爲東都留臺御史。

履道春居

微雨灑園林，新晴好一尋。低風洗池面，斜日拆花心。瞑助嵐陰重，春添水色深。不如陶省事，猶抱有絃琴。（1765）

【注】

朱《箋》：作於大和二年（八二八），洛陽。

〔履道〕白居易履道坊宅。見卷二三《履道新居二十韻》（1582）注。

〔不如陶省事，猶抱有絃琴〕《晉書·陶潛傳》：「性不解音，而畜素琴一張，絃徽不具，每朋酒之會，則撫而和之，曰：『但識琴中趣，何勞絃上聲。』」

題洛中第宅①

水木誰家宅，門高占地寬。懸魚掛青甃，行馬護朱欄。春樹籠烟煖，秋庭鎖月寒。松膠粘琥珀，筠粉撲琅玕。試問池臺主，多爲將相官。終身不曾到，唯展宅圖看。（1766）

【校】

①〔題〕那波本作「題洛中宅」。

【注】

朱《箋》：作於大和二年（八二八），洛陽。

〔懸魚掛青甃，行馬護朱欄〕《唐會要》卷三一雜錄大和三年九月敕：「六品七品已下，堂舍不得過三間五架，門屋不得過一間兩架，非常參官不得造軸心舍及施懸魚對鳳瓦、獸通袱乳梁裝飾。」《晉書·魏舒傳》：「於是賜安車駟馬，門施行馬。」《通典》卷三四職官光祿大夫以下：「門外特施行馬，以旌別之。」程大昌《演繁露》卷一：「晉魏以後，官至貴品，其門得施行馬。行馬者，一木横中，兩木互穿，以成四角。施之於門，以爲約禁也。《周禮》謂之陛枑。今官府前叉子是也。」

寄殷協律 多叙江南舊遊。

五歲優遊同過日，一朝消散似浮雲。琴詩酒伴皆抛我，雪月花時最憶君。幾度聽雞歌白日，亦曾騎馬詠紅裙。予在杭州日有歌云：「聽唱黄雞與白日。」又有詩云：「著紅騎馬是何人。」吴娘暮雨蕭蕭曲①，自別江南更不聞。江南吴二娘曲詞云：「暮雨蕭蕭郎不歸。」（1767）

【校】

①〔吴娘〕馬本、《唐音統籤》作「吴姬」。

【注】

朱《箋》：作於大和二年（八二八），洛陽。

〔殷協律〕朱《箋》：「殷堯藩。」見卷九《贈别楊穎士盧克柔殷堯藩》（0430）注。

〔幾度聽雞歌白日，亦曾騎馬詠紅裙〕見卷十二《醉歌》（0603）及卷二十《代賣薪女贈諸妓》（1375）。

〔吴娘暮雨蕭蕭曲，自別江南更不聞〕楊慎《升庵詩話》卷四：「吴二娘，杭州名妓也。有《長相思》一詞云：『深花枝，淺花枝，深淺花枝相問時。花枝難似伊。　巫山高，巫山低，暮雨瀟瀟郎不歸。空房獨守時。』白樂天詩：『吴娘暮雨瀟瀟曲，自到江南久不聞。』又：『夜舞吴娘袖，春歌蠻子詞。』自注：『吴二娘歌詞有暮雨瀟瀟郎不歸之句。』《絶妙詞選》以此爲白樂天詞，誤矣。吴二娘亦杜公之黄四娘也。聊表出之。」《吟窗雜録》卷五十亦載吴二娘《長相思令》，文字稍異：「深黛眉，淺黛眉，十指蘢葱雲染衣。巫山行雨行(迴)。　巫山高，巫山低，暮雨朝朝良(郎)不歸。空房獨守誰。」

洛下諸客就宅相送偶題西亭

几榻臨池坐，軒車冒雪過。交親致杯酒，僮僕解笙歌。流歲行將晚，浮榮得幾多。林泉應問我，不住意如何？(1768)

【注】

朱《箋》：作於大和二年(八二八)，洛陽。

答林泉

好住舊林泉，迴頭一悵然。漸知吾潦倒，深愧爾留連。欲作棲雲計，須營種黍錢。更容求一郡，不得亦歸田。(1769)

【注】

朱《箋》：作於大和二年（八二八），洛陽。

〔欲作棲雲計，須營種黍錢〕《晉書・陶潛傳》：「在縣，公田悉令種秫穀，曰：『令吾常醉於酒足矣。』妻子固請種秔，乃使一頃五十畝種秫，五十畝種秔。」此用其意。李白《贈崔秋浦三首》：「崔令學陶令，北窗常晝眠。抱琴時弄月，取意任無絃。見客但傾酒，爲官不愛錢。東皐多種黍，勸爾早耕田。」

將發洛中枉令狐相公手札兼辱二篇寵行以長句答之

尺素忽驚來梓澤，雙金不惜送蓬山。八行落泊飛雲雨，五字鎗摐動珮環①。玉韻乍聽堪醒酒，銀鉤細讀當披顔。收藏便作終身寶，何啻三年懷袖間。（1770）

【校】

①〔鎗摐〕那波本、馬本、《唐音統籤》、汪本作「鎗鏦」。

【注】

朱《箋》：作於大和二年（八二八），洛陽。

〔令狐相公〕朱《箋》：「宣武節度使令狐楚。」見本卷《早春同劉郎中寄宣武令狐相公》（1756）注。

〔尺素忽驚來梓澤，雙金不惜送蓬山〕梓澤，即金谷。《晉書・石崇傳》：「崇有別館在河陽之金谷，一名梓澤。送者傾都，帳飲於此焉。」《太平御覽》卷五四引戴延之《西京記》：「梓澤去洛城六十里，澤在金谷之中，朝賢所集賦詩，是石崇所居。」張載《擬四愁詩》：「佳人遺我綠綺琴，何以贈之雙南金。」蓬山，見本卷《答蘇庶子》（1752）注。

〔八行落泊飛雲雨，五字鎗摐動珮環〕落泊，同落魄。《陳書·杜稜傳》：「少落泊，不爲當世所知。」韓愈《晚秋郾城夜會李正封聯句》：「驚烏時落泊，語闌壯氣衰。」鎗摐，同錚摐。見卷十六《江樓宴別》（0907）注。《太平廣記》卷四八九《冥音錄》：「絲桐之音，鎗鏦可聽。」

〔玉韻乍聽堪醒酒，銀鈎細讀當披顔〕蕭綱《八關齋制序》：「目對金容，耳餐玉韻。」銀鈎，見卷二四《寫新詩寄微之偶題四韻》（1707）注。

〔收藏便作終身寶，何啻三年懷袖間〕《玉臺新詠》卷一《古詩》：「置書懷袖中，三歲字不滅。」

臨都驛答夢得六言二首

楊子津頭月下，臨都驛裏燈前。昨日老於前日，去年春似今年。（1771）

【注】

朱《箋》：作於大和二年（八二八），洛陽。

〔臨都驛〕在洛陽西。《太平廣記》卷二百《盧渥》（出《唐闕史》）：「及赴任陝郊，洛城自居守分司朝臣已下，互設祖筵，遮於行路，洛城爲之一空。都人觀者架肩擊轂，盛於清明灑掃之日，自臨都驛以至於行，凡五十里，連翩不絶。」本書卷二七《臨都驛送崔十八》（1948）：「勿言臨都五六里，扶病出城相送來。

〔楊子津頭月下，臨都驛裏燈前〕李白《横江詞六首》：「横江西望阻西秦，漢水東連楊子津。」楊齊賢注：「《唐志》：揚州廣陵郡，永淳元年析江都縣置揚子縣。揚子縣有瓜步鎮，即渡江處。横江，建康之西津。揚子，建康之東津也。」

謝守歸爲秘監，馮公老作郎官。前事不須問著，新詩且更吟看。（1772）

【注】

〔謝守歸爲秘監，馮公老作郎官〕謝守，用謝靈運事。《宋書·謝靈運傳》：「出爲永嘉太守。……太祖登祚，誅徐羨之，徵爲秘書監，再召不起。上使光禄大夫范泰與靈運書敦奬之，乃出就職。」馮公，用馮唐事。見卷十五《渭村退居寄禮部崔侍郎翰林錢舍人詩一百韻》（0803）注。

喜錢左丞再除華州以詩伸賀

左轄輟中臺，門東委上才。彤襜經宿到，絳帳及春開。民望懇難奪，天心慈易迴。那知不隔歲，重借寇恂來。（1773）

【注】

朱《箋》：作於大和二年（八二八），长安。

〔錢左丞〕朱《箋》：「錢徽。」見本卷《華城西北雉堞最高崔相公首創樓臺錢左丞繼種花果合爲勝境題在雅篇歲暮獨遊悵然成詠》（1746）注。

〔左轄輟中臺，門東委上才〕《晉書·天文志上》：「轄星傅軫兩傍，主王侯。左轄爲王者同姓，右轄爲異姓。」後以左轄指尚書左丞。《唐六典》卷一尚書都省：「左右丞掌管轄省事，糾舉憲章。」杜甫《贈韋左丞丈濟》：「左轄頻虛位，今年得舊儒。」中臺，尚書省。《唐會要》卷五七尚書省：「武德元年因隋舊制爲尚書省。龍朔二年二月四日，改爲中臺。咸亨元年十二月二十三日，改爲尚書省。」

〔彤襜經宿到，絳帳及春開〕襜同幨。《周禮·春官·巾車》：「皆有容蓋。」鄭玄注引鄭司農云：「容謂幨車，山東謂之裳幃，或曰幢容。」彤幨指太守之車。《後漢書·賈琮傳》：「乃以琮爲冀州刺史。舊典傳車驂駕，垂赤帷裳，迎於州界。及琮之部，升車言曰：『刺史當遠視廣聽，糾察美惡，何有反垂帷裳，以自掩塞乎？』乃命御者褰之。」沈佺期《夏日梁王席送張岐州》：「翠帟當郊敞，彤幨向野披。」劉長卿《送崔使君赴壽州》：「列郡專城分國憂，彤幨皂蓋古諸侯。」絳帳，見卷二十《忘筌亭》（1377）注。

〔那知不隔歲，重借寇恂來〕寇恂，見卷二四《自到郡齋僅經旬日方專公務未及宴遊偷閑走筆題二十四韻兼寄常州賈舍人湖州崔郎中仍呈吳中諸客》（1625）注。

和錢華州題少華清光絶句

高情雅韻三峰守，主領清光管白雲。自笑亦曾爲刺史，蘇州肥膩不如君。（1774）

【注】

朱《箋》：作於大和二年（八二八），长安。

〔錢華州〕朱《箋》：「錢徽。」見前詩注。

〔少華〕少華山。《元和郡縣志》卷二華州鄭縣：「少華山在縣東南十里。」《陝西通志》卷十三華州：「少華山，在州南十四里，連接太華。太華山西八十里曰小華山。小華即少華。」

〔高情雅韻三峰守，主領清光管白雲〕三峰，華山三峰。《太平寰宇記》卷二九華州華陰縣：「按《名山記》：華嶽有三峰，直上數千仞，基廣而峰峻，疊秀迄於嶺表，有如削成。」

送陝府王大夫

金馬門前迴劍珮，鐵牛城下擁旌旗。他時萬一爲交代，留取甘棠三兩枝。（1775）

【注】

朱《箋》：作於大和二年（八二八），长安。

〔陝府王大夫〕朱《箋》：「陝虢觀察使王起。」《舊唐書·文宗紀》：「（大和二年）二月丁亥朔，以兵部侍郎王起爲陝虢觀察使代韋弘景。」參見卷五《常樂里閑居偶題十六韻兼寄劉十五公輿王十一起呂二炅呂四穎崔十八玄亮元九稹劉三十二敦質張十五仲方時爲校書郎》（0173）注。

〔金馬門前迴劍珮，鐵牛城下擁旌旗〕金馬門，見卷十《別李十一後重寄》（0486）注。鐵牛城，指陝州。《明一統志》

卷二九河南府：「鐵牛，在陝州城外黄河中，頭在河南，尾在河北。傳禹鑄以鎮河患。有廟，唐賈至作《鐵牛頌》。」

〔他時萬一爲交代，留取甘棠三兩枝〕此用甘棠典兼指陝州，用召公分陝之意。劉禹錫《送王司馬之陝州》：『暫輟清齋出太常，空攜詩卷赴甘棠。』

代迎春花招劉郎中

幸與松筠相近栽，不隨桃李一時開。杏園豈敢妨君去，未有花時且看來。（1776）

【注】

朱《箋》：作於大和二年（八二八），长安。

〔劉郎中〕朱《箋》：「劉禹錫。」見本卷《和劉郎中傷鄂姬》（1754）注。

〔杏園豈敢妨君去，未有花時且看來〕杏園，見卷一《杏園中棗樹》（0056）注。

玩迎春花贈楊郎中

金英翠蕚帶春寒，黄色花中有幾般？憑君與向遊人道①，莫作蔓菁花眼看。（1777）

【校】

①〔與向〕《唐音統籤》作「語向」。

【注】

朱《箋》： 作於大和二年（八二八），長安。

〔楊郎中〕朱《箋》： 「楊汝士。」見本卷《和楊郎中賀楊僕射致仕後楊侍郎門生合宴席上作》（1733）注。

閑出

身外無羈束，心中少是非。被花留便住，逢酒醉方歸。人事行時少，官曹入日稀。春寒遊正好，穩馬薄緜衣。（1778）

【注】

朱《箋》： 作於大和二年（八二八），長安。

座上贈盧判官①

把酒承花花落頻，花香酒味相和春。莫言不是江南會，虛白亭中舊主人。（1779）

【校】

①〔題〕「座上」馬本、《唐音統籤》作「座中」。

【注】

朱《箋》：作於大和二年（八二八），长安。

〔盧判官〕朱《箋》：「盧賈。居易爲杭州刺史時之舊判官。」見卷二十《予以長慶二年冬十月到杭州明年秋九月始與范陽盧賈汝南周元範蘭陵蕭悦清河崔求東萊劉方輿同遊恩德寺之泉洞竹石籍甚久矣及兹目擊果愜心期因自嗟云到郡周歲方來入寺半日復去俯視朱紱仰睇白雲有愧於心遂留絶句》（1378）。

〔莫言不是江南會，虚白亭中舊主人〕虚白亭，即虚白堂，見卷二十《虚白堂》（1326）注。

曲江有感

曲江西岸又春風，萬樹花前一老翁。遇酒逢花還且醉，若論惆悵事何窮。（1780）

【注】

朱《箋》：作於大和二年（八二八），长安。

杏園花下贈劉郎中

怪君把酒偏惆悵，曾是貞元花下人。自别花來多少事，東風二十四迴春。（1781）

【注】

朱《箋》：作於大和二年（八二八），长安。

〔劉郎中〕朱《箋》：「劉禹錫。」見本卷《和劉郎中傷鄂姬》（1754）注。

〔自別花來多少事，東風二十四迴春〕自永貞元年至大和二年爲二十四年。參見本卷《醉贈劉二十八使君》（1724）。

花前有感兼呈崔相公劉郎中

落花如雪鬢如霜，醉把花看益自傷①。少日爲名多檢束②，長年無興可顛狂。四時輪轉春常少，百刻支分夜苦長。何事同生壬子歲③，老於崔相及劉郎？余與崔、劉年同④，獨早衰白。（1782）

【校】

①〔醉把〕《文苑英華》作「醉拾」。

②〔爲名〕《文苑英華》作「爲文」。

③〔同生〕《文苑英華》作「共同」。

④〔年同〕《文苑英華》作「同年」。

【注】

汪《譜》、朱《箋》：作於大和二年（八二八），长安。

〔崔相公〕朱《箋》：「崔羣。」見卷二三《題新居寄宣州崔相公》（1590）注。《舊唐書・文宗紀》：「（大和三年）二月辛亥朔，以兵部尚書崔羣爲荆南節度使。」朱《箋》：「則白氏作此詩時，崔氏仍官兵部尚書在長安也。」

〔劉郎中〕朱《箋》：「劉禹錫。」見前詩注。

〔四時輪轉春常少，百刻支分夜苦長〕《周禮・夏官・挈壺氏》：「凡喪，縣壺以代哭者，皆以水火守之，分以日夜。」鄭玄注：「分以日夜者，異晝夜漏也。漏之箭，晝夜共百刻，冬夏之間有長短焉。」賈公彦疏：「馬氏云：漏尺百刻，春秋分，晝夜各五十刻。冬至，晝則四十刻，夜則六十刻。夏至，晝六十刻，夜四十刻。」

微之就拜尚書居易續除刑部因書賀意兼詠離懷

我爲憲部入南宫，君作尚書鎮浙東。老去一時成白首，别來七度换春風。簪纓假合虚名在，筋力銷磨實事空。遠地官高親故少，些些談笑與誰同？（1783）

【校】

那波本此詩後有《和裴相公傍水絶句》一首。

【注】

汪《譜》、朱《箋》：作於大和二年（八二八），长安。

〔微之就拜尚書〕《舊唐書·文宗紀》：「（大和元年九月）丁丑，浙西觀察使李德裕、浙東觀察使元稹就加檢校禮部尚書。」

〔居易續除刑部〕《舊唐書·文宗紀》：「（大和二年二月）乙巳，以刑部侍郎盧元輔爲兵部侍郎，秘書監白居易爲刑部侍郎。」

〔我爲憲部入南宮，君作尚書鎮浙東〕憲部，刑部。《唐會要》卷五九刑部尚書：「天寶十一載，改爲憲部尚書。至德二載，復爲刑部尚書。」南宮，尚書省。見卷八《思竹窗》（0343）注。

〔簪纓假合虛名在，筋力銷磨實事空〕假合，見卷二一《自詠五首》之一（1414）注。

〔遠地官高親故少，些些談笑與誰同〕些些，見卷二十《湖上醉中代諸妓寄嚴郎中》（1390）注。

喜與韋左丞同入南省因叙舊以贈之

早年同遇陶鈞主，利鈍精粗共在鎔。憲宗朝與韋同入翰林。金劍淬來長透匣，鉛刀磨盡不成鋒。差肩北省慚非據，接武南宮幸再容。跛鼈雖遲騏驥疾，何妨中路亦相逢。（1784）

【注】

朱《箋》：作於大和二年（八二八），长安。

〔韋左丞〕朱《箋》：「韋弘景。」新舊《唐書》有傳。《舊唐書・文宗紀》：「（大和二年）二月丁亥朔，以兵部侍郎王起爲陝虢觀察使代韋弘景，以弘景爲尚書左丞。」

〔早年同遇陶鈞主，利鈍精粗共在鎔〕《重修承旨學士壁記》：「韋弘景，元和四年七月一日自左拾遺集賢院直學士充，九日轉左補闕。」故曾與居易同爲翰林學士。鄒陽《獄中上書自明》：「是以聖王制世御俗，獨化於陶鈞之上。」《文選》李善注：「張晏曰：陶家名模下圓轉者爲鈞，以其能製器爲大小，比之於天也。」

〔差肩北省慚非據，接武南宫幸再容〕北省，中書、門下省。見卷十七《閑意》（1036）注。《管子・輕重》：「皆差肩而立。」《禮記・曲禮上》：「堂上接武。」鄭玄注：「武，迹也。迹相接，謂每移足，半躡之。」

伊州

老去將何散老愁，新教小玉唱伊州。亦應不得多年聽，未教成時已白頭。（1785）

【注】

朱《箋》：作於大和二年（八二八），長安。

〔伊州〕《大唐傳載》：「天寶中，樂章名以邊地爲名，若《凉州》、《甘州》、《伊州》之類是焉。其曲遍繁聲，名入破。後其地盡爲西番所没，其破兆矣。」沈括《夢溪筆談》卷五：「古樂有三調聲，謂清調、平調、側調也。王建詩云：『側商調裏唱伊州。』是也。」《西清詩話》：「余嘗觀唐人《西域記》云：龜兹國王與臣庶知樂者，於大山間聽風水之聲，均節成音，然後翻入中國。如《伊州》、《凉州》、《甘州》，皆是龜兹至也。此説近之。但不及《霓裳》耳。」

王灼《碧雞漫志》卷三：「《伊州》見於世者凡七：商曲大石調、高大石調、雙調、小石調、歇指調、林鍾商、越調，第不知天寶所製七商中何調耳。王建《宮詞》云：『側商調裏唱伊州。』林鍾商，今夷則商也，管色譜以凡字殺，若側商即借尺字殺。」

〔老去將何散老愁，新教小玉唱伊州〕小玉，見卷十二《長恨歌》（0593）注。此指歌女。

早朝

鼓動出新昌，雞鳴赴建章。翩翩穩鞍馬，楚楚健衣裳。宮漏傳殘夜，城陰送早涼。月堤槐露氣，風燭樺烟香。雙闕龍相對，千官雁一行。漢庭方尚少，慚歎鬢如霜。（1786）

【注】

朱《箋》：作於大和二年（八二八），长安。

〔鼓動出新昌，雞鳴赴建章〕新昌，白居易新昌坊宅。見卷十九《題新居寄元八》（1222）注。建章，漢建章宮。見卷十九《行簡初授拾遺同早朝入閣因示十二韻》（1233）注。

〔月堤槐露氣，風燭樺烟香〕樺煙，見卷十九《行簡初授拾遺同早朝入閣因示十二韻》（1233）注。

〔雙闕龍相對，千官雁一行〕雁行，見卷十九《行簡初授拾遺同早朝入閣因示十二韻》（1233）注。

〔漢庭方尚少，慚歎鬢如霜〕尚少，見卷十五《渭村退居寄禮部崔侍郎翰林錢舍人詩一百韻》（0803）注。

答裴相公乞鶴①

警露聲音好，冲天相貌殊。終宜向遼廓，不稱在泥塗。白首勞爲伴，朱門幸見呼。不知疏野性，解愛鳳池無？（1787）

【校】

①〔題〕《文苑英華》作「酬裴相公乞予雙鶴」。

【注】

朱《箋》：作於大和二年（八二八），长安。

〔裴相公〕朱《箋》：「裴度。」見本卷《酬裴相公題興化小池見招長句》（1739）注。

〔警露聲音好，冲天相貌殊〕《初學記》卷三：「警露鶴，周處《風土記》曰：鳴鶴戒露，白鶴也。此鳥性警，至八月白露降即鳴而相警。」駱賓王《送王明府上京參選》：「虛心恒警露，孤影尚凌煙。」

〔不知疏野性，解愛鳳池無〕鳳池，見卷八《宿藍橋對月》（0336）注。

晚從省歸

朝迴北闕值清晨，晚出南宫送暮春。入去丞郎非散秩，歸來詩酒是閑人。猶思泉石多成

夢，尚歎簪裾未離身。終是不如山下去，心頭眼底兩無塵。（1788）

【注】

朱《箋》：作於大和二年（八二八），長安。

北窗閑坐

虛窗兩叢竹，靜室一爐香。門外紅塵合，城中白日忙。無煩尋道士，不要學仙方。自有延年術，心閑歲月長。（1789）

【注】

朱《箋》：作於大和二年（八二八），長安。

酬嚴給事 聞玉蘂花下有遊仙絶句。

瀛女偷乘鳳去時，洞中潛歇弄瓊枝。不緣啼鳥春饒舌，青瑣仙郎可得知①？（1790）

【校】

①〔青瑣〕紹興本作「青鏁」，據那波本、馬本、《唐音統籤》汪本改。

【注】

朱《箋》：作於大和二年（八二八），長安。

〔嚴給事〕朱《箋》：「嚴休復。」見卷十九《馮閣老處見與嚴郎中酬和詩因戲贈絶句》（1224）注。《舊唐書·楊虞卿傳》：「大和二年，南曹令史李賓等六人僞出告身籤符賣鑿空僞官，……乃詔給事中嚴休復、中書舍人高鉞、左丞韋景休充三司推案。」朱《箋》：「則知休復大和二年爲給事中，證之白氏此詩，時間相符。」

〔玉蘂花〕參見卷一《白牡丹》（0031）注。《劇談録》卷下：「上都安業坊唐昌觀舊有玉蘂花，其花每發，若瑶林瓊樹。元和中，春物方盛，車馬尋玩若相繼。忽一日，有女子年可十七八，衣緑繡衣，垂髻雙環，無簪珥之飾，容色婉娩，迥出於衆。從以二女冠、三小僕，僕皆丱髻黄衫。……佇立良久，令小僕取花數枝而出。將乘馬，顧謂黄冠者曰：『曩有玉峰之期，自此可以行矣。』時觀者如堵，或覺煙飛鶴唳，景物輝焕。舉轡百餘步，有輕風擁塵，隨之而去。須臾塵滅，望之已在半天，方悟神仙之遊。餘香不散者經月餘。時嚴給事休復、元相國、劉賓客、白醉吟俱有《聞玉蕊院真人降》詩。」以下録諸人詩，居易詩即此首。朱《箋》：「蓋仙字唐代多用於妖豔婦人或風流放誕女道士及娼妓之代稱，則嚴、劉、元、白此詩，非寓豔情即屬關係政治之作。《劇談録》所云『元和中』乃『大和中』之誤。」按，傳説原屬志怪，不必深鑿。

〔瀛女偷乘鳳去時，洞中潛歇弄瓊枝〕瀛女同嬴女，指弄玉。《列仙傳》卷上：「蕭史者，秦穆公時人也。善吹簫，能致孔雀白鶴於庭。穆公有女字弄玉，好之。公遂以女妻焉。日教弄玉作鳳鳴，居數年，吹似鳳聲，鳳凰來止其屋。公爲作鳳臺，夫婦止其上，不下數年，一旦皆偕隨鳳凰飛去。」秦嬴姓，故稱嬴女。
〔不緣啼鳥春饒舌，青瑣仙郎可得知〕青瑣，見卷十五《渭村退居寄禮部崔侍郎翰林錢舍人詩一百韻》（0803）注。仙郎，見卷十四《八月十五夜聞崔大員外翰林獨直對酒玩月因懷禁中清景偶題是詩》（0733）注。

京路

西來爲看秦山雪，東去緣尋洛苑春。來去騰騰兩京路，閑行除我更無人。（1791）

【注】

朱《箋》：作於大和三年（八二九），长安至洛陽途中。

華州西

每逢人靜慵多歇，不計程行困即眠。上得籃輿未能去，春風敷水店門前。（1792）

【注】

朱《箋》：作於大和三年（八二九），长安至洛陽途中。
〔上得籃輿未能去，春風敷水店門前〕敷水，見本卷《過敷水》（1726）注。

從陝至東京

從陝至東京，山低路漸平。風光四百里，車馬十三程。花共垂鞭看，杯多並轡傾。笙歌與談笑，隨分自將行。（1793）

【注】

朱《箋》：作於大和三年（八二九），长安至洛陽途中。

〔陝〕陝州。《舊唐書·地理志一》河南道：「陝州大都督府，隋河南郡之陝縣。……在京師東四百九十里，東至東都三百三十里。」《元和郡縣志》卷七陝州：「西至上都五百一十里，東至東都三百五十里。」

〔風光四百里，車馬十三程〕四百里，言其大數。顧炎武《日知録》卷十：「《續漢輿服志》曰：驛馬三十里一置。《史記》：田横乘傳詣雒陽，未至三十里，至尸鄉廄置。是也。唐制亦然。（注：《唐書百官志》：凡三十里有驛。）白居易詩：『從陝至東京（注：今陝州至河南府），山低路漸平。風光四百里，車馬十三程。』是也。」

送春

銀花鑿落從君勸，金屑琵琶爲我彈。不獨送春兼送老，更嘗一酌更聽看。（1794）

【注】

朱《箋》： 作於大和三年（八二九），長安至洛陽途中。

〔銀花鑿落從君勸，金屑琵琶爲我彈〕鑿落，見卷二三《酬周協律》（1546）注。金屑琵琶，見卷二三《贈楊使君》（1594）注。

宿杜曲花下

覓得花千樹，攜來酒一壺。懶歸兼擬宿，未醉豈勞扶。但惜春將晚，寧愁日漸晡。籃輿爲卧舍，漆盝是行厨。斑竹盛茶櫃，紅泥罨飯爐。眼前無所闕，身外更何須。小面琵琶婢，蒼頭觱篥奴。從君飽富貴，曾作此遊無？（1795）

【注】

朱《箋》： 作於大和三年（八二九），長安至洛陽途中。

〔杜曲〕程大昌《雍錄》卷七：「杜曲在啓夏門外，向西即少陵原也。杜甫詩曰：『杜曲花光濃似酒。』」

〔籃輿爲卧舍，漆盝是行厨〕盝，通簏。方以智《通雅》卷四九簏：「《説文》曰：竹高匧也。别作箓。今人作盝。」《新唐書·李德裕傳》：「敬宗立，侈用無度，詔浙西上脂盝妝具。」

〔斑竹盛茶櫃，紅泥罨飯爐〕罨，同掩，有遮蓋、閉封義。陳敬《陳氏香譜》卷一煨炭：「凡合香，用炭不拘黑白，重煆作火，罨於密器。」

〔小面琵琶婢，蒼頭觱篥奴〕觱篥，見卷二一《小童薛陽陶吹觱篥歌》（1407）注。

逢舊

久别偶相逢，俱疑是夢中①。即今歡樂事，放盞又成空。（1796）

【校】

①〔是夢中〕馬本作「似夢中」。

【注】

朱《箋》：作於大和三年（八二九）至大和五年（八三一），洛陽。

繡婦歎

連枝花樣繡羅襦，本擬新年餉小姑。自覺逢春饒悵望，誰能每日趁功夫？針頭不解愁眉結，線縷難穿淚臉珠。雖凭繡床都不繡，同床繡伴得知無？（1797）

【注】

朱《箋》：作於大和三年（八二九），长安。

春詞

低花樹映小妝樓，春入眉心兩點愁。斜倚欄干臂鸚鵡①，思量何事不迴頭？（1798）

【校】

①〔臂鸚鵡〕汪本作「背鸚鵡」。

【注】

朱《箋》：作於大和三年（八二九）长安。

劉禹錫有《和樂天春詞》。朱《箋》：「劉、白兩詩均爲有所刺而作。蓋韋處厚暴卒於大和二年十二月，李宗閔將入相，二人失所憑依。又大和三年正月，王涯自山南西道節度使入爲太常卿，爲大用張本，居易江州之謫涯有力焉。居易因不能與之同立於朝，故三年春辭刑部侍郎歸洛陽。題爲《春詞》者，記三者春初之事也。此詩之前一首《繡婦歎》及後一首《恨詞》均可參看。禹錫和詩『晴蜓飛上玉搔頭』句刺新貴尤爲明顯。」按，此説似鑿。白集各卷，制題寬泛、無涉人事之作多綴於卷末。此數詩殊難定必作於大和三年。所謂「記三者春初之事」，更嫌牽强。

恨詞

翠黛眉低斂，紅珠淚暗銷。曾來恨人意①，不省似今朝。（1799）

【校】

①〔曾來〕汪本作「從來」。

【注】

朱《箋》：作於大和三年（八二九）長安。

〔曾來恨人意，不省似今朝〕不省，未曾。詳《敦煌變文字義通釋》。

山石榴花十二韻

曄曄復煌煌，花中無比方。豔天宜小院，條短稱低廊。本是山頭物，今爲砌下芳。千叢相向背，萬朵互低昂。照灼連朱檻，玲瓏映粉牆。風來添意態，日出助晶光。漸綻燕脂萼，猶含琴軫房。離披亂剪綵，斑駁未匀妝。絳焰燈千炷，紅裙妓一行。此時逢國色，何處覓天香？恐合栽金闕，思將獻玉皇。好差青鳥使，封作百花王。（1800）

【注】

朱《箋》：作於大和三年（八二九）和五年（八三一），洛陽。

〔山石榴〕見卷十二《山石榴寄元九》（0590）注。

〔此時逢國色，何處覓天香〕《公羊傳》僖公十年：「驪姬者，國色也。」何休注：「其顔色一國之選。」《增壹阿含經》卷二八：「是時，波斯匿王以天香華散如來身。」庾信《和同泰寺浮圖》：「天香下桂殿，仙梵入伊笙。」

〔恐合栽金闕，思將獻玉皇〕金闕，見卷十二《長恨歌》（0593）注。玉皇，玉皇天尊，見卷一《夢仙》（0005）注。

〔好差青鳥使，封作百花王〕《漢武故事》：「王母遣使謂帝曰：『七月七日我當暫來。』帝至日，掃宫内，然九華燈。七月七日，上于承華殿齋，日正中，忽見有青鳥從西方來集殿前。上問東方朔，朔對曰：『西王母暮必降尊像上，宜灑掃待之。』」

送敏中歸豳寧幕

六十衰翁兒女悲，傍人應笑爾應知。弟兄垂老相逢日，杯酒臨歡欲散時。前路加餐須努力，今宵盡醉莫推辭。司徒知我難爲别，直過秋歸未訝遲①。（1801）

【校】

①〔直過〕「直」何校：「一作且。」

【注】

汪《譜》、朱《箋》： 作於大和五年（八三一），洛陽。

〔敏中〕白敏中。見卷十九《喜敏中及第偶示所懷》(1253)注。

〔豳寧〕即邠寧。《元和郡縣志》卷三邠州：「今爲邠寧節度使理所。……武德元年復爲豳州。開元十三年，以豳與幽字相涉，詔曰： 魯魚變文，荆并誤聽，欲求辨惑，必也正名。改爲邠字。」《舊唐書・地理志一》：「邠寧節度使，治邠州，管邠、寧、慶、鄜、坊、丹、延、衍等州。」

〔司徒知我難爲別，直過秋歸未訝遲〕朱《箋》：「司徒即李聽。」《舊唐書・文宗紀》：「（大和三年十二月）辛未，以太子少師李聽爲邠寧節度使。」《舊唐書・李聽傳》：「居無何，復檢校司徒，起爲邠寧節度使。」

宴散

小宴追涼散，平橋步月迴。笙歌歸院落，燈火下樓臺。殘暑蟬催盡，新秋雁帶來①。將何迎睡興，臨卧舉殘杯。（1802）

【校】

①〔帶來〕紹興本作「戴來」，據那波本、馬本、《唐音統籤》、汪本改。

【注】

朱《箋》：作於大和五年（八三一），洛陽。

歐陽修《歸田録》卷二：「晏元獻公喜評詩，嘗曰：『老覺腰金重，慵便枕玉凉』，未是富貴語。不如『笙歌歸院落，燈火下樓臺』，此善言富貴者也。人皆以爲知言。」

陳師道《後山詩話》：「白樂天云：『笙歌歸院落，燈火下樓臺。』又云：『歸來未放笙歌散，畫戟門前蠟燭紅。』非富貴語，看人富貴者也。」又：「黄魯直謂白樂天云『笙歌歸院落，燈火下樓臺』，不如杜子美『落花遊絲白日靜，鳴鳩乳燕青春深』也。」

何焯云：「腰聯本是繁華散場，晏元獻蓋斷章取之。」

人定

人定月朧明，香銷枕簟清。翠屏遮燭影，紅袖下簾聲。坐久吟方罷，眠初夢未成。誰家教鸚鵡，故故語相驚？（1803）

【注】

朱《箋》：作於大和五年（八三一），洛陽。

〔人定〕顧炎武《日知録》卷二十古無一日分爲十二時：「《左氏傳》卜楚丘曰：日之數十，故有十時。而杜元凱注則以爲十二時。雖不立十二支之目，然其曰夜半者，即今之所謂子也。雞鳴者，丑也。平旦者，寅也。日出者，卯也。食時者，辰也。禺中者，巳也。日中者，午也。日昳者，未也。晡時者，申也。日入者，酉也。黄昏者，戌也。人定者，亥也。一日分爲十二時，始見於此。考……《後漢書》《耿弇傳》：人定時，步果引去。《來歙傳》：臣夜人定後，爲何人所賊傷。……《宋書・符瑞志》：延康元年九月十日黄昏時，月蝕熒惑。過人定時，熒惑出營室，宿羽林。皆用此十二時。」

池上

嫋嫋凉風動，淒淒寒露零。蘭衰花始白，荷破葉猶青。獨立棲沙鶴，雙飛照水螢。若爲寥落境，仍值酒初醒？（1804）

【注】

朱《箋》：作於大和五年（八三一），洛陽。

池窗①

池晚蓮芳謝，窗秋竹意深。更無人作伴，唯對一張琴。（1805）

【校】

①〔題〕馬本作「池客」。

【注】

朱《箋》：作於大和五年（八三一），洛陽。

花酒

香醅淺酌浮如蟻，雲鬢新梳薄似蟬。爲報洛城花酒道，莫辭送老二三年。（1806）

【注】

朱《箋》：作於大和五年（八三一），洛陽。

題崔常侍濟源莊

谷口誰家住，雲扃鎖竹泉。主人何處去，蘿薜換貂蟬。籍在金閨内，班排玉扆前。誠知憶山水，歸得是何年？（1807）

【注】

朱《箋》：作於大和五年（八三一），濟源。

〔崔常侍〕朱《箋》：「崔玄亮。」見卷五《常樂里閑居偶題十六韻兼寄劉十五公輿王十一起吕二炅吕四穎崔十八玄亮元九稹劉三十二敦質張十五仲方時爲校書郎》（0173）注。《舊唐書·崔玄亮傳》：「（大和）四年，拜諫議大夫。中謝日，面賜金紫，朝廷推其名望，遷右散騎常侍。」《舊唐書·文宗紀》大和五年二月作「左常侍崔玄亮」。

〔濟源莊〕《舊唐書·地理志一》河南府孟州：「濟源，隋舊縣。」白居易《唐故虢州刺史贈禮部尚書崔公墓誌銘》（《白氏文集》卷七十）：「公濟源有田，洛下有宅。」

〔谷口誰家住，雲扃鎖竹泉〕《漢書·王貢兩龔鮑傳》：「其後谷口有鄭子真，蜀有嚴君平，皆修身自保，非其服弗服，非其食弗食。成帝時，元舅大將軍王鳳以禮聘子真，子真遂不詘而終。」

〔主人何處去，蘿薜換貂蟬〕貂蟬，見卷二寓意詩五首《寓意詩五首》之二（0091）注。

〔籍在金閨內，班排玉扆前〕金閨籍，見卷二《傷友》（0078）注。玉扆，指帝王所居。韋承慶《靈臺賦》：「若衆星之拱璿極，猶列國之宗玉扆。」竇牟《史館候別蔣拾遺不遇》：「主文親玉扆，通籍入金閨。」

認春戲呈馮少尹李郎中陳主簿

認得春風先到處，西園南面水東頭。柳初變後條猶重，花未開前枝已稠①。暗助醉歡尋綠酒，潛添睡興著紅樓。知君未別陽和意，直待春深始擬遊。（1808）

【校】

①〔開前〕馬本、《唐音統籤》作「開時」。

【注】

朱《箋》： 作於大和五年（八三一），洛陽。

〔馮少尹〕朱《箋》： 「河南少尹馮定。」見卷二二《六年寒食洛下宴遊贈馮李二少尹》（1507）注。

〔李郎中、陳主簿〕名不詳。

〔知君未别陽和意，直待春深始擬遊〕陽和，見卷十《溪中早春》（0454）注。

魏堤有懷

魏王堤下水，聲似使君灘。惆悵迴頭聽，踟躕立馬看。蕩風波眼急，翻雪浪心寒。憶得瞿唐事，重吟行路難。（1809）

【注】

朱《箋》： 作於大和五年（八三一），洛陽。

〔魏堤〕洛陽魏王池堤。《新唐書·李訥傳》： 「召爲河南尹，時久雨洛暴漲，訥行水魏王堤。懼漂泊，疾馳去，水遂大壞民廬。」《劇談錄》卷上洛中大水： 「咸通四年秋，洛中大水。……先是皇城守閽者白晝聞五鳳樓中有人歌云：『天津橋畔火光起，魏王堤上看洪水。』時鄭相國涯留守洛師，聞之，以爲妖妄。……及潦將興，穀洛先漲，魏王與月波二堤俱壞，乃明闇者之言。」徐松輯《永樂大典》本《河南志》唐城闕古蹟：「洛水西自苑内上陽宫之南，流入外郭城。東流經積善坊之北，分三道，當端門之南，立橋三。過橋，又合而東流，經尚善、旌善二坊之北，南溢爲魏王池。」注：「與洛水隔堤。初建都，築隄壅水北流，餘水停成此池。下與洛水潛通，深處至數頃，水鳥翔泳，荷芰翻覆，爲都城之勝地。貞觀中，以賜魏王泰，故號爲魏王池。泰黜後，賜東宫，屬家令寺。」《唐兩京城坊考》卷七略同。

〔魏王堤下水，聲似使君灘〕使君灘，見卷十七《十年三月三日別微之於灃上十四年三月十一日夜遇微之於峽中停舟夷陵三宿而別言不盡者以詩終之因賦七言十七韻以贈且欲記所遇之地與相見之時爲他年會話張本也》(1100)注。

〔憶得瞿唐事，重吟行路難〕瞿唐峽，見卷十一《初入峽有感》(0522)注。

柘枝詞

柳暗長廊合，花深小院開。蒼頭鋪錦褥，皓腕捧銀杯。繡帽珠稠綴，香衫袖窄裁。將軍拄毬杖，看按柘枝來。(1810)

【注】

朱《箋》：作於大和五年（八三一），洛陽。

〔柘枝詞〕柘枝舞，見卷十八《房家夜宴喜雪戲贈主人》(1165)及卷二三《柘枝妓》(1551)注。

代夢得吟

後來變化三分貴，同輩凋零太半無。世上爭先從盡上聲汝，人間鬭在不如吾。竿頭已到應難久，局勢雖遲未必輸。不見山苗與林葉，迎春先綠亦先枯。（1811）

【注】

朱《箋》：作於大和五年（八三一），洛陽。

〔世上爭先從盡汝，人間鬭在不如吾〕從、盡，同義連用。盡，任，任從。見卷十五《病中答招飲者》（0854）注。鬭在，謂比較在世之久。

〔竿頭已到應難久，局勢雖遲未必輸〕此以竿伎、弈棋喻人生。劉禹錫《和僕射牛相公寓言二首》：「兩度竿頭立定誇，回眸舉袖指青霞。」《景德傳燈錄》卷十一長沙景岑：「師示一偈曰：『百丈竿頭不動人，雖然得入未爲真。百丈竿頭須進步，十方世界是全身。』僧問：『只如百丈竿頭如何進步？』」

寄答周協律

來詩多叙蘇州舊遊。

故人叙舊寄新篇，惆悵江南到眼前。暗想樓臺萬餘里，不聞歌吹一周年。橋頭誰更看新月，池畔猶應泊舊船。最憶後亭杯酒散，紅屏風掩綠窗眠。（1812）

【注】

朱《箋》：作於大和五年（八三一），洛陽。

〔周協律〕朱《箋》：「周元範。」見卷二十《閑夜詠懷因招周協律劉薛二秀才》（1327）注。